John Grisham

O RESGATE

Traduzido por Bruno Fiuza e Roberta Clapp

Título original: *The Exchange*

Copyright © 2023 por Belfry Holdings, Inc.
Copyright da tradução © 2024 por Editora Arqueiro Ltda.

Todos os direitos reservados. Nenhuma parte deste livro pode ser utilizada ou reproduzida sob quaisquer meios existentes sem autorização por escrito dos editores.

Esta é uma obra de ficção. Nomes, personagens, lugares e acontecimentos são fruto da imaginação do autor ou foram usados de forma fictícia. Qualquer semelhança com pessoas reais, vivas ou mortas, eventos ou localidades é mera coincidência.

coordenação editorial: Taís Monteiro
produção editorial: Ana Sarah Maciel
preparo de originais: Cláudia Mello Belhassof
revisão: Juliana Souza e Pedro Staite
diagramação: Ana Paula Daudt Brandão
capa: David Litman
imagens de capa: Getty Images – Alexander Spatari (cidade), Ascent/PKS Media Inc. (homem); iStock – narongcp (céu), feedough (homem)
adaptação de capa: Natali Nabekura
impressão e acabamento: Lis Gráfica e Editora Ltda.

CIP-BRASIL. CATALOGAÇÃO NA PUBLICAÇÃO
SINDICATO NACIONAL DOS EDITORES DE LIVROS, RJ

G888r

Grisham, John, 1955-
  O resgate / John Grisham ; tradução Bruno Fiuza, Roberta Clapp. - 1. ed. - São Paulo : Arqueiro, 2024.
  304 p. ; 23 cm.

Tradução de: The exchange
ISBN 978-65-5565-663-3

1. Ficção americana. I. Fiuza, Bruno. II. Clapp, Roberta. III. Título.

24-91711
CDD: 813
CDU: 82-3(73)

Meri Gleice Rodrigues de Souza - Bibliotecária - CRB-7/6439

Todos os direitos reservados, no Brasil, por
Editora Arqueiro Ltda.
Rua Artur de Azevedo, 1.767 – Conj. 177 – Pinheiros
5404-014 – São Paulo – SP
Tel.: (11) 2894-4987
E-mail: atendimento@editoraarqueiro.com.br
www.editoraarqueiro.com.br

1

No quadragésimo oitavo andar de uma torre espelhada bem ao sul de Manhattan, Mitch McDeere estava sozinho em seu escritório e olhava pela janela em direção ao Battery Park e às águas conturbadas além dele. Barcos de todos os tamanhos e formatos chegavam e saíam do porto. Enormes navios de carga lotados de contêineres esperavam, quase imóveis. A balsa de Staten Island passava devagar por Ellis Island. Um cruzeiro cheio de turistas partia em direção ao mar. Um megaiate fazia uma entrada esplendorosa na cidade. Uma alma corajosa num catamarã de quinze pés ziguezagueava, esquivando-se de tudo. Trezentos metros acima do nível da água, nada menos que cinco helicópteros zumbiam como vespas furiosas. Ao longe, os caminhões na ponte Verrazano estavam parados, um colado no outro. A Estátua da Liberdade assistia a tudo de seu majestoso poleiro. Era uma vista espetacular, que Mitch tentava apreciar pelo menos uma vez por dia. De vez em quando ele conseguia, mas a maioria dos dias era agitada demais para dar tempo a tal indulgência. Ele estava trabalhando – sua vida era regida pelo relógio, assim como a de centenas de outros advogados no prédio. O Scully & Pershing tinha mais de dois mil advogados espalhados pelo mundo e se gabava de ser o maior escritório de advocacia internacional do planeta. Os sócios de Nova York, entre os quais estava Mitch, contavam com os maiores escritórios do coração do distrito financeiro. Já tinham um século e exalavam prestígio, poder e dinheiro.

Ele olhou para o relógio no pulso, e o momento de distração chegou ao fim. Dois associados bateram e entraram para mais uma reunião. Eles se acomodaram em torno de uma pequena mesa enquanto uma secretária lhes oferecia café. Eles recusaram, e ela saiu. A cliente deles era uma empresa finlandesa de navegação com problemas na África do Sul. As autoridades de lá haviam retido um cargueiro cheio de eletrônicos vindos de Taiwan. Vazio, o navio valia cerca de cem milhões. Inteiramente carregado, valia o dobro, e os sul-africanos estavam descontentes com algumas questões tarifárias. Mitch estivera na Cidade do Cabo duas vezes no ano anterior e não tinha interesse nenhum em voltar. Depois de meia hora, dispensou os associados com uma lista de instruções e recebeu outra dupla.

Às cinco da tarde em ponto ele se despediu da secretária, que estava de saída, e passou pelos elevadores em direção à escada. Ele evitava os elevadores para escapar da conversa fiada dos advogados que conhecia e também dos que não conhecia. Mitch tinha muitos amigos no escritório e apenas alguns inimigos declarados, e havia sempre uma nova leva de associados e sócios juniores recém-chegados e cheios de empolgação com rostos e nomes que ele deveria lembrar. Na maioria das vezes não lembrava, tampouco tinha tempo de se debruçar sobre a lista de funcionários da empresa para tentar decorá-los. Muitos saíam antes mesmo que ele aprendesse os nomes.

Usar a escada o fazia exercitar as pernas e o pulmão e sempre lembrava a ele que não estava mais na faculdade, que não jogava mais futebol americano nem basquete por horas como fazia antes. Mitch tinha 41 anos e mantinha a forma de sempre porque cuidava da alimentação e pelo menos três vezes por semana ia malhar na academia do escritório na hora do almoço. Outra vantagem exclusiva dos sócios.

Ele saiu da escada no quadragésimo segundo andar e deu uma corridinha até o escritório de Willie Backstrom, também sócio, mas que contava com o luxo de não cobrar por hora. Willie tinha a invejada ocupação de administrar os programas *pro bono* do escritório e, embora mantivesse um controle das suas horas de trabalho, não enviava faturas. Não havia ninguém para pagá-las. Os advogados do Scully ganhavam muito dinheiro, principalmente os sócios, e o escritório era famoso pelo compromisso com o trabalho *pro bono*. Ele se oferecia para trabalhar de graça em casos difíceis no mundo todo. Todo advogado era obrigado a doar pelo menos 10% de seu tempo para diferentes causas, todas aprovadas por Willie.

Houve uma polarização no escritório sobre a questão do trabalho *pro bono*. Metade dos advogados gostava porque possibilitava uma pausa bem-vinda na rotina estressante de representar clientes corporativos em casos que envolviam alta pressão. Durante algumas horas por mês, um advogado poderia representar uma pessoa ou uma organização sem fins lucrativos em dificuldades e não se preocupar em enviar faturas nem receber honorários. A outra metade dizia que era muito nobre ajudar a sociedade, mas na verdade achava aquilo um desperdício. Aquelas 250 horas anuais seriam mais bem gastas ganhando dinheiro e melhorando a posição dos advogados junto aos vários comitês que decidiam quem seria promovido, quem viraria sócio e quem seria dispensado em algum momento.

Willie Backstrom não se estressava com isso, o que não era muito difícil, porque nenhum advogado, independentemente do grau de ambição, teria coragem de criticar os agressivos programas *pro bono* do escritório. O Scully inclusive concedia prêmios anuais aos advogados que iam além de suas obrigações a serviço dos menos favorecidos.

Atualmente, Mitch passava quatro horas por semana trabalhando com um abrigo de pessoas sem-teto no Bronx, representando clientes que haviam sido despejados. Era trabalho de escritório puro e simples, justamente o que ele queria. Sete meses antes, tinha visto um cliente que estava no corredor da morte no Alabama proferir suas últimas palavras antes de ser executado. Havia passado oitocentas horas, ao longo de seis anos, tentando em vão salvar o sujeito, e vê-lo morrer tinha sido angustiante, o maior fracasso que poderia imaginar.

Mitch não fazia ideia do que Willie queria, mas o simples fato de ter sido chamado não era um bom presságio.

Willie era o único advogado do Scully que usava rabo de cavalo, e não lhe caía bem. O cabelo era grisalho, assim como a barba. Poucos anos antes, alguém do alto escalão teria lhe dito para eliminar todo esse excesso, mas a empresa estava se esforçando para se livrar da imagem antiquada de clubinho elitista cheio de homens brancos de terno escuro e colarinho branco. Uma das mudanças radicais foi a eliminação do código de vestimenta. Willie deixou crescer o cabelo e o bigode e começou a ir trabalhar de calça jeans.

Mitch, ainda de terno escuro, mas sem gravata, se sentou do outro lado da mesa enquanto eles jogavam conversa fora. Willie por fim resolveu ir ao ponto:

– Digamos, Mitch, que tem um caso no Sul no qual eu gostaria que você desse uma olhada.

– Por favor, não vai me dizer que o cara está no corredor da morte.

– O cara está no corredor da morte.

– Não posso, Willie. Por favor. Tive dois casos assim nos últimos cinco anos e os dois levaram a injeção. Meu histórico não é muito bom.

– Você fez um ótimo trabalho, Mitch. Ninguém teria conseguido salvar aqueles dois.

– Não posso assumir mais um.

– Você pode pelo menos me escutar?

Mitch assentiu e deu de ombros. O apreço de Willie por casos de pessoas no corredor da morte era lendário, e poucos advogados do Scully conseguiam dizer não a ele.

– Tá bom, eu escuto.

– O nome do cara é Tad Kearny, e ele tem noventa dias. Um mês atrás ele tomou a estranha decisão de demitir os advogados, todos eles, e olha que ele tinha uma equipe e tanto.

– Parece maluco.

– Ah, ele é. Maluco de pedra, provavelmente patológico, mas o Tennessee está pegando pesado mesmo assim. Dez anos atrás, ele matou a tiros três agentes disfarçados da divisão de entorpecentes em uma apreensão de drogas que deu errado. Corpos por todo lado, cinco morreram no local. Tad quase morreu, mas eles conseguiram salvá-lo para poderem executá-lo mais tarde.

Mitch riu de frustração e disse:

– E agora eu tenho que montar em um cavalo branco e ir salvar o cara? Por favor, Willie. Me dá alguma coisa com que eu possa trabalhar.

– Não há quase nada com que trabalhar, exceto a alegação de insanidade. O problema é que ele provavelmente não vai aceitar te receber.

– Então por que se preocupar?

– Porque a gente precisa tentar, Mitch, e eu acho que você é nossa melhor aposta.

– Me fala mais.

– Bem, ele me lembra muito você.

– Uau, obrigado.

– Não, sério. Ele é branco, da sua idade, e nasceu no Kentucky, no condado de Dane.

Por um segundo, Mitch não soube o que dizer, mas depois conseguiu:

– Maravilha. Provavelmente somos primos.

– Acho difícil, mas o pai dele trabalhava em minas de carvão, assim como o seu. E também morreu lá.

– Deixa a minha família fora disso.

– Desculpa. Você teve um golpe de sorte e inteligência para mudar de vida. O Tad não teve, e logo se envolveu com drogas, tanto como usuário quanto como traficante. Ele e alguns amigos estavam fazendo uma entrega grande perto de Memphis quando foram emboscados por agentes da divisão de entorpecentes. Todo mundo morreu, menos o Tad. Parece que a sorte dele acabou se esgotando.

– Não existe nenhuma dúvida sobre a culpa dele?

– Certamente não para o júri. A questão não é a culpa, mas a insanidade. A ideia é fazer com que ele seja avaliado por alguns especialistas, médicos nossos, e tentar uma cartada final. Primeiro, porém, alguém precisa ir lá e falar com o sujeito. No momento ele não está aceitando visitas.

– E você acha que vai haver uma sintonia entre a gente?

– É um tiro no escuro, mas por que não tentar?

Mitch respirou fundo e tentou pensar em outra saída.

– Quem está com o caso? – perguntou ele para ganhar tempo.

– Bem, tecnicamente, ninguém. Tad se tornou um belíssimo advogado-detento e deu entrada nos documentos necessários para demitir os advogados. Amos Patrick o representou por muito tempo, um dos melhores de lá. Você conhece o Amos?

– Eu o vi uma vez em uma conferência. Uma figura.

– A maioria dos advogados de corredor da morte é uma figura.

– Olha, Willie, eu não tenho desejo nenhum de ficar conhecido como advogado de corredor da morte. Já passei por isso duas vezes e pra mim basta. Esses casos consomem a gente. Quantos clientes seus você já viu morrer?

Willie fechou os olhos e respirou fundo. Mitch pediu desculpas.

– Muitos, Mitch. Vamos dizer apenas que eu já passei por isso. Olha, eu falei com o Amos, falei bastante, e ele gostou da ideia. Ele vai te levar até o presídio, e, quem sabe, talvez o Tad te ache interessante o suficiente pra aceitar bater um papo.

– Pra mim, parece um beco sem saída.

– Em noventa dias com certeza vai ser, mas pelo menos vamos ter tentado.

Mitch se levantou e foi até uma das janelas. A vista de Willie dava para oeste, sobre o rio Hudson.

– Amos está em Memphis, certo?

– Certo.

– Eu não queria ter que voltar a Memphis de jeito nenhum. Muitas histórias.

– Histórias passadas, Mitch. Quinze anos atrás. Você escolheu o escritório errado e teve que ir embora.

– Tive que ir embora? Pô, eles estavam tentando me matar. Pessoas morreram, Willie, e o escritório inteiro foi pra cadeia. Junto com os clientes.

– Todos eles mereciam ir pra cadeia, não mereciam?

– Acredito que sim, mas quem levou a culpa fui eu.

– E agora todos eles estão fora de jogo, Mitch. Cada um num canto.

Mitch voltou para a cadeira e sorriu para o amigo.

– Só por curiosidade, Willie. As pessoas aqui falam sobre mim e o que aconteceu em Memphis?

– Não, ninguém toca no assunto. A gente sabe da história, mas ninguém tem tempo pra ficar fofocando sobre ela. Você fez a coisa certa, foi embora e recomeçou. Você é um dos nossos astros, Mitch, e isso é tudo que importa no Scully.

– Eu não quero voltar para Memphis.

– Você precisa das horas. Está meio devagar esse ano.

– Eu vou cumprir a meta. Por que você não arruma uma pequena instituição bacana que precise de aconselhamento jurídico gratuito? Talvez uma empresa que cuide de crianças com fome ou envie água potável para o Haiti!

– Você ia morrer de tristeza. Você prefere a ação, o drama, correr contra o relógio…

– Já passei dessa fase.

– Por favor. Estou pedindo encarecidamente. Não tem mais ninguém, na verdade. E existe uma chance enorme de você nem sequer entrar naquele presídio.

– Eu não quero voltar para Memphis.

– Vence esse medo. Tem um voo direto amanhã à uma e meia saindo do LaGuardia. O Amos vai estar te esperando. No mínimo você vai poder desfrutar da companhia dele.

Mitch sorriu, resignado.

– Tá bem, tá bem – resmungou ele enquanto se levantava e ia até a porta. – Sabe, acho que eu me lembro de uns Kearnys do condado de Dane.

– Assim que se fala, garoto. Vai lá fazer uma visita ao Tad. Você tem razão. Pode ser que ele seja um primo distante.

– Não distante o suficiente.

2

Grande parte dos sócios do Scully, junto com muitos de seus rivais nos maiores escritórios do país, bem como incontáveis investidores de Wall Street, saía correndo dos altos prédios por volta das seis da tarde e entrava em sedãs pretos particulares. Os maiores astros dos fundos de hedge se sentavam nos espaçosos bancos traseiros dos longos carros europeus que eles de fato possuíam e eram conduzidos por motoristas pagos por eles. Os verdadeiros e essenciais mestres do universo tinham deixado a cidade completamente para trás e viviam e trabalhavam com tranquilidade em Connecticut.

Embora pudesse pagar por um serviço de chofer, Mitch usava o metrô, uma de suas muitas concessões à frugalidade e ao seu passado humilde. Ele pegou o trem das 18h10 em South Ferry, encontrou um assento em um banco quase lotado e, como de costume, escondeu a cara atrás de um jornal. O contato visual deveria ser evitado. O vagão estava cheio de outros profissionais abastados que iam para o norte, e nenhum deles tinha interesse em conversar. Não havia problema nenhum em andar de metrô. Era rápido, fácil, barato e, na maior parte do tempo, seguro. O problema era que os outros passageiros eram, de certa forma, personagens de Wall Street e, como tal, ou ganhavam muito dinheiro ou estavam prestes a ganhar. Os sedãs particulares estavam quase ao alcance deles. Os dias de andar de metrô estavam perto do fim.

Mitch não tinha tempo para esse tipo de bobagem. Ele folheou o jornal, pacientemente se espremendo junto com os outros passageiros conforme mais pessoas entravam no vagão, e sua mente viajou para Memphis. Ele nunca dissera que jamais voltaria. Entre ele e Abby, essa promessa nem precisava ser verbalizada. Ir embora daquele lugar tinha sido tão assustador que eles não conseguiam imaginar voltar por nenhum motivo. No entanto, quanto mais ele pensava, mais intrigado ficava. Seria uma viagem rápida que provavelmente não levaria a lugar nenhum. Ele estava fazendo um grande favor a Willie, um favor que sem dúvida lhe proporcionaria uma bela recompensa.

Depois de 22 minutos, ele saiu do metrô na estação Columbus Circle e deu início à caminhada diária até seu apartamento. Era uma esplêndida noite de abril, com céu e temperatura agradáveis, um daqueles momentos de cartão-postal em que metade da população da cidade parecia estar ao ar livre. Mitch, porém, correu para casa.

O prédio ficava na rua 69, próximo à Columbus Avenue, no coração do Upper West Side. Mitch cumprimentou o porteiro, recolheu a correspondência e pegou o elevador até o décimo quarto andar. Clark abriu a porta e pediu um abraço. Aos oito anos, ainda era um menino e não tinha vergonha de demonstrar carinho pelo pai. Carter, seu irmão gêmeo, era um pouco mais maduro e já vinha superando os rituais de contato físico com Mitch. Ele teria abraçado e beijado Abby e perguntado sobre seu dia, mas ela estava com convidados na cozinha. Um cheiro delicioso tomava conta do apartamento. Algo maravilhoso estava sendo preparado, e o jantar seria uma delícia mais uma vez.

Os chefs eram Marco e Marcello, os irmãos Rosario, também gêmeos. Eles eram de um pequeno vilarejo na Lombardia, no norte da Itália, e dois anos antes tinham aberto uma trattoria perto do Lincoln Center. Foi um sucesso desde o primeiro dia e logo recebeu duas estrelas do *The New York Times*. Era difícil conseguir uma reserva; o tempo de espera naquele momento era de quatro meses por uma mesa. Mitch e Abby descobriram o lugar e comiam lá com frequência, sempre que queriam. Abby tinha facilidade para conseguir uma mesa porque estava editando o primeiro livro de receitas dos irmãos. Ela também os incentivou a usar a cozinha moderna do apartamento dela e de Mitch para testar novas receitas, e, pelo menos uma vez por semana, eles apareciam com sacolas cheias de ingredientes e um jeito quase frenético de cozinhar. Abby estava bem no meio de um momento desses, tagarelando em um italiano perfeito enquanto Carter e Clark assistiam da segurança de seus bancos perto de um balcão. Marco e Marcello adoravam se exibir para os meninos e explicavam seus preparativos em um inglês com forte sotaque. Eles também estimulavam os gêmeos a repetir palavras e frases em italiano.

Mitch riu da cena enquanto largava a pasta no chão, tirava o paletó e se servia de uma taça de Chianti. Ele perguntou aos meninos sobre o dever de casa e recebeu a garantia padrão de que estava tudo feito. Marco apresentou um pequeno prato de bruschetta, colocou-o no balcão em frente aos meninos e disse a Mitch que ele não deveria se preocupar com dever de casa e coisas assim, porque os dois estavam fazendo um trabalho importante como provadores. Mitch fingiu aceitar o argumento. Ele conferiria o dever de casa mais tarde.

O nome do restaurante deles era, sem nenhuma surpresa, Rosario's, e estava bordado em letras grossas nos aventais vermelhos que usavam. Marcello ofereceu um a Mitch, que, como sempre, recusou, alegando que não sabia cozinhar. Quando estavam sozinhos na cozinha, Abby permitia que ele descascasse e cortasse legumes, medisse temperos sob seu olhar atento, arrumasse a mesa e cuidasse do lixo, todo o trabalho pesado que ela considerava aceitável para os talentos dele. Uma vez ele conseguiu ser promovido a sous chef, mas foi severamente rebaixado depois de queimar uma baguete.

Ela pediu uma pequena taça de vinho. Marco e Marcello recusaram, como sempre. Mitch aprendera anos antes que os italianos, apesar da sua prodigiosa produção de vinho e da presença da bebida em praticamente todas as refeições, na verdade bebiam pouco. Uma jarra do tinto ou branco local preferido satisfazia uma grande família durante um jantar demorado.

Pelo seu conhecimento sobre comida e vinho italianos, Abby era editora-sênior da Epicurean, uma pequena mas movimentada editora da cidade. A empresa havia se especializado em livros de receitas e publicava cerca de cinquenta títulos por ano, quase todos em volumes grossos e bonitos recheados de receitas do mundo todo. Como ela conhecia muitos chefs e donos de restaurantes, ela e Mitch jantavam fora com frequência e raramente se preocupavam em reservar mesa. O apartamento deles era o laboratório preferido de jovens chefs que sonhavam com o sucesso em uma cidade repleta de restaurantes sofisticados e gourmets sérios. A maioria das refeições preparadas lá era extraordinária, mas, como os chefs tinham liberdade para experimentar, de vez em quando algo não funcionava. Carter e Clark eram cobaias fáceis e estavam sendo criados em um mundo de receitas de alto nível. Se os chefs não conseguissem agradá-los, seus pratos provavelmente estariam em apuros. Os meninos eram incentivados a criticar qualquer prato de que não gostassem. Seus pais costumavam fazer piada baixinho sobre estarem criando uma dupla de gourmets metidos a besta.

Naquela noite não haveria reclamações. A bruschetta foi seguida por uma pequena pizza de trufas. Abby anunciou o fim dos aperitivos e encaminhou a família para a mesa de jantar. Marco serviu o primeiro prato, uma sopa de peixe condimentada chamada *cacciucco*, enquanto Marcello se sentava. Todos os seis deram uma colherada, apreciaram os sabores e refletiram sobre o que tinham achado. O ritmo era lento, e isso muitas vezes incomodava as crianças. O prato de massa era sopa de *cappelletti*, um pequeno ravióli em caldo de carne. Carter, em particular, adorava massa e disse que aquela estava deliciosa. Abby não teve a mesma convicção. Marco serviu o segundo prato, um risoto de açafrão. Como eles estavam fazendo pesquisas em um laboratório, um terceiro prato, espaguete ao vôngole, veio a seguir. As porções eram pequenas, apenas algumas garfadas, e eles faziam brincadeiras sobre se preparar para tudo que estava por vir. Os Rosarios discutiam sobre os ingredientes, as variações das receitas e coisas afins. Mitch e Abby ofereceram suas opiniões, muitas vezes com todos os adultos falando ao mesmo tempo. Depois do prato de peixe, os meninos começaram a ficar entediados. Logo foram dispensados da mesa e subiram para ver televisão. Eles perderam o prato de carne, guisado de coelho, e a sobremesa, *panforte*, um bolo denso de chocolate com amêndoas.

Durante o café, os McDeeres e os Rosarios debateram quais receitas deveriam ser incluídas no livro e quais precisavam ser mais trabalhadas. Faltavam meses para a conclusão, então ainda havia muitos jantares por vir.

Pouco depois das oito, os irmãos estavam prontos para arrumar suas coisas e ir embora. Eles precisavam voltar ao restaurante e conferir a clientela. Depois de uma rápida limpeza e da habitual troca de abraços, eles partiram com sinceras promessas de voltar na próxima semana.

Quando o apartamento ficou em silêncio, Mitch e Abby voltaram para a cozinha. Como sempre, ainda estava uma bagunça. Eles terminaram de colocar os pratos no lava-louça, empilharam algumas panelas ao lado da pia e apagaram a luz. A governanta chegaria pela manhã.

COM OS MENINOS JÁ NA CAMA, eles foram para o escritório tomar alguma coisa antes de se deitar: uma taça de Barolo. Relembraram o jantar, falaram sobre trabalho e relaxaram.

Mitch mal podia esperar para dar a notícia.

– Vou viajar amanhã à noite – disse ele.

Não era novidade nenhuma. Ele costumava passar dez noites por mês fora de casa, e ela havia aceitado as exigências do trabalho dele havia muito tempo.

– Não está na agenda – disse ela, dando de ombros. Relógios e calendários governavam a vida dos dois, e eles eram diligentes no planejamento. – Algum lugar divertido?

– Memphis.

Ela assentiu, tentando sem sucesso esconder a surpresa.

– Ok, estou ouvindo, e é melhor que seja bom.

Ele sorriu e fez um rápido resumo da conversa com Willie Backstrom.

– Por favor, Mitch, mais um caso de pena de morte, não. Você prometeu.

– Eu sei, eu sei, mas eu não consegui dizer não pro Willie. É uma medida desesperada e provavelmente vai ser uma viagem perdida. Eu disse que ia tentar.

– Achei que a gente nunca mais voltaria lá.

– Eu também. Mas é só por 24 horas.

Ela tomou um gole de vinho e fechou os olhos.

– Faz muito tempo que a gente não fala sobre Memphis, não é? – disse ela depois de reabri-los.

– É. Porque não precisamos, na verdade. Mas já se passaram quinze anos, e tudo mudou.

– Não gosto mesmo assim.

– Eu vou ficar bem, Abby. Ninguém vai me reconhecer. Todos os criminosos se foram.

– Você que pensa. Pelo que eu me lembre, saímos da cidade no meio da noite, morrendo de medo, certos de que eles estavam atrás de nós.

– E estavam. Mas eles se foram. Alguns estão mortos. O escritório implodiu, e todo mundo foi pra cadeia.

– Onde eles merecem estar.

– É, mas nenhum integrante do escritório ainda mora em Memphis. Vou chegar e ir embora sem nenhum problema, e ninguém vai saber.

– Não gosto das lembranças daquele lugar.

– Olha, Abby, há muito tempo nós tomamos a decisão de ter uma vida normal, sem olhar pra trás. O que aconteceu lá são águas passadas.

– Mas, se você aceitar o caso, seu nome vai aparecer na imprensa, né?

– Se eu aceitar o caso, o que parece pouco provável, não vou ficar em Memphis. A penitenciária fica em Nashville.

– Então por que você vai a Memphis?

– Porque o advogado, ou ex-advogado, trabalha lá. Vou fazer uma visita ao escritório dele, pra ele me inteirar, e depois vamos até o presídio.

– O Scully tem um milhão de advogados. Eles com certeza podiam ter achado outra pessoa.

– Não dá pra esperar. E se o cliente se recusar a me receber, vou estar livre e volto pra casa antes mesmo que você comece a sentir saudades.

– Quem disse que eu vou sentir saudades? Você viaja o tempo todo!

– É, e eu sei que vocês ficam tristes quando eu viajo.

– Mal conseguimos sobreviver. – Ela sorriu, balançou a cabeça e lembrou a si mesma que discutir com Mitch era perda de tempo. – Por favor, toma cuidado.

– Eu prometo.

3

A primeira vez que entrou no ornamentado lobby do Hotel Peabody, no centro de Memphis, Mitch estava a dois meses de completar 25 anos. Era aluno do terceiro ano de direito em Harvard e se formaria na primavera seguinte como o quarto melhor da turma. No bolso, tinha três esplêndidas ofertas de emprego de megaescritórios, dois em Nova York e um em Chicago. Nenhum de seus amigos entendia por que ele tinha perdido tempo escolhendo um escritório em Memphis que não era do grupo de elite da advocacia. Abby também não viu sentido.

Ele tinha sido motivado pela ganância. Embora o Bendini fosse um escritório pequeno, com apenas quarenta advogados, oferecia mais dinheiro e vantagens, além de um caminho mais curto para que ele se tornasse sócio. Mas ele tinha racionalizado a ganância, conseguido até mesmo negá-la, e se convencido de que um garoto de cidade pequena se sentiria mais à vontade em uma cidade pequena. O escritório tinha um ar familiar, e ninguém nunca saía de lá. Não vivo, pelo menos. Ele deveria saber que uma oferta boa demais para ser verdade viria acompanhada de sérios fardos e restrições. Ele e Abby duraram apenas sete meses e tiveram sorte de conseguir escapar.

Naquela época, eles haviam atravessado o saguão de mãos dadas, olhando boquiabertos para o rico mobiliário, os tapetes orientais, as obras de arte e a fabulosa fonte no meio, com patos nadando em círculos.

Hoje eles ainda estavam lá nadando, e Mitch se perguntou se eram os mesmos patos. Ele pegou um refrigerante diet no bar e se jogou em uma poltrona robusta perto da fonte. As lembranças vieram em uma enxurrada: a vertigem de conseguir um emprego tão bom; o alívio porque a faculdade de direito estava quase terminando; a certeza irrestrita de um futuro brilhante; uma nova carreira, uma nova casa, um carro luxuoso, um salário polpudo. Ele e Abby haviam até conversado sobre ter filhos. Claro, ele tinha algumas dúvidas, mas elas começaram a se dissipar no momento em que ele entrou no Peabody.

Como ele podia ter sido tão estúpido? Será que haviam se passado mesmo quinze anos? Eles eram apenas crianças naquela época, tão ingênuos.

Ele terminou o refrigerante e foi até o balcão para fazer o check-in. Havia reservado um quarto para uma noite em nome de Mitchell Y. McDeere e, enquanto esperava a recepcionista encontrar a reserva, passou fugazmente pela sua cabeça que alguém poderia se lembrar dele. A recepcionista não lembrava, e mais ninguém lembraria. Bastante tempo se passara, e os conspiradores que o haviam perseguido tinham partido havia muito tempo. Ele foi para o quarto, vestiu uma calça jeans e saiu para dar uma volta.

A três quarteirões do hotel, na Front Street, ele parou e olhou para um prédio de cinco andares outrora conhecido como Edifício Bendini. Sentiu um leve calafrio com as lembranças de seu breve mas turbulento período ali. Lembrou-se de nomes e de rostos antigos, todos já desaparecidos, mortos ou levando uma vida pacata em outros lugares. O prédio havia sido reformado, rebatizado, e agora estava repleto de apartamentos que anunciavam a vista para o rio. Ele seguiu em frente e encontrou a Lansky's Deli, um tradicional estabelecimento de Memphis que não havia mudado. Ele entrou, se sentou em um banco junto ao balcão e pediu um café. À sua direita havia uma fileira de mesas, todas vazias no final da tarde. A terceira era justamente aquela onde ele estava sentado quando um agente do FBI apareceu do nada e começou a interrogá-lo sobre o escritório em que ele trabalhava. Tinha sido o começo do fim, o primeiro sinal claro de que as coisas não eram o que pareciam. Mitch fechou os olhos e repassou toda a conversa, palavra por palavra. O nome do agente era Wayne Tarrance, um nome que ele jamais esqueceria, não importava o quanto tentasse.

Quando acabou o café, ele pagou e andou até a Main Street, onde pegou um bonde para dar um rápido passeio. Alguns dos edifícios estavam diferentes, outros pareciam iguais. Muitos o fizeram lembrar de acontecimentos que ele lutava para apagar da mente. Desceu em um parque, se sentou em um banco debaixo de uma árvore e ligou para o escritório para se inteirar do caos que estava perdendo. Telefonou para Abby e teve notícias dos meninos. Estava tudo bem em casa. Não, ele não estava sendo seguido. Ninguém se lembrava dele.

Quando começou a anoitecer, ele voltou ao Peabody e pegou o elevador até o terraço. O bar na cobertura era um local popular para se ver o pôr do sol sobre o rio e tomar uns drinques com os amigos, em geral no início das noites de sexta-feira, depois de uma semana difícil. Durante sua primeira visita, para a entrevista, ele e Abby tinham sido recebidos por advogados mais jovens do escritório e suas esposas. Todo mundo tinha esposa. Todos os advogados eram homens. Essas eram as regras tácitas do Bendini naquela época. Mais tarde, ao ficarem sozinhos, os dois tinham pedido um drinque no terraço e tomado a catastrófica decisão de aceitar o emprego.

Ele pegou uma cerveja, se apoiou na grade e ficou olhando o rio Mississippi serpentear por Memphis em sua eterna viagem até Nova Orleans. Enormes barcaças carregadas de soja avançavam devagar sob a ponte em direção ao Arkansas enquanto o sol finalmente se punha além das intermináveis planícies agrícolas. Não sentiu nenhuma nostalgia. Os dias de promessa tinham desaparecido em poucas semanas, conforme a vida dos dois foi se tornando um pesadelo inacreditável.

Só havia uma opção possível para o jantar. Ele atravessou a Union Avenue, entrou em um beco e sentiu o cheiro de costeletas. O Rendezvous era de longe o restaurante mais famoso da cidade, e ele já havia comido lá inúmeras vezes, sempre que teve oportunidade. De vez em quando, Abby o encontrava depois do trabalho, para comerem as famosas costeletas defumadas com uma cerveja bem gelada. Era terça-feira, e, embora sempre estivesse movimentado, não se parecia em nada com os finais de semana, quando não era raro esperar uma hora por uma mesa. Reservas estavam fora de cogitação. Um garçom apontou para uma mesa em uma das muitas seções apertadas e Mitch se sentou, com vista para o bar principal. Não disponibilizaram cardápio. Outro garçom passou e perguntou:

– Você sabe o que vai querer?

– Uma porção grande, tábua pequena de queijos, cerveja grande.

O garçom não precisou nem parar.

Ele notou muitas mudanças na cidade, mas havia uma constante: o Rendezvous seria sempre o mesmo. As paredes eram repletas de fotos de clientes famosos, programas do Liberty Bowl, letreiros em neon de marcas de cerveja e refrigerante, desenhos da antiga Memphis e mais fotos, a maioria de décadas anteriores. Uma das tradições era pregar um cartão de visitas na parede antes de sair, e devia haver um milhão deles ali. Ele mesmo tinha pregado um, e se perguntou se havia restado algum cartão dos advogados do Bendini, Lambert & Locke. Como era evidente que ninguém se dava ao trabalho de tirar um cartão dali, ele imaginou que sim.

Dez minutos depois, o garçom lhe entregou uma travessa com costeletas, queijo cheddar e salada de repolho. A cerveja estava tão gelada quanto ele se lembrava. Ele pegou uma costeleta, deu uma grande mordida, se deleitou e, pela primeira vez, teve uma lembrança agradável de Memphis.

A INICIATIVA DE DEFESA contra a Pena de Morte foi fundada por Amos Patrick em 1976, logo depois que a Suprema Corte revogou o veto à pena capital. Quando isso aconteceu, os "estados da morte" se apressaram em ajeitar suas cadeiras elétricas e câmaras de gás e foi dada a largada. Eles ainda estavam tentando superar uns aos outros em número de execuções. O Texas era o líder disparado, com vários estados disputando o segundo lugar.

Amos cresceu em meio à extrema pobreza na zona rural da Geórgia e conheceu a fome na infância. Todos os seus amigos mais próximos eram negros e, ainda pequeno, ele ficava furioso com os maus-tratos que eles recebiam. Quando era adolescente, começou a compreender o racismo e seus efeitos nefastos sobre as pessoas negras. Embora não conhecesse o termo "liberal", ele cresceu e se tornou um – e bem radical. Um professor de biologia do ensino médio reparou em seus talentos e o encaminhou para a faculdade. Caso contrário, ele teria passado a vida trabalhando nas fazendas de amendoim com os amigos.

Amos era uma lenda no pequeno universo da luta contra a pena de morte. Durante trinta anos, travou uma guerra em nome de assassinos frios e calculistas culpados de crimes que na maioria das vezes eram impossíveis de descrever. Para sobreviver, aprendeu a pegar os crimes, colocá-los numa caixinha e ignorá-los. A questão não era a culpa. A questão era dar ao Estado, com todos os seus defeitos, preconceitos e poder de estragar tudo, o direito de matar.

E ele estava cansado. O trabalho acabou derrubando-o. Tinha salvado muitas vidas, perdido algumas batalhas ao longo do caminho e, neste processo, fundado uma organização sem fins lucrativos que atraiu dinheiro suficiente para que ele se sustentasse e talento suficiente para que continuasse a luta. No entanto, seu vigor estava decaindo em ritmo acelerado, e a esposa e o médico insistiam para que ele diminuísse o ritmo.

Seu escritório também era lendário. Uma imitação ruim da art déco dos anos 1930, que tinha sido expandido e reduzido ao longo das décadas. Foi construído por um revendedor de automóveis e, no passado, tinha sido usado para vender Pontiacs novos e usados ao longo do "quarteirão dos automóveis" na Summer Avenue, a dez quilômetros do rio. Com o tempo, porém, as concessionárias se mudaram, fugiram para o leste como a maior parte de Memphis, deixando para trás showrooms cobertos de tapumes, muitos dos quais foram demolidos. Amos salvou a dos Pontiacs em um leilão que não atraiu ninguém além dele. Sua hipoteca foi afiançada por alguns advogados solidários em Washington, D.C. Ele não se importava com estilo, aparência nem opinião pública e tinha pouco dinheiro para reformas. Precisava de um espaço grande com serviços básicos, nada mais. Não estava tentando atrair clientes, porque tinha mais do que era capaz de administrar. A guerra em torno da pena de morte estava no auge, e os promotores estavam a todo vapor.

Amos gastou alguns dólares em tinta, *drywall* e encanamento e transferiu sua crescente equipe para a antiga revenda de Pontiacs. Quase no mesmo instante, os advogados e assistentes paralegais da IDPM adotaram uma postura defensiva em relação ao local de trabalho deplorável e incomum. Quem mais exerce a advocacia em um galpão reformado onde antes se trocava óleo e instalavam silenciadores?

Não havia recepção, porque os clientes não faziam visitas. Todos estavam no corredor da morte ou em outra unidade prisional da Virgínia ao Arizona. Mitch tocou a campainha e adentrou uma área ampla que tinha sido um showroom e esperou algum contato humano. Ele se divertiu com a decoração, composta principalmente de cartazes anunciando Pontiacs novinhos em folha mais de meio século atrás, calendários da década de

1950 e algumas matérias de jornal emolduradas de casos em que a IDPM tinha conseguido salvar uma vida. Não havia carpete nem tapetes. O piso era um tanto original: concreto polido com manchas permanentes de tinta e óleo.

– Bom dia – disse uma jovem ao passar apressada com uma pilha de papéis.

– Bom dia – respondeu Mitch. – Marquei de falar com Amos Patrick às nove.

Ela apenas o cumprimentou, mas não ofereceu ajuda. O melhor que conseguiu foi dar um sorriso tenso, como se tivesse coisa melhor para fazer.

– Tudo bem, vou avisar a ele, mas pode demorar um pouco. Estamos no meio de uma manhã complicada – disse ela e saiu.

Nenhum convite para que ele se sentasse, muito menos alguém para oferecer um café.

E o que, exatamente, significava uma manhã complicada em um escritório de advocacia onde todos os casos tinham a ver com morte? Apesar das janelas frontais altas que deixavam entrar luz solar suficiente, o lugar tinha uma atmosfera tensa, quase sombria, como se a maioria dos dias começasse mal, com os advogados acordando cedo e correndo atrás dos prazos pelo país inteiro. Havia três cadeiras de plástico em um dos cantos, com uma mesa de centro coberta de revistas velhas. Uma espécie de sala de espera. Mitch se sentou, pegou o celular e começou a conferir os e-mails. Às 9h30 ele foi esticar as pernas, observou o trânsito na Summer Avenue, ligou para o escritório, porque esperavam que ele ligasse, e lutou contra a irritação. Em seu mundo de precisão controlada pelo relógio, atrasar meia hora para um compromisso era raro, e só deveria acontecer mediante uma boa justificativa. Mas ele lembrou a si mesmo que era um caso *pro bono* e que estava doando seu tempo.

Às 9h50, um garoto usando calça jeans surgiu de um dos cantos e disse:

– Sr. McDeere, por aqui.

– Obrigado.

Mitch o seguiu até depois do showroom e passou por um grande balcão onde, de acordo com uma placa desbotada, antigamente vendiam-se peças de automóveis. Eles passaram por uma larga porta vaivém e entraram em um corredor. O garoto parou diante de uma porta fechada e disse:

– O Amos está te esperando.

– Obrigado.

Mitch entrou e foi abraçado por Amos Patrick, uma figura de aparência despojada com uma massa de cabelos grisalhos rebeldes e barba desgrenhada. Depois do abraço, eles deram um aperto de mãos e tiveram um bate-papo preliminar: Willie Backstrom, outros conhecidos, o tempo.

– Quer um espresso? – perguntou Amos.

– Claro.

– Simples ou duplo?

– O que vai fazer pra você?

– Um triplo.

– Pra mim também.

Amos deu um sorriso e foi até um balcão onde mantinha uma sofisticada cafeteira espresso italiana com um repositório de diferentes grãos de café e xícaras. Aquele sujeito levava café a sério. Ele pegou duas xícaras das maiores – de verdade, não de papel –, apertou alguns botões e esperou que a moagem começasse.

Eles estavam sentados em um dos cantos do escritório amplo, bem debaixo de um alçapão no teto que não era aberto havia anos. Mitch não pôde deixar de notar que os olhos de Amos estavam vermelhos e inchados. Com pesar, ele disse:

– Olha, Mitch, eu receio que você tenha feito essa viagem à toa. Sinto muito, mas não há nada que você possa fazer.

– Tudo bem. O Willie me avisou.

– Ah, não, isso não. Muito pior. Encontraram o Tad Kearny enforcado num pedaço de fio preso no chuveiro hoje de manhã. Parece que ele foi mais rápido que os caras. – Sua voz ficou embargada, e ele se calou.

Mitch não conseguiu pensar em nada para falar.

Amos pigarreou e conseguiu dizer, quase sussurrando:

– Estão dizendo que foi suicídio.

– Eu sinto muito.

Por um bom tempo, eles ficaram sentados ali em silêncio, e o único som era o do café gotejando. Amos secou os olhos com um lenço de papel, depois se levantou com esforço, pegou as xícaras e as colocou sobre uma mesinha. Foi até sua mesa extremamente bagunçada, pegou uma folha de papel e a entregou a Mitch.

– Isso chegou tem uma hora, mais ou menos.

Era uma imagem chocante de um homem branco, nu e magricelo, pendurado grotescamente por um fio que cortava a carne do pescoço e estava preso a um cano que saía da parede. Mitch deu uma olhada, virou a cara e devolveu o papel.

– Sinto muito por isso – disse Amos.

– Caramba.

– Acontece o tempo todo na prisão, mas não no corredor da morte.

Outro momento de silêncio se seguiu enquanto eles tomavam o café. Mitch não conseguiu pensar em nada para dizer, mas a mensagem era clara: aquele suicídio era suspeito.

Amos olhou para a parede e disse com franqueza:

– Eu amava esse cara. Ele era completamente maluco, e nós sempre brigávamos, mas eu tinha muita simpatia por ele. Aprendi há muito tempo a não me envolver emocionalmente com os clientes, mas com o Tad eu não consegui evitar. O garoto nunca teve uma chance na vida, estava condenado desde o dia em que nasceu, o que não é raro.

– Por que ele te demitiu?

– Ah, ele me demitiu várias vezes. Devia ser uma brincadeira, eu acho. O Tad era esperto e estudou direito sozinho, achava que sabia mais do que qualquer um dos seus advogados. Mas eu insisti com ele. Você já passou por isso. É difícil não sofrer com esses sujeitos desesperados.

– Perdi dois.

– Perdi vinte, agora vinte e um, mas o Tad sempre vai ser especial. Eu o representei por oito anos, e durante esse tempo ele nunca recebeu uma visita. Nada de amigos, nada de família, ninguém além de mim e de um capelão. Esse era sozinho de verdade. Vivia como um bicho na solitária, sem contato com ninguém de fora, apenas um advogado. O estado mental dele se deteriorou ao longo dos anos, e nas últimas vezes que o visitei ele se recusou a dizer uma só palavra. Aleatoriamente ele me escrevia uma carta de cinco páginas cheia de pensamentos e divagações tão incoerentes que só podiam ser uma prova clara de esquizofrenia.

– Mas você tentou a alegação de insanidade.

– Tentei, sim, mas não consegui. O Estado rebateu cada passo nosso e os tribunais não tiveram nenhuma empatia. Tentamos de tudo e tínhamos alguma chance de lutar uns meses atrás, mas aí ele decidiu demitir a equipe jurídica. Não foi uma jogada inteligente.

– E a culpa?

Amos tomou outro gole e balançou a cabeça.

– Bom, os fatos não estavam a favor dele, digamos assim. Um traficante flagrado no meio de uma operação com agentes infiltrados da divisão de entorpecentes, dos quais três foram atingidos na cabeça e morreram no local. Não tem muito como um júri simpatizar. As deliberações duraram uma hora, mais ou menos.

– Então ele matou mesmo os caras?

– Ah, sim, dois tiros na testa a doze metros de distância. O terceiro levou um tiro no queixo. O Tad era um atirador experiente, sabe? Cresceu com armas em todos os lugares, em todos os carros e caminhonetes, em todos os armários e gavetas. Desde criança ele conseguia atingir um alvo praticamente com os olhos vendados. Os agentes escolheram o cara errado para emboscar.

Mitch deixou a palavra ecoar pela sala por um instante, depois disse:

– Emboscar?

– É uma longa história, Mitch, então vou resumir. Lá nos anos 1990 havia um grupinho de agentes rebeldes da divisão de entorpecentes que decidiu que a melhor maneira de vencer a guerra às drogas era matando os traficantes. Eles usaram informantes, delatores e outros bandidos do ramo e infiltraram policiais. Quando os entregadores chegavam com a mercadoria, os agentes simplesmente matavam eles. Não havia necessidade de se preocupar com detenções, julgamentos e coisas assim, era um jeito de fazer justiça com as próprias mãos que as autoridades e a imprensa engoliram lambendo os beiços. Um jeito bem eficaz de tirar os traficantes de campo.

Mitch estava sem palavras, então decidiu tomar seu café e ouvir.

– Até hoje eles nunca foram denunciados, então ninguém sabe quantos traficantes eles emboscaram. E, sinceramente, ninguém se importa. Olhando em retrospecto, parece que eles perderam um pouco do entusiasmo quando o Tad matou três amigos deles. Aconteceu cerca de trinta quilômetros ao norte de Memphis, em um ponto de descarga na zona rural. Houve algumas suspeitas, alguns advogados estavam juntando as peças, mas ninguém queria ir muito fundo, na verdade. Esses caras eram agentes da lei detestáveis e violentos, que faziam as próprias regras. Quem sabia da história ficou bem contente em ajudar a encobri-la.

– E você sabia?

– Digamos que eu suspeitava, mas não temos mão de obra pra investigar algo tão fora do comum. Minha agenda já está totalmente cheia de prazos pra todo lado. Mas o Tad sempre soube que era uma emboscada e estava fazendo algumas acusações bem graves quando nos demitiu. Acho que ele estava na trilha certa. Mas, como sempre, o pobre rapaz era tão desequilibrado mentalmente que era difícil levá-lo a sério.

– Quais são as chances de não ter sido suicídio?

Amos deu um grunhido e limpou o nariz com a parte de trás da manga.

– Eu apostaria um bom dinheiro, e não tenho muito, que o Tad não morreu pelas próprias mãos. Meu palpite é que as autoridades queriam mantê-lo de boca fechada até que pudessem matá-lo adequadamente em julho. E jamais saberemos, porque a investigação, se é que podemos chamar assim, vai ser uma farsa. Não tem como descobrir a verdade, Mitch. Mais um se foi, e ninguém se importa.

Ele fungou e secou os olhos de novo.

– Sinto muito.

Mitch ficou um tanto surpreso ao ver um advogado que havia perdido vinte clientes em execuções tão abalado. A gente não fica insensível e calejado depois dos primeiros? Ele não pretendia descobrir. O tempo dele naquele cantinho do universo *pro bono* tinha acabado de chegar ao fim.

– E eu também sinto muito, Mitch. Lamento que você tenha feito essa viagem.

– Não tem problema. Valeu pra conhecer você e o seu escritório.

Amos apontou para o alçapão no teto.

– O que você achou? Quem mais exerce advocacia em uma antiga revenda de Pontiacs? Aposto que não tem nada assim em Nova York.

– Provavelmente não.

– Por que não tenta ficar aqui? Temos uma vaga, um cara saiu na semana passada.

Mitch sorriu e sufocou uma risada. Não queria ofender, mas o salário seria menor do que o que ele pagava de imposto de renda em Manhattan.

– Obrigado, mas eu já tentei a sorte em Memphis.

– Eu lembro. A história do Bendini foi bastante comentada na região por um tempo. Um escritório inteiro desmorona e todo mundo vai preso. Quem poderia esquecer? Mas o seu nome mal foi mencionado.

– Tive sorte e escapei.
– E você não vai voltar.
– E eu não vou voltar.

4

Do carro alugado, Mitch ligou para a secretária e pediu que ela mudasse seus planos de viagem. Ele havia perdido o voo matinal sem escalas para o LaGuardia. Os voos com conexão levariam horas e o fariam ziguezaguear pelo país quase inteiro. Havia um voo direto saindo de Nashville às 17h20, e ela conseguiu uma passagem para ele. O caminho até o aeroporto se encaixaria perfeitamente com uma ideia que ele tinha na cabeça.

O tráfego havia diminuído e Memphis ficara para trás quando uma onda inesperada de alegria o atingiu com força. Ele tinha acabado de se livrar de uma experiência que seria terrível, e a subtrama dos agentes justiceiros era suficiente para causar úlceras em qualquer advogado, na melhor das hipóteses. Ele tinha se sacrificado pela equipe, feito um grande favor a Willie Backstrom e estava fugindo de Memphis de novo, desta vez sem ameaças nem outras bagagens.

Com tempo de sobra, ele se manteve nas estradas menores e desfrutou de uma viagem tranquila. Ignorou alguns telefonemas de Nova York, entrou em contato com Abby e passeou a oitenta quilômetros por hora. A cidade de Sumrall ficava duas horas a leste de Memphis e uma hora a oeste de Nashville. Era a sede do condado e tinha uma população de dezoito mil habitantes, um número alto para aquela zona rural do Sul. Mitch foi seguindo as placas e logo se viu na rua principal, que ficava em uma das laterais da praça da cidade. Um tribunal bem preservado do século XIX ficava bem no centro dela, com estátuas, gazebos, monumentos e bancos espalhados, todos protegidos pela sombra de enormes carvalhos.

Mitch estacionou em frente a uma loja de roupas e deu a volta na praça. Como sempre, não faltavam advogados e pequenos escritórios. Mais uma vez, ele se perguntou por que seu velho amigo tinha escolhido uma vida como aquela.

ELES SE CONHECERAM EM HARVARD, no final do outono do terceiro ano de Mitch, quando os escritórios de advocacia mais prestigiados faziam sua visita anual à universidade. O jogo do recrutamento era a recompensa, não pelo trabalho árduo, porque isso era a regra em todas as faculdades de direito, mas por ser inteligente e ter tido a sorte de ser aceito em Harvard. Para um garoto pobre como Mitch, o recrutamento era ainda mais emocionante porque ele pôde sentir o cheiro do dinheiro pela primeira vez na vida.

Lamar tinha sido enviado com a equipe porque era apenas sete anos mais velho que Mitch, e uma imagem mais jovem era sempre importante. Ele e sua esposa, Kay, tinham recebido os McDeeres assim que eles chegaram a Memphis.

Os dois passaram quinze anos sem qualquer contato. A internet tornou mais fácil bisbilhotar e ver o que as pessoas estavam fazendo, principalmente os advogados, que, em sua maioria, independentemente do sucesso ou da ausência dele, adoravam toda a atenção que fossem capazes de atrair. Era bom para os negócios. O site de Lamar era bem simples, assim como seu trabalho: uma mera oferta de escrituras, testamentos, divórcios amigáveis, transações de bens e, claro, *danos pessoais*! Todo advogado de cidade pequena sonhava em pegar bons casos de acidentes de carro.

Não havia menção a nada desagradável, como o indiciamento de Lamar, a confissão e o tempo passado na cadeia.

Seu escritório ficava em cima de uma loja de artigos esportivos. Mitch subiu os degraus rangentes se arrastando, respirou fundo e abriu a porta. Uma mulher grande sentada diante de um computador fez uma pausa e abriu um sorriso simpático.

– Bom dia.

– Bom dia. O Lamar está?

– Ele está no fórum – disse ela, apontando com a cabeça para trás, na direção do tribunal.

– Julgamento?

– Não, só uma audiência. Deve acabar já, já. Posso ajudar?

Mitch entregou a ela um cartão de visita do Scully e disse:

– Meu nome é Mitch McDeere. Vou tentar achar ele lá. Qual é a sala?

– Só tem uma. Segundo andar.

– Ótimo. Obrigado.

Era um belo tribunal, do tipo antigo: entalhes em madeira envernizada, janelas altas, retratos de dignitários brancos do sexo masculino já mortos nas paredes. Mitch entrou e se sentou na última fileira. Era o único espectador. O juiz havia saído, e Lamar estava conversando com outro advogado. Quando por fim viu Mitch, ficou surpreso mas continuou falando. Ao terminar, caminhou devagar pelo corredor central e parou no final da fileira. Era quase meio-dia, e a sala de audiências estava vazia.

Eles ficaram se olhando por um momento, até que Lamar perguntou:

– O que você está fazendo aqui?

– Eu estava de passagem.

Foi uma resposta sarcástica. Só um completo idiota estaria de passagem por um lugar tão atrasado como Sumrall.

– Vou perguntar de novo. O que você está fazendo aqui?

– Fui a Memphis ontem à noite, por causa de alguns negócios que foram cancelados. Meu voo sai de Nashville daqui a algumas horas, então resolvi ir de carro. Pensei em passar aqui pra dar um oi.

Lamar havia perdido tanto cabelo que estava quase irreconhecível. O que restou estava grisalho. Como muitos homens, ele tentava compensar a escassez da parte superior com a densidade da barba. Mas essa também estava grisalha, como normalmente acontece, e só o fazia parecer ainda mais velho. Ele entrou na fileira em que Mitch estava, parou a três metros de distância e se apoiou no banco da frente. Ainda não tinha dado nem um sorriso.

– Você quer falar sobre alguma coisa específica?

– Não exatamente. Penso em você de vez em quando e só queria dar um oi.

– Oi. Sabe, Mitch, eu também penso em você. Passei 27 meses em uma penitenciária federal por sua causa, então é meio difícil te esquecer.

– Você passou 27 meses em uma penitenciária federal porque era membro voluntário de uma organização criminosa e fez o possível para me convencer a ingressar nela. Consegui escapar por pouco. Você guarda rancor, eu também guardo.

Ao longe, uma escrivã atravessou a sala junto à tribuna do juiz. Eles a observaram e esperaram até que ela fosse embora, depois voltaram a se encarar.

Lamar deu de ombros levemente e disse:

– Tá certo, você tem razão. Eu cometi o crime e cumpri a pena. Não fico remoendo isso.

– Não vim aqui pra arrumar confusão. Eu esperava que a gente pudesse ter uma conversa agradável e enterrar esse assunto de vez.

Lamar respirou fundo e disse:

– Bem, uma coisa certa é que eu te admiro por ter vindo aqui. Achei que nunca mais ia te ver.

– Digo o mesmo. Você era o único amigo de verdade que eu tinha naquela época, Lamar. Passamos bons momentos juntos, apesar da pressão e tudo mais. A Abby e a Kay se davam muito bem. Temos boas lembranças de vocês.

– Bem, nós não. Nós perdemos tudo, Mitch, e foi fácil botar a culpa toda em você.

– O escritório ia cair, Lamar, você sabe disso. O FBI estava na cola, fechando cada vez mais o cerco. Eles me escolheram porque eu era o novato e perceberam que eu era o elo mais fraco.

– E estavam certos.

– Estavam certos demais. Como eu não tinha feito nada de errado, tomei a decisão de me proteger. Cooperei e fugi feito um cachorro assustado. O FBI nem conseguiu me encontrar.

– Pra onde você foi?

Mitch deu um sorriso e se levantou devagar.

– Isso, meu amigo, é uma longa história. Almoço por minha conta?

– Não, mas vamos achar um lugar.

O PRIMEIRO CAFÉ DA PRAÇA tinha "advogados demais", segundo Lamar. Eles seguiram por mais um quarteirão e encontraram uma mesa numa lanchonete no subsolo de uma antiga loja de ferragens. Cada um pagou o próprio almoço, e eles se sentaram num canto, longe da multidão.

– Como está a Kay? – perguntou Mitch.

Ele presumiu que os dois ainda estavam casados. Sua pesquisa superficial na internet não tinha encontrado nenhum registro de divórcio nos últimos dez anos. De vez em quando, Mitch se lembrava de um rosto ou de um nome daquela época e perdia uns minutos na internet fuçando alguma coisa. Passados quinze anos, porém, sua curiosidade vinha diminuindo. Ele não fazia anotações nem mantinha registros.

– Ela está bem, é vendedora de suprimentos médicos numa empresa bacana. Está se saindo bem. E a Abby?

– Também. Ela trabalha em uma editora lá em Nova York.

Lamar deu uma mordida no sanduíche de peru e assentiu. Epicurean Press, editora sênior, apaixonada por comida e vinho italianos. Ele tinha encontrado e folheado em uma livraria em Nashville alguns livros editados por ela. Ao contrário de Mitch, ele mantinha um arquivo. *Sócio do Scully. Advogado internacional.* O arquivo só existia por curiosidade pessoal e não tinha nenhum valor além disso.

– Filhos?

– Gêmeos, de oito anos, Carter e Clark. E os seus?

– O Wilson acabou de entrar em Sewanee. A Suzanne está no ensino médio. Você se deu bem, não foi, Mitch? Sócio de um grande escritório, filiais no mundo todo e tudo mais. Vivendo a vida agitada na cidade grande. Todos nós fomos pra cadeia enquanto você conseguiu se livrar.

– Eu não merecia ir pra cadeia, Lamar, e tive sorte de sair vivo. Pensa nos que não conseguiram, incluindo seus amigos. Pelo que eu me lembro, houve cinco mortes misteriosas em cerca de dez anos. Não foi?

Lamar assentiu enquanto mastigava. Ele engoliu e tomou o chá gelado com um canudo para ajudar a descer.

– Você desapareceu do nada. Como foi que conseguiu isso?

– Você quer mesmo saber?

– Sem dúvida. É uma grande interrogação minha há muito tempo.

– Tá bem. Eu tenho um irmão chamado Ray, que estava preso. Convenci o FBI a libertá-lo em troca da minha colaboração. Ele foi pras Ilhas Cayman, se encontrou com um amigo lá e conseguiu um barco. Um veleiro de trinta pés, muito bonito. Não que eu entenda muito de barcos. A Abby e eu saímos furtivamente de Memphis com a roupa do corpo e fomos pra Flórida, perto de Destin. Alcançamos o barco e saímos no meio da noite. Passamos um mês na Grand Cayman e depois velejamos até outra ilha.

– E você tinha dinheiro?

– Bem, tinha. Eu me indenizei com uma parte do dinheiro sujo do escritório, e o FBI fez vista grossa. Depois de alguns meses, cansamos das ilhas e começamos a viajar, sempre com medo de estarmos sendo seguidos. Viver em fuga não é nada bom.

– Mas o FBI estava te ajudando?

– Claro. Eu dei todos os documentos de que eles precisavam, mas não aceitei testemunhar no julgamento. Eu não ia voltar pra Memphis em hipótese alguma. Como você sabe, não teve julgamento nenhum.

– Ah, não teve. Nós caímos como dominós. Eles me propuseram três anos se eu cooperasse, ou eu iria a julgamento e pegaria pelo menos vinte. Todo mundo cedeu. A peça-chave foi o Oliver Lambert. Eles apertaram até ele abrir o bico. Quando abriu, todos nós viramos alvos fáceis.

– E ele morreu na cadeia.

– Que descanse em paz, aquele desgraçado. O Royce McKnight se matou com um tiro depois de sair. O Avery, como você deve saber, foi apagado pela Máfia. O capítulo final do escritório não é nada bonito. Ninguém voltou pra Memphis. Ninguém era de lá, pra começo de conversa. Como éramos todos um bando de condenados expulsos da ordem dos advogados, nos dispersamos e tentamos esquecer uns dos outros. O Bendini não é um assunto muito popular.

Mitch espetou uma azeitona do fundo da salada e a comeu.

– Você nunca mais teve contato com ninguém?

– Não, nenhum. Foi um pesadelo. Um dia você é um advogado famoso com uma excelente reputação e muito dinheiro, dono do parquinho, depois, *bum*, antes que você perceba, o FBI está invadindo seu escritório, mostrando os crachás, fazendo ameaças, levando os computadores, lacrando as portas. Fugimos em estado de choque e tivemos dificuldade pra encontrar bons criminalistas. Não havia tantos assim em Memphis. Passamos meses esperando o golpe de misericórdia, e, quando ele veio, nosso mundo chegou ao fim. Minha primeira noite na cadeia foi horrível. Eu achava que seria atacado a qualquer momento. Levou três noites até eu interagir com alguém. Parecia que todo dia chegavam más notícias, que mais alguém tinha mudado de ideia e estava cooperando. Eu me declarei culpado à justiça federal no centro de Memphis, você conhece o prédio, com a Kay e os meus pais na primeira fila, todo mundo chorando. Eu pensava em suicídio todos os dias. Depois, me despacharam. A primeira parada foi Leavenworth, no Kansas. Um advogado na cadeia é alvo fácil para sofrer abuso de guardas e outros presos. Por sorte, foi só verbal.

Ele deu outra garfada e parecia cansado de falar.

– Eu não pretendia trazer à tona a parte da cadeia, Lamar. Sinto muito – disse Mitch.

– Tudo bem. Eu sobrevivi e fiquei mais forte. Tive sorte porque a Kay ficou comigo, embora não tenha sido fácil. Perdemos nossa casa e outras coisas, mas são só coisas. Você passa a entender o que importa de verdade. Ela e as crianças foram duronas e aguentaram a barra. Meus sogros ajudaram muito. Mas houve muitos divórcios, muitas vidas arruinadas. Cheguei ao fundo do poço depois de um ano e decidi que a prisão não ia me destruir. Trabalhei na biblioteca jurídica e ajudei muitos caras. Também comecei a estudar para refazer o exame da ordem. Eu estava planejando meu retorno.

– Quantos dos nossos antigos amigos estão advogando hoje?

Lamar sorriu e deu um grunhido, como se quisesse dizer "nenhum".

– Não sei de nenhum. É praticamente impossível com uma condenação por delito grave. Mas eu tinha um histórico impecável na prisão, esperei minha hora, passei no exame da ordem, recebi muitas recomendações e assim por diante. Fui reprovado duas vezes, mas na terceira consegui. Agora sou um advogado experiente de uma cidade pequena tentando ganhar sessenta mil dólares por ano. Felizmente, a Kay ganha mais do que isso, então conseguimos pagar as contas. – Ele deu uma mordida rápida no sanduíche. – Estou cansado de falar. Como foi que você passou de *bon vivant* no Caribe a sócio do Scully?

Mitch sorriu e tomou um pouco do chá.

– A parte do Caribe não durou muito, fiquei entediado. Funcionou por cerca de um mês, mas a vida real meio que bateu na porta. Deixamos as ilhas e fizemos um mochilão na Europa por vários meses, carregando tudo nas costas e andando de trem. Um dia nos pegamos numa pitoresca cidadezinha da Toscana. Cortona, não muito longe de Perugia.

– Nunca fui à Itália.

— Uma linda cidade nas montanhas. Passamos por uma casinha perto da praça central e vimos uma placa na janela. Estava para alugar, trezentos euros por mês. Pensamos: por que não? Nos divertimos tanto no primeiro mês que pagamos por mais um. A dona do chalé também administrava uma pousada não muito longe dali, que estava sempre lotada de turistas americanos e britânicos que queriam fazer aulas de culinária. A Abby se inscreveu e logo se interessou pela culinária italiana. Eu me concentrei nos vinhos. Três meses, depois quatro, depois cinco, e alugamos a casa por um ano. A Abby trabalhava na cozinha como sous chef enquanto eu vagava pelo campo, tentando fingir que era italiano. Contratamos um professor particular de idiomas e mergulhamos de cabeça. Passado um ano, nós nos recusávamos a falar inglês dentro de casa.

— Enquanto isso, eu estava na cadeia.

— Você vai continuar me culpando por isso?

Lamar dobrou o papel encerado sobre os restos do sanduíche e o pôs de lado.

— Não, Mitch. De hoje em diante, vou esquecer de tudo.

— Obrigado. Eu também.

— Então, como foi que o Scully & Pershing entrou em cena?

— Depois de três anos, era hora de seguir em frente. Nós dois queríamos uma carreira e uma família. Nos mudamos para Londres e, por impulso, fui à filial que o Scully tem lá e sondei. Um diploma de direito em Harvard abre muitas portas. Eles ofereceram uma vaga como associado, e eu aceitei. Depois de dois anos em Londres, decidimos voltar para os Estados Unidos. Além disso, a Abby estava grávida e queríamos criar as crianças aqui. Essa é a minha história.

— Gosto mais da sua do que da minha.

— Você parece satisfeito.

— Estamos felizes e saudáveis. Nada mais importa.

Mitch sacudiu o gelo no copo vazio. O sanduíche e a salada tinham terminado, assim como o almoço.

Lamar sorriu e disse:

— Muitos anos atrás, eu estive em Nova York, pra tratar de um pequeno assunto de negócios pra um cliente. Peguei um táxi até o número 110 da Broad Street, seu prédio, e fiquei do lado de fora olhando para aquela torre de oitenta andares. Um edifício espetacular, mas apenas um em meio a milhares. Sede internacional do Scully & Pershing, o maior escritório de advocacia que o mundo já conheceu, mas apenas mais um nome na enorme lista telefônica. Entrei e fiquei maravilhado com o átrio. Dezenas de elevadores. Escadas rolantes pra todo lado. Arte moderna desconcertante que custou uma fortuna. Sentei num banco e fiquei vendo as pessoas indo e vindo, o movimento frenético de jovens profissionais bem-vestidos, metade deles no celular, franzindo a testa, se achando muito importantes enquanto falavam. Todos correndo em um ritmo alucinante para ganhar mais um dólar. Eu não estava te procurando, Mitch, mas sem dúvida estava pensando em você. Eu me perguntei: "E se ele me visse e se aproximasse de mim agora? O que eu diria? O que ele diria?" Não cheguei a conclusão nenhuma, mas senti uma pontada de orgulho por você, um velho amigo, ter vencido de verdade. Você sobreviveu ao Bendini e agora está em cartaz pro mundo inteiro ver.

– Eu gostaria de ter visto você sentado lá.

– É impossível, porque ninguém levanta a cabeça. Ninguém para pra apreciar o ambiente, a arte, a arquitetura. "Cada um por si" é a descrição perfeita.

– Estou feliz lá, Lamar. Temos uma vida boa.

– Então eu fico feliz por você.

– Se você voltar a Nova York, adoraríamos receber você e a Kay.

Lamar sorriu e balançou a cabeça.

– Mitch, meu velho amigo, isso jamais vai acontecer.

5

Era quase meia-noite quando Mitch saiu do elevador e entrou em seu apartamento. A viagem de volta finalmente tinha terminado, e nada saíra como planejado. Atrasos dominaram a noite: embarque, taxiamento, decolagem, até o jantar frio foi servido atrasado. Ele levou meia hora para conseguir um táxi no LaGuardia, e um acidente na Ponte do Queensboro consumiu mais quarenta minutos. Seu dia tinha começado pontualmente, com um café da manhã tranquilo no Peabody. Depois disso, nada mais saíra como planejado.

Mas ele estava em casa, e pouca coisa importava. Os gêmeos estavam dormindo havia horas. Normalmente, Abby também estaria, mas ela estava no sofá, lendo e esperando. Ele lhe deu um beijo.

– Por que você ainda está acordada?

– Porque quero saber tudo sobre a sua viagem.

Ele tinha ligado para dar a bem-vinda notícia de que o possível caso de pena de morte não havia se concretizado, e ambos ficaram aliviados. Ele não tinha mencionado o desvio para ver Lamar Quin. Ela serviu uma taça de vinho para ele, e os dois ficaram conversando por uma hora. Ele garantiu a ela mais de uma vez que não tinha sentido nenhuma saudade dos velhos tempos. Não havia nada em Memphis para eles.

Quando ele começou a pegar no sono, ela o levou para o quarto.

CINCO HORAS DEPOIS, EXATAMENTE às seis da manhã, o despertador tocou, como sempre, e Mitch saiu da cama, enquanto a esposa continuou dormindo. Sua primeira tarefa da manhã era fazer o café. Enquanto estava coando, ele abriu o laptop e entrou no *The Commercial Appeal*, o jornal de Memphis. Na primeira página da seção Cidade, a manchete dizia: TAD KEARNY COMETE SUICÍDIO. A matéria parecia ter sido escrita pelo próprio diretor do presídio. Não havia nenhuma dúvida sobre a causa da morte. Nenhuma pista de como o "condenado pelo assassinato de policiais" havia conseguido um pedaço de fio. Os presos do corredor da morte tinham direito a dois banhos de dez minutos por semana, durante os quais "não eram vigiados". Os funcionários da prisão estavam tentando achar uma explicação, mas, ei, é uma prisão, suicídios acontecem o tempo todo. De qualquer forma, Tad estava prestes a levar a injeção letal e tinha demitido os advogados. Alguém se importava de verdade? A esposa de um dos agentes mortos por ele teria dito: "Estamos muito decepcionados. Queríamos estar lá para vê-lo dar o último suspiro."

O último advogado, Amos Patrick, de Memphis, tinha sido contactado, mas não deu nenhuma declaração.

O *Tennessean*, de Nashville, foi ainda menos empático. O condenado tinha assassinado três excelentes oficiais da lei "a sangue-frio", para usar um termo original. O júri havia se manifestado. O sistema tinha funcionado. Que ele descansasse em paz.

Mitch se serviu de uma xícara de café sem açúcar e fez baixinho uma oração para Tad, depois outra de agradecimento por se livrar de mais um caso complicado e sem perspectivas. Supondo que ele tivesse conhecido Tad e, de alguma forma, o convencido a aceitar ser representado, Mitch teria passado os noventa dias seguintes lutando para provar a insanidade mental do cliente. Se tivesse sorte e encontrasse o médico certo, correria freneticamente para achar um tribunal que o ouvisse. Todos os tribunais possíveis já haviam dito não a Tad. Todas as estratégias restantes, e sobravam pouquíssimas, eram um desesperado tiro no escuro. Mitch ficaria voando de um lado para outro entre Nova York, Memphis e Nashville, hospedando-se em hotéis baratos, acumulando milhares de milhas com a Hertz e a Avis e fazendo refeições que estariam bem distantes da deliciosa culinária que saía da cozinha de sua casa. Sentiria saudades dela e dos gêmeos, deixaria na mão os clientes pagantes, perderia um mês de sono e depois passaria as últimas 48 horas na prisão, gritando ao celular ou olhando para Tad através de uma fileira de grades e mentindo sobre as chances que ele ainda tinha.

– Bom dia – disse Abby enquanto dava um tapinha no ombro dele. Ela se serviu de uma xícara de café e se sentou à mesa. – Alguma boa notícia do mundo?

Ele fechou o laptop e sorriu para ela.

– O de sempre. Uma recessão está se aproximando. Nossa invasão do Iraque parece ainda mais equivocada. O clima está esquentando. Nada de novo, na verdade.

– Maravilha.

– Algumas matérias lá do Sul sobre o suicídio do Tad Kearny.

– Que tragédia.

– É, mas a minha parte nisso está encerrada. E decidi que a minha carreira com casos de pena de morte acabou.

– Acho que já ouvi isso antes.

– Bem, dessa vez é sério.

– Veremos. Você vai trabalhar até tarde hoje?

– Não. Volto pra casa por volta das seis, eu acho.

– Ótimo. Lembra daquele restaurante típico do Laos no Village, que a gente foi uns dois meses atrás?

– Claro. Como eu poderia esquecer? Alguma coisa Vang.

– Bida Vang.

– E o chef tem um sobrenome com pelo menos dez sílabas.

– Ele atende por "Chan" e decidiu fazer um livro de receitas. Ele vem aqui hoje à noite pra arrasar na cozinha.

– Incrível. O que vai ter no menu?

– Muita coisa, mas ele quer fazer uns testes. Ele mencionou uma linguiça de ervas com arroz de coco frito, entre outras coisas. Talvez você queira pular o almoço.

Clark emergiu da escuridão e foi direto até a mãe para ganhar um abraço. Carter chegou cinco minutos depois. Mitch serviu dois copinhos de suco de laranja e perguntou o que haveria na escola naquele dia. Como sempre, Clark acordou devagar e pouco falou durante o café da manhã. Carter, o tagarela, em geral falava pelos dois naquela conversa matinal.

Quando os meninos concordaram em comer waffle e banana, Mitch saiu da cozinha e foi tomar banho. Às 7h45 em ponto, os três se despediram de Abby com um abraço e foram para a escola. Quando não estava fora da cidade e o clima permitia, Mitch levava os gêmeos até a escola. A River Latin School ficava a apenas quatro quarteirões de distância, e a caminhada era sempre uma delícia, ainda mais quando o pai estava com eles. Perto da escola iam surgindo outros meninos, e era óbvio que estavam indo para o mesmo lugar. Todos usavam uniforme: blazer azul-marinho, camisa branca e calça cáqui. O código de vestimenta não dizia nada sobre os calçados, que eram uma mistura surpreendente de tênis de alta qualidade, botas de trilha L.L.Bean, sapatos de camurça encardidos e mocassins tradicionais.

Mitch e Abby ainda se preocupavam com a educação dos filhos. Eles pagavam pelo que havia de melhor na cidade, mas, como a maioria dos pais, queriam mais diversidade. Ao contrário do resto do mundo, a River Latin era 90% branca e exclusiva para meninos. Contudo, sendo oriundos de escolas públicas medíocres, os dois perceberam que tinham apenas uma chance para educar bem os filhos. Por enquanto, não planejavam mudá-los de escola, mas as preocupações vinham crescendo.

Sem demonstrar muito carinho, Mitch se despediu dos gêmeos, prometeu vê-los à noite e andou apressado em direção ao metrô.

QUANDO ENTROU NA TORRE da Broad Street e seguiu pelo barulhento átrio, ele fez uma pausa para relembrar a história de Lamar sobre ter ido ali. Mitch viu os bancos cromados de couro encostados em uma parede de vidro e se sentou por um momento. Sorriu ao observar as formigas marchando, centenas de jovens profissionais bem-vestidos como ele, ansiosos para começar o dia e torcendo para que as escadas rolantes subissem mais rápido. Sem dúvida seria um choque para um advogado de cidade pequena que lidava com casos banais.

Estava feliz por ter feito um esforço para ver o velho amigo, mas aquilo não voltaria a acontecer. Lamar não estendeu a mão para apertar a de Mitch ao se despedirem. Havia muitas lembranças desagradáveis.

E Mitch estava em paz com aquilo.

Ele olhou para o relógio e se deu conta de que cerca de 24 horas antes estava sentado no antigo showroom de uma revenda de Pontiacs em uma região sombria de Memphis, esperando indefinidamente por uma reunião que não queria ter.

O som agudo da palavra "Mitch" interrompeu seus pensamentos aleatórios e o trouxe de volta à realidade. Willie Backstrom estava se aproximando dele com uma pasta pesada pendurada em uma tira de couro sobre o ombro. Mitch se levantou.

– Bom dia, Willie.

– Trabalho aqui há trinta anos e nunca vi ninguém usar esses bancos. Está tudo bem?

– Somos ocupados demais para sentar. Sério, como é que alguém pode cobrar de um cliente se está sentado no lobby?

– Faço isso o tempo todo.

Eles saíram dali e se juntaram à multidão diante de uma parede de elevadores. Depois que haviam entrado e estavam subindo, Willie disse baixinho:

– Se você tiver um minuto, passa na minha sala hoje pra gente conversar sobre o Amos.

– Claro. Você já esteve na revenda dos Pontiacs?

– Não, mas ouço falar de lá há anos.

– Fiquei com a impressão de que um advogado visitante pode pedir pra trocarem o óleo enquanto ele colhe um depoimento.

O SUJEITO MAIS IMPORTANTE do Scully & Pershing era Jack Ruch, um veterano com quarenta anos de carreira que vinha trabalhando muito nos últimos meses, conforme se aproximava do seu aniversário de setenta anos. A empresa exigia a aposentadoria aos setenta anos, sem exceções. Como política, era algo sábio, mas muito impopular. A maioria dos sócios mais antigos eram especialistas renomados em suas áreas e cobravam os honorários mais altos do escritório. Quando eram forçados a sair, levavam consigo a experiência, bem como o relacionamento longo e de confiança com os clientes. Por um lado, parecia um equívoco estabelecer um prazo tão arbitrário, mas os mais jovens haviam exigido. Sócios de quarenta e poucos anos, como Mitch, queriam ter algum espaço no topo. Os associados jovens eram extremamente ambiciosos, e muitos se recusavam a ingressar em grandes escritórios que não abrissem caminho expulsando os mais velhos.

Logo, Jack Ruch estava com os dias contados. Seu título oficial era sócio-gerente, e, como tal, dirigia a empresa de um jeito bem parecido com o de um CEO corporativo poderoso. Mas era um escritório de direito, uma organização de profissionais orgulhosos, não uma corporação, e os títulos tinham muito mais peso. Portanto, sócio-gerente.

Quando Jack ligava, todos os advogados do prédio largavam o que estavam fazendo, porque o que quer que estivessem fazendo nunca seria tão crucial quanto o que Jack pudesse ter em mente. Mas ele era um gerente habilidoso e sabia que não deveria fazer interrupções nem exercer seu poder sem razão. Seu e-mail pedia que Mitch estivesse em sua sala às dez da manhã, "se não fosse incômodo".

Incômodo ou não, Mitch planejava chegar cinco minutos antes.

Ele chegou, e uma secretária o conduziu até a esplêndida sala de quina exatamente às dez. Ela serviu café de uma jarra de prata e perguntou a Mitch se ele queria algo da travessa diária de doces fresquinhos no aparador. Mitch, ciente de que Chan e seu grupo de sous chefs do Laos invadiriam sua cozinha dali a algumas horas, agradeceu e recusou.

Eles se sentaram em torno de uma mesinha de centro em um dos cantos da sala. A sessenta andares de altura, a vista do porto era ainda mais impressionante, embora Mitch estivesse concentrado demais para arriscar uma olhada. Os que trabalhavam nos edifícios mais altos de Manhattan eram do time que ignorava a vista, enquanto os visitantes ficavam de queixo caído.

Jack estava bronzeado e em boa forma, usando um de seus muitos ternos elegantes de linho. Ele poderia se passar por um homem quinze anos mais novo, e parecia uma pena mandá-lo para a rua. Mas ele não tinha tempo para se debruçar sobre uma política com a qual tinha concordado trinta anos antes e que não estava prestes a mudar.

– Falei com o Luca ontem – disse ele com a voz bem grave.

Obviamente, havia algo tenso acontecendo.

No vasto universo do Scully, havia apenas um Luca. Vinte anos antes, quando os grandes escritórios norte-americanos entraram em uma onda de fusões e engolfaram empresas do mundo todo, o Scully conseguiu convencer Luca Sandroni a unir forças. Ele havia levantado um excelente escritório de alcance internacional em Roma e era muito respeitado na Europa e no Norte da África.

– Como está o Luca?

– Mal. Ele não foi específico, foi bastante vago, na verdade, mas teve uma consulta nada boa com um médico e recebeu umas notícias ruins. Ele não disse o que era, e eu não perguntei.

– Que horror.

Mitch o conhecia bem. Luca ia a Nova York várias vezes por ano e gostava de se divertir. Ele havia jantado à mesa de Abby, e os McDeeres tinham se hospedado na sua espaçosa *villa* no centro de Roma. O fato de o jovem casal de norte-americanos ter morado na Itália e conhecer a cultura e o idioma significava muito para ele.

– Ele quer você em Roma o mais rápido possível.

Era estranho que ele não tivesse entrado em contato diretamente com Mitch para fazer o pedido, mas Luca sempre respeitava a hierarquia. Ao recorrer a Jack, a mensagem era que Mitch deveria largar tudo e ir para Roma.

– Claro. Alguma ideia do que ele quer?

– Envolve a Lannak, aquela empreiteira turca.

– Fiz alguns trabalhos para a Lannak, mas não muita coisa.

– O Luca representa a empresa desde sempre, é um cliente importante. Agora houve uma nova confusão na Líbia, e a Lannak está no meio.

Mitch assentiu e tentou conter um sorriso. Parecia mais uma grande aventura! Em seus quatro anos como sócio, ele havia estabelecido a reputação de líder da equipe de operações especiais jurídicas, enviado pelo Scully para resgatar clientes em perigo. Era um papel que ele apreciava e que tentava incutir em outros colegas, ao mesmo tempo que o mantinha apenas para si.

– Como sempre, Luca foi econômico nos detalhes – continuou Jack. – Ele continua não gostando de telefone e odiando e-mails. Como você sabe, ele prefere discutir negócios em meio a um longo almoço romano, de preferência ao ar livre.

– Parece horrível. Embarco no domingo.

6

O Scully & Pershing era conhecido por seus escritórios luxuosos onde quer que investisse. Presente em 31 cidades nos cinco continentes e em expansão, porque para o Scully os números eram importantes, a empresa alugava espaços nobres nos endereços mais prestigiados, em geral as torres mais altas e mais novas projetadas pelos arquitetos mais badalados. O escritório enviava sua própria equipe de decoradores, que preenchiam cada uma das salas com obras de arte, tecidos, móveis e iluminação, tudo de origem local. Entrar em qualquer filial do Scully significava ter seus sentidos estimulados pelo visual, pela atmosfera e pelo gosto sofisticado. Seus clientes esperavam isso. Dados os honorários que pagavam, eles queriam pompa e exuberância.

Em seus onze anos de escritório, Mitch visitou cerca de uma dezena de filiais, principalmente nos Estados Unidos e na Europa, e, na verdade, seu brilho vinha desaparecendo. Cada lugar era diferente, mas todos eram parecidos, e ele havia chegado ao ponto de não desacelerar por tempo suficiente para apreciar o dinheiro pesado espalhado pelas paredes e pelo piso. Depois de um tempo, tudo estava começando a virar um borrão. Mas ele lembrou a si mesmo que a opulência não era para o seu desfrute. Tudo era um espetáculo para os outros: clientes abastados, associados em potencial e advogados visitantes. Ele se viu resmungando, como os outros sócios, sobre o custo de manter uma fachada daquelas. Grande parte daquele dinheiro poderia ter ido para os bolsos dos sócios.

As coisas eram diferentes em Roma. Lá, os escritórios, assim como todos os outros aspectos do trabalho, estavam sob o comando de Luca Sandroni, o fundador. Ao longo de mais de trinta anos ele consolidou pouco a pouco um escritório instalado em um edifício de pedra de quatro andares, sem elevadores e com uma vista limitada. Ficava escondido na Via della Paglia, perto da Piazza Santa Maria, no bairro do Trastevere, na parte antiga da capital. Todos os edifícios ao redor eram de quatro andares, de estuque e telhados vermelhos, e exibiam com prazer as marcas de terem sido construídos séculos antes. Os romanos, novos e antigos, não eram grandes fãs de edifícios altos.

Mitch havia estado lá várias vezes e adorava o lugar. Era como uma viagem no tempo e uma ruptura bem-vinda da imagem implacavelmente moderna do resto do Scully. Nenhuma outra filial tinha tanta história nem dizia com mais força "*reduza a velocidade*" quando se entrava nela. Luca e sua equipe trabalhavam muito e gozavam de prestígio e dinheiro, mas eram italianos e se recusavam a sucumbir à postura workaholic esperada pelos norte-americanos.

Mitch parou na rua e admirou as enormes portas duplas. Uma placa antiga ao lado delas dizia: SANDRONI STUDIO LEGALE. O Scully permitiu que após a fusão Luca mantivesse o nome do escritório, um ponto do qual ele não abriu mão. Por um momento, Mitch pensou nos escritórios de advocacia que tinha visto naquela semana, desde sua própria torre reluzente em Manhattan até a encardida revenda de Pontiacs em Memphis, passando pela salinha pacata de Lamar Quin em um sobrado na praça principal da cidade, e agora aquilo.

Ele passou pelas portas e entrou em um saguão estreito, onde sempre era possível encontrar Mia. Ela deu um sorriso, se levantou e cumprimentou Mitch com o teatral e obrigatório beijinho em ambas as bochechas, um ritual que ainda o deixava um pouco desconfortável. Eles falaram em italiano e cobriram o básico: o voo, Abby, os meninos, o clima. Ele se sentou em frente a ela, bebericou um café espresso, que sempre era mais saboroso em Roma, e finalmente chegou até Luca. Ela franziu ligeiramente a testa, mas não deixou entrever nada. O telefone dela não parava de tocar.

Luca estava esperando em sua sala, a mesma que ele mantinha havia décadas. Era pequena para os padrões do Scully, pelo menos para um sócio-

-gerente, mas ele não ligava nem um pouco para isso. Deu as boas-vindas a Mitch com mais abraços e beijos e as saudações de sempre. Se estava doente, não aparentava. Ele apontou para uma mesinha de centro num canto, seu lugar preferido para reuniões, enquanto a secretária oferecia bebidas e petiscos.

– Como está a bela Abby? – perguntou Luca em um inglês perfeito, com apenas um leve sotaque.

Seu segundo diploma de direito era de Stanford. Ele também falava francês e espanhol e, anos antes, sabia falar um pouco de árabe, mas desaprendeu por falta de treino.

Enquanto colocavam em dia os temas da família McDeere, Mitch começou a notar uma voz apenas ligeiramente mais fraca. Quando Luca acendeu um cigarro, Mitch disse:

– Ainda fumando, é?

Luca deu de ombros, como se fumar jamais pudesse estar relacionado a um problema de saúde. Uma janela dupla estava aberta, e a fumaça saía por ela. A Piazza Santa Maria ficava logo abaixo, e os sons da movimentada vida nas ruas iam direto lá para cima. Mia trouxe café em uma bandeja de prata e serviu.

Mitch tateou pelo campo minado da família de Luca. Ele tinha se casado e se divorciado duas vezes, e nunca havia ficado claro se a atual companheira tinha potencial para durar; nem Mitch nem qualquer outra pessoa ousaria perguntar. Ele tinha dois filhos já adultos da primeira esposa, uma mulher que Mitch nunca conheceu, e um adolescente da segunda. Uma jovem e atraente assistente paralegal, ela pôs fim ao primeiro casamento, e depois desfez o segundo ao ter um colapso e fugir com o filho para a Espanha.

Em meio a todo aquele caos, um alento era sua filha, Giovanna, associada do Scully em Londres. Cinco anos antes, Luca havia ajustado as regras do escritório quanto ao nepotismo e conseguido uma vaga para ela. De acordo com o que se dizia, ela era brilhante e motivada como o pai.

Embora sua vida particular fosse caótica, sua carreira profissional transcorria sem máculas. O Sandroni Studio Legale havia sido cortejado por todos os figurões dos principais escritórios norte-americanos antes de Luca finalmente conseguir o acordo que queria com o Scully.

– Infelizmente estou com um probleminha, Mitch – disse ele com pesar.

Depois de anos de prática, ele havia eliminado quase todos os vícios do sotaque, mas ainda pronunciava "Mítchi", como se tivesse um "i" a mais.

– Os médicos estão fazendo exames há um mês e finalmente chegaram à conclusão de que tenho câncer. Dos piores. No pâncreas.

Mitch fechou os olhos enquanto deixou cair os ombros. Se havia um câncer pior, ele desconhecia.

– Sinto muito – disse baixinho.

– O prognóstico não é bom, e estou prevendo momentos bem ruins. Vou entrar de licença quando os médicos começarem a fazer o trabalho deles. Talvez eu tenha sorte.

– Sinto muito, Luca. Que coisa terrível.

– É, mas estou otimista e milagres acontecem, ou pelo menos é o que o padre me diz. Tenho passado mais tempo com ele atualmente.

Ele conseguiu dar uma risadinha.

– Não sei o que dizer, Luca.

– Não tem o que dizer. É ultrassecreto, confidencial, etc. Não quero que meus clientes saibam ainda. Se as coisas piorarem, vou informá-los aos poucos. Já estou passando alguns dos meus casos para os sócios daqui. É aí que você entra, Mitch.

– Estou aqui, pronto pra ajudar.

– O assunto mais importante na minha mão neste momento envolve a Lannak, a empreiteira turca que é nossa cliente de longa data. Um cliente extremamente valioso, Mitch.

– Trabalhei em um caso deles há alguns anos.

– É, eu sei, e seu trabalho foi excelente. A Lannak é uma das maiores empreiteiras do Oriente Médio e da Ásia. Eles construíram aeroportos, rodovias, pontes, canais, represas, usinas elétricas, arranha-céus, entre outras coisas. A empresa é de propriedade familiar e administrada de maneira impecável. Cumpre os prazos e os orçamentos e sabe fazer negócios num mundo onde todos, desde um príncipe saudita até um motorista de táxi no Quênia, esperam receber um percentual por fora.

Mitch assentiu e reparou que a voz de Luca falhou um pouco. No voo para Roma, ele leu os memorandos internos da empresa sobre a Lannak. Sede em Istambul; quarta maior empreiteira turca, com receitas anuais estimadas em 2,5 bilhões de dólares; grandes projetos no mundo todo, mas especialmente na Índia e no Norte da África; cerca de 25 mil funcionários;

propriedade privada da família Celik, que parecia ser tão discreta quanto um bando de banqueiros suíços; a fortuna da família estava avaliada em alguns bilhões, mas ninguém sabia o valor ao certo.

Luca acendeu outro cigarro e soprou a fumaça para o lado, desanimado.

– Você conhece o projeto do Grande Rio Artificial na Líbia?

Mitch tinha lido a respeito, mas só sabia o básico. Seu conhecimento, ou a falta dele, não importava, porque Luca estava com disposição para contar histórias.

– Não exatamente.

Luca assentiu diante da resposta acertada e começou a falar.

– Ele vem de décadas atrás, mas, por volta de 1975, o coronel Khadafi decidiu construir um canal subterrâneo para bombear água debaixo do Saara para as cidades ao longo do litoral da Líbia. Quando as companhias petrolíferas começaram a procurar petróleo, oitenta anos atrás, encontraram enormes aquíferos nas profundezas do deserto. A ideia era bombear a água e enviá-la para Trípoli e Bengazi, mas o custo era muito alto. Até que descobriram petróleo. Khadafi deu sinal verde para o projeto, mas a maioria dos especialistas achava que era impossível. Foram necessários trinta anos e vinte bilhões de dólares, mas, de um jeito ou de outro, os líbios conseguiram. Deu certo, e Khadafi se autoproclamou um gênio, algo que ele tem o hábito de fazer. Como ele então tinha domínio sobre a natureza, decidiu criar um rio. Não existe um único rio no país inteiro. Em vez disso, existem cursos d'água sazonais chamados de *wadis*, que secam no verão. O próximo projeto megalomaníaco do Khadafi seria fundir alguns dos maiores *wadis*, redirecionar o fluxo da água, criar um rio perene e construir uma ponte magnífica sobre ele.

– Uma ponte no deserto.

– Sim, uma ponte no deserto, com planos delirantes de ligar um lado do deserto ao outro e, de alguma forma, erguer cidades. Basta construir uma ponte que os carros a encontrarão. Uns seis anos atrás, em 1999, a Lannak assinou um contrato com o governo no valor de oitocentos milhões de dólares. Khadafi queria uma ponte de um bilhão de dólares, então ordenou mudanças antes mesmo do início da construção. Nos seus jornais, posou para fotos com maquetes da "Grande Ponte Khadafi" e disse a todo mundo que custaria um bilhão, tudo bancado pelo petróleo líbio. Nem um centavo seria pego emprestado. Como a Lannak faz negócios na Líbia há muitos anos, eles sabiam como as coisas poderiam ser caóticas. Digamos apenas que o coronel Khadafi e os seus senhores da guerra não são empresários astutos. Eles entendem de armas e petróleo, mas obras costumam ser um inconveniente. A Lannak não aceitou começar os trabalhos até que os líbios depositassem quinhentos milhões de dólares num banco alemão. O projeto de quatro anos durou seis e está concluído, o que é um milagre e uma prova da tenacidade da Lannak. A empresa cumpriu seus termos do contrato. Os líbios não. O custo excedente foi astronômico. O governo líbio deve à Lannak quatrocentos milhões e não quer pagar. Daí a nossa ação.

Luca largou o cigarro, pegou um controle remoto e apontou para uma tela na parede. Fios desciam da tela até o chão, onde se juntavam a mais fios que serpenteavam em todas as direções. As demandas tecnológicas atuais exigiam todo tipo de dispositivo, e, como as paredes eram de pedra sólida e tinham sessenta centímetros de espessura, o pessoal de TI não fazia perfurações. Mitch adorava o contraste entre o velho e o novo: os mais recentes aparelhos eletrônicos encaixados em um extenso labirinto de salas construídas antes da descoberta da eletricidade e projetadas para durar para sempre.

A imagem na tela era uma foto colorida de uma imponente ponte suspensa sobre o leito de um rio seco, com seis pistas de rolagem em cada direção.

– Esta é a Grande Ponte Khadafi, na região central da Líbia, sobre um rio sem nome. Foi e é uma ideia estúpida, porque não há nenhuma pessoa na região, e ninguém quer ir pra lá. Porém, há muito petróleo, e a ponte talvez acabe tendo utilidade. A Lannak não se importa, na verdade. Ela não é paga para planejar o futuro da Líbia. Ela assinou um contrato para construir a ponte e cumpriu sua parte no acordo. Agora o nosso cliente quer receber.

Mitch estava gostando da conversa e se perguntou aonde ela ia chegar. Ele tinha um palpite e tentou controlar a empolgação.

Luca apagou o cigarro e fechou os olhos, como se estivesse sentindo dor. Apertou o controle remoto e a tela ficou sem nenhuma imagem.

– Apresentei a reclamação em outubro junto ao Conselho de Arbitragem Internacional, em Genebra.

– Já estive lá várias vezes.

– Eu sei, e é por isso que quero que você pegue esse caso.

Mitch tentou manter o semblante impassível, mas não conseguiu conter um sorriso.

– Tá. Por que eu?

– Porque eu sei que você pode representar nosso cliente de forma eficaz, pode se impor no caso e porque precisamos de um americano no comando. A presidente do conselho, mais formalmente conhecida como magistrada-geral, é de Harvard. Seis dos vinte juízes são americanos. Três são asiáticos e costumam votar com os americanos. Quero que você aceite o caso, Mitch, porque provavelmente não vou estar aqui para ver isso resolvido.

A voz falhou quando ele pensou na própria morte.

– Fico honrado, Luca. É claro que eu aceito o caso.

– Ótimo. Falei com o Jack Ruch hoje de manhã e ele me deu sinal verde. Nova York está a bordo. Omar Celik, o CEO da Lannak, vai estar em Londres na semana que vem, e vou tentar marcar uma reunião. O processo já é um calhamaço, tem milhares de páginas, então você precisa se inteirar.

– Mal posso esperar. Os líbios já têm uma defesa?

– O caminhão de absurdos de sempre. Falhas no projeto, materiais de baixa qualidade, atrasos não justificados, ausência de supervisão, falta de controle, custos excessivos desnecessários. O governo líbio está usando o escritório Reedmore, de Londres, para fazer o trabalho sujo, e você não vai gostar dessa parte. Eles são extremamente agressivos e muito antiéticos.

– Conheço eles. E o nosso caso é à prova de balas?

Luca riu da pergunta e respondeu:

– Bem, como advogado que entrou com a ação, digo que eu tenho total confiança no meu cliente. Aqui vai um exemplo, Mitch. No projeto original, os líbios queriam uma autoestrada que chegasse à ponte em ambas as direções. Sugeriram oito pistas, veja bem. Não existem carros suficientes no país inteiro para ocupar oito pistas. E eles queriam oito pistas sobre o rio. A Lannak de fato hesitou e acabou convencendo-os de que uma ponte de quatro pistas era mais do que adequada. O contrato diz quatro pistas. A certa altura, o Khadafi revisou o projeto e perguntou sobre as oito pistas. Ele ficou maluco quando seu pessoal lhe disse que a ponte teria apenas quatro pistas. O rei queria oito! A Lannak finalmente o convenceu a reduzir para seis e exigiu um aditamento ao projeto original. O aumento de quatro para seis faixas encareceu a obra em cerca de duzentos milhões, e agora os líbios se recusam a pagar esse valor. Foi uma ordem de alteração de larga escala depois da outra. Para complicar a situação, o preço do petróleo bruto despencou e Khadafi ordenou uma forte pisada no freio, o que, na Líbia, significa cortes em tudo, menos com os militares. Quando os líbios estavam devendo cem milhões de dólares, a Lannak ameaçou interromper o trabalho. Então Khadafi, sendo Khadafi, mandou o Exército, seus capangas revolucionários, ao local da obra para monitorar o andamento. Ninguém se machucou, mas as coisas ficaram tensas. Mais ou menos na época em que a ponte foi concluída, alguém em Trípoli acordou e percebeu que ela jamais seria usada. Dessa forma, os líbios perderam o interesse no projeto e se recusaram a pagar.

– Então a Lannak concluiu a obra?

– Tudo, exceto os últimos detalhes. Eles sempre terminam a obra, independentemente do que os advogados estejam fazendo. Sugiro que você vá à Líbia o mais rápido possível.

– E é seguro?

Luca sorriu, deu de ombros e pareceu sem fôlego.

– Tão seguro como sempre. Já estive lá várias vezes e conheço bem. Khadafi pode ser instável, mas tem mão de ferro sobre os militares e a polícia, e há muito pouca criminalidade. O país está cheio de trabalhadores estrangeiros e tem que protegê-los. Você vai ter uma equipe de segurança. Vai estar seguro.

PARA ALMOÇAR, ELES ATRAVESSARAM a piazza até um bistrô ao ar livre coberto por grandes guarda-sóis. Sem parar, Luca sorriu para a recepcionista, disse algo para um dos garçons, e, quando chegou à mesa, o dono o cumprimentou com abraços e beijos. Mitch já havia comido lá antes e muitas vezes se perguntava por que Luca sempre escolhia o mesmo lugar. Numa cidade repleta de ótimos restaurantes, por que não explorar um pouco? Mais uma vez, porém, não disse nada. Ele era um figurante no mundo de Luca e estava feliz por fazer parte dele.

Um garçom serviu água com gás, mas não entregou os cardápios. Luca queria o de sempre: uma pequena salada de frutos do mar com rúcula e tomates fatiados com azeite à parte. Mitch pediu o mesmo.

– Vinho, Mitch? – perguntou Luca.

– Só se você for beber também.

– Vou passar.

O garçom foi embora.

– Mitch, tenho um favor pra te pedir.

Àquela altura, como Mitch poderia recusar qualquer pedido?

– O que é?

– Você conheceu minha filha, a Giovanna.

– É, nós jantamos em Nova York, umas duas vezes. Ela estava fazendo um estágio de verão em um escritório de advocacia. O Skadden, eu acho.

– Isso mesmo. Bem, como você sabe, ela está no nosso escritório de Londres, o quinto ano dela lá, e tem ido bem. Discuti o caso da Lannak com ela, e ela está ansiosa pra participar. Ela está enfurnada no escritório há algum tempo, naquela rotina de noventa horas semanais, e quer um pouco de sol e ar fresco. Você vai precisar de vários associados para o trabalho, e quero que inclua a Giovanna. Ela é bem inteligente e trabalha muito. Você não vai se decepcionar, Mitch.

E, como Mitch lembrava nitidamente, ela era bem atraente.

Era um pedido fácil. Havia muito trabalho pesado pela frente: documentos para ler e classificar, informações para decifrar, depoimentos para planejar, petições para escrever. Mitch supervisionaria tudo, mas a parte tediosa seria delegada aos associados.

– Vamos trazê-la – respondeu ele. – Vou ligar pra ela e dar as boas-vindas.

– Obrigado, Mitch. Ela vai ficar muito contente. Estou tentando convencê-la a voltar pra Roma, pelo menos pelo próximo ano. Preciso dela por perto.

Mitch assentiu, mas não conseguiu pensar em nada para dizer. A comida chegou, e eles se ocuparam com o almoço. A *piazza* foi ganhando vida com o movimento do meio-dia, conforme os funcionários dos escritórios deixavam os prédios em busca de algo para comer. O tráfego de pedestres era fascinante, e Mitch nunca se cansava de observar pessoas.

Luca parou de comer quando uma dor repentina fez suas costas se enrijecerem. A dor passou e ele sorriu para Mitch, como se tudo estivesse ótimo.

– Já esteve na Líbia, Mitch?

– Não. Nunca foi minha prioridade.

– Um lugar fascinante, de verdade. Meu pai viveu lá nos anos 1930, antes da guerra, quando a Itália estava tentando colonizar o país. Como você deve saber, os italianos não eram muito bons no ramo da colonização. Era melhor deixar essa parte para os britânicos, os franceses, os espanhóis, até mesmo os holandeses e portugueses. Por alguma razão, os italianos nunca pegaram o jeito. Saímos de lá depois da guerra, mas o meu pai ficou em Trípoli até 1969, quando Khadafi assumiu o poder com um golpe militar. A Líbia tem uma história incrível, que vale a pena conferir.

Mitch não só nunca havia planejado visitar o lugar, como também nunca tinha tido curiosidade sobre sua história.

– Vou ser expert no assunto até a semana que vem – disse ele com um sorriso.

– Durante os primeiros dez anos da minha prática, eu representei empresas italianas que faziam negócios na Líbia. Fui pra lá muitas vezes, tive até um apartamentinho em Trípoli por alguns anos. E havia uma mulher, uma marroquina.

O brilho retornou aos seus olhos. Mitch não conseguiu evitar se perguntar quantas namoradas Luca teria tido no mundo todo em seus bons tempos.

– Ela era lindíssima – disse ele baixinho, melancólico.

Claro que era. Luca Sandroni perderia tempo com uma mulher trivial?

Enquanto tomavam um café e fumavam o obrigatório cigarro italiano depois do almoço, Luca disse:

– Por que você não dá uma passada em Londres pra ver a Giovanna? Ela vai adorar ser convidada pessoalmente pro caso. E aí você vê como ela está, diz que eu estou bem.

– Você está bem, Luca?

– Não muito. Tenho menos de seis meses, Mitch. O câncer é agressivo e não tenho muito o que fazer. O caso é todo seu.

– Obrigado pela confiança. Você não vai se arrepender.

– Não, não vou, mas receio não estar mais por aqui para assistir ao desfecho.

7

Duas horas antes de embarcar no voo direto de Roma para Londres, Mitch mudou abruptamente de planos e conseguiu o último lugar disponível em um voo para o aeroporto JFK, em Nova York. Havia assuntos urgentes em casa. O jantar com Giovanna poderia esperar.

Condenado a ficar em uma poltrona estreita por oito horas, Mitch passou o tempo como sempre passava em voos longos: mergulhado em leituras volumosas, tão chatas que costumavam levar a um ou dois extensos cochilos. Primeiro, ele analisou a pauta e a composição atual do Conselho de Arbitragem Internacional e leu as biografias dos vinte membros. Eles eram nomeados por um dos inúmeros comitês da ONU e cumpriam mandatos de cinco anos, passando muito tempo em Genebra com diárias polpudas. Certa vez, um ex-membro disse a Mitch, enquanto tomavam um drinque em Nova York, que o CAI era um dos melhores lugares do mundo para advogados idosos com contatos e reputação internacionais. Como sempre, o quadro era repleto de mentes jurídicas brilhantes de todos os continentes, das quais a maioria, em um momento ou outro, havia passado por faculdades de direito da Ivy League para estudar ou dar aulas. Os assuntos eram discutidos em inglês e francês, embora todos os idiomas fossem bem-vindos. Dois anos antes, Mitch tinha comparecido perante o conselho e defendido um caso em nome de uma cooperativa de grãos argentina que buscava indenização de um importador sul-coreano. Ele e Abby passaram três dias em Genebra que foram como uma lua de mel e falavam sobre aquilo até hoje. Ele ganhou o caso, conseguiu a indenização e enviou uma gorda fatura para Buenos Aires.

Ganhar casos no CAI não era tão difícil quando todos os fatos se encaixavam. Em termos de jurisdição, era o local certo, porque os contratos, como o assinado entre a Lannak e o governo líbio para o projeto da ponte, tinham uma cláusula bem clara exigindo que ambas as partes submetessem os litígios ao CAI. Além disso, a Líbia, como praticamente todos os países do mundo, era signatária de vários tratados concebidos para facilitar o comércio internacional e fazer com que os maus agentes – que existiam aos montes – se comportassem bem.

Ganhar era relativamente fácil. Receber o dinheiro era outra questão. Dezenas de párias internacionais assinavam de bom grado quaisquer contratos e tratados que fossem necessários para fazer negócios, sem nenhuma intenção de pagar as devidas indenizações estabelecidas pela arbitragem. Quanto mais Mitch lia, mais percebia que a Líbia tinha uma longa história de tentativas de descumprir acordos que pareciam promissores no papel, mas que depois azedavam.

De acordo com a inteligência do Scully, a ponte era um exemplo perfeito dos sonhos erráticos de Khadafi. Ele se deslumbrara com a ideia de uma estrutura se erguendo às alturas no meio de um deserto e dera a ordem para que fosse construída. Depois, perdeu o interesse e passou para outros projetos mais importantes. A certa altura, alguém o convenceu de que era uma péssima ideia, mas aí aqueles turcos irritantes já estavam pedindo uma quantia bem alta.

A petição que Luca apresentou ao CAI tinha noventa páginas, e, quando Mitch terminou de lê-la, já estava quase pegando no sono.

O ASSUNTO URGENTE EM CASA era uma partida de beisebol juvenil no Central Park. Carter e Clark jogavam pelos Bruisers, um sério candidato ao título da divisão sub-8 da liga policial da cidade. Carter era receptor e adorava a sujeira e o suor. Clark ficava vagando pela beirada do campo e perdia metade das jogadas. Mitch quase não tinha tempo para ajudar a treinar o time, mas se ofereceu como assistente técnico e tentava manter a escalação correta. Era uma tarefa crucial, porque, se algum garoto, independentemente de talento ou interesse, jogasse uma entrada a menos que os outros, seus pais ficariam esperando para emboscar o técnico após a partida.

Depois de alguns ligeiros desentendimentos com os pais, Mitch já estava arquitetando formas de alimentar o interesse dos gêmeos por esportes individuais, como golfe e tênis. No entanto, nessas áreas alguns dos pais seriam igualmente assustadores. Talvez caminhada e esqui fossem mais agradáveis.

Os meninos ficaram lado a lado no saguão enquanto Mitch inspecionava os uniformes. Abby estava preocupada com a hora; eles já estavam atrasados. Saíram às pressas e seguiram pela rua 68 em direção à Central Park West. As equipes estavam em um dos muitos campos do Great Lawn, se aquecendo no campo externo, enquanto os treinadores gritavam e os pais se amontoavam por causa da temperatura em queda.

Ficar escondido no banco de reservas também era desafiador, mas Mitch preferia isso às arquibancadas, onde os adultos conversavam sem parar sobre carreiras, imóveis, novos restaurantes, novas babás, novos treinadores, escolas e assim por diante.

Os árbitros chegaram e o jogo começou. Durante noventa minutos, Mitch ficou sentado no banco, cercado por uma dezena de crianças de oito anos, e conseguiu se isolar do resto do mundo. Foi anotando o placar, fez as substituições, conversou com Mully, o técnico principal, reclamou com os árbitros, zombou do técnico adversário e saboreou os momentos em que os próprios filhos estavam sentados ao lado dele falando sobre beisebol.

Os Bruisers venceram os Rams de lavada, e, ao final da partida, os jogadores e treinadores fizeram fila para o ritual da troca de cumprimentos. A equipe técnica, Mully e Mitch, estava determinada a ensinar aos jogadores as virtudes do espírito esportivo e liderava pelo exemplo. Vencer era sempre divertido, mas vencer com classe era muito mais importante.

Em uma cidade superpopulosa, com campos de menos e crianças de mais, os jogos eram limitados por tempo, não por turnos. Outra partida estava prevista para começar logo em seguida, e era importante liberar o espaço. Os vitoriosos Bruisers e seus pais foram andando até uma pizzaria na Columbus Avenue, onde ocuparam uma longa mesa nos fundos e fizeram seu pedido. Os pais beberam grandes canecas de cerveja, as mães, Chardonnay, enquanto os jogadores, todos orgulhosos dos uniformes sujos, devoravam pizza e assistiam ao Mets na tela grande.

Quase todos os pais eram investidores, advogados ou médicos e vinham de famílias abastadas do país inteiro. Via de regra, ninguém falava muito sobre as próprias origens. Havia sempre muita conversa bem-humorada sobre rivalidades no futebol americano universitário, campos de golfe preferidos e coisas do gênero, mas raramente se falava sobre as cidades natais de cada um. Eles estavam em Nova York agora, no palco principal, levando uma bela vida, orgulhosos do próprio sucesso, e se consideravam legítimos nova-iorquinos.

Danesboro, Kentucky, era outro mundo, e Mitch nunca o mencionava. Mesmo assim ele pensou no lugar enquanto observava os filhos rindo e conversando com os amigos. Tinha praticado todos os esportes que a cidadezinha tinha a oferecer e não conseguia se lembrar de uma única partida a que seus pais tivessem assistido. O pai havia morrido quando ele era ainda criança, e depois a mãe tinha trabalhado em empregos mal pagos para sustentar a ele e ao irmão, Ray. Ela nunca tinha tempo para assistir a uma partida de beisebol.

Que crianças sortudas eram aquelas. Vida abastada, escola particular e pais presentes que estavam bastante envolvidos nas atividades delas. Mitch sempre se preocupava com a possibilidade de os filhos ficarem mimados e preguiçosos, mas Abby não achava que isso aconteceria. A escola deles era exigente e estimulava os alunos a conquistarem mais e a se destacarem. Carter e Clark eram, pelo menos até o momento, bem-educados e aprendiam valores adequados tanto na escola quanto em casa.

ABBY FICOU CHOCADA COM A NOTÍCIA de que Luca estava gravemente doente. Tinha conhecido vários sócios do Scully no mundo inteiro, provavelmente mais do que gostaria, e Luca era de longe o seu preferido. Ela não gostava da ideia de Mitch viajar para a Líbia, mas, se Luca dizia que era seguro, ela não ia se opor. Não que isso fosse fazer diferença. Desde que se tornara sócio, quatro anos antes, Mitch havia se tornado um viajante experiente. Ela costumava acompanhá-lo, ainda mais quando o destino era interessante. As cidades europeias eram suas preferidas. Considerando que podia contar com seus pais, sua irmã mais nova e uma seleção de babás, encontrar alguém para ficar com os meninos raramente era um problema. Mas eles estavam ficando mais velhos e mais ativos, e Abby temia que seus dias de viagem pelo mundo estivessem prestes a chegar ao fim. Ela também desconfiava, embora não tivesse dito nada, que o sucesso do marido significaria ainda mais tempo longe de casa.

Mais tarde naquela noite, ela preparou um bule de chá de camomila, que supostamente tinha propriedades relaxantes, e os dois ficaram abraçados conversando no sofá, esperando o sono chegar.

– E você vai ficar fora por uma semana? – perguntou Abby.

– Por aí. Não tem uma programação clara, porque não temos como prever o que pode acontecer. A Lannak ainda mantém uma equipe ínfima na ponte, e fomos informados de que um dos principais engenheiros vai estar lá.

– O que você entende de construção de pontes? – perguntou ela com uma risadinha.

– Nada, mas estou aprendendo. Cada caso é uma nova aventura. No momento, estou sendo invejado por quase todos os advogados do Scully.

– É advogado pra caramba.

– É, e enquanto eu estiver varando pelo deserto num jipe à procura de uma magnífica ponte que liga o nada a lugar nenhum, que por acaso custou mais de um bilhão de dólares, meus demais colegas vão estar presos atrás das mesas, pensando nos honorários.

– Já ouvi isso antes.

– E provavelmente vai ouvir de novo.

– Bem, o timing foi ótimo. Minha mãe ligou hoje, e eles estão vindo pra passar o fim de semana.

Não, o timing foi *perfeito*, pensou Mitch. Anos atrás, ele teria deixado isso escapar e alfinetado mais uma vez a esposa, mas ele estava no processo, normalmente desconfortável, de se reconciliar com os sogros. O caminho vinha se mostrando longo, mas no começo tinha sido bem mais difícil.

– Alguma coisa planejada? – perguntou ele por educação.

– Na verdade, não. Talvez eu vá jantar com umas amigas no sábado e deixe meus pais tomando conta dos meninos.

– Faz isso, sim. Você precisa de uma noite de folga.

A guerra havia começado quase vinte anos antes, quando os pais dela insistiram que ela rompesse o noivado e abandonasse o tal do McDeere. Ambas as famílias eram de Danesboro, uma cidade tão pequena que todo mundo se conhecia. O pai dela dirigia um banco, e a família tinha status. Os McDeeres não tinham nada.

– O papai disse que pode levar os meninos pra ver os Yankees.

— Ele deveria levá-los pra ver o Mets.

— O Carter concordaria. E, por causa disso, o Clark tá virando torcedor dos Yankees.

— Eu tenho um irmão — disse Mitch com uma risada. — Eu lembro.

— Como vai o Ray?

— Bem. Nos falamos tem dois dias, está tudo na mesma.

Uma semana antes de terminarem a faculdade, Mitch e Abby se casaram em uma pequena capela do campus, diante de vinte amigos, sem parentes. Os pais dela estavam tão furiosos que boicotaram o casamento, um golpe tão terrível que levou anos até que ela conseguisse discutir o assunto com um terapeuta. Mitch jamais os perdoaria. Ray teria ido ao casamento se não estivesse cumprindo pena. Naquele momento, ele trabalhava como capitão de um barco de passeio em Key West.

A reconciliação com os sogros permitira que Mitch fosse civilizado, jantasse com eles e deixasse que eles cuidassem dos netos. Mas, quando ficavam no mesmo cômodo, um muro se erguia ao redor dele, e todo o resto ficava de fora. Eles não podiam ficar no apartamento. Mitch argumentava que, de qualquer forma, não havia espaço suficiente. Eles não podiam perguntar sobre seu trabalho, embora fosse evidente que sua carreira proporcionava um estilo de vida muito superior a qualquer coisa que havia em Danesboro. Eles não esperavam que a família McDeere os visitasse no Kentucky. Mitch não voltaria lá de jeito nenhum.

O diploma de direito de Harvard tinha abrandado um pouco a reprovação do genro, mas só por um tempo. A mudança para Memphis foi controversa, e, quando as coisas explodiram lá e Abby ficou meses desaparecida, é claro que eles culparam Mitch e voltaram a menosprezá-lo.

Com o tempo, alguns dos problemas tinham desaparecido à medida que foram ganhando maturidade. Um terapeuta ajudara Abby a dar início ao processo de perdoar os pais. O mesmo terapeuta tinha percebido que com Mitch seria outra história, mas conseguira um pequeno avanço quando, mesmo relutante, ele concordara em pelo menos ser civilizado se eles estivessem no mesmo ambiente. Outros progressos tinham sido feitos lentamente, impulsionados mais pelo amor de Mitch pela esposa do que pelas maquinações do terapeuta. Como muitas vezes acontece em famílias complicadas, a chegada dos netos tinha aparado as arestas e feito com que outros problemas fossem deixados de lado.

– E a sua mãe? – perguntou ela baixinho.

Ele tomou um gole de chá e balançou a cabeça.

– A mesma coisa, eu acho. O Ray visita ela uma vez por semana, pelo menos é o que ele diz. Eu tenho minhas dúvidas.

A mãe dele estava passando seus últimos anos em um asilo na Flórida. Com demência, a cada dia ela se aproximava um pouco mais do fim.

– E o que tem pra se fazer em Trípoli?

– Não sei. Andar de camelo. Brincar de tiro ao alvo com terroristas.

– Não tem a menor graça. Eu entrei no site do Departamento de Estado. De acordo com o nosso governo, a Líbia é um Estado terrorista, e eles visivelmente odeiam os americanos.

– Quem não odeia os americanos?

– O Departamento de Estado diz que não tem problema em ir, mas é preciso tomar precauções.

– O Luca entende mais da Líbia do que os burocratas de Washington.

– Eu preferia que você não fosse.

– Eu tenho que ir, e vou ficar bem. Nossos guarda-costas são mais rápidos que os terroristas.

– Muito engraçado.

Poucos anos antes, ele teria deixado escapar algo como: *Bom, eu prefiro sair com os caras da Guarda Revolucionária do que ver seus pais.*

Ele sorriu ao pensar aquilo, depois deixou passar. Após milhares de dólares gastos com terapia, ele tinha aprendido a morder a língua.

Muitas vezes, a ponto de quase sangrar.

8

Não havia voos diretos de Nova York para Trípoli. A maratona começou em Nova York, com uma viagem noturna de oito horas pela Air Italia até Milão, depois uma espera de duas horas antes de embarcar em um voo da Egyptair para o Cairo, que atrasou duas horas sem que fosse dada nenhuma justificativa. Cancelamentos e remarcações se seguiram em um ritmo lânguido, e Mitch passou treze horas entre cochilos e leituras no aeroporto do Cairo enquanto alguém em algum lugar resolvia a bagunça. Ou não. O único ponto positivo era o fato de que seu tempo não seria completamente desperdiçado. No fim das contas, a Lannak pagaria pelas suas horas.

Ao sair de Nova York, pelo menos metade dos passageiros parecia "ocidental" – ou, em outras palavras, pessoas que poderiam ser descritas como parecidas com ele, vestidas, falando e agindo como ele. A maioria ficou na Itália, e, quando Mitch embarcou em um voo da Air Tunisia para percorrer o último trecho, o avião estava lotado de pessoas que definitivamente não eram "ocidentais".

Ele não se incomodou com o fato de agora pertencer a uma visível minoria. A Líbia promovia o turismo e atraía meio milhão de visitantes por ano. Trípoli era uma cidade movimentada, com dois milhões de habitantes e distritos comerciais repletos de bancos e empresas nacionais. Dezenas de empresas estrangeiras eram registradas no país e, em algumas zonas de Trípoli e Bengazi, existiam comunidades internacionais vibrantes, com escolas britânicas e francesas para os filhos de executivos e diplomatas de passagem.

Como sempre fazia quando viajava para o outro lado do mundo, Mitch sorriu ao imaginar que sem dúvida era o único garoto do Kentucky no voo. E, embora jamais falasse isso abertamente, estava orgulhoso de suas conquistas e queria mais. Tinha a mesma voracidade de sempre.

Quase trinta horas depois de deixar Nova York, ele desceu do avião no Aeroporto Internacional de Mitiga, em Trípoli, e se arrastou com a multidão em direção ao Controle de Passaportes. As placas eram principalmente em árabe, mas havia o suficiente em inglês e francês para manter as pessoas em movimento. Sob a mão de ferro do coronel Khadafi, a Líbia era um Estado militar havia 35 anos, e, tal como na maioria dos países governados por meio da intimidação, era importante impressionar os recém-chegados com a presença de soldados fortemente armados. Eles vagavam pelos saguões do moderno aeroporto em uniformes elegantes, guardavam os postos de controle e, com cara de poucos amigos, inspecionavam todos os ocidentais que passavam.

Mitch se escondeu atrás dos óculos escuros e tentou ignorá-los. Se possível, jamais faça contato visual. A mesma postura que tinha aprendido havia muito tempo no metrô de Nova York.

As filas no Controle de Passaportes estavam longas e lentas. O amplo salão estava quente e não tinha ventilação. Quando um guarda acenou com a cabeça para uma cabine vazia, Mitch avançou e apresentou o passaporte e o visto. O funcionário não sorriu em nenhum momento; inclusive, ao ver que Mitch era norte-americano, conseguiu franzir ainda mais a testa. Um minuto se passou, depois outro. O controle de passaportes pode ser estressante até mesmo para um cidadão regressando ao próprio país. Talvez haja uma falha no passaporte. Em um lugar como a Líbia, havia sempre uma centelha de medo de que um norte-americano pudesse ser subitamente jogado no chão, algemado e levado para a prisão perpétua. Mitch adorava a emoção do desconhecido.

O policial não parou de balançar a cabeça enquanto pegava o telefone. Mitch, sem os óculos escuros, olhou para as centenas de viajantes cansados atrás dele.

– Lá – disse o policial com antipatia, inclinando a cabeça para a direita.

Mitch se virou e viu um cavalheiro de terno bonito se aproximando deles. Ele estendeu a mão, deu um sorriso e disse:

– Sr. McDeere, meu nome é Samir Jamblad. Eu trabalho com a Lannak e também com o Luca, um velho amigo.

Mitch teve vontade de dar um beijo nele, o que, diante dos abraços e apertos repentinos que se seguiram, pareceu até provável de acontecer. Depois de devidamente abraçado, Samir perguntou:

– Como foi a viagem?

– Ótima. Acho que passei por pelo menos treze países desde que saí de Nova York.

Eles foram se afastando das cabines, da multidão e dos seguranças.

– Por aqui – disse Samir, cumprimentando os policiais enquanto avançavam.

Luca tinha dito a Mitch para não se preocupar com sua entrada. Ele cuidaria de tudo.

Samir usou portas restritas, afastadas da multidão, e em poucos minutos eles estavam do lado de fora. O sedã Mercedes estava estacionado perto do terminal lotado, em uma área reservada à polícia. Dois policiais estavam encostados em uma viatura, fumando, à toa, dando a impressão de que não estavam fazendo nada além de tomar conta do belo sedã de Samir. Ele agradeceu a eles e jogou a mala de Mitch no banco de trás.

– Primeira vez em Trípoli? – perguntou ele enquanto saíam do aeroporto.

– É, sim. Há quanto tempo você conhece o Luca?

Samir deu um sorriso fácil e disse:

– Ah, muitos anos. Trabalhei para o Scully & Pershing e outros escritórios de advocacia. Empresas como a Exxon e a Texaco. A British Petroleum, a Shell. Além de algumas empresas turcas, como a Lannak.

– Você é advogado?

– Ah, não. Uma vez um cliente norte-americano se referiu a mim como "consultor de segurança". Uma espécie de facilitador, um faz-tudo corporativo, o cara certo na Líbia. Eu nasci e cresci aqui, passei a vida toda em Trípoli. Eu conheço as pessoas, somos apenas seis milhões.

Ele riu da própria tentativa de ser engraçado, e Mitch se sentiu compelido a rir junto.

– Conheço os líderes, os militares, os políticos e os funcionários do governo que fazem as coisas acontecerem – continuou Samir. – Conheço o chefe do controle de passaportes lá do aeroporto. Uma palavra minha e eles te deixam em paz. Outra palavra minha e pode ser que você passe alguns dias na prisão. Conheço os restaurantes, os bares, os bairros bons e os ruins. Conheço as casas de ópio e os bordéis, bons e ruins.

– Não estou no mercado.

Samir riu de novo.

– É o que todo mundo fala.

Desde o primeiro instante em que viu Samir, com o belo terno, os sapatos de couro preto engraxados e o sedã brilhante, tinha ficado evidente que ele realmente sabia o que fazia e que era bem pago por isso.

Mitch olhou para o relógio e perguntou:

– Que horas são aqui?

– Quase onze. Sugiro que você faça o check-in, se acomode e nos encontre para almoçar por volta de uma hora no hotel. A Giovanna já está aqui. Você já a conhece?

– Sim, conheci em Nova York, alguns anos atrás.

– Ela é adorável, não é?

– Sim, pelo que me lembro. E depois do almoço?

– Todos os planos são provisórios e sujeitos à sua aprovação. Na ausência do Luca, você está no comando. Temos uma reunião com os turcos às quatro da tarde no hotel. Você vai conhecer a sua equipe de segurança e combinar a visita à ponte.

– Uma pergunta óbvia. A Lannak está processando o governo líbio em quase meio bilhão de dólares, uma queixa que certamente parece legítima. Qual é o grau de atrito entre a empresa e o governo?

Samir respirou fundo, abriu uma janela e acendeu um cigarro. O trânsito estava engarrafado, e os carros estavam uns colados nos outros.

– Eu diria que baixo. As empreiteiras turcas estão na Líbia há muito tempo e são muito boas. Bem melhores do que as líbias. Os militares precisam dos turcos, os turcos gostam de dinheiro. Claro que eles brigam e se desentendem o tempo todo, mas, no fim das contas, os negócios prevalecem e a vida continua.

– Tá, segunda pergunta óbvia. Por que precisamos de uma equipe de segurança?

Samir riu mais uma vez.

– Porque estamos na Líbia. Um Estado terrorista, você não está sabendo? Seu próprio governo diz isso.

– Mas isso é terrorismo internacional. E aqui, dentro do país? Por que vamos levar guarda-costas turcos pra visitar um canteiro de obras turco?

– Porque o governo não controla tudo, Mitch. A Líbia tem um amplo território, mas noventa por cento fica no deserto do Saara. É um lugar vasto, selvagem, às vezes sem controle. Os grupos lutam entre si. É difícil capturar os bandidos. Ainda existem senhores da guerra por aí, sempre à procura de problemas.

– E *você*, se sentiria seguro indo pra onde vamos amanhã?

– Claro. Senão eu não estaria aqui. Você está seguro, ou tão seguro quanto um estrangeiro pode estar.

– Foi isso que o Luca disse.

– O Luca conhece o país. Você acha que ele deixaria a filha vir pra cá se estivesse preocupado?

O CORINTHIA HOTEL ERA O MARCO ZERO para empresários, diplomatas e funcionários públicos ocidentais, e o saguão ornamentado fervilhava de executivos vestindo ternos caros. Enquanto Mitch esperava para fazer o check-in, ouviu inglês, francês, italiano, alemão e alguns idiomas que não conseguiu identificar.

Seu quarto, de quina, ficava no quinto andar, com uma vista esplêndida para o Mediterrâneo. A nordeste dava para ver as antigas muralhas da Cidade Velha, mas ele não ficou olhando por muito tempo. Depois de um banho quente, ele se jogou na cama, dormiu profundamente por uma hora e só acordou quando o despertador tocou. Tomou outro banho para acordar de vez, vestiu um terno, mas sem gravata, e saiu para o almoço.

Samir estava à espera dele no restaurante junto ao saguão do hotel. Mitch o encontrou em uma mesa de canto mal iluminada, e o garçom tinha acabado de entregar os cardápios quando Giovanna Sandroni chegou. Eles cumpriram o ritual de beijos no rosto e abraços e, depois de todos terem se cumprimentado devidamente, eles se sentaram e mergulharam em uma conversa fiada. Ela perguntou de Abby e dos meninos, e, com algum esforço, chegaram à conclusão de que o primeiro encontro deles havia acontecido cerca de seis anos antes, em um jantar em Nova York. Ela havia passado um verão lá como estagiária de um escritório rival. Luca estava na cidade e eles se encontraram, não surpreendentemente, em um restaurante italiano em Tribeca, onde Abby conhecia o chef e havia conversas sobre um livro de receitas.

Giovanna era cem por cento romana, com olhos escuros e melancólicos e feições clássicas, mas havia passado metade da vida no exterior. Internatos de elite na Suíça e na Escócia, graduação no Trinity College em Dublin, diploma de direito da Queen Mary University em Londres e outro da Universidade da Virgínia. Ela falava inglês sem nenhum resquício de sotaque e italiano como uma nativa, o que, claro, ela era. Luca disse que ela estava estudando mandarim, sua quinta língua, algo que para Mitch era inconcebível demais só de pensar. Ele e Abby ainda estavam focados no italiano, e muitas vezes tinham medo de que ele estivesse escapando.

Giovanna estava no Scully havia cinco anos e no caminho certo para se tornar sócia, embora a empresa jamais admitisse que havia um caminho. Depois do primeiro ano de treinamento de associados, os figurões geralmente sabiam quem ficaria ali pelo resto da vida e quem iria embora em cinco anos. Ela tinha inteligência, obstinação e reputação, sem falar na boa aparência, que, em tese, não fazia diferença, mas na prática abria muitas portas. Ela tinha 32 anos, era solteira e uma vez os tabloides a associaram a um playboy italiano caloteiro que tinha morrido praticando paraquedismo. Esse tinha sido seu único contato com a fama, e foi suficiente. Como integrante de uma família proeminente, era alvo fácil de fofocas na Itália; portanto, preferia uma vida mais tranquila fora do país e passara os últimos cinco anos em Londres.

– Como está o Luca? – perguntou Mitch assim que ela se ajeitou.

Ela franziu a testa e foi direto ao ponto. A saúde dele estava piorando, e o prognóstico era sombrio. Eles conversaram sobre Luca por quase quinze minutos e praticamente o enterraram. Samir o conhecia havia trinta anos e quase chorou. Eles pediram vegetais leves e chá-verde.

Enquanto esperavam pela comida, Samir pegou uma folha de papel dobrada e a segurou de modo que ficasse óbvio que ele tomaria a palavra. Na sua opinião, eles deveriam partir na madrugada do dia seguinte, por volta das cinco, quando o trânsito da cidade estivesse tranquilo. A ponte ficava seis horas de viagem ao sul de Trípoli. Supondo que chegassem ao meio-dia, poderiam passar no máximo três horas no local antes de retornar à cidade. Era muito perigoso viajar depois de escurecer.

– Que tipo de perigo? – perguntou Mitch.

– A duas horas de distância da cidade, as estradas estão em mau estado e não são seguras. Além disso, existem gangues e não falta gente mau-caráter. Na ponte, a Lannak está levantando acampamento e quase terminando o trabalho. A empresa está muito ansiosa pra encerrar tudo. Pelo menos dois engenheiros ainda estão no local e vão passar orientações a vocês sobre o projeto, o histórico, os problemas e assim por diante. O Luca acha que é importante você ver algumas das mudanças que foram ditadas pelo governo líbio quando o projeto saiu do controle. Temos muitos materiais, como croquis, esboços, fotos, vídeos, esse tipo de coisa, mas você precisa ver o projeto inteiro. O Luca já esteve lá pelo menos três vezes. Vamos fazer tudo rápido, e depois voltamos a Trípoli.

– Você leu o resumo do Luca? – perguntou Mitch a Giovanna.

Ela assentiu com confiança.

– Li – respondeu ela. – Todas as quatrocentas páginas, não exatamente um resumo. Ele sabe ser prolixo às vezes, não é?

– Nada a declarar. Ele é seu pai.

O almoço chegou, e ela tirou os óculos escuros grossos. Mitch já havia percebido que eram apenas um acessório e que não tinham nada a ver com proteger a vista. Ela usava um vestido longo, preto e solto que quase arrastava no chão. Nada de joias, nada de maquiagem, nada disso era necessário. Ela falava pouco, era segura de si, mas respeitosa como associada, e dava a impressão de que se sairia bem em qualquer debate. Eles conversaram sobre a Grande Ponte Khadafi enquanto comiam. Samir os divertiu com histórias que circulavam havia anos sobre o projeto, um "elefante branco" sonhado pelo coronel. Um homem nascido em uma tenda. As histórias, porém, nunca chegaram aos jornais. A imprensa era controlada com rigor.

A melhor teoria, e talvez a mais provável, era que, uma vez concluída a ponte, o coronel queria explodi-la e culpar os norte-americanos. Seus engenheiros não tinham conseguido redirecionar o fluxo do rio mais próximo. Ele demitiu todos eles e parou de pagar à Lannak.

Como visitantes de primeira viagem à cidade e com algumas horas de sobra, eles perguntaram a Samir se ele poderia levá-los até a Cidade Velha para passearem um pouco. Ele ficou encantado em lhes apresentar o local. Eles saíram do hotel a pé e logo entraram na parte murada da antiga Trípoli. As ruas estreitas estavam repletas de carros pequenos, bicicletas de entrega e riquixás. Um mercado estava cheio de barracas que vendiam carnes e frangos frescos, castanhas assadas em tachos quentes, lenços e todo tipo de roupa. O coro de gritos e brincadeiras, as buzinas e sirenes e o barulho distante de música se combinavam para formar um rugido constante e ensurdecedor. Então, às três da tarde, os alto-falantes invisíveis explodiram com o *azan*, o chamado para a oração vespertina, e praticamente todos os homens à vista saíram correndo e se dirigiram à mesquita mais próxima.

Mitch tinha estado na Síria e no Marrocos e ouvira o *azan* soar pelas ruas e bairros cinco vezes por dia. Embora soubesse pouco sobre a religião muçulmana, era fascinado pelas suas tradições e pela disciplina dos seus fiéis. Sair correndo para a igreja para rezar no meio do dia nunca tinha sido algo popular nos Estados Unidos.

De repente, os mercados e as ruas ficaram muito mais silenciosos. Giovanna decidiu fazer compras. Mitch foi junto e comprou um lenço para Abby.

9

Todo o medo de serem emboscados no deserto por milícias ou bandidos se dissipou quando Mitch e Giovanna foram apresentados às duas equipes de segurança turcas. Havia quatro integrantes: Aziz, Abdo, Gau e um cujo nome soava como "Haskel". Os nomes foram um desafio tão grande que eles nem mencionaram os sobrenomes. Todos turcos, eram jovens, grandes, com braços e peito robustos, e as roupas volumosas eram dispostas em camadas de tal forma que ficava evidente que escondiam todo tipo de armamento. Haskel, visivelmente o líder, falou a maior parte do tempo em um inglês razoável. Samir se apressou em fazer alguns comentários em turco, só para impressionar Mitch e Giovanna com suas habilidades no idioma.

A reunião ocorreu em uma pequena sala em um armazém a meia hora de carro do hotel. Haskel apontou para vários pontos em um grande mapa colorido que cobria uma parede inteira. Ele estava na Líbia havia quatro anos, já tinha ido e voltado à ponte dezenas de vezes sem incidentes e estava confiante de que o dia seria tranquilo. Eles sairiam do hotel às cinco da manhã seguinte em um veículo, um caminhão de entrega personalizado com muitos eixos, combustível e outras "proteções". Durante o almoço, Samir tinha deixado escapar que os executivos da Lannak muitas vezes iam de helicóptero até o projeto da ponte. Mitch pensou em perguntar por que não havia um à disposição da equipe jurídica, mas desistiu da ideia.

O motorista do caminhão seria Youssef, um líbio de nascença que era funcionário de confiança da Lannak. Haveria postos de controle e talvez um pouco de assédio por parte dos soldados locais, mas nada que Youssef não conseguisse resolver. Eles levariam comida e água suficientes, pois era melhor não parar, a menos, claro, que houvesse um chamado da natureza. A viagem havia recebido autorização do governo e por isso, supostamente, os movimentos deles não seriam monitorados. Samir iria junto por precaução, embora obviamente não estivesse ansioso para mais fazer uma viagem até a ponte.

À noite, ele deixou Mitch e Giovanna no hotel e foi para casa. Depois de cumprimentar a esposa e bisbilhotar a cozinha, foi até seu pequeno escritório, trancou a porta e ligou para o seu contato na polícia militar líbia. O interrogatório durou meia hora e quiseram saber desde o que Giovanna estava vestindo até a marca do celular, o número do quarto do hotel, as compras no mercado e os planos para o jantar. Ela e Mitch tinham combinado de jantar no hotel às oito e convidado Samir para se juntar a eles. Ele pediu dispensa.

Na opinião dele, a visita à ponte era uma perda de tempo, mas algo típico dos advogados ocidentais. A Lannak os estava pagando por hora, então por que não viajar, se divertir, sair um pouco do escritório e ver a oitava maravilha do mundo, uma ponte de um bilhão de dólares sobre um rio seco no meio do deserto?

COM TANTOS OCIDENTAIS NO HOTEL, Giovanna decidiu abandonar o visual local e se arrumar. O vestido justo ia até os joelhos e fazia jus à sua esplêndida silhueta. Ela usava um par de brincos de ouro, um colar e algumas pulseiras. Afinal, era italiana e sabia se vestir. Estava indo encontrar um norte-americano bonitão, sócio do escritório onde trabalhava, e poderia haver alguma tensão no ar. Eles estavam muito longe de casa.

Mitch vestiu um terno escuro sem gravata. Ficou agradavelmente surpreso com a transformação dela e disse que ela estava linda. Eles se encontraram no bar e pediram martínis. O álcool era estritamente proibido em solo muçulmano, mas os governantes sabiam como era importante para os ocidentais. Muito tempo antes, os hotéis tinham convencido Khadafi de que, para se manter funcionando e obter lucros, eles precisavam oferecer bares bem equipados e cartas de vinhos.

Eles levaram as bebidas para uma mesa perto de uma grande janela e ficaram apreciando a vista do porto. Como estava curioso sobre o passado dela e a considerava muito mais interessante do que ele mesmo, Mitch gentilmente manteve a palavra com ela. Ela tinha vivido metade dos 32 anos na Itália, a outra metade no exterior. Estava morrendo de vontade de ir para casa. A doença do pai era um fator importante, e a morte dele, que deus a livrasse, deixaria um vazio enorme no escritório do Scully em Roma. Luca, é claro, a queria ao seu lado nestes dias, e ela estava decidida a dar aquele passo. Ela amava Londres, mas estava cansada dos dias cinzentos.

Quando os martínis acabaram, Mitch fez sinal para o garçom. Com uma partida tão cedo na manhã seguinte, eles não poderiam se dar ao luxo de um jantar de três horas, nem queriam pratos pesados de carnes com molhos. Eles concordaram em pedir um leve ensopado de frutos do mar, e Giovanna escolheu uma garrafa de Pinot Grigio.

– Quantos anos você tinha quando saiu de Roma? – perguntou Mitch.

– Quinze. Eu estava na escola americana de lá e já tinha viajado muito, pra uma criança. Meus pais estavam se separando e as coisas estavam ruins em casa. Fui mandada para um internato na Suíça, um refúgio obscenamente caro para crianças ricas cujos pais eram ocupados demais pra criá-las. Havia crianças do mundo todo, muitos árabes, asiáticos, sul-americanos. Era um ambiente ótimo, e eu me divertia muito, embora estivesse o tempo todo preocupada com os meus pais.

– Você ia visitá-los nessa época?

– Sim, mas só nos feriados. Fiz uns estágios de verão aqui e ali pra ficar longe de casa. Culpei meu pai pelo divórcio, ainda culpo, mas conseguimos chegar a uma trégua.

– O que aconteceu com a sua mãe?

Ela deu de ombros e sorriu, deixando claro que a mãe estava fora de pauta. Por Mitch, tudo bem. Ele também não queria falar nos pais.

– Por que você optou por fazer faculdade em Dublin? – perguntou ele.

O vinho chegou e eles passaram pelo ritual de abrir, beber, aprovar. Depois que o garçom serviu duas taças e saiu, Giovanna continuou:

– Eu não era nada fácil no internato, e meu formulário de candidatura era fraco. As universidades da Ivy League com certeza não ficaram impressionadas e todas disseram não, assim como Oxford e Cambridge. Luca mexeu um ou dois pauzinhos, e eu fui aceita no Trinity em Dublin. Não aceitei bem a rejeição e fui pra lá com um peso enorme nas costas. Estudei muito e entrei na faculdade de direito determinada a virar o mundo de cabeça pra baixo. Terminei em dois anos, mas aos 23 anos eu não estava exatamente pronta pro exame da ordem. O Luca sugeriu que eu fosse estudar nos Estados Unidos, e eu passei três anos maravilhosos na Universidade da Virgínia. Chega de falar de mim. Como é que você foi fazer direito em Harvard?

Mitch sorriu e tomou um gole de vinho.

– Você quer saber como um garoto pobre de uma cidadezinha no Kentucky conseguiu chegar a uma das maiores universidades dos Estados Unidos?

– Tipo isso.

– Um aluno brilhante, um líder carismático, o que você preferir.

– Não, sério.

– Mas é sério! Tive as notas mais altas na graduação e uma pontuação quase perfeita no teste de admissão para a faculdade de direito. Além disso, eu era de um condado na região mineradora do Kentucky, um fator importante. Harvard não recebe muitas inscrições daquele canto do mundo, por isso as mentes brilhantes por trás das admissões acharam que eu devia ser bem exótico. A verdade é que eu tive sorte.

– A gente faz a nossa própria sorte na vida, Mitch. Você se saiu bem em Harvard.

– Assim como você, eu tinha um peso nas costas, algo a provar, então, sim, me dediquei muito.

– O Luca me disse que você terminou como primeiro da turma. Por que Luca teria dito isso?

– Não, não é verdade. Eu fui o quarto.

– De quantos?

– De quinhentos.

Eram quase nove horas, e todas as mesas estavam cheias de homens barulhentos falando a todo vapor em mais idiomas do que Mitch era capaz de acompanhar. Alguns usavam túnicas e *keffiyehs*, mas a maioria usava ternos caros. Além de muita bebida, havia inúmeros cigarros acesos, e a ventilação do restaurante era insuficiente. O petróleo impulsionava a economia da Líbia, e Mitch captou trechos em inglês sobre mercados, preços de barril e perfurações. Ele tentou ignorar porque estava jantando com uma das duas únicas mulheres no ambiente, e sua acompanhante merecia atenção. Ela estava recebendo olhares e parecia ciente deles e aceitá-los como se aquilo fizesse parte do mundo dela.

Giovanna queria falar sobre Abby e os gêmeos, e eles fizeram isso por um longo tempo enquanto brincavam com o ensopado, que não estava muito bom, e bebiam o vinho, que estava bom, mas teria ficado muito melhor na Lombardia. Depois de falarem tudo sobre a família imediata de Mitch, Giovanna empurrou o prato para o lado e disse que precisava de alguns conselhos. Ela estava no Scully havia cinco anos, todos os cinco no escritório de Londres, e estava determinada a virar sócia. As chances seriam maiores se ela ficasse em Londres? Ou se voltasse para Roma? E quanto tempo poderia demorar? A média no Scully era a mesma dos outros grandes escritórios de advocacia: cerca de oito anos.

Mitch ficou tentado a compartilhar, em off, as fofocas que havia escutado. Ela provavelmente se tornaria sócia no tempo médio se mantivesse o ritmo atual, não importava onde estivesse. Porém, ser filha de Luca Sandroni certamente abriria mais portas em Roma. Ela era inteligente, motivada e tinha boa reputação. E o escritório estava comprometido com a diversidade e precisava de mais mulheres no topo.

Ele disse que não fazia diferença. O Scully era famoso por saber identificar advogados talentosos, tanto pratas da casa quanto trazidos de fora, não importava de onde vinham.

Quando terminaram o ensopado e o vinho, os dois estavam cansados. O dia seguinte seria uma aventura. Mitch pôs o jantar na conta do seu quarto. Acompanhou Giovanna até o dela, no mesmo andar, e lhe desejou boa-noite.

10

Ele dormiu pesado e não fazia ideia da hora quando acordou no escuro e agarrou os lençóis, porque a cama estava girando. A roupa de cama estava encharcada de água, suor ou algo do gênero, ele não sabia dizer naqueles primeiros instantes terríveis enquanto tentava se sentar e respirar. O coração estava disparado e prestes a explodir. O estômago estava revirando, e, antes que ele conseguisse encontrar um interruptor, o ensopado leve de frutos do mar e o Pinot Grigio subiram queimando. Ele cerrou os dentes, tentou engolir, mas não conseguiu conter a ânsia e começou a vomitar ao lado da cama. Ele engasgou, cuspiu e tossiu, e, quando a primeira onda acabou, ele olhou para o estrago em meio à penumbra e tentou pensar. Era impossível. Estava tudo girando: cama, teto, paredes, móveis. O suor emanava da pele enquanto o coração e os pulmões disparavam. Ele regurgitou, golfou e vomitou mais um pouco. Precisava chegar ao banheiro, mas estava tonto demais para se levantar. Rolou para fora da cama, caiu em cima do vômito e começou a rastejar sobre o carpete até o banheiro, onde acendeu a luz e vomitou mais uma vez na privada. Quando o estômago ficou vazio, ele se encostou na banheira e lavou o rosto com água fria. Uma onda de dor aguda e quente percorria sua cabeça e o fazia ofegar. A respiração não voltava ao normal. O pulso parecia uma britadeira. Ele cogitou fazer mais uma tentativa de ficar de pé, ficou de quatro lentamente, depois desmaiou e caiu de lado. Tinha certeza de que estava morrendo.

O estômago revirou mais uma vez, e ele vomitou na privada. Quando a ânsia passou, ele se apoiou na banheira e abriu as torneiras. Estava sentindo o próprio cheiro e tinha que se limpar. Deitado de barriga para cima, ele tirou a cueca e a calça do pijama, depois a camisa. Estavam molhados de suor e cheiravam a ensopado de peixe rançoso. Jogou tudo dentro do chuveiro e cuidaria daquilo mais tarde. Conseguiu rolar para dentro da banheira sem quebrar nenhum osso. A água estava muito fria, então ele girou um pouco mais uma das torneiras. A água escorreu pela cabeça e pelo pescoço, e, quando a banheira encheu até a metade, ele fechou a água e ficou muito tempo de molho com os olhos fechados. Tudo girava sem parar. Ele viu um relógio sobre a bancada: 1h58. Tinha dormido menos de três horas. Fechou os olhos de novo, massageou as têmporas e esperou que a tontura passasse.

Se fosse uma intoxicação alimentar, Giovanna também estaria passando mal. Os dois tinham comido o mesmo ensopado, bebido o mesmo vinho, começado com o mesmo martíni. Ele precisava ligar para ela – ela estava a apenas quatro portas de distância. E se ela também se encontrasse no mesmo estado? E se ela estivesse morrendo?

O problema era que ele não conseguia andar. Merda, ele estava tendo dificuldade até mesmo para ficar deitado na água morna da banheira enquanto a cabeça girava como um pião. Ele viu um grosso roupão branco pendurado na porta e estava determinado a pegá-lo e se cobrir. Deslizou para fora da banheira, encontrou uma toalha e se enxugou, depois puxou o roupão do gancho e o vestiu. A náusea bateu de novo, então ele se esticou no piso frio e esperou que passasse. Teria vomitado violentamente, mas não havia mais nada no estômago.

Ele se arrastou até um aparador, tirou delicadamente o telefone do gancho e apertou o botão da recepção. Ninguém atendeu. Ele xingou e tentou de novo. Nada. Xingou mais um pouco e pensou em Samir, o único amigo na cidade que seria capaz de encontrar um médico, talvez um hospital. A ideia de ser colocado numa ambulância em Trípoli e levado às pressas para um hospital subdesenvolvido era assustadora, mas a ideia de ser encontrado morto num hotel tão longe de casa também era.

Ele precisava de água, mas não viu nenhuma garrafa. Cinco minutos se passaram, depois dez, e ele prometeu a si mesmo que chegaria aos trinta porque até lá ainda estaria vivo e melhorando, certo? Suas entranhas de repente pegaram fogo de novo, e ele sentiu cólicas. Ele se virou para o lado e tentou não vomitar, mas não conseguiu conter. O vômito não era o jantar da véspera; isso já estava no chão. Agora ele estava botando para fora sangue e água. Ligou para a recepção, mas ninguém atendeu.

Ele discou o número do quarto de Giovanna. Depois de quatro toques, ela finalmente atendeu.

– Alô, quem é?

– Sou eu, Mitch. Você está bem?

Pela voz, ela parecia bem, talvez com um pouco de sono. Com a garganta queimada e a boca seca, ele soava como um moribundo.

– Estou, sim, qual é o problema?

– Você não está passando mal?

– Não.

– Estou com problemas, Giovanna. Acho que tive uma intoxicação alimentar e preciso de um médico. Ninguém atende na recepção.

– Tá, estou indo aí.

Ela desligou antes que ele conseguisse dizer mais alguma coisa. Agora ele só precisava chegar até a porta para destrancá-la.

DURANTE A MEIA HORA SEGUINTE, ele ficou deitado de roupão no colchão sem lençóis e tentou não se mexer nem falar enquanto Giovanna colocava toalhas frias em seu pescoço e sua testa. Ela havia tirado os lençóis, o cobertor e as fronhas e empilhado tudo no chão, cobrindo parte da sujeira que ele havia feito. Samir disse que chegaria em vinte minutos.

O enjoo havia passado, mas o estômago e o intestino ainda estavam contraídos e em cólicas. Instável, uma hora Mitch estava em agonia, depois parecia a caminho do paraíso.

Samir chegou apressado, ainda rosnando com o concierge, que vinha atrás dele, mas pouco fez além de atrapalhar. Ele e Samir discutiam em árabe. Atrás deles estavam dois médicos uniformizados com uma maca. Eles falaram com Mitch enquanto Samir traduzia. Mediram a pressão arterial. Muito alta. O pulso estava em 150. Ele estava definitivamente desidratado. Samir deu um tapinha no braço de Mitch e disse:

– Nós vamos pro hospital, tá, Mitch?

– Tá. Você vai comigo, certo?

– Claro. Temos um bom hospital na cidade. Confia em mim. Não se preocupa.

Eles carregaram Mitch na maca para fora do quarto, pelo corredor e até os elevadores, com Samir e Giovanna logo atrás. Mais um médico estava à espera no saguão. A ambulância estava logo na entrada.

– Vem comigo. Nós vamos seguindo eles – disse Samir para Giovanna. Para Mitch, ele falou: – Já liguei pros médicos certos. Eles vão nos encontrar no hospital.

Mitch manteve os olhos fechados e assentiu. Ele não se lembraria de nada daquela primeira viagem de ambulância além da sirene estridente.

Sem trânsito, eles dispararam pelas ruas e em poucos minutos estavam na emergência do Hospital Militar de Mitiga, um complexo tão moderno que poderia muito bem estar em qualquer subúrbio norte-americano.

– Um hospital militar? – perguntou Giovanna.

– Sim, o melhor do país. Se você tem dinheiro ou contatos, você vem aqui. Nossos generais têm acesso ao melhor de tudo na Líbia.

Sem a mínima preocupação, Samir estacionou numa zona proibida. Eles correram para a emergência e seguiram a maca. Mitch foi levado para um consultório e transferido para uma cama. Enfermeiros e técnicos vieram correndo, e, depois de temer o pior, ele ficou aliviado diante da atenção e do nível do atendimento. Samir e Giovanna foram autorizados a entrar no consultório. Um médico chamado Dr. Omran apareceu ao lado da cama e assumiu o comando. Com um sorriso largo e um sotaque carregado, ele disse:

– Sr. McDeere, eu também estudei em Harvard.

Que mundo pequeno. Mitch conseguiu dar o primeiro sorriso em horas e relaxou tanto quanto possível. Com a ajuda de Giovanna, eles repassaram tudo que haviam comido, não só no jantar mas também no almoço. Enquanto eles conversavam, duas enfermeiras o furaram com uma agulha e o colocaram no soro. Aferiram seus sinais vitais e colheram um pequeno frasco de sangue.

O Dr. Omran pareceu perplexo com o ocorrido, mas não estava preocupado.

– Não é impossível que uma pessoa passe mal enquanto outras não sentem nada. É raro, mas acontece. – Ele olhou para Giovanna. – Ainda existe uma chance de você estar com a mesma bactéria e começar a passar mal. Ela pode sobreviver por um ou dois dias.

– Não, eu estou me sentindo bem – respondeu ela. – Nenhum sintoma.

Ele falou em árabe com as enfermeiras. Um técnico saiu para buscar alguma coisa.

– Vamos tentar alguns remédios – disse ele para Mitch. – Um para aliviar o enjoo e parar as cólicas, outro para diminuir a dor e talvez permitir que você durma um pouco.

Ambos pareciam maravilhosos, e Mitch sorriu mais uma vez.

– Quando é que eu vou poder me mandar daqui? – perguntou ele, em uma tentativa de parecer durão.

– Você vai ser internado, Sr. McDeere – disse o médico com um sorriso. – Você não vai embora tão cedo.

E ele estava em paz com aquilo. Gostou especialmente da parte do analgésico e de uma longa soneca. As cólicas ainda persistiam. A cabeça ainda estava girando. Ele não tinha vontade de fazer nada além de sair do ar por algumas horas. Pensou em Abby e nos meninos e sabia que eles estavam seguros. A última coisa de que eles precisavam era de um telefonema urgente da Líbia com más notícias. Ele ficaria bem dali a algumas horas.

– Mitch, são quase quatro da manhã – disse Giovanna. – Tínhamos marcado de sair às cinco.

– Ele não está em condições – disse o médico.

– Podemos adiar por 24 horas? – perguntou Mitch.

Samir e o médico se entreolharam e depois balançaram a cabeça.

– Não tenho certeza se vou poder te liberar daqui a 24 horas – disse o médico. – Quero ver seus exames de sangue.

– A viagem está autorizada para hoje – disse Samir. – Eu teria que voltar e pedir outra autorização. Como eu disse, o governo está ficando mais rígido. Por razões óbvias, eles não estão nem um pouco felizes com o processo da Lannak e só autorizaram a visita de hoje pra ficar bem diante do tribunal.

– Quer dizer que eles podem não autorizar pra outro dia? – perguntou Mitch.

– Não tem como saber. Acho que autorizam, mas vão enrolar a resposta por alguns dias, só pra nos fazer esperar. Estamos falando de burocratas, Mitch. De gente durona.

– Eu vou, Mitch – disse Giovanna. – Eu conheço os relatórios, a lista do que precisa ser conferido, tudo. Eu dou conta. Vamos acabar logo com isso.

Mitch fechou os olhos e foi acometido por outra onda de cólicas. Àquela altura, ele já tinha passado tempo demais na Líbia e mal podia esperar para ir embora. Olhou para Samir e perguntou:

– E você ainda acha que é seguro?

– Mitch, se eu não achasse, não estaríamos aqui agora. Como eu disse, já fiz essa viagem uma dezena de vezes e nunca me senti ameaçado.

– E você vai hoje?

– Mitch, eu trabalho pra você, pro seu escritório, pro seu cliente. Você está no comando. Se você quiser que eu acompanhe a equipe, eu vou.

– Ahh! – grunhiu Mitch e disse com os dentes cerrados: – Diarreia! Alguém traz um penico!

Samir e Giovanna encontraram a porta e dispararam pelo corredor. Eles ficaram esperando e assistindo por alguns minutos enquanto auxiliares e enfermeiras entravam e saíam do quarto de Mitch. Por fim, ela disse:

– Vamos voltar pro hotel. Eu preciso trocar de roupa.

O CAMINHÃO BLINDADO ESTAVA À ESPERA perto da entrada principal do hotel. Youssef, o motorista, dormia ao volante. Na cabine, ele estava em companhia do sexto membro da equipe, Walid, outro motorista líbio à disposição para o caso de Youssef precisar de uma soneca. Ele teria um longo dia pela frente, com pelo menos dez horas ao volante. Os quatro turcos perambulavam pela rua, todos fumando, todos vestidos com uniformes cáqui e botas de lona.

Samir falou com eles e depois saiu com o celular colado ao ouvido. Ele encontrou Giovanna no saguão e disse:

– O Dr. Omran acha que eu devia ficar aqui hoje e ajudar o Mitch. Pode haver algumas complicações.

– De que tipo?

– Talvez não tenha sido intoxicação alimentar.

– E isso deveria me deixar tranquila?

– Você não precisa ir, Giovanna. Podemos tentar de novo semana que vem ou talvez daqui a duas semanas.

– Você não está preocupado com essa viagem?

Pela quarta ou quinta vez, Samir disse:

– Não. Você tem seguranças de sobra, e tenho certeza de que eles não serão necessários.

– Está bem, eu vou. Você cuida do Mitch.

Ele a beijou nas duas bochechas e disse:

– Eu te espero aqui pro jantar hoje à noite, tá?

– Ótimo. Mas vamos dispensar o ensopado de frutos do mar.

Os dois riram, e ele ficou observando enquanto ela atravessava com determinação a porta giratória.

11

A cabine do caminhão era como um cockpit com duas grandes poltronas para os motoristas. Uma passagem estreita levava até a parte dos fundos, para que eles pudessem falar com os passageiros quando necessário. Caixas de suprimentos não identificadas estavam empilhadas perto da porta de trás, e mais caixas estavam em um bagageiro sobre o teto do veículo. Quando se certificou de que tudo estava amarrado e seguro, Youssef assumiu o volante e engatou a marcha.

Giovanna e seus seguranças ocupavam assentos bem acolchoados, que reclinavam alguns centímetros e eram bem confortáveis, pelo menos ao longo das ruas pavimentadas da cidade. Haskel, o líder, explicou a Giovanna que as estradas não eram tão boas assim no interior. Segundo ele, o caminhão tinha sido adaptado para transportar engenheiros e executivos da Lannak da cidade até a ponte e vice-versa, e havia anos era usado praticamente todos os dias. Youssef seria capaz de dirigir mesmo dormindo, o que acontecia com frequência.

Aziz lhe ofereceu um café espesso turco, que exalava um cheiro delicioso quando ele o serviu em um recipiente de metal. Haskel lhe estendeu uma espécie de rosquinha folhada com um distinto aroma de gergelim.

– Se chama *kaak* – explicou ele. – Muito saboroso.

– Minha esposa sempre faz pra essas viagens – disse Youssef, virando a cabeça para trás.

– Obrigada.

Ela deu uma mordida e sorriu em aprovação.

As ruas da cidade ainda estavam escuras e vazias, e era cedo demais para haver sequer um sinal de luz do sol. Duas janelas estreitas de cada lado do compartimento de carga lhes davam um vislumbre da cidade. Em poucos minutos, Gau e Abdo estavam afundados nos assentos, com os olhos bem fechados. Depois de dois goles do café, Giovanna sabia que não conseguiria dormir. Ela mordiscou a rosquinha líbia e tentou absorver o que havia ao seu redor. Dois dias antes, ela estava em sua mesa em Londres, como de costume, vestida para matar e aguardando sem nenhuma expectativa mais uma rodada de reuniões monótonas. Agora ela estava em Trípoli, na traseira de um caminhão remodelado, com quatro turcos fortemente armados, se aventurando no deserto, onde inspecionaria uma ponte de um bilhão de dólares que ligava o nada a lugar nenhum. Estava usando uma calça jeans larga, botas de trilha, e não tinha passado maquiagem. Ela pegou o celular. Haskel percebeu e disse:

– O sinal funciona bem por cerca de uma hora, depois desaparece.

– Como é que você fala com a equipe da construção na ponte?

– Um sistema de satélite pra celular e internet. Você vai poder usar quando chegarmos lá.

Ela estava preocupada com Mitch e enviou uma mensagem para ele. Não esperava uma resposta. Enviou uma para Samir, que rapidamente respondeu com a notícia de que Mitch estava se sentindo melhor. Ele, Samir, planejava passar o dia no hospital. Ela pensou em Luca e decidiu esperar. Com sorte, ele ainda estava dormindo.

Aziz cochilou, deixando apenas Haskel de guarda, embora nenhum segurança fosse necessário no momento. O tédio bateu forte, e Giovanna abriu um emocionante relatório do escritório que visava resumir o lamentável estado da Líbia moderna, ou pelo menos desde 1969, quando Khadafi deu o golpe e se instalou como ditador, governante e rei vitalício. Na periferia da cidade, à medida que a estrada ficava mais estreita, ela começou a bocejar e se tocou de que havia dormido menos de três horas. Mitch tinha ligado quase morrendo às duas da manhã, e ela estivera em alerta desde então.

Ela checou o celular. Sem sinal. Faltavam apenas quatro horas.

OS GUARDAS DO POSTO DE CONTROLE eram do exército regular da Líbia. Eram cinco e já estavam mortos havia uma hora quando Youssef fez a longa curva e as barreiras de concreto entraram em seu campo de visão. Os corpos estavam na traseira de um caminhão roubado que logo seria queimado. Os uniformes agora estavam sendo usados por seus assassinos.

Youssef viu os guardas e disse:

– Posto de controle. Talvez a gente precise saltar.

Haskel olhou para Giovanna e disse:

– Esse é o principal posto de controle, e geralmente saímos para que os guardas possam dar uma olhada aqui dentro. E também é bom poder esticar as pernas. Tem uma espécie de banheiro, se precisar. Não se preocupe.

– Estou bem. Obrigada – disse ela enquanto assentia.

O caminhão parou. Dois guardas apontaram fuzis. Youssef e Walid desceram e os cumprimentaram. Era tudo rotina. Um terceiro guarda abriu a porta traseira e fez sinal para que os quatro turcos e Giovanna descessem.

– Nada de armas! – gritou o guarda em árabe.

Como de costume, os turcos deixaram as armas nos assentos e saíram rumo à luz do sol. Eram quase nove da manhã e o deserto já estava quente. Dois homens uniformizados entraram no caminhão e vasculharam tudo. Os minutos se arrastaram, e Youssef começou a olhar ao redor. Ele não reconheceu os guardas, mas eles mudavam com frequência. Dois deles estavam por perto com Kalashnikovs, com os dedos próximos ao gatilho.

O líder saiu do caminhão segurando a pistola automática de Haskel. Ele gesticulou para eles e gritou, em árabe:

– Mãos para o alto!

Os quatro turcos, os dois líbios e Giovanna levantaram as mãos devagar.

– De joelhos! – gritou ele.

Em vez de cair de joelhos, Youssef deu um passo na direção errada e disse:

– O que é isso? Temos autorização!

O líder apontou a pistola para o rosto dele e, a um metro de distância, puxou o gatilho.

HASKEL TINHA LIGADO PARA O CHEFE no canteiro de obras da Lannak quando eles estavam saindo da cidade e avisado que chegariam às dez da manhã. Esse era o procedimento operacional padrão durante todo o tempo em que a ponte esteve em construção. Sempre planejar a viagem, nada de improvisos, ligar com antecedência e ligar para avisar da saída e da chegada. Alguém com autoridade estaria observando e à espera. A maioria das estradas era segura, mas, no fim das contas, era a Líbia, uma terra de grupos guerreiros que se alimentava de conflitos havia séculos.

Às 10h30, alguém no canteiro de obras ligou para o rádio do caminhão de Youssef, mas não houve resposta. Fizeram o mesmo às 10h45 e às onze. Se tivesse havido uma pane, o que não era incomum, o motorista teria ligado no mesmo instante para o canteiro. Às 11h05, o canteiro recebeu uma ligação do Exército Líbio. A mensagem foi perturbadora: outro caminhão havia passado pelo posto de controle, mas estava tudo completamente vazio. Os cinco guardas do Exército estavam desaparecidos, juntamente com seus dois caminhões e dois jipes. Não havia nenhum sinal de outro veículo. O Exército estava enviando helicópteros e soldados para a região.

As buscas não revelaram nada, embora não fosse difícil se esconder em meio à vastidão do Saara. Às três da tarde, o executivo da Lannak de plantão ligou para Samir, que estava em seu escritório. Ele voltou ao hospital, encontrou Mitch cochilando novamente e decidiu esperar mais ou menos uma hora antes de dar a notícia alarmante.

Por volta das cinco da tarde, Mitch havia esquecido sua intoxicação alimentar e estava ao telefone com Jack Ruch, em Nova York, que, por sua vez, havia ligado para Riley Casey, seu homólogo no escritório de Londres. Com tantos detalhes ainda por confirmar, parecia inconcebível que uma associada do Scully & Pershing pudesse estar desaparecida na Líbia, mas não havia nenhum sinal de Giovanna nem de nenhum dos homens que a acompanhavam havia doze horas. E nenhum contato. O pesadelo estava se concretizando, e a cada hora ficava mais sombrio.

A questão mais urgente era como contar ao pai dela. Mitch sabia que não tinha escolha a não ser fazer isso ele mesmo, e o mais rápido possível, antes que Luca ouvisse a notícia de alguma outra fonte.

Às seis e meia, Mitch ligou para Luca em Roma e contou que a filha dele estava desaparecida.

12

Vista pela maior parte do mundo como um Estado pária, a Líbia de Khadafi tinha dificuldades de manter relações diplomáticas mesmo com os amigos. Com os inimigos, falar sobre assuntos delicados era, na melhor das hipóteses, complicado, e muitas vezes impossível. O embaixador turco foi o primeiro a chegar ao Palácio do Povo para uma reunião marcada às pressas. Ele falou com um conselheiro militar sênior de Khadafi e foi informado de que o governo estava fazendo de tudo para encontrar a equipe desaparecida. Extraoficialmente, foi garantido ao embaixador que o governo não estava envolvido nos sequestros ou o que quer que aquilo fosse. Ele saiu da reunião insatisfeito e com mais perguntas do que antes, mas isso não era raro quando se tratava do regime de Khadafi.

Os italianos foram os próximos. Por causa de seu passado colonial, eles ainda mantinham laços formais com o governo e muitas vezes faziam o trabalho sujo para os ocidentais que optavam por negociar com a Líbia por causa do petróleo. O embaixador italiano falou ao telefone com um general líbio e ouviu o informe padrão: o governo não estava envolvido, não sabia quem estava nem fazia ideia de para onde os reféns tinham sido levados. O Exército líbio estava vasculhando o deserto. O embaixador ligou imediatamente para Luca, seu conhecido, e retransmitiu a conversa. Por alguma razão que não estava clara, o embaixador tinha certeza de que Giovanna e os outros seriam encontrados ilesos.

Nem os britânicos nem os norte-americanos usavam diplomatas para lidar com a Líbia. Depois que o presidente Reagan bombardeou o país em 1986, entrou em vigor um estado de guerra não declarado. Após esse episódio, qualquer contato com Khadafi e seus asseclas seria complexo e repleto de intrigas. Para piorar ainda mais a situação, havia o fato de nenhum norte-americano estar envolvido. Giovanna tinha dupla cidadania: italiana e britânica. O Scully & Pershing tinha sede em Nova York, mas era um escritório de advocacia, uma empresa, não uma pessoa. No entanto, o Departamento de Estado Norte-Americano e seus serviços de inteligência estavam em alerta máximo, monitorando a internet e escutando conversas. E não estavam conseguindo nenhuma pista. As imagens de satélite ainda não tinham captado nada que pudesse ajudar.

Os espiões britânicos em Trípoli também estavam atrás de fofocas. Os detalhes, porém, ainda eram vagos, e suas fontes geralmente confiáveis não sabiam de quase nada.

Às dez da noite, ainda não havia chegado nenhuma palavra dos sequestradores. Ninguém sabia como chamá-los, porque ninguém sabia quem eram. Terroristas, bandidos, revolucionários, guerreiros de aldeias, fundamentalistas, insurgentes, bandidos, havia muitas possibilidades em jogo. Como o Estado controlava a imprensa, não havia confirmação da história. Nem uma única palavra tinha vazado para a mídia ocidental.

SAMIR PASSOU AQUELA LONGA E MISERÁVEL TARDE e noite sentado com Mitch no quarto de hospital ou andando pelo estacionamento com o celular colado ao ouvido. Nem uma coisa nem outra eram agradáveis. Mitch estava muito mal, provavelmente com uma intoxicação alimentar. O Dr. Omran não conseguiu diagnosticar nenhuma outra causa. Os vômitos e a diarreia finalmente tinham passado, porque não havia mais nada em seu organismo. Ele ainda estava com medo de comer e não tinha apetite. Seus sintomas físicos, porém, tinham desaparecido com a inquietante notícia da emboscada. Agora Mitch apenas tentava sair do hospital.

Os contatos de Samir na polícia militar disseram pouca coisa. Garantiram a ele que não se tratava de uma manobra do governo para forçar a Lannak a sair do país, obviamente sem os cerca de 400 milhões de dólares que a empresa exigia pela maldita ponte. Suas fontes pareciam estar no escuro, assim como todo mundo. Ele continuou desconfiado, porém, porque odiava Khadafi e sabia que a capacidade dele para a perversão não tinha limites. Mas guardou esses pensamentos para si.

ÀS ONZE DA NOITE NA COSTA LESTE, o Scully tomou a decisão de retirar Mitch McDeere de Trípoli. O escritório tinha uma apólice de seguro que cobria a retirada de emergência de qualquer um de seus advogados que adoecesse em um país com um sistema de saúde inferior ao desejável. A Líbia estava nessa categoria. Jack Ruch ligou para a seguradora, que já tinha sido avisada e estava de prontidão. Depois, ligou para Mitch pela terceira vez, e eles falaram sobre os detalhes. Mitch preferia ficar, porque não queria sair de lá sem Giovanna. Por outro lado, gostaria de ir embora porque ainda estava se sentindo muito mal e nunca mais queria pisar em solo líbio. Tinha falado com Abby duas vezes, e ela insistiu que ele saísse de lá o mais rápido possível. Ruch argumentou, de modo claro e contundente, que Mitch não poderia fazer nada para ajudar a encontrar Giovanna e a equipe de segurança, e que seria uma estupidez se ele tentasse.

Às seis e meia da manhã de sábado, 16 de abril, Mitch foi colocado em uma cadeira de rodas, tirado do hospital e conduzido até uma ambulância. Samir estava ao seu lado, assim como uma enfermeira. Quarenta minutos depois, eles pararam em um trecho da pista do aeródromo inacessível para o público em geral. Meia dúzia de jatos corporativos estavam estacionados e eram vigiados por seguranças armados. Um Gulfstream 600 prateado estava à espera. Mitch insistiu em subir as escadas e embarcar sem ajuda. Um médico e uma enfermeira o aguardavam e imediatamente o afivelaram a uma maca confortável. Ele e Samir trocaram um aperto de mãos e se despediram.

Seu pulso estava acelerado e sua pressão arterial, muito alta, mas isso não era inesperado, dada a agitação da hora anterior. Sua temperatura estava ligeiramente elevada. Ele tomou um copo de água gelada, mas recusou biscoitos. O médico perguntou se ele queria dormir, e ele respondeu que sim, sem dúvida. A enfermeira lhe deu dois comprimidos, mais um pouco de água, e ele já estava roncando antes de o Gulfstream decolar.

O voo para Roma durou uma hora e cinquenta minutos. Ele só acordou quando o médico deu um tapinha em seu braço e disse que era hora de desembarcar. Com a ajuda de um dos pilotos, conseguiu descer os degraus e arrastar os pés até a porta de trás de outra ambulância.

Na Policlínica Gemelli, no centro de Roma, Mitch foi levado até um consultório particular e examinado novamente. Os sinais vitais estavam em ordem, e o médico disse que ele teria alta antes do meio-dia. Depois que as enfermeiras saíram, um sócio do Scully chamado Roberto Maggi entrou e o cumprimentou. Os dois haviam se visto várias vezes ao longo dos anos, mas não eram próximos. Ele tinha passado a tarde inteira com Luca, e os dois se encontravam, é claro, em estado de choque. Luca já não vinha se sentindo bem antes da notícia. Agora, estava sedado e sob cuidados médicos.

Mitch, bem acordado e subitamente faminto, relembrou cada passo que ele e Giovanna deram em Trípoli. Nenhuma das informações foi útil. Ele sabia menos sobre o sequestro do que Roberto. Evidentemente, as autoridades líbias ou estavam no escuro ou simplesmente não queriam falar. Até onde se sabia, os sequestradores ainda não tinham feito contato.

Roberto saiu e prometeu voltar dali a algumas horas para ajudar Mitch a ir embora do hospital. Uma enfermeira trouxe uma tigela de frutas picadas, um refrigerante diet e alguns biscoitos. Mitch comeu devagar, depois ligou de novo para Abby e contou que estava descansando confortavelmente em um belo quarto de hospital em Roma e que se sentia muito melhor.

Ela estava assistindo ao noticiário e acompanhando a internet, mas não tinha visto nada sobre a Líbia.

13

A falta de notícias chegou ao fim de forma dramática quando os quatro turcos foram encontrados decapitados. Eles estavam nus e pendurados pelos pés em um cabo que ligava dois armazéns localizados a quase dois quilômetros da ponte. Seus corpos estavam talhados, queimados e ensanguentados, e era certo afirmar que eles haviam sofrido muito antes da decapitação. Ali por perto, havia um grande barril de óleo com uma tábua no topo. Na tábua, em uma fileira organizada, estavam as quatro cabeças.

Haskel, Gau, Abdo, Aziz.

O segurança da Lannak que os encontrou naquela manhã não tentou combinar as cabeças com os corpos. Alguém muito mais inteligente do que ele ficaria a cargo dessa tarefa.

Não havia sinal de Youssef, Walid nem Giovanna. Nenhum sinal dos assassinos. Nenhum bilhete, nenhuma exigência, nada. Os seguranças da Lannak na ponte não tinham ouvido nada, mas o mais próximo estava a pelo menos cem metros de distância. Restavam poucos seguranças, porque a empresa estava tirando as pessoas do local e mandando-as de volta para casa. A obra estava praticamente concluída. Todas as câmeras de vigilância da área tinham sido retiradas.

As quatro decapitações sem dúvida estimulariam a empresa a antecipar sua saída do local.

Um oficial líbio isolou imediatamente a área e proibiu qualquer pessoa de tirar fotos e filmar a cena do crime. Trípoli havia ordenado que todo mundo, inclusive os funcionários da Lannak, ficasse longe dos corpos. Uma imagem tão abominável se tornaria viral em um instante e serviria apenas para constranger o governo. Porém, foi impossível manter a notícia em segredo, e antes do meio-dia Trípoli divulgou um comunicado confirmando os assassinatos e os sequestros. Os "terroristas" ainda não tinham entrado em contato. Em seu primeiro esforço de desinformação, o regime afirmou que "havia suspeitas de que o ataque tinha sido obra de uma notória gangue do Chade". As autoridades líbias prometeram encontrar os criminosos e levá-los à justiça, depois, claro, de achar os outros reféns.

MITCH ESTAVA DEIXANDO O HOSPITAL em um carro com Roberto Maggi quando recebeu a ligação. Um associado do escritório de Roma tinha acabado de receber a notícia de Trípoli. O governo confirmava o sequestro de Giovanna Sandroni, juntamente com dois funcionários líbios da Lannak. O paradeiro deles era desconhecido. A equipe de segurança turca tinha sido assassinada.

Eles se dirigiram à *villa* de Luca no bairro do Trastevere, no centro-sul de Roma, e o encontraram sentado sozinho na varanda, à sombra de um pinheiro-manso, enrolado em uma manta, com o olhar fixo em uma fonte no pequeno pátio. Uma enfermeira estava sentada perto das portas duplas abertas. Ele sorriu para Mitch e apontou para uma cadeira vazia.

– Que bom te ver, Mitch – disse ele. – Fico feliz que você esteja bem.

– Qualquer coisa, estou lá dentro, Luca – disse Roberto e desapareceu.

– Como você está? – perguntou Mitch.

Ele deu de ombros e demorou para responder.

– Ainda na luta. Passei a manhã inteira no telefone com os meus melhores contatos na Líbia e não consegui muita coisa.

– Será que foi o Khadafi?

– Essa é sempre uma possibilidade. Ele é louco e capaz de tudo. Mas tenho minhas dúvidas. Acabaram de encontrar cinco soldados mortos, do Exército líbio: os guardas do posto de controle. Todos baleados na cabeça, e os corpos, queimados. Duvido que Khadafi matasse os próprios homens, mas nunca se sabe.

– Por que ele mataria funcionários da Lannak?

– Intimidação, talvez.

Uma mulher bem-vestida, de cerca de 50 anos, apareceu e perguntou a Mitch se ele queria beber alguma coisa. Ele pediu um café espresso e ela saiu.

Luca nem prestou atenção nela e continuou:

– Khadafi deve à Lannak pelo menos quatrocentos milhões de dólares pela bela ponte no deserto. O preço do petróleo está em baixa. Os líbios estão sempre sem grana porque Khadafi quer ter um estoque gigantesco de armamentos. Ele acabou de encomendar mais quarenta MiGs aos russos.

Sua voz desvaneceu, e ele acendeu um cigarro. Ele estava pálido e parecia dez anos mais velho do que duas semanas antes.

Mitch queria falar alguma coisa sobre Giovanna, mas não teve coragem de puxar o assunto. O café chegou em uma pequena bandeja, e ele agradeceu à mulher.

Depois que ela saiu, Luca soprou uma nuvem de fumaça e disse:

– Essa é a Bella, uma amiga.

Luca costumava ter uma amiga por perto.

– Alguma coisa tinha me dito pra não deixar que ela fosse, Mitch – prosseguiu ele. – Eu não gostei da ideia, mas ela insistiu. A Giovanna está cansada de Londres, e receio que ela esteja cada vez mais cansada do direito. Ela queria uma aventura. Esteve aqui no Natal passado e eu falei demais, falei da ponte que o Khadafi tinha construído no deserto e da Lannak, uma grande empresa turca que era minha cliente. Falei tudo meio superficialmente, como os advogados fazem, sem expor nada confidencial. Eu não tinha ideia de que ela ia querer ir pra lá. E ela não poderia, enquanto o caso estivesse comigo. Aí eu fiquei doente, liguei pra você, e cá estamos nós, Mitch. Cá estamos nós.

Mitch tomou um gole de café e decidiu ficar só escutando. Ele não tinha nada a acrescentar.

– Como você está, Mitch?

Ele deu de ombros e gesticulou como se não tivesse nada a dizer. Com o número de corpos agora em nove, cinco queimados e quatro decapitados, parecia ridículo ficar remoendo uma intoxicação alimentar grave.

– Estou bem – respondeu ele. – Fisicamente.

Luca tinha dois celulares sobre a mesa, e um deles começou a vibrar. Ele o pegou, olhou e disse:

– É do consulado da Líbia em Milão. Preciso atender.

– Claro.

Mitch entrou na casa e viu Roberto debruçado sobre um laptop em uma mesa na cozinha. Ele acenou para Mitch.

– Tem um vídeo que viralizou – disse ele baixinho. – Alguém filmou os quatro turcos mortos. Os canais de notícias não estão mostrando, mas já está por todo lado. Quer ver?

– Não sei.

– É bem explícito. Seu organismo ainda está debilitado?

– Vamos descobrir agora.

Roberto virou o laptop e deu play. O vídeo tinha sido feito com um celular, e quem gravou estava bem perto dos corpos. Tão perto que alguém lhe dizia para se afastar por causa do sangue empoçado debaixo de cada vítima. Durava trinta segundos, e era interrompido bruscamente quando alguém começava a gritar em árabe.

Mitch se endireitou e sentiu outro nó no estômago.

– Eu não mostraria ao Luca.

– Não vou mostrar, mas acho que ele vai ver de qualquer maneira.

Nova York estava seis horas atrás de Roma. Mitch ligou para Abby, que estava monitorando o noticiário. Até aquele momento, não tinha nada sobre a Líbia. Más notícias sobre o Norte da África não davam o menor engajamento nos Estados Unidos. No entanto, os britânicos e os europeus estavam muito mais interessados. Quando os tabloides londrinos divulgaram a história de uma jovem advogada britânica sequestrada na Líbia por um bando implacável que também tinha decapitado os guarda-costas dela, as notícias correram à solta na internet. Na filial do Scully & Pershing em Canary Wharf, a segurança foi rapidamente reforçada, não por medo de mais ataques terroristas, mas para proteger os funcionários de um ataque da imprensa britânica.

Mitch e Roberto almoçaram na varanda com Luca, mas ele não comeu quase nada. Mitch, agora faminto, devorou tudo que estava à vista. Ficou claro que ele estava se sentindo muito melhor, e Luca disse:

– Mitch, quero que volte pra casa. Eu te ligo quando precisar de você. Não tem nada que você possa fazer agora.

– Sinto muito que isso tenha acontecido, Luca. Eu deveria ter ido junto.

– Agradeça por não ter ido, meu amigo.

Luca fez um sinal com a cabeça para Roberto, que afirmou:

– Voltamos trinta anos atrás e analisamos todos os casos envolvendo ocidentais feitos de refém em países muçulmanos. Ainda estamos fuçando. Quase todas as mulheres sobreviveram, e muito poucas sofreram maus-tratos. A duração dos sequestros variou de duas semanas a seis anos, mas praticamente todas escaparam, seja por meio de pagamento de resgate, salvamento ou fuga. Os homens são outra história. Quase todos passaram por abusos físicos, e cerca de metade não sobreviveu. Dos que sabemos, quarenta ainda são mantidos reféns. Então, sim, Mitch, agradeça por ter tido uma bela de uma intoxicação alimentar.

– Existe a chance de uma solução diplomática? – perguntou Mitch.

Lucas balançou a cabeça.

– Duvido. Não sabemos quem é o inimigo nesse momento, mas penso que é seguro dizer que eles não se importam muito com diplomacia.

– Então é salvamento ou resgate?

– É, e precisamos torcer para que não seja salvamento. É sempre extremamente perigoso. Os britânicos vão engatar a quinta marcha e planejar uma operação elaborada de estilo militar. Os italianos vão querer pagar o resgate. De qualquer forma, é prematuro dizer. No momento, tudo que podemos fazer é sentar e esperar o telefonema.

– Sinto muito, Luca – repetiu Mitch. – Nós achávamos que estávamos seguros.

– Eu também achava. Como você sabe, já fui pra lá muitas vezes. Eu adoro a Líbia, apesar da instabilidade.

– O Samir tinha certeza de que estávamos seguros.

– Não dá pra confiar no Samir, Mitch. Ele é um agente líbio e repassa informações à polícia militar.

Mitch engoliu em seco e tentou manter uma expressão neutra.

– Eu achei que ele trabalhava pra gente.

– Ele trabalha pra quem pagar mais. O Samir não tem nenhuma lealdade.

– O certo era que ele tivesse ido com a Giovanna, Mitch, mas arrumou uma desculpa pra ficar no hospital com você – acrescentou Roberto.

– Agora eu estou bem confuso – disse Mitch.

Luca conseguiu dar um sorriso e disse:

– Mitch, não dá pra confiar em ninguém na Líbia.

14

Nada mudou nas doze horas que a KLM demorou para levar Mitch de Roma a Amsterdã e depois a Nova York. Ainda restava um assento no voo direto para o JFK, mas era na classe econômica, e Mitch precisava do espaço extra da executiva para as pernas. Também precisava de acesso mais fácil aos banheiros. O estômago estava embrulhando novamente, e ele temia uma erupção repentina. Depois de tudo pelo que seu organismo havia passado nos quatro dias anteriores, ele tomaria todas as precauções possíveis. Ao longo do trajeto, ligou duas vezes para Abby e falou sobre assuntos domésticos e fofocas da vizinhança. Ligou para Roberto Maggi para saber como ia Luca, que estava descansando. Não houve nenhuma notícia da Líbia, nada dos sequestradores. Ligou para a secretária e reorganizou sua agenda. Sobre o Atlântico, tomou um comprimido para dormir que mal o apagou, mas que acabou proporcionando um cochilo intermitente de trinta minutos. Quando acordou, fez ligações para seu assistente paralegal e dois associados.

Ele tentou não pensar em Giovanna, embora fosse impossível. Como eles a estariam tratando? Onde eles a estavam escondendo? Ela estava recebendo comida e água? Estava sendo interrogada, machucada, sofrendo abusos? A lei da selva podia aceitar a tortura e o assassinato de homens armados e treinados que também esperavam matar, mas não de uma civil inocente. Muito menos de uma jovem advogada que estava só acompanhando o passeio.

Passeio? Mitch estava espumando de raiva com a arrogância e a tolice de ter se metido em um país conhecido pela instabilidade e pelo risco e incluir

Giovanna como um favor ao pai dela. Sim, foi Luca que sugeriu a viagem e garantiu que eles estariam seguros, mas Mitch não era novato e poderia ter insistido em outra solução. Ele tinha se perguntado, mais de uma vez, se a visita à ponte era mesmo necessária. A resposta sempre foi: provavelmente não. Ele estava animado com a aventura? Muito. Nunca tinha ido à Líbia e estava ansioso para riscá-la da lista de países que não tinha visitado.

Para passar o tempo no aeroporto de Amsterdã, ele ligou para Cory Gallant, chefe de segurança do Scully. Quando Mitch entrou para o Scully, onze anos antes, não sabia que o escritório tinha um pequeno exército de especialistas em segurança. Ele aprendeu que quase todos os principais escritórios do mundo gastam uma fortuna não apenas para proteger os sócios, como também para investigar os inimigos e até mesmo os próprios clientes. Antes de partir para Roma e Trípoli, Mitch tinha sido informado por Cory sobre a situação na Líbia. Ele visitara a ponte com Luca um ano antes. Na opinião dele, a visita apresentava um risco baixo. Era do interesse dos líbios proteger todos os empresários e profissionais estrangeiros.

Cory estava esperando perto da saída da retirada de bagagens do JFK com um motorista, um jovem grandalhão que pegou as malas de Mitch e as levou até um SUV preto parado ilegalmente perto dos táxis. Ele se sentou ao volante enquanto Mitch e Cory se acomodaram no banco de trás. Um painel de acrílico os separava do motorista.

Eram quase oito da noite de domingo, 17 de abril, e o trânsito na saída do JFK estava descomunal, como sempre.

Depois de descrever as alegrias de uma viagem de doze horas, Mitch perguntou:

– Alguma notícia de lá?

– Quase nenhuma.

– Quase nenhuma? Isso parece mais do que nada, que era o que tínhamos algumas horas atrás.

– Houve um desdobramento.

– Me conta.

– Tem outro vídeo. Encontramos há cerca de uma hora na deep web. Os sequestradores filmaram as decapitações.

Mitch respirou fundo e olhou pela janela.

– Ao vivo e em cores – prosseguiu Cory. – Terrivelmente explícito. Eu vi e gostaria de não ter visto. Os caras são cruéis.

– Não sei se quero ver.

– Você não quer, Mitch, acredite. Por favor, não assista. Não tem nada a ver com a Giovanna, só vai servir pra você saber que ela está nas mãos de pessoas doentes e sádicas.

– Isso deveria ser reconfortante?

– Não.

O trânsito fluiu, e eles ficaram em silêncio por um instante.

– Você poderia descrever o vídeo sem entrar em muitos detalhes? – perguntou Mitch.

– Eles usaram uma serra elétrica e fizeram os outros assistirem. O último, um homem chamado Aziz, viu os três companheiros perderem a cabeça antes de perder a própria.

Mitch pôs as duas mãos para o alto e disse:

– Tudo bem, tudo bem.

– É a pior coisa que eu já vi.

– Eu conhecia o Aziz. Eu conhecia todos os quatro. Nós nos encontramos no dia anterior, no escritório da Lannak em Trípoli, e eles nos orientaram sobre a viagem. Não estavam nem um pouco preocupados, disseram que iam e voltavam da ponte o tempo todo.

Cory assentiu com pesar.

– Acho que eles estavam errados.

Mitch fechou os olhos e tentou não pensar em Aziz, Haskel, Gau e Abdo. Tentou não pensar na imagem deles pendurados pelos pés. O estômago revirou novamente e o coração disparou.

– Eu nem deveria ter perguntado – resmungou.

– Eu já vi muita coisa, mas isso está em outra categoria.

– Imagino. Alguma notícia de Washington?

– Nosso pessoal conversou com gente do Departamento de Estado, da CIA, da NSA. Todo mundo está investigando e ninguém descobre nada. Por diversas razões, não temos muitas fontes boas na Líbia. Khadafi nunca foi muito amigável. Os britânicos têm contatos melhores, assim como os italianos, e, claro, ela tem as duas cidadanias. Os turcos estão fazendo da nossa vida um inferno. A situação é extremamente inconstante e imprevisível, e não tem ninguém no comando. Não podemos simplesmente invadir, como fazemos com frequência.

– Qual é o valor dela?

– Depende de quem estiver com ela, eu acho. Se for realmente um grupo dissidente de terroristas ou uma milícia rebelde com grandes planos, eles vão pedir um resgate. Alguns milhões de dólares podem ser suficientes. Mas se for Khadafi, quem sabe? Ele pode usá-la como moeda de troca para encerrar o processo.

– Claro, ela poderia poupar uma boa grana pra ele – disse Mitch.

– Esse é o seu departamento, Mitch.

– Se for Khadafi, é uma estratégia muito burra, porque a Lannak não vai fazer um acordo. A empresa está furiosa há dois anos pela falta de pagamento. Agora, com o assassinato de quatro dos seus seguranças, eles vão querer mais dinheiro ainda. E acredito que o tribunal interceda a favor deles. A Giovanna, claro, foi pega no fogo cruzado.

– Bem, os primeiros rumores vindos de Washington são de que não foi Khadafi. Ele pode ser maluco, mas não é burro. De qualquer forma, temos uma reunião às sete da manhã com o nosso pessoal em Washington, uma teleconferência. Na sala do Jack Ruch.

– Eu não vou chegar lá às sete da manhã, Cory. Muda esse horário.

– O Sr. Ruch disse sete.

– Vou levar meus filhos à escola pela manhã e chego ao escritório por volta das oito e meia, meu horário habitual. Claro que é um assunto importante, mas fazer uma reunião urgente às sete da manhã de amanhã, aqui em Nova York, não vai ajudar a Giovanna em nada.

– Sim, senhor. Tenho certeza de que o Sr. Ruch vai ligar pra você.

– Ah, ele liga o tempo todo, e quase sempre eu faço o que ele manda.

CARTER E CLARK ESTAVAM DE PIJAMA e aproveitando uma hora a mais de televisão enquanto esperavam o pai. Mitch entrou pela porta pouco antes das nove, e eles correram para abraçá-lo. Ele os pegou no colo, os jogou no sofá e fez cócegas nas costelas deles. Quando os dois estavam rindo e gritando, Abby finalmente interveio com sua preocupação habitual em relação aos vizinhos. Quando tudo se acalmou, Carter aproveitou o momento e perguntou:

– Ei, pai, podemos ficar acordados até as dez?

– Não, senhor – disse Abby.

– Claro que podem – disse Mitch. – E vamos fazer pipoca.

Os dois meninos correram em direção à cozinha enquanto Mitch tentava beijar a esposa.

– Pipoca pro jantar? – perguntou ela.

– É melhor do que comida de avião.

– Bem-vindo de volta. Tem sobras de *manicotti* na geladeira.

– Irmãos Rosario?

– É, eles vieram aqui ontem à noite. Talvez seja o melhor *manicotti* que eu já comi.

– Vamos deixar pra depois. Não estou com muita fome e meu estômago está, digamos, instável de novo.

– Temos muita coisa pra conversar.

– Como temos...

Quando os meninos estavam enrolados em mantas e se enchendo de pipoca, Mitch e Abby foram para a cozinha. Ela serviu duas taças de vinho e deu um beijo decente no marido.

– Alguma notícia? – perguntou ela baixinho.

– Nada sobre a Giovanna.

– Imagino que você já tenha ouvido falar do vídeo.

Mitch fechou os olhos e fez uma careta.

– Qual deles?

– Você conhece Gina Nelligan? Ela dá aula de artes no ensino médio.

Mitch balançou a cabeça. *Não*.

– O filho dela tá no terceiro ano na Purdue. Ele ligou pra casa há cerca de uma hora e contou a ela sobre o vídeo na deep web.

– As decapitações?

– É. Você assistiu?

– Não. Nem pretendo. Nosso cara da segurança descreveu pra mim. Achei suficiente.

– Você conhecia aqueles homens, os guardas?

– Conhecia, sim, fui apresentado a eles um dia antes de serem assassinados. Eles iam com a gente pra ponte, junto com dois motoristas líbios e a Giovanna. Todos nós em um veículo seguro.

– Tsc, inacreditável. E aquela pobre garota. Eles não têm nenhuma ideia de onde ela está?

– Nada, nenhuma pista, mas esperamos que isso mude. Ela vale muito dinheiro, e os sequestradores vão fazer contato em algum momento.

– É o que você espera.

– É, nesse momento ninguém tem certeza de nada.

– Bom, eu tenho certeza que você não vai voltar pra Líbia. Combinado?

– Combinado.

– Vamos lá ficar com os meninos.

Por volta das nove e meia, os meninos estavam bocejando, e Abby os levou para o quarto. Mitch ajudou a colocá-los na cama e lhes deu boa-noite. Ele desligou a televisão enquanto ela enchia as taças de vinho. Eles se sentaram juntos no sofá e aproveitaram o silêncio.

– Como você deve saber, estão saindo muitas notícias, principalmente no Reino Unido – disse ela. – Estou na internet há horas tentando encontrar alguma coisa. Muitas matérias aqui e em Roma. O Scully & Pershing é mencionado várias vezes, mas até agora não vi o seu nome.

– Nem eu. Minha secretária e dois paralegais também estão procurando.

– E você tá preocupado com isso?

– Estou preocupado é com a Giovanna. Tenho uma parcela de culpa pelo que aconteceu, Abby. Era a minha viagem, a minha missãozinha de investigação, que eu pedi e pela qual eu era responsável.

– Eu achava que o Luca tinha te mandado ir.

– Ele sugeriu que eu fosse, mas a decisão foi minha. Ele queria que a filha dele entrasse no caso porque ela estava entediada em Londres e em busca de alguma coisa mais emocionante. Pensando bem, essa ideia não fazia quase nenhum sentido.

– Entendi, mas eu queria saber mais sobre nós, mesmo. Você está preocupado com o escritório?

– Com a nossa segurança?

– É, acho que sim.

– Não, de jeito nenhum. É muito provável que os sequestradores sejam membros de uma milícia que percorre o Saara arrumando confusão. Eles estão muito longe e não são tão sofisticados assim.

– É o que você espera.

Mitch tomou um gole de vinho e acariciou a perna dela.

– Claro, Abby, estamos meio no escuro. Vamos saber mais amanhã, e depois de amanhã. Quando chegar a hora de se preocupar, eu aviso. Ainda está muito cedo.

– Acho que já ouvi isso antes.

15

O que quer que fossem – criminosos ou terroristas –, eles tinham um talento para a espetacularização. Quatro dias depois de atacar o posto de controle e assassinar cinco guardas do Exército, três dias depois de passar uma serra elétrica no pescoço da equipe de segurança turca e dois dias depois de divulgar o vídeo na vastidão da deep web, eles penduraram o corpo de Youssef em um poste telefônico próximo a uma rodovia movimentada em Bengazi. Ele foi encontrado com a cabeça ainda junto ao corpo, mas com um enorme buraco nela, todo ensanguentado e completamente nu, amarrado nos pulsos e tornozelos, girando lentamente na ponta de um fio grosso enquanto o sol nascia. Havia no tornozelo direito um bilhete preso com um pedaço de barbante. Dizia: *Youssef Ashour, traidor.*

A polícia militar ocupou toda a área, bloqueou todas as estradas e rodovias e o deixou pendurado ali por horas enquanto aguardava ordens. Talvez houvesse outro vídeo do assassinato que pudesse fornecer algumas pistas.

Samir foi ao local, confirmou que era de fato Youssef, um homem que ele conhecia havia anos, e ligou para a Lannak e depois para Luca.

Restavam apenas Walid e Giovanna, até onde se sabia.

CORY GALLANT ATENDEU A LIGAÇÃO às quatro da manhã e, depois de apenas três horas de sono leve, não foi difícil sair da cama e ir para o escritório. Quando Mitch chegou, às oito e meia, ele estava esperando na porta da sala dele.

Uma olhada e Mitch soube que as notícias não eram boas.

– Houve mais um desdobramento – disse Cory abruptamente.

– Estou começando a odiar a palavra "desdobramento".

– O Sr. Ruch está esperando.

No elevador, Cory contou a Mitch tudo que sabia sobre Youssef, que era pouco mais do que a localização e a condição do cadáver. Ele havia sido encontrado cerca de nove horas antes e, sem qualquer surpresa, não tinha havido nenhuma palavra das pessoas que o penduraram.

JACK RUCH ESTAVA IRRITADO porque queria a teleconferência às sete, o que não deu para encaixar na agenda de Mitch. Ruch ainda trabalhava dezesseis horas por dia e era famoso pelas reuniões antes do sol nascer, para mostrar como era durão. Mitch tinha perdido toda a paciência com essas demonstrações de masculinidade no Scully.

Ruch apontou para uma mesa de reuniões enquanto olhava para uma grande tela no alto da parede. O canal de notícias 24 horas da TV a cabo falava de um terremoto, mas, felizmente, estava sem som. Nada da Líbia. Uma secretária serviu café, e Ruch disse:

– Imagino que o Cory tenha te contado as últimas novidades.

– A versão resumida sim – respondeu Mitch.

– É tudo que temos até agora.

Ele olhou de novo para a tela, como se esperasse mais notícias a qualquer momento. A secretária saiu da sala e fechou a porta. Ruch estalou os dedos e olhou para Mitch.

– Você falou com a Lannak hoje de manhã? – perguntou Ruch.

– Ainda não. É o próximo item da minha lista.

– Liga. Eles estão abalados e muito sentidos. O advogado interno deles é o Denys Tullos.

– Eu conheço ele.

– Que bom. Falei com ele ontem à noite. A empresa está tentando levar os quatro corpos de volta pra casa e os líbios não cooperam, ainda irritados com o processo. Todo mundo está. A Lannak quer o dinheiro dela, e agora quer muito mais porque a Líbia não conseguiu proteger os trabalhadores estrangeiros, algo que eles sempre prometeram. Portanto, a ação provavelmente vai ser alterada para pedir uma indenização ainda maior. Quando deve ir a julgamento?

– Meses, talvez daqui a um ano. Não tem como saber.

– Tá. Quero que você pise no acelerador, Mitch, e leve o caso aos juízes. A Lannak é um cliente valioso, nos pagou uns dezesseis milhões em honorários no ano passado. Se organiza pra encontrar com eles semana que vem, mais ou menos, pra que eles se sintam melhores.

– Entendido.

– Qual é o tamanho da sua equipe?

– Bom, eu tinha dois associados, contando com a Giovanna. Agora não sei mais. O Roberto Maggi, em Roma, continua dentro.

– Tá. Vamos tratar do pessoal mais tarde. Nesse momento, temos um problema muito maior. Uma associada do Scully foi sequestrada na Líbia e temos que fazer todo o possível pra libertá-la. Você conhece o Benson Wall, diretor da filial de Washington?

– Conheço, sim.

– O Benson vai se juntar a nós em breve por vídeo. Temos três sócios em Washington que trabalharam no Departamento de Estado ou na CIA, por isso temos alguns contatos. Já ouviu falar de uma empresa chamada Crueggal?

– Parece nome de cereal matinal.

– Está longe disso. Cory.

Cory pegou habilmente a deixa e não perdeu o ritmo.

– Você não vai achá-los na internet nem em nenhum outro lugar. É um bando de ex-espiões e especialistas em inteligência militar que operam em todo o mundo como uma empresa de supersegurança da mesma categoria de MI6, Mossad, CIA, KGB e tal. Eles costumam estar onde existem problemas, por isso passam muito tempo no Oriente Médio. Sem dúvida são os melhores para lidar com uma situação de reféns envolvendo um ocidental. Eles têm muita prática e um bom histórico.

– E nós os contratamos? – perguntou Mitch.

– Sim.

– Como operamos globalmente e vamos a alguns lugares que não são tão seguros quanto gostaríamos, temos muitas apólices, Mitch – disse Ruch. – Negociadores de reféns, resgate, coisas assim.

– Operações militares?

– Não estão cobertas. E esperamos não precisar.

– A maneira mais rápida de matar um refém é mandando os cachorros – disse Cory.

– Os cachorros?

– Figurões armados e com coceira nos dedos, policiais, agentes especiais ou gente desse tipo. Diplomacia, negociação e dinheiro funcionam muito melhor nessas situações. Já ouviu falar de seguro S-R?

– Talvez.

– Sequestro e resgate. É uma indústria enorme, e a maioria das grandes seguradoras o oferece.

– Nós temos isso há anos, mas é segredo – disse Ruch. – Não falamos sobre isso porque os sequestradores podem ficar animadinhos se souberem que temos seguro.

– Então eu estou coberto?

– Estamos todos cobertos.

– Por quanto? Qual é o meu valor?

Cory olhou para Ruch e não disse nada. A resposta tinha que vir do chefe.

– Vinte e cinco milhões – disse Jack. – Nos custa cem mil por ano.

– Parece suficiente. Só por curiosidade, quanto vale uma refém como a Giovanna no mercado aberto?

– Não dá pra saber – respondeu Cory. – Varia muito. Há um forte boato de que, dois anos atrás, o governo francês pagou 38 milhões por um jornalista sequestrado na Somália, mas eles negam, claro. Há cinco anos, os espanhóis pagaram vinte milhões por um agente humanitário na Síria. Mas a França e a Espanha negociam. Reino Unido, Itália e Estados Unidos não, pelo menos não oficialmente. E quase nunca existe uma linha bem definida entre o que é um grupo criminoso e o que é uma organização terrorista.

– É aí que entra a Crueggal – disse Ruch. – Nós os contratamos e convencemos nossa seguradora a usá-los também.

– Qual é a nossa seguradora?

– DGMX.

– DGMX? Que criativo.

– É subsidiária de uma grande seguradora britânica – disse Cory.

– Enfim – disse Ruch, cansado da conversa fiada –, temos Benson Wall e um homem chamado Darian Kasuch na linha. Ele é um israelense-americano que dirige a operação global da Crueggal.

Ele apertou uma tecla, e uma tela na ponta da mesa ganhou vida. Dois rostos apareceram. Benson Wall e Darian Kasuch. Ambos tinham cerca de 50 anos. Ambos olhavam sem jeito para a câmera à frente deles.

Ruch fez apresentações rápidas. O Sr. Wall era diretor do Scully em Washington, com duzentos advogados. Deu apenas um "oi". O Sr. Kasuch nem se preocupou com isso e começou dizendo:

– Não faltam gangues que vagam pelo sul da Líbia, bem longe de Trípoli e Bengazi. Elas lutam entre si por território, mas todas odeiam Khadafi e pelo menos duas ou três geralmente estão planejando um golpe. Como vocês devem saber, ele sobreviveu a oito tentativas desde que assumiu o poder, em 1969, e precisa de cerca de dez mil soldados leais para se proteger. Quando os inimigos não estão planejando matá-lo, eles aparecem pra criar problemas da melhor maneira que podem. O sequestro é uma prática comum e uma forma lucrativa de as gangues ganharem dinheiro. Eles gostam de sequestrar funcionários das petrolíferas, para talvez ter sorte e conseguir um executivo da British Petroleum de vez em quando, e geralmente é tudo uma questão de dinheiro. Dito isso, existem alguns aspectos incomuns nesse caso que são perturbadores. O primeiro é a assustadora quantidade de sangue já derramado no terreno. Dez mortos até agora.

Darian tinha cabelo grisalho curto, pele bronzeada e o olhar duro e fixo de um homem que viveu em recônditos perigosos e já viu sua cota de cadáveres. Mitch se sentia feliz por estar no mesmo time que ele.

– Isso é incomum no trabalho de uma gangue criminosa, mais típico de terroristas – continuou Darian. – O segundo ponto é que a vítima mais recente, o motorista do veículo, foi encontrado muito perto de Bengazi. As gangues raramente chegam perto das grandes cidades. Esses dois fatores por si sós indicam que podemos estar lidando com uma ameaça nova e mais sinistra.

Ele fez uma pausa, e Mitch perguntou:

– Quer dizer que você não acha que é Khadafi?

– Exato, e por vários motivos. O principal é que o regime dele tem lidado com empresas estrangeiras durante os últimos 35 anos sem esse tipo de violência. Os líbios precisam de trabalhadores estrangeiros e têm feito um bom trabalho na proteção deles. A Lannak está lá há vinte anos e nunca teve nenhum incidente grave. Por que atacá-los agora? Porque o governo está irritado com a ação judicial? Duvido. Processos vêm e vão e são sempre resolvidos. Quantos projetos a Lannak concluiu na Líbia?

– Oito – respondeu Mitch.
– E quantas vezes a empresa foi forçada a processar o governo?
– Cinco.
– E, desse número, quantas vezes se chegou a um acordo?
– Os cinco foram a juízo, e a Lannak venceu todos. As sentenças chegaram a sair, mas os casos terminaram em acordo.

Darian assentiu ligeiramente, como se também conhecesse os números.

– Essa é a minha questão. Você os leva a tribunal, sai vitorioso, eles protelam o quanto podem, depois você convence os juízes a imporem sanções. Os líbios não gostam da palavra "sanções" e costumam propor um acordo, certo?

– Não é tão simples assim – disse Mitch. – Alguns dos acordos pagaram muito menos do que a Lannak tinha direito. É uma briga feia.

– Entendo, mas é o jeito de fazer negócios por lá. Os líbios já passaram por isso muitas vezes e conhecem o roteiro. Por que eles decidiriam, de repente, começar a matar pessoas? Então, pra responder à sua pergunta, excluímos, por enquanto, qualquer envolvimento do regime. É muito arriscado pra eles. Eles não vão conseguir sobreviver se as empresas estrangeiras se assustarem e fugirem.

Darian foi convincente, e Mitch não teve contra-argumentos.

– Temos pessoas em campo em Trípoli e estamos investigando – continuou Darian. – Temos alguns suspeitos, mas não estou pronto pra falar sobre isso remotamente. Um problema, neste momento, é que metade dos espiões e agentes duplos do mundo está bisbilhotando a Líbia, desesperada por informações. Os britânicos, os turcos, os italianos e até os líbios. E é claro que os americanos mal podem esperar pra entrar no meio disso. Mas devemos ter algo pra discutir no final da tarde. Eu poderia estar no escritório de Manhattan amanhã às oito da manhã. Vocês podem?

Todos assentiram.

– Sim, estaremos lá – disse Jack.

CHOVIA QUANDO MITCH DEIXOU O ESCRITÓRIO naquela tarde. A chuva na cidade costumava bagunçar as coisas, o que era encarado com tranquilidade pelos nova-iorquinos, acostumados a sobreviver em todo tipo de clima. A chuva nunca incomodava Mitch, exceto em dias de jogo. Se os Bruisers fossem jogar, chover era uma catástrofe.

Enquanto estava no metrô, a chuva tinha passado de uma garoa forte para um temporal, e não tinha a menor possibilidade de haver jogo no Central Park. Ele chegou em casa às cinco e meia e se deparou com a triste cena de Clark e Carter sentados um do lado do outro no sofá, em uniformes completos dos Bruisers, um segurando uma bola de beisebol, o outro uma luva, olhando para a televisão. Eles estavam frustrados demais para dar oi ao pai.

– Duplinha difícil – sussurrou Mitch para Abby enquanto a beijava na bochecha.

– Imagino que ainda esteja chovendo lá fora.

– Aos cântaros. Sem chance de jogo.

– Eu queria muito tirá-los de casa.

Carter jogou a bola de beisebol em uma cadeira e foi abraçar o pai. Ele parecia estar à beira das lágrimas.

– Eu ia ser o lançador, pai.

– Eu sei, mas beisebol é assim mesmo. Até os Mets sofrem com a chuva de vez em quando. O jogo vai passar pro sábado.

– Promete?

– Eu prometo só se não chover de novo.

– Acho que vocês podem tirar esses uniformes – disse Abby.

– Tenho uma ideia melhor – disse Mitch. – Fiquem assim. Vamos ligar pro time todo, todos os Bruisers, dizer pra eles não tirarem o uniforme e nos encontrarem no Santo's pra comer uma pizza.

Clark deu um pulo do sofá com um sorriso enorme.

– Ótima ideia, pai – disse Carter.

– Fala pra eles não esquecerem o guarda-chuva – disse Abby.

16

Giovanna tinha 14 anos quando os pais se divorciaram. Ela amava os dois e eles a adoravam, a única menina e filha mais nova, mas, quando o casamento começou a desmoronar, Luca e Anita acharam melhor afastar os filhos dos desentendimentos. Mandaram o filho, Sergio, para uma escola preparatória na Inglaterra e Giovanna para outra na Suíça e, quando eles estavam fora do caminho, os pais brigaram mais um pouco, depois se cansaram e assinaram um acordo. Anita saiu da *villa* e desistiu de qualquer reivindicação sobre o imóvel. A propriedade estava na família de Luca havia décadas, e o direito matrimonial italiano pendia fortemente a favor dele.

Anita ficou com algum dinheiro e uma casa de férias na Sardenha e saiu de Roma para tentar reorganizar a vida. Na época em que ela partiu, Luca já havia providenciado a mudança da namorada, sua futura esposa número dois, para a *villa*. Essa transição foi outro bom motivo para Giovanna continuar longe.

Ela ficou acompanhando à distância, feliz por estar na Suíça. Ainda amava o pai, mas na época não gostava dele de verdade. Nunca tinham sido próximos, principalmente por causa da ambição dele de ter o maior escritório de advocacia da Itália. Esse ímpeto o mantinha no escritório ou na estrada na maior parte do tempo. O irmão, Sergio, achava a rotina de Luca tão entediante que jurou nunca se profissionalizar em nada. Naquele momento, estava morando na Guatemala, passeando e pintando cenas de rua na cidade de Antígua.

Ela também não era próxima da mãe, Anita, uma mulher bonita que observava com uma inveja crescente Giovanna se tornar igualmente deslumbrante. Ela competia com a filha em roupas, estilo, peso, altura, quase tudo. Anita não conseguia aceitar que estava envelhecendo e foi ficando mais ressentida à medida que a filha desabrochava e ficava mais alta e mais magra. As duas tiveram ótimos momentos de mãe e filha juntas, mas havia sempre uma tendência à competição.

Quando descobriu que o marido tinha uma namorada, Anita ficou arrasada e correu para a filha adolescente em busca de apoio. Giovanna não estava preparada para lidar com emoções tão caóticas e a rechaçou. Durante muito tempo, ela evitou o pai, mas sempre tivera uma incômoda desconfiança de que não tinha como culpá-lo por flertar por aí. Para fugir dos dois, ela adorou a ideia do colégio interno.

Quando o segundo casamento de Luca acabou, Anita ficou exultante e desejou que as coisas piorassem ainda mais para ele. Giovanna ficou decepcionada com o recalque da mãe e tentou ignorar ambos. Durante os dois últimos anos de internato, não encontrou nenhum dos dois. Quando eles disseram que iam à sua formatura, ela jurou que ia sumir.

Com o tempo, a maior parte da dor e da raiva se dissipou. Luca, um estadista nato, conseguiu acertar as coisas com Giovanna. Afinal de contas, era ele que ia pagar pela universidade dela. Quando ela começou a falar em estudar direito, ele ficou exultante e tomou as providências para que as portas certas fossem abertas. Anita encontrou a felicidade com um namorado sério, um homem um pouco mais velho e com mais dinheiro que Luca. Seu nome era Karlo, um grego rico que já havia passado por casamentos suficientes para compreender a necessidade de tranquilidade. Ele jamais se casaria de novo, mas, assim como Luca, sempre adoraria as mulheres. Ele insistiu em conhecer Luca e acabou negociando uma trégua entre o antigo casal.

LUCA E ANITA ESTAVAM SENTADOS NA VARANDA, debaixo das mantas, tomando chá enquanto o sol se punha. O ar noturno estava frio, mas agradável. As amplas portas estavam abertas e, logo atrás delas, na sala de café da manhã, Karlo jogava gamão com Bella, atual companheira de Luca. Todos falavam em voz baixa, e, durante longos períodos, o único som era o dos dados caindo no tabuleiro. Tudo era muito civilizado.

Como sempre, Luca não tinha sido inteiramente franco com Anita. Ele admitiu que havia mexido os pauzinhos para que a filha fosse designada para o caso da Lannak, mas não disse nada sobre incentivar Mitch a levá-la a Trípoli. Nem diria.

Para deixar Anita mais calma, ele ficou projetando a imagem do velho e sábio veterano que conhecia a Líbia por dentro e por fora e estava confiante que Giovanna sobreviveria àquele calvário. Se isso acalmou ou não a ex-esposa, não ficou claro. Anita era tensa, emotiva e excessivamente dramática. Talvez a idade, juntamente com a influência constante de Karlo, tivesse aparado algumas das arestas e a tranquilizado. Talvez fossem os comprimidos que ela tomava no banheiro. Qualquer que fosse o motivo, ela surpreendeu Luca horas antes com um telefonema, dizendo que estava em Roma com Karlo e que achava importante os pais darem apoio um ao outro. Será que eles podiam passar por lá para fazer uma visita e talvez jantar? Luca achou a ideia maravilhosa.

E, assim, eles ficaram juntos enquanto o dia se transformava em noite e relembraram histórias ternas e engraçadas da menininha deles. Não pensaram no que estava acontecendo com ela naquele momento; era horrível demais para ser contemplado. Com longas pausas na conversa, tempo para refletir e relembrar, eles reviveram o passado. E tinham remorsos. A separação tumultuada fora inteiramente culpa de Luca, e ele já havia dito isso antes. Ele tinha causado um caos na família. Seu egoísmo provocou em Giovanna o desejo de sair de casa e ficar longe deles. A contrição, porém, não era seu forte, e ele não pediria desculpas de novo. Muita coisa havia acontecido desde então.

PELO MENOS ELA ESTAVA VIVA. E não estava mais presa em uma tenda no deserto. As duas primeiras noites em cativeiro tinham sido desagradáveis; dormir em um tapete sujo em cima de uma manta suja que servia de piso; ficar vendo as laterais da tenda balançando e tremendo com os ventos uivantes; sobreviver com uma garrafa d'água e nada para comer; encolher-se quando os sequestradores mascarados entravam em seu pequeno espaço. Depois disso, eles enrolaram a cabeça dela com um tecido grosso e a levaram para fora, até um veículo, onde a enfiaram debaixo de caixas e começaram a se mover. Eles dirigiram por horas, e os únicos sons eram o do motor e da transmissão rangendo. Quando pararam, ela ouviu vozes, a interação rápida e brusca de homens sob pressão. Quando pararam de novo, o motor foi desligado e os homens a arrastaram rapidamente e a conduziram alguns passos até um edifício. Ela não conseguia ver nada, mas havia sons. A buzina de um carro. Um rádio ou uma televisão à distância. Em seguida, eles desamarraram as mãos dela e deixaram que ela retirasse o tecido do rosto. O novo cativeiro tinha um piso que não era de areia. Sem janelas. Havia uma cama estreita similar a um catre militar e uma mesinha com uma luminária fraca, a única luz. Num dos cantos havia um grande pote de metal onde ela supôs que deveria fazer as necessidades. A temperatura não era quente nem fria. Na primeira noite, ela presumiu que estava escuro, embora não fizesse ideia. Dormia de vez em quando, mas a dor da fome a mantinha acordada. De vez em quando, ela ouvia vozes abafadas no corredor, ou o que quer que existisse do lado de fora.

Uma porta se abriu, e uma mulher de véu com uma bandeja de comida entrou, assentiu e colocou a bandeja sobre a mesa. Ela assentiu novamente e saiu. A fechadura da porta fez um clique quando ela a bateu. Uma tigela de frutas secas: laranjas, cerejas e figos, e três fatias finas de pão que pareciam tortilhas.

Giovanna comeu vorazmente e bebeu metade da garrafa de água. A fome se dissipou, mas ela precisava de mais comida. Evidentemente, eles não tinham planos de matá-la de inanição. Ela não tinha pensado muito nos planos deles por causa da fome, mas, agora que o corpo parecia um pouco restabelecido, tinha voltado às ponderações. Nenhuma delas era agradável. Não havia nenhum indício de agressão física ou sexual. Além de alguns grunhidos aqui e ali, eles não tinham falado com ela nas últimas 24 horas. Ela não tinha ouvido outra língua além do árabe, então não entendeu quase nada. Será que eles planejavam interrogá-la? Se sim, que informação esperavam obter? Ela era advogada. Poderia debater suas estratégias jurídicas, mas era difícil acreditar que aquelas caras se importassem muito com a lei.

E, então, ela esperou. Sem nada para ler, ver, fazer e ninguém com quem conversar, ela tentou relembrar os casos mais importantes do direito constitucional americano. Primeira Emenda, liberdade de expressão: *Schenck, Debs, Gitlow, Chaplinsky, Tinker*. Segunda Emenda, direito de portar armas: *Miller, Tatum*. Terceira Emenda? Era inútil, porque protegia os cidadãos de serem forçados a dar abrigo a soldados, uma mera nota de rodapé na história. A Suprema Corte nunca cogitou contestá-la. Quarta Emenda, buscas e apreensões injustificadas: *Weeks, Mapp, Terry, Katz, Rakas, Vernonia*. A Quarta Emenda era carregada de polêmica.

Ela havia tirado dez em Direito Constitucional na universidade não muitos anos antes, principalmente porque conseguia decorar quase tudo. Na última prova, citou trezentos casos.

A faculdade de direito agora estava distante. Ela ouviu vozes e se preparou para ouvir uma batida na porta. As vozes minguaram e desapareceram.

Ela não fazia ideia do que tinha acontecido com os outros. Depois do pavor que foi ver Youssef levar um tiro na cara, ela foi jogada no chão, algemada, vendada, arrastada e jogada na traseira de um caminhão. Estava ciente de que havia outros corpos por perto – corpos vivos, grunhindo, gemendo, respirando. Provavelmente os turcos. Ela perdeu completamente a noção do tempo, mas pouco depois foi separada dos outros reféns.

Ela só podia esperar e rezar para que estivessem seguros, mas tinha dúvidas quanto a isso.

17

Às seis e meia da manhã, Mitch já estava na segunda xícara de café forte e mergulhado na internet. Pela terceira manhã seguida, ele ficou passando de um tabloide a outro e ficou maravilhado ao ver como os britânicos conseguiam fazer tanto com tão pouco. A história em si certamente era digna de notícia – uma associada da filial de Londres do maior escritório de advocacia do mundo sequestrada por bandidos assassinos na Líbia –, mas a escassez de fatos concretos não comprometia em nada as manchetes, as fotos e os rumores de tirar o fôlego. Se os fatos eram insuficientes para sustentar uma matéria, outros eram simplesmente inventados de improviso. Os bandidos exigiam dez milhões de libras de resgate, ou seriam vinte? Havia um prazo de três dias até a execução de Giovanna, ou seriam quatro? Ela fora avistada no Cairo, ou talvez em Túnis. Tinha sido alvo por causa das armações do pai com as companhias petrolíferas líbias. Um maluco que afirmava ser seu ex-namorado disse que ela sempre tinha manifestado admiração por Muammar Khadafi.

Mas a verdadeira sensação, claro, era a quantidade de cadáveres. A maioria dos tabloides não parava de publicar fotos dos quatro turcos sem cabeça pendurados pelos pés. Youssef, pendurado pelo pescoço, ainda era notícia na terceira página. Abaixo da foto dele, um dos tabloides perguntava em letras garrafais: GIOVANNA SERÁ A PRÓXIMA? O tom provocante deixava poucas dúvidas de que o repórter não ficaria decepcionado com mais notícias trágicas.

A imprensa italiana era um pouco mais moderada e parou de publicar fotos, exceto um retrato da refém. Alguns de seus amigos falaram com repórteres e disseram coisas boas sobre ela. Luca conseguiu mais publicidade do que jamais poderia ter sonhado, embora não do tipo que desejava.

Os norte-americanos estavam preocupados com a invasão ao Iraque e com a insurreição inesperada que vinha provocando dores de cabeça. As baixas estavam aumentando. Todo dia gerava más notícias, e, para um país habituado a acontecimentos lamentáveis no Oriente Médio, o sequestro de uma advogada britânica não era impressionante o suficiente para chegar às manchetes. As histórias estavam sendo reportadas, mas apenas superficialmente.

O Scully & Pershing mantinha o silêncio como um muro de pedra. "Não respondeu às tentativas de contato" constava em muitas das matérias. O escritório emitiu um comunicado quando o sequestro foi noticiado pela primeira vez, e o pessoal de relações públicas estava trabalhando dia e noite para monitorar os acontecimentos. Memorandos confidenciais eram enviados diariamente para todos os advogados e funcionários. Todos diziam basicamente a mesma coisa: nem uma palavra à imprensa sem autorização. Quaisquer vazamentos serão tratados com severidade.

Mas o que havia para ser vazado?

O escritório não se pronunciaria até que tivesse algo a dizer, e não teria nada a dizer até que Giovanna estivesse em casa, a salvo.

Abby entrou na cozinha e, antes de dizer uma palavra, foi direto buscar um café. Ela se sentou, tomou o primeiro gole e sorriu para o marido.

– Me conta só as boas notícias – disse ela.

– Os Yankees perderam.

– Sem novos cadáveres?

– Por enquanto, não. Nada de novo por parte dos sequestradores. O Scully & Pershing é mencionado, assim como Luca Sandroni, mas é só.

Satisfeita com as atualizações, ela tomou outro gole. Mitch desligou a televisão e fechou o laptop.

– O que tem na sua agenda pra hoje?

– Ainda não cheguei tão longe. Reuniões, sempre reuniões. Marketing, acho. E você?

– Uma reunião com o nosso consultor de segurança logo pela manhã. Não vou poder levar os meninos pra escola.

– Eu levo, pode deixar. Consultor de segurança? Achei que o Scully tinha sua própria agência de espionagem.

– Nós temos. O escritório tem. Mas isto é muito mais sério e exige o gasto de uma fortuna com um serviço de inteligência externo, uma empresa meio obscura comandada por ex-espiões e militares aposentados.

– E o que eles têm pra dizer nessa reunião?

– É confidencial, ultrassecreto e tudo mais. O ideal seria que nos contassem quem sequestrou a Giovanna e onde a estão mantendo, mas eles ainda não sabem.

– Eles têm que encontrá-la, Mitch.

– Todo mundo está tentando, e isso pode ser parte do problema. Pode ser que a gente descubra algo hoje de manhã.

– E você vai poder me contar?

– É confidencial. Quem vai invadir a nossa cozinha hoje à noite?

– É confidencial. Na verdade, ninguém. Mas temos lasanha congelada da última visita dos Rosarios.

– Estou meio cansado desses dois. Quando é que você vai terminar o livro de receitas deles?

– Pode levar anos. Vamos sair pra jantar com os meninos hoje à noite.

– Pizza de novo?

– Não, vamos pedir pra eles escolherem um restaurante de verdade.

– Boa sorte.

O EDIFÍCIO ERA UM ARRANHA-CÉU da década de 1970, com mais tijolos marrons do que aço e vidro, tão sem graça que se fundia a um bloco de outros parecidos, nenhum deles atrativo ou imponente. Midtown era repleta de edifícios insípidos, projetados apenas para faturar com os aluguéis, sem nenhum apreço pela estética. Era o lugar perfeito para uma empresa misteriosa como a Crueggal se esconder. A entrada principal, na avenida Lexington, tinha seguranças armados. Mais seguranças monitoravam uma parede repleta de telas com imagens de câmeras de vigilância.

Mitch tinha passado em frente ao prédio centenas de vezes e nunca havia reparado nele. Passou em frente mais uma vez, depois virou na rua 51, conforme as instruções, e entrou por uma porta lateral, onde havia alguns cães de guarda esperando para atacar. Depois de tirarem uma foto dele e coletarem as digitais, ele foi recebido por um segurança que era capaz de sorrir e que o acompanhou até o hall de elevadores. Enquanto esperavam, deu uma olhada no diretório e, claro, não havia nenhuma menção à Crueggal. Ele e o segurança subiram em silêncio absoluto até o trigésimo oitavo andar, onde entraram em um pequeno saguão sem nada para receber os visitantes. Nenhum nome de empresa, nenhuma obra de arte esquisita, nenhuma cadeira ou sofá, nada além de mais câmeras para filmar quem chegasse.

Eles abriram caminho pouco a pouco através das camadas de proteção e chegaram a outra porta grossa, onde Mitch foi entregue a um jovem vestindo um terno que não era de poliéster. Eles cruzaram a porta e entraram em um grande espaço aberto sem janelas visíveis. Jack Ruch e Cory Gallant estavam conversando com Darian Kasuch no meio da sala. Todo mundo deu oi. O café foi servido, os petiscos foram recusados. Eles se sentaram em torno de uma mesa larga, e Darian pegou um controle remoto. Ele apertou um botão, e um mapa detalhado do sul da Líbia apareceu em uma tela grande. Havia pelo menos oito delas espalhadas pelas paredes da sala.

Ele pegou uma caneta laser e apontou a bolinha vermelha para a região de Ubari, perto da fronteira com o Chade, ao sul.

– A primeira pergunta é: onde ela está? Não temos uma resposta porque não recebemos nem uma palavra dos sequestradores. A segunda pergunta é: quem são eles? Igualmente, nada de definitivo. Ubari é muito instável e não é simpática a Khadafi. Ele é daqui de cima.

O pontinho vermelho passou para o extremo norte, em Sirte, depois foi para Tazirbu.

Até aí, ele não tinha contado nada que eles já não soubessem.

– Durante pelo menos quarenta anos, os líbios estiveram em conflito com os vizinhos, o Egito a leste e o Chade ao sul – continuou ele. – No sul de Ubari há um forte movimento revolucionário, ferozmente anti-Khadafi. Nos últimos cinco anos, um chefe militar chamado Adheem Barakat conseguiu matar vários rivais e consolidar seu poder. Ele é um linha-dura que quer que a Líbia se torne um Estado islâmico e expulse todas as empresas e os interesses econômicos ocidentais. Também é um terrorista que gosta de banhos de sangue. Nesse aspecto, ele é só mais um entre muitos.

Darian apertou uma tecla e, de repente, o rosto de Barakat olhava furioso para eles. Barba preta cheia, olhos escuros sinistros, *hijab* branco, duas cartucheiras de projéteis reluzentes cruzadas no peito.

– Cerca de 40 anos, estudou em Damasco, família desconhecida. Empenhadíssimo em derrubar o regime.

– Pra ficar com o petróleo – disse Jack Ruch.

– Sim, pra ficar com o petróleo – repetiu Darian.

Mitch analisou o rosto e não teve dificuldade em acreditar que aquele homem poderia ordenar um banho de sangue sem fim. Sentiu um calafrio ao imaginar que Giovanna estava detida em algum lugar sob o comando dele.

– E por que achamos que ele é o cara? – perguntou Mitch.

– Não temos certeza. Mais uma vez, até que eles façam contato, estamos apenas fazendo suposições. No entanto, no mês passado, Barakat tentou explodir uma refinaria aqui. Foi um ataque bem planejado e taticamente impressionante, envolvendo cerca de cem homens, e provavelmente teria tido êxito se não fosse uma falha na segurança. Os líbios receberam uma denúncia no último minuto e o Exército apareceu. Dezenas de homens de ambos os lados foram mortos, mas jamais teremos os números exatos. Nem uma palavra na imprensa internacional. Dois dos homens de Barakat foram detidos e torturados. Sob extrema pressão, eles abriram a boca antes de serem enforcados. Se estiverem falando a verdade, a organização agora tem milhares de soldados muito bem armados que operam em diversas frentes. Eles estão empenhados em expulsar os investimentos estrangeiros. Khadafi se vendeu ao Ocidente, coisa e tal, e isso está inflamando os revolucionários. Um dos homens capturados disse que a ponte no deserto ainda é um alvo. Temos um contato na Líbia que confirma. Barakat tem operado cada vez mais perto de Trípoli, meio que desafiando Khadafi a se envolver em um conflito. Ele provavelmente vai conseguir o que quer.

De repente, Mitch ficou entediado com a reunião. A Crueggal não conseguia confirmar quase nada, e Darian estava se esforçando muito para impressionar o Scully com informações que não eram confiáveis. Não pela primeira vez na última semana, ele se pegou sentindo saudades dos velhos tempos, quando podia exercer a advocacia sem se preocupar com reféns e terrorismo.

– Quer dizer que ainda estamos apenas fazendo suposições – disse Jack Ruch, conhecido pela falta de paciência.

– Estamos chegando mais perto – disse Darian, sem se abalar. – Vamos chegar lá.

– Tá, e quando descobrirmos quem está com a Giovanna, o que vai acontecer? Quem vai tomar as decisões nessa hora?

– Isso depende do que eles vão querer.

– Entendi. Vamos prever uns cenários. Ela tem cidadania britânica, né, então, e se os britânicos decidirem invadir com armas em punho? Mas os italianos dizem não. Os líbios dizem sim. A família diz não. Os americanos, quem vai saber? Mas isso importa de verdade? Ela está na Líbia, a gente presume, e, enquanto ela estiver lá, nossas opções são basicamente nenhuma, certo?

– A situação é muito inconstante, Jack, muda todo dia. Não temos como começar a fazer planos até sabermos mais coisas.

– Quantas pessoas você tem em campo na Líbia neste momento? – perguntou Cory.

– Contatos, agentes, agentes duplos, informantes, operadores, provavelmente uma dezena. Todos estão sendo pagos, subornados, custe o que custar. Alguns são informantes antigos e confiáveis, outros acabaram de ser recrutados. É um mundo obscuro, Cory, com lealdades duvidosas e relacionamentos frágeis.

Mitch tomou um pouco do café e chegou à conclusão de que já tinha ingerido cafeína suficiente para aquela manhã. Ele olhou para o rosto de Adheem Barakat e perguntou:

– Quais são as chances de esse cara estar com a Giovanna?

Darian deu de ombros e ficou pensando por um tempo.

– Sessenta por cento.

– Tá, e se ele estiver com ela, o que ele quer?

– A resposta fácil é dinheiro. Um resgate gordo para comprar mais armas e pagar mais soldados. A outra é mais complicada. Ele pode não querer uma troca. Pode fazer algo bem teatral, algo terrível, para anunciar a própria presença ao mundo.

– Matá-la?

– Infelizmente, essa é uma possibilidade concreta.

18

Na ausência de Giovanna, Mitch precisava de um associado ambicioso para entrar em cena e fazer o trabalho pesado. Não seria difícil encontrar alguém com esse perfil no Scully; na verdade, o escritório contratava trezentos dos mais brilhantes formandos em direito a cada primavera e os passava por um moedor de carne de semanas de trabalho de cem horas e prazos implacáveis. Depois de um ano, os melhores começavam a se destacar. Depois de dois anos, os que haviam ficado para trás começavam a abandonar o barco, mas, a essa altura, os veteranos já conseguiam identificar os líderes, os futuros sócios.

Stephen Stodghill era associado havia cinco anos, saído de uma pequena cidade do Kansas, e se destacara na faculdade de direito da Universidade de Chicago. Mitch tinha uma predileção secreta pelos rapazes de cidades pequenas que apresentavam um bom desempenho em grandes instituições. Convidou Stephen a se juntar à equipe e não ficou surpreso quando ele aproveitou a oportunidade. Não houve nenhuma piadinha de mau gosto sobre o que tinha acontecido com a última associada que Mitch tinha escolhido. Eles ainda estavam tentando encontrá-la.

Todos os dois mil advogados do Scully, distribuídos em 31 escritórios ao redor do mundo, estavam consternados com a difícil situação de Giovanna. Havia muita preocupação e especulação enquanto eles faziam o trabalho e esperavam notícias do próximo desdobramento. Nos escritórios de Atlanta e Houston, pequenos grupos de advogados e funcionários se reuniam para tomar café e rezar todas as manhãs. Uma sócia de Orlando era casada com um padre episcopal atencioso o suficiente para passar no escritório para um momento de oração.

MITCH TRABALHOU ATÉ TARDE na quinta-feira e se reuniu por uma hora com Stephen para dar início ao árduo processo de análise de todos os aspectos do processo da Lannak contra a Líbia. O arquivo tinha quatro mil páginas e não parava de crescer. O Scully tinha contratado oito especialistas que estavam se preparando para testemunhar sobre temas como projeto de pontes, arquitetura, métodos de construção, materiais, preços, atrasos e assim por diante. A ideia de um caso exótico em um país estrangeiro empolgou Stephen a princípio, mas o entusiasmo foi embora rapidamente, à medida que eles se debruçavam mais sobre o material.

Mitch saiu às sete e passou uma noite tranquila com Abby e os meninos. Voltou às oito da manhã seguinte e encontrou Stephen exatamente onde estava na véspera: na mesinha de trabalho num canto da sala. Quando Mitch percebeu o que tinha acontecido, ele balançou a cabeça, lamentando.

– Deixa eu adivinhar. Você virou a noite?

– É, eu não tinha mais nada pra fazer e aproveitei pra mergulhar fundo. Fascinante.

Mitch já fora um grande adepto de trabalhar horas extras, mas nunca tinha se sentido impelido a virar uma noite. Coisas assim eram comuns nos grandes escritórios e deveriam ser admiradas e, com sorte, impulsionar a fama de um soldado que visava se tornar sócio o mais cedo possível. Mitch não tinha paciência para aquilo.

Mas Stephen não era casado, e a namorada era associada em outro grande escritório e se submetia aos mesmos abusos. Ele queria pedi-la em casamento, mas não encontrava tempo. Ela queria se casar, mas tinha medo de não terem tempo para curtir juntos. Quando conseguiam se encontrar para um jantar tarde da noite, muitas vezes cochilavam depois do primeiro drinque.

– Tá, uma nova regra – disse Mitch com um sorriso. – Se você quiser permanecer no caso, não pode trabalhar mais de dezesseis horas por dia nele. Entendido?

– Acho que sim.

– Então tenta entender de novo. Me escuta, Stephen. Eu sou o advogado à frente do processo, e isso significa que eu sou seu chefe. Não trabalhe mais de dezesseis horas por dia neste caso. Fui claro?
– Entendi, chefe.
– Assim está melhor. Agora sai da minha sala.
Stephen ficou de pé e pegou uma pilha de papéis.
– Olha, chefe, eu estava de bobeira ontem à noite na internet e me deparei com aquele vídeo da serra elétrica. Você já viu? – disse ele ao sair.
– Não. Nem vou ver.
– Faz bem. Eu queria não ter visto, porque nunca mais vou me esquecer. Essa foi uma das razões pelas quais fiquei acordado a noite inteira. Não consegui dormir. Provavelmente também não vou dormir hoje à noite.
– Você deveria ter imaginado.
– É verdade. Os gritos...
– Já chega, Stephen. Vai encontrar outra coisa pra fazer.

MAIS UM DIA SE PASSOU sem nenhuma notícia dos sequestradores nem daqueles que estavam tentando encontrá-los. E mais um. Mitch começava todas as manhãs com uma reunião de segurança com Cory na sala de Jack Ruch. Pelo circuito fechado de câmeras, eles ouviam com uma frustração cada vez maior as atualizações de Darian no Norte da África. Ele era muito bom na tarefa de preencher vinte minutos com "o que pode acontecer na sequência", mas a verdade é que eram apenas conjecturas.

Por fim, houve um momento dramático. Na noite de domingo, 24 de abril, nove dias após o sequestro, uma unidade antiterrorista líbia atacou um acampamento perto da fronteira com o Chade. A área era uma terra de ninguém com poucos habitantes, que só viviam ali porque mantinham armas e esperavam causar ou planejar mais problemas. Havia rumores de que o amplo acampamento escondido era o quartel-general de Adheem Barakat e seu pequeno exército de revolucionários. Dada a vastidão do Saara, era quase impossível realizar ataques surpresa, e os líbios fizeram um péssimo trabalho. Barakat pode ter sido avisado por membros dos grupos nativos em sua folha de pagamento, ou suas sentinelas e seus drones talvez estivessem em alerta máximo. Independentemente do que fosse, eles estavam a postos para rechaçar o ataque, e a batalha feroz durou três horas. Centenas de comandos líbios chegaram em veículos de infantaria, enquanto outros saltaram de helicópteros Mi-26 de fabricação russa. Dois foram abatidos por mísseis Strela portáteis, também fabricados pelos russos. Os líbios ficaram chocados com o poder de fogo. Houve inúmeras baixas de ambos os lados, e, quando ficou evidente que o combate continuaria até que todos morressem, o comandante líbio ordenou uma retirada.

Trípoli divulgou imediatamente um comunicado descrevendo a missão como um ataque de precisão das forças governamentais contra um grupo terrorista. Tinha sido um sucesso estrondoso. O inimigo tinha sido massacrado.

Ao mesmo tempo, o governo vazou a história de que o verdadeiro motivo da operação era resgatar Giovanna Sandroni. Tinha a intenção de ser uma prova clara de que Khadafi não estava envolvido no sequestro dela. Ele estava tentando salvá-la.

Felizmente, ela estava a seiscentos quilômetros de distância.

MITCH E JACK RUCH DEIXARAM O LAGUARDIA no voo das 8h15 rumo ao Aeroporto Nacional Ronald Reagan, em Washington. Foram recebidos na pista por Benson Wall, sócio-gerente na capital. Um motorista os conduziu em um sedã preto da empresa, e, poucos minutos depois de pousar, eles estavam parados no trânsito sobre o rio Potomac. A reunião com o senador Lake seria às dez e meia, então eles tinham tempo de sobra. Lake tinha a fama de chegar atrasado a quase todas as reuniões, mas naquelas que aconteciam em seu gabinete ele esperava pontualidade.

Elias Lake estava no terceiro mandato, mas ainda era o mais novo dos senadores de Nova York. O mais antigo tinha sido eleito em 1988 e não dava sinais de cansaço nem de vulnerabilidade. Não surpreendia que o Scully & Pershing tivesse laços profundos com ambos, relacionamentos calorosos baseados na capacidade do escritório de levantar grandes somas de dinheiro e na disposição dos senadores em ouvir. Sem muito esforço, Jack conseguia falar com qualquer um deles ao telefone a praticamente qualquer hora razoável, mas a urgência do assunto Sandroni exigia um encontro cara a cara. O senador Lake era presidente do subcomitê de Relações Exteriores e, nessa posição, havia estreitado laços com a atual secretária de Estado. Além disso, Benson Wall tinha contratado o sobrinho de Lake três anos antes como associado em Georgetown. Jack e Benson concordaram que o tempo deles seria mais bem gasto com Lake do que com o senador veterano de Nova York.

Quatro anos antes, Mitch tinha visitado o Capitólio pela primeira vez. Estava com outro sócio e um cliente, um empresário do setor de defesa que havia contratado o Scully para retirá-lo de alguns contratos desfavoráveis. Um senador específico de Idaho precisava ser bajulado. Mitch não gostava do Capitólio e o via como um lugar frenético onde pouca coisa era concretizada. Tinha jurado nunca mais voltar lá.

A menos que houvesse algo tão urgente quanto o sequestro de uma associada do Scully e o desespero do escritório em busca de ajuda.

Ele, Jack e Benson chegaram às 10h15 no Dirksen Senate Office Building e subiram ao segundo andar, onde foram recebidos por mais seguranças à porta do gabinete de Lake. Foram levados a uma salinha de reuniões, onde esperaram alguns minutos até um subchefe de gabinete cumprimentá-los e dizer que o senador chegaria atrasado porque estava cuidando de outros assuntos importantes.

Às 10h40, foram conduzidos à sala do senador, onde ele os cumprimentou calorosamente e pediu com gentileza que se sentassem ao redor da mesa. Ele era um nova-iorquino genuíno, do Brooklyn, e amava tudo na cidade. As paredes eram adornadas com faixas e flâmulas de todos os times esportivos. Nenhum político honesto podia ter preferidos se quisesse ser reeleito em Nova York. Lake tinha cerca de 60 anos, estava em forma, era hiperativo, enérgico e sempre pronto para uma boa briga.

Era o escritório dele, seu território, então ele ia comandar a conversa.

– Agradeço por terem vindo, meus amigos, mas poderíamos ter feito isso por telefone. Eu entendo o que está em jogo.

– Eu sei – disse Jack. – Ela é ítalo-britânica, senador, então tecnicamente não é uma de nós, mas de certo modo é. Ela faz parte do Scully, e, embora existam filiais em todo o mundo, o Scully é e sempre foi um escritório americano. Um escritório nova-iorquino. Ela passou um verão como estagiária no Skadden, na cidade. É formada em direito pela Universidade da Virgínia. O inglês dela é melhor que o meu. Gostaríamos que o senhor e o Departamento de Estado considerassem a Giovanna uma de nós, praticamente uma americana.

– Entendi, entendi, entendi. Falei de novo com a senhora secretária ontem. Acredite, Jack, eles estão levando isso muito a sério. Reuniões diárias pra todo lado. Contatos aos montes. Ninguém tá dormindo aqui, não, o problema é que ninguém sabe nada. Uns caras asquerosos puseram as mãos nela, mas até agora não deram sinal de vida. Estou certo?

Jack assentiu e olhou preocupado para Benson.

O senador deu uma olhada em algumas anotações e continuou:

– De acordo com o nosso pessoal, e vale lembrar que eles não são exatamente bem-vindos na Líbia, então temos que contar com os britânicos, italianos e israelenses para obter informações, muito provavelmente alguma milícia insurgente de ratos do deserto comandada por um criminoso chamado Barakat está dando as ordens. Eles estão com a Srta. Sandroni, mas ainda não fizeram contato. Como vocês sabem, surgiram alguns rumores de que Khadafi podia estar por trás do sequestro, mas o nosso pessoal não acredita nisso.

Mitch sentiu como se estivesse assistindo a mais um parecer de Darian Kasuch. Será que era tão difícil assim que alguém tivesse uma novidade?

Jack o havia alertado de que a reunião poderia ser uma perda de tempo, mas o senador Lake talvez fosse crucial mais adiante.

Para impressioná-los, o senador pegou um memorando confidencial na mesa. Era ultrassecreto, claro, portanto toda aquela reunião era sigilosa. O ataque de duas noites antes, aquele sobre o qual os líbios estavam se vangloriando, tinha sido um desastre total para eles. Segundo a CIA, que confiava ao senador todo tipo de material sensível, o Exército líbio tinha perdido muito mais homens do que o inimigo e teve que recuar após um contra-ataque violento.

Muito provavelmente aquilo não tinha nada a ver com Giovanna, mas, como o senador detinha a informação, sentiu-se na obrigação de compartilhá-la. Confidencialmente, é claro.

Havia relógios em três paredes, só para que os visitantes soubessem que o tempo dele era crucial e que os dias eram planejados com perfeição, e exatamente às onze horas uma secretária bateu na porta. Lake fingiu ignorá-la e continuou falando. Ela bateu de novo, abriu um pouco e disse:

– Senhor, sua outra reunião é daqui a cinco minutos.

Ele assentiu sem interromper sua conversa, e ela saiu. Ele continuou falando como se os visitantes fossem muito mais importantes do que as reuniões cruciais que teria. A primeira interrupção tinha sido uma encenação para que os visitantes se sentissem inconvenientes e quisessem ir embora.

A segunda também seguia um roteiro e aconteceu cinco minutos depois, quando o chefe de gabinete bateu na porta e entrou. Ele levava documentos com dados que poderiam comprovar que as coisas precisavam correr dentro do prazo e que o senador já estava atrasado. O chefe de gabinete sorriu para Jack, Mitch e Benson e disse:

– Obrigado, cavalheiros. O senador tem uma reunião com o vice-presidente.

Qual vice-presidente?, perguntou-se Mitch. Vice-presidente do Rotary Club? Do banco da esquina?

O senador continuou falando enquanto os visitantes se levantavam e se dirigiam para a porta. Ele prometeu ficar por dentro da situação e entrar em contato com Jack se houvesse algum desdobramento. Blá-blá-blá. Mitch mal podia esperar para ir embora.

O almoço foi um sanduíche em um refeitório em algum lugar no subsolo do Capitólio.

À uma da tarde, eles tiveram uma reunião com um advogado do gabinete de assessoria jurídica da secretária de Estado. Ele era ex-associado do Scully no escritório de Washington e havia tido um colapso e abandonado a prática particular. Benson o tinha contratado assim que ele terminou a faculdade de direito, e eles se tornaram amigos. Ele alegava ter conversas importantes com o vice-secretário de Estado e que estava monitorando as fofocas de corredor. Ele achava difícil de acreditar que uma associada do Scully pudesse ter sido sequestrada.

Atravessando o Potomac no caminho de volta para o aeroporto, Mitch teve espírito de equipe e concordou que o dia tinha corrido bem. Para si mesmo, prometeu mais uma vez evitar o Capitólio sempre que possível.

19

A sede do Conselho de Arbitragem Internacional era no quinto andar do Palais de Justice, no centro de Genebra. Os vinte juízes vinham do mundo todo e cumpriam mandatos de cinco anos, com possibilidade de emendarem em um segundo mandato. Os assentos no conselho eram bastante visados, e frequentemente alvo de lobby e partilha na ONU. A pauta do CAI era uma pilha avassaladora de processos civis de todo o mundo. Governos brigando entre si; empresas de diferentes países processando umas às outras; indivíduos cobrando grandes quantias de empresas e governos estrangeiros. Cerca de metade dos casos era ouvida em Genebra, mas o conselho era rápido em começar os trabalhos. Os voos eram de primeira classe, assim como as hospedagens. Se o Camboja quisesse processar o Japão, por exemplo, não fazia muito sentido exigir que os advogados e as testemunhas montassem acampamento em Genebra, de modo que o conselho escolhia um local mais conveniente na Ásia, de preferência perto de um resort sofisticado.

Luca tinha dado entrada no processo da Lannak contra a Líbia no ano anterior, em outubro de 2004, e solicitado um julgamento em Genebra. A presidente do conselho, conhecida como magistrada-geral, concordou.

Agora ela queria um reagendamento, um inconveniente na opinião de todos os advogados, mas algo comum. Mitch achava que o conselho tinha ficado intrigado com o caso por causa da notoriedade instantânea. Quase todos os outros casos em pauta eram litígios extremamente chatos em cantos afastados do mundo. Nada se comparava a uma disputa de meio bilhão de dólares que envolvia uma ponte no deserto, quatro decapitações, vários assassinatos inter-relacionados e a saga de uma associada do Scully desaparecida. Quando Mitch recebeu pela primeira vez o aviso para comparecer ao reagendamento, pensou seriamente em pedir um adiamento, o que era uma prática padrão. Uma prorrogação de trinta a noventa dias teria sido concedida. No entanto, após conversas com a Lannak, ficou acordado que a audiência em Genebra seria o melhor momento para se reunir e discutir o processo.

Mitch e Stephen viajaram para Roma e visitaram Luca em sua *villa*. Duas semanas tinham se passado desde o sequestro de Giovanna e ainda não havia notícias dos sequestradores. Os dias não vinham sendo nada fáceis para Luca. Ele raramente comia ou dormia e estava perdendo peso. Deveria fazer outra rodada de quimioterapia, mas simplesmente não estava em condições. Estava arrumando confusão com os médicos e incomodado com as enfermeiras em sua casa. No entanto, ficou satisfeito em ver Mitch e até tomou uma taça de vinho, a primeira em dias.

Com Roberto Maggi, a equipe passou duas horas no escritório de Luca debatendo estratégias e depois viajou para Genebra, onde conheceu os homens da Lannak: Omar Celik, CEO e neto do fundador da construtora; Denys Tullos, advogado-chefe e principal contato de Mitch; e o filho de Omar, Adem, formado em Princeton e futuro proprietário da empresa. Eles não eram muçulmanos e gostavam de beber. Depois dos drinques no bar do hotel, eles foram andando até um restaurante e se acomodaram ali. Quem se juntaria a eles mais tarde seria Jens Bitterman, um advogado suíço que fazia parte da equipe e cuidava das negociações com o CAI.

Omar era próximo de Luca havia mais de vinte anos e estava preocupado com o amigo. Tinha estado com Giovanna várias vezes ao longo da vida. Em inúmeras ocasiões, Luca e sua família passaram férias na casa de praia de Celik no mar Negro. Omar estava, claro, irritado com o fato de os líbios lhe deverem 400 milhões de dólares pela ponte, dinheiro que estava determinado a cobrar, mas sua preocupação era muito maior com o bem-estar de Giovanna.

Em uma das muitas conversas que tiveram, Denys Tullos disse a Mitch que a empresa tinha contratado uma empresa de segurança privada nas profundezas da Líbia, num esforço para encontrá-la. Mitch repassou isso a Darian Kasuch, da Crueggal, que não ficou surpreso.

– Bem-vindos ao clube – disse ele.

A AUDIÊNCIA ESTAVA MARCADA para as duas da tarde de quinta-feira, 28 de abril. Mitch e sua equipe passaram a manhã na sala de conferências de um hotel com os Celiks e Denys Tullos. Eles revisaram o cronograma de Luca e buscaram uma forma de agilizar a pilha de descobertas que ainda estavam por fazer. Debateram a estratégia de alterar o processo para incluir indenizações pelas mortes dos quatro seguranças e de Youssef, todos funcionários da Lannak. Logo de início, Omar assumiu o comando da reunião e provou por que era considerado um executivo durão que não se dobrava. Ele vinha tendo desentendimentos com os líbios havia mais de vinte anos e, embora geralmente fosse pago, estava cansado. Chega de projetos no país. Ele duvidava que o regime fosse responsável pela emboscada e pelo derramamento de sangue, porque sempre tinha prometido proteger os trabalhadores estrangeiros, principalmente os da Lannak. Ficou claro para Omar que Khadafi estava perdendo o controle de grande parte de seu território e que não era mais confiável. Omar definitivamente queria que o processo fosse ampliado para cobrir as mortes, para responsabilizar o governo líbio, mas concordou com Mitch que seria necessário mais tempo. Provavelmente Walid seria encontrado com a garganta cortada. Ninguém tinha como prever o que aconteceria com Giovanna. Naquele momento, havia incógnitas demais para se traçar qualquer estratégia.

Depois de um sanduíche no almoço, eles pegaram um táxi até o Palais de Justice e se dirigiram à sala de audiências no quinto andar. Esperando do lado de fora, no amplo e vazio corredor, estavam dois repórteres. Um, com uma câmera pendurada no pescoço, era de um tabloide londrino, o outro, de um jornal convencional. Perguntaram a Mitch se ele tinha tempo para uma entrevista. Ele respondeu com um "não" educado, continuou andando e entrou.

Era uma sala ampla e de pé-direito alto, com enormes janelas, muita luz e assentos para centenas de espectadores. Mas não havia nenhum – apenas pequenos grupos de advogados amontoados aqui e ali, sussurrando com empáfia enquanto observavam uns aos outros de cantos opostos do recinto.

A tribuna era uma peça imponente, com pelo menos 25 metros de comprimento, de madeira escura e suntuosa, que provavelmente tinha sido extraída duzentos anos antes. Tinha um metro e oitenta de altura, e atrás dela havia vinte cadeiras reclináveis de couro que giravam e rolavam. Eram todas idênticas, em tom bordô-escuro, colocadas na mesma altura, de modo que os magistrados, quando o tribunal estava em sessão, olhassem para os advogados e litigantes de posições de grande conhecimento e poder.

Todas as vinte estavam vazias. Um funcionário conduziu Mitch, Stephen, Jens e Roberto até a mesa do reclamante em um dos lados da sala. Eles começaram a tirar coisas de grossas maletas, como se fossem ficar ali por horas. Do outro lado do corredor, outra equipe de advogados de semblante severo marchou até a própria mesa e também abriu maletas. Eram do Reedmore, de Londres, escritório preferido da Líbia, um notório bando de rapazinhos arrogantes que pareciam se deleitar com a reputação de serem babacas de altíssimo nível.

O Reedmore tinha apenas 550 advogados, nem sequer o suficiente para chegar ao grupo dos 25 maiores, e limitava os negócios a um punhado de países, majoritariamente da Europa. O escritório era associado ao regime líbio havia muitos anos. Luca dizia que provavelmente era por isso que eles eram tão amargurados.

Para além da riqueza de talentos, ambição, habilidades e diversidade, um dos grandes trunfos de se trabalhar no Scully & Pershing era o seu tamanho. Era o maior escritório do mundo havia uma década e estava determinado a permanecer no topo. Seus advogados eram conhecidos por andarem com um ligeiro ar de arrogância por causa do notável alcance do escritório. Nunca tinha havido um maior. Tamanho nem sempre era sinônimo de talento, nem garantia de sucesso, mas, naquele universo, ser o número um era motivo de inveja de todos os escritórios do segundo ao quinquagésimo lugar.

Os advogados do Reedmore eram adversários de respeito, e Mitch jamais os menosprezaria, mas, ao mesmo tempo, não estava nem um pouco impactado com o ar de indiferença deles. Jerry Robb era o advogado principal à frente da defesa. Tinha levado consigo outros dois advogados mais novos, e todos os três usavam ternos azul-marinho de corte impecável. Pareciam incapazes de dar um sorriso.

No entanto, como havia más notícias na outra mesa, Robb se sentiu compelido a cutucar a ferida. Ele se aproximou, estendeu a mão e disse:

– Boa tarde, senhores.

Ele estava rígido como uma tábua e apertava a mão como um garoto de doze anos. Com o nariz um pouco empinado, continuou:

– Falei com o Luca semana passada. Espero que ele esteja bem, apesar de tudo.

Apesar de tudo. Apesar de ele estar morrendo de câncer e sua filha estar sendo mantida refém por pessoas extremamente asquerosas.

– O Luca está bem – disse Roberto. – Apesar de tudo.

– Alguma notícia sobre a Giovanna?

Mitch se recusou a morder a isca e balançou a cabeça. *Não*.

– Nada – disse Roberto. – Vou dizer a ele que você perguntou.

– Por favor.

Qualquer conversa além disso teria sido igualmente forçada, mas um escrivão junto à tribuna começou a berrar, e Robb voltou para sua mesa. Em inglês, o escrivão pediu ordem. Ele se sentou e outro se levantou e fez o mesmo em francês. Mitch olhou ao redor da ampla sala. Havia dois grupos de advogados sentados distantes um do outro, com alguns clientes espalhados no meio. Os dois jornalistas britânicos estavam na primeira fila. Ele duvidava que alguém na sala falasse francês, mas o tribunal tinha seus procedimentos.

Três juízes entraram por trás da tribuna e ocuparam seus lugares. A magistrada-geral presidiria a sessão e se sentou no meio. Os dois colegas ficaram a pelo menos seis metros de distância. Dezessete assentos ficaram vazios. A pauta de reagendamento não exigia participação integral do conselho.

Ela era a Excelentíssima Victoria Poley, uma norte-americana de Dayton, ex-juíza federal que tinha sido uma das primeiras mulheres a se formar em direito em Harvard. Podia ser tratada como Senhora, Magistrada, Juíza, Excelentíssima ou Lorde. Qualquer outra coisa seria problemática. Apenas advogados britânicos ou australianos ousavam usar a palavra "Lorde".

À direita dela, estava um juiz da Nigéria. À esquerda, um do Peru. Nenhum dos dois usava fones de ouvido, então Mitch presumiu que não haveria atrasos para os intérpretes.

A Sra. Poley deu as boas-vindas a todos na sessão vespertina e disse que havia apenas alguns assuntos em pauta. Ela olhou para uma escrivã, que se levantou, anunciou o caso da Lannak e depois começou a ler um resumo do processo, começando pela petição inicial apresentada em outubro do ano anterior. Seria quase impossível fazer aquela leitura não ficar enfadonha, mas o tom monocórdio da escrivã lançou uma pesada mortalha sobre a sala de audiências. Ela prosseguiu, folheando as páginas enquanto a voz ficava cada vez mais monótona. O último pensamento de Mitch antes de quase entrar em coma foi: *Espero que não repitam tudo isso em francês.*

– Sr. McDeere – chamou uma voz, e Mitch voltou à vida. Era a Sra. Poley. – Bem-vindo ao tribunal e, por favor, apresente meus cumprimentos ao *signor* Luca Sandroni.

– Obrigado, Excelência, e ele também manda cumprimentos.

– E, Sr. Robb, é sempre um prazer revê-lo.

Jerry Robb se levantou, fez uma ligeira mesura e se esforçou para sorrir, mas não disse nada.

– Os senhores podem se sentar, e fiquem à vontade para assim permanecer.

Ambos os advogados se sentaram. Ela prosseguiu:

– Bem, a data do julgamento foi marcada para fevereiro do ano que vem, daqui a quase um ano. Quero saber de cada um se os senhores estarão preparados para o julgamento. Sr. McDeere.

Mitch permaneceu sentado e começou dizendo que sim, claro, o reclamante estaria pronto. Eles que haviam dado entrada no processo, e cabia sempre ao autor insistir vigorosamente para que o caso fosse a juízo. Era raro os autores pedirem adiamento da audiência. Independentemente de quanto trabalho houvesse a ser feito, Mitch tinha confiança de que estava dentro do prazo. Seu cliente queria que o caso fosse a julgamento antes de fevereiro, mas isso seria pleiteado outro dia.

A Sra. Poley indagou sobre a descoberta e perguntou como estava indo. Mitch acreditava que tudo seria resolvido em noventa dias. Havia mais depoimentos para serem colhidos, mais documentos para negociar e mais especialistas para serem selecionados, mas noventa dias deveriam bastar.

Sr. Robb?

Ele não era um bom ator e fez um péssimo trabalho ao fingir surpresa com o fato de o advogado do outro lado estar tão otimista. Havia pelo menos seis longos meses de descoberta pela frente, talvez mais, e um julgamento em menos de um ano simplesmente não seria possível. Usando o manual padrão da defesa, Robb listou alguns dos motivos pelos quais seria necessário muito mais prazo. Depois de divagar por bastante tempo, ele concluiu:

– E ainda tem o fato de que as nossas questões devem ficar mais complicadas à luz dos recentes acontecimentos na Líbia.

– Bem, vamos falar sobre os acontecimentos recentes – disse a Sra. Poley, como se estivesse esperando por essa deixa. – Sr. McDeere, o senhor prevê alterar sua reivindicação para pedir outras indenizações por danos?

A resposta era sim, mas Mitch não diria aquilo no tribunal. Ele fingiu frustração.

– Excelência, por favor, a situação na Líbia é fluida e pode mudar drasticamente a qualquer momento. Não tenho como prever o que vai acontecer nem quais serão as consequências jurídicas.

– Claro que não, e entendo a sua posição. Mas, dado o que já aconteceu, é seguro dizer que as questões só vão se complicar ainda mais, certo?

– De forma alguma, Excelência.

Robb aproveitou a brecha.

– Excelência, peço licença, a senhora está correta. Acontecimentos fora do nosso controle estão obliterando a nossa visão, por assim dizer. Seria justo acordarmos uma prorrogação do prazo e não nos obrigarmos a correr para cumprir um prazo impossível.

– O prazo é viável, Excelência – retrucou Mitch –, e posso garantir a este tribunal que estaremos prontos em fevereiro, se não antes. Não posso falar pela defesa.

– Nem deveria – devolveu Robb.

– Senhores – disse a Sra. Poley com firmeza antes que o debate se transformasse em uma briga. – Vamos ver como as coisas se desenrolam na Líbia e discutir isso mais tarde. Agora eu gostaria de seguir em frente e tratar de algumas das questões já levantadas na descoberta. Pelas minhas contas, o reclamante listou oito potenciais especialistas que poderiam testemunhar no julgamento. A defesa, seis. São muitos testemunhos, e não sei se precisamos de tantos. Sr. McDeere, eu gostaria de um breve resumo do depoimento de cada um de seus especialistas. Nada muito elaborado. De improviso.

Mitch assentiu e sorriu como se aquilo fosse tudo que ele mais quisesse. Roberto foi rápido e lhe estendeu algumas anotações.

Quando terminou de falar sobre o terceiro, um especialista em cimento, teve certeza de que os três juízes estavam dormindo.

20

Dois jornais de Londres publicaram matérias sobre a audiência. O *The Guardian*, na página dois, complementou com um pouco da história do caso e relembrou aos leitores que não havia nenhuma notícia "confirmada" dos sequestradores. Descreveu o reagendamento em Genebra como "enfadonho", com pouco progresso. O Conselho parecia relutante em tomar decisões diante de tanta incerteza no caso. Publicou uma pequena foto de Giovanna e uma nova do Sr. McDeere entrando no Palais de Justice com Roberto Maggi ao lado. Ambos foram corretamente identificados como sócios do gigantesco escritório de advocacia Scully & Pershing. Estavam buscando pelo menos quatrocentos milhões de dólares do governo líbio para seu cliente.

Mitch, mais uma vez sobrevoando o Atlântico, estudou a própria foto em preto e branco. Não estava feliz por ter sido identificado, mas sabia que era inevitável.

O *The Current* publicou um *teaser* na primeira página – ADVOGADOS DE KHADAFI PEDEM ADIAMENTO: NADA DE GIOVANNA – e na página cinco atacou o "ditador implacável" por não pagar as próprias dívidas. A insinuação foi clara: Khadafi estava por trás dos assassinatos e sequestros porque tinha ficado irritado com o processo. Havia uma foto de Mitch, uma de Giovanna, e a mesma imagem triste do pobre Youssef pendurado por um fio.

NO DIA 1º DE MAIO, Walid recebeu aquilo que todos imaginavam que ia acontecer. Os assassinos optaram por prolongar seu sofrimento cortando seus testículos e deixando-o sangrar até a morte. Foi encontrado pendurado por um dos pés em um cipreste alto, perto de uma estrada movimentada, trinta quilômetros ao sul de Trípoli. Uma nota semelhante estava anexada ao pé solto: *Walid Jamblad, traidor.*

Um advogado do escritório de Roma foi o primeiro a ler a notícia e avisou Roberto Maggi, que, por sua vez, ligou para Mitch. Poucas horas depois, foi publicado um vídeo na deep web, mais uma vez com imagens doentias de bandidos matando um homem inocente por diversão. Ou talvez houvesse um motivo ou uma mensagem. Roberto assistiu e disse a Mitch que não fizesse o mesmo.

Não tinha sobrado ninguém além de Giovanna. Estava claro que ela era o prêmio e que seu destino não seria nada tranquilo.

Mitch, Jack Ruch e Cory Gallant tiveram outra teleconferência com Darian, da Crueggal. Se ele disse algo que não era óbvio ou que eles já não soubessem, ninguém percebeu. Depois que a reunião terminou e Mitch conferiu se não havia nenhum microfone ligado ou câmera ainda aberta, ele perguntou a Jack:

– E quanto é que estamos pagando a esses caras?

– Muito.

– Essa foi mais uma meia hora jogada no lixo.

– Não exatamente. Vamos cobrar da Lannak.

– Você ainda acredita nesses caras? – perguntou Mitch a Cory. – Eles não descobriram nada até agora.

– Eles vão descobrir, Mitch. Eu acho.

– Qual é o nosso próximo passo?

– Não temos. Vamos esperar. Até termos notícias da Giovanna ou dos criminosos que estão com ela, não há nada que possamos fazer.

– Quais são as novidades do conselho de arbitragem? – perguntou Jack a Mitch.

– Pouca coisa. Nada, na verdade. Eles também estão esperando. O caso vai ficar em suspenso enquanto ela for refém. E você sabe que o tribunal não precisa de muito pra encontrar um jeito de adiar as coisas.

– E o Luca?

– Falo com ele todos os dias. Em alguns ele está melhor que em outros, mas ele está aguentando.

– Tá bom. Acabou nosso tempo. Nos falamos de novo pela manhã.

EM 4 DE MAIO, Riley Casey chegou a sua sala no horário de sempre, às 8h30. Ele era sócio-gerente do Scully em Londres e estava no escritório havia quase três décadas. Onze anos antes, tinha dado o azar de entrevistar um jovem advogado norte-americano na cidade em busca de emprego. Um diploma de direito em Harvard o ajudara, por pouco, a ser recebido. Uma mente ágil, um raciocínio rápido e uma boa aparência lhe garantiram o emprego, e Mitch entrou para o Scully como associado aos 30 anos.

Seis anos depois disso, Riley contratou Giovanna Sandroni e, como a maioria dos homens do escritório, tinha uma atração secreta por ela. Secreta e, claro, platônica, mas sem deixar de lado o profissionalismo. Riley era um homem casado e feliz que não pulava a cerca; caso contrário, já teria feito papel de bobo. Tendo sido responsável pela contratação, atendendo a um pedido discreto de Luca, ele assistia com imenso orgulho enquanto ela se transformava numa excelente advogada, alguém que um dia provavelmente comandaria o escritório.

Antes que ele tivesse tempo de tomar um gole de café, a secretária entrou sem dizer uma palavra e estendeu o celular dela. Na tela, a mensagem dizia: "Número desconhecido. Manda o Riley conferir a caixa de spam."

Ele olhou para a tela, depois para a secretária. Havia algo errado, e, dada a pressão sufocante no escritório desde o sequestro de Giovanna, cada pequeno acontecimento era tratado com muita cautela. Ele fez sinal para que ela fosse até o lado dele na mesa. Eles olharam para a grande tela do computador. Ele foi até a caixa de spam e clicou em um e-mail de remetente desconhecido que havia chegado onze minutos antes. Ambos ficaram horrorizados, sem acreditar.

Na tela, havia uma grande foto em preto e branco de Giovanna, sentada em uma cadeira, vestindo uma túnica preta e um hijab preto que cobria tudo, menos o rosto. Ela não estava sorrindo nem com a cara fechada. Segurava um jornal, a edição matinal do *Ta Nea*, "A Notícia" em grego, o maior periódico do país. Riley ampliou a foto e a data ficou legível: *4 de maio de 2005*. A manhã daquele mesmo dia. A manchete era sobre uma greve de agricultores, e havia uma foto de uma fileira de tratores bloqueando uma rodovia. Nada sobre Giovanna, pelo menos não na primeira página, acima da dobra.

– Você liga pro departamento de TI e eu pro de segurança – disse Riley.

CORY SABIA QUE MITCH ACORDAVA CEDO, então o deixou dormir até as cinco e meia antes de ligar. Segundos depois, Mitch estava na cozinha. Primeiro, ele apertou o botão para ligar a cafeteira, depois abriu rapidamente o laptop. Seu primeiro pensamento foi: *Pelo menos ela está viva.*

– Conferimos o jornal grego, tudo ali é verídico – disse Cory. – É vendido em Trípoli, mas precisamos saber onde achar. Eles pegaram um exemplar da edição de hoje bem cedo, tiraram a foto e a enviaram para Londres. Até onde sabemos, não foi enviada pra nenhum outro lugar.

– E não tinha nenhuma mensagem do remetente?

– Nem uma palavra.

Mitch tomou um gole de café e tentou organizar os pensamentos.

– Você acha que a gente deveria contar pro Luca? – perguntou Cory.

– Acho. Vou ligar pro Roberto.

NA MANHÃ SEGUINTE, AS NOTÍCIAS vindas de Atenas eram muito mais sinistras. Às 3h47, segundo o sistema de alarme, uma bomba explodiu na sala de correspondência dos escritórios do Scully & Pershing no distrito comercial da cidade. Como ninguém estava trabalhando naquele horário, não houve feridos. Quem fabricou a bomba tinha usado combustíveis inflamáveis, projetados não para derrubar paredes, mas para espalhar o fogo, e um incêndio impressionante tomou conta do complexo de salas. Com apenas quatro advogados em Atenas, era uma das menores filiais do Scully, e o espaço foi tomado e destruído antes da chegada dos bombeiros. As chamas se espalharam até o terceiro andar enquanto a fumaça saía pelas janelas quebradas do prédio. Duas horas depois de o alarme ter disparado, o fogo foi contido e apagado. Ao nascer do sol, os bombeiros estavam recolhendo as mangueiras e indo embora, mas a limpeza levaria dias.

O sócio-gerente teve permissão para entrar no prédio e foi levado até a estrutura carbonizada do que havia sido seu luxuoso complexo de salas. A destruição tinha sido completa. Tudo – paredes, portas, móveis, computadores, impressoras, tapetes – estava carbonizado e devastado. Alguns arquivos de metal resistiram ao calor e à fumaça, mas ficaram encharcados de água. O conteúdo deles, porém, não era valioso. Todos os arquivos e documentos importantes eram armazenados on-line.

Ao meio-dia, os bombeiros classificaram o incêndio como criminoso.

Diante disso, o sócio-gerente telefonou para Nova York.

21

A Epicurean Press ocupava os três primeiros andares de um prédio de arenito vermelho da virada do século XIX para o XX na rua 74, perto da Madison Avenue, no Upper East Side. Acima, nos andares quatro e cinco, a proprietária, uma excêntrica reclusa que beirava os 90 anos, morava sozinha com seus gatos e sua ópera. Ela ouvia discos o dia inteiro e, à medida que envelhecia e perdia ainda mais a audição, ia aumentando cada vez mais o volume. Ninguém reclamava, porque ela era dona do prédio e também dos dois prédios vizinhos de um lado e de outro. Os editores do terceiro andar às vezes escutavam a música, mas aquilo nunca tinha sido um problema. Os edifícios de arenito daquela época haviam sido construídos com paredes e pisos grossos. Ela cobrava um aluguel modesto, porque, em primeiro lugar, não precisava do dinheiro e, em segundo lugar, porque gostava de ter bons inquilinos abaixo dela.

Uma manhã perfeita para Abby começava com céu limpo, uma caminhada de quinze minutos com Clark e Carter até a escola, depois uma caminhada de trinta minutos pelo Central Park até seu escritório na Epicurean. Como editora-sênior, ela ficava no primeiro andar e, portanto, longe da ópera, mas perto o suficiente da cozinha. As salas eram pequenas, mas bem projetadas. O espaço era apertado, como quase tudo em Manhattan, mas também porque um espaço valioso tinha sido cedido para a cozinha, um lugar grande, moderno e totalmente equipado, projetado para receber chefs visitantes trabalhando em seus livros de receitas. Havia um chef que ia quase todos os dias, e o ambiente estava sempre tomado de deliciosos aromas de pratos do mundo todo.

Giovanna tinha sido sequestrada havia 27 dias.

Como sempre, Abby entrou em uma cafeteria descolada na rua 73 para tomar seu *latte* preferido. Por volta de 9h15, ela estava esperando na fila, com os olhos no celular e a mente focada no dia que tinha pela frente, nos filhos na escola, no marido a 48 andares de altura trabalhando muito. A pessoa atrás dela tocou de leve em seu braço. Ela se virou e viu o rosto de uma jovem muçulmana com uma longa túnica marrom e um hijab com um véu da mesma cor que cobria tudo, menos os olhos.

– Você é a Abby, não é?

Ela tomou um susto e não conseguiu se lembrar da última vez, nem da primeira, em que havia interagido com uma mulher tão completamente coberta. Mas, afinal de contas, ela estava em Nova York, lar de muitos muçulmanos. Ela deu um sorriso educado e respondeu:

– Sou, e você é...?

O homem atrás da mulher muçulmana estava lendo um jornal dobrado. O barista mais próximo estava repondo croissants e quiches em uma vitrine. Ninguém estava prestando atenção em ninguém.

– Tenho notícias da Giovanna – disse a mulher em um inglês perfeito, com um leve sotaque do Oriente Médio.

Os olhos dela eram escuros, jovens, muito maquiados em volta, e Abby olhou para eles incrédula enquanto os joelhos tremiam, o coração batia forte e a boca estava quase seca demais para conseguir falar.

– Como é que é? – ela conseguiu dizer, embora soubesse exatamente o que tinha ouvido.

De algum lugar dentro da túnica, a mulher tirou um envelope e o entregou a Abby. Treze por dezoito centímetros, pesado demais para conter apenas uma carta.

– Sugiro que faça o que está escrito, Sra. McDeere.

Abby pegou o envelope, mas algo lhe dizia para não ter feito aquilo. A mulher deu as costas rapidamente e chegou à porta antes que Abby pudesse dizer alguma coisa. O homem atrás dela a olhou por cima do jornal dobrado. Abby se virou como se nada tivesse acontecido.

– Qual seria o pedido? – perguntou o barista.

– Um *latte* duplo com canela – respondeu ela com dificuldade.

Ela encontrou uma cadeira, se sentou e disse a si mesma para respirar fundo. Ficou constrangida quando percebeu que havia gotas de suor em sua testa. Com um guardanapo de papel que estava na mesa, ela se secou enquanto olhava ao redor. O envelope ainda estava em sua mão esquerda. Ela respirou fundo mais algumas vezes. Pôs o envelope na bolsa e decidiu abri-lo no escritório.

Ela deveria ligar para Mitch, mas algo lhe disse para esperar alguns minutos. Esperar até que ela abrisse o envelope, porque o que quer que estivesse dentro dele também o envolveria. Quando o *latte* ficou pronto, ela o pegou no balcão e saiu. Do lado de fora, na calçada, conseguiu dar alguns passos antes de empacar. Alguém a estava, ou esteve, observando, esperando, seguindo. Alguém sabia o nome dela, o do marido, onde ele trabalhava, o trajeto dela até o trabalho, a cafeteria preferida. Esse alguém não tinha ido embora; ainda estava por perto.

Não pare, disse ela a si mesma, *e aja como se não houvesse nada de errado.*

O pesadelo tinha voltado. O pavor de tentar viver normalmente sabendo que alguém a estava observando e ouvindo. Quinze anos haviam se passado desde a confusão do Bendini em Memphis, e levara muito tempo para ela relaxar e parar de ficar olhando para trás o tempo todo. Agora, enquanto desviava dos pedestres ao longo da Madison Avenue, ela queria desesperadamente se virar e ver quem a estava observando.

Cinco minutos depois, ela abriu a porta sem identificação da Epicurean Press, na rua 74, falou com o grupo habitual de amigos e colegas e correu para sua sala. Sua assistente ainda não havia chegado. Ela fechou a porta, trancou-a sem fazer barulho, se sentou, respirou fundo mais uma vez e abriu o envelope. Havia um celular e um papel datilografado.

Para Abby McDeere. (1) A coisa mais estúpida que você pode fazer é envolver o seu governo de alguma forma. Isso garantiria um final trágico para Giovanna e possivelmente para mais gente. Seu governo não é digno de confiança; nem da sua nem de nenhuma outra pessoa.

(2) Fale com Mitch e o escritório de advocacia dele, que tem muitos contatos e dinheiro. Você, Mitch e o escritório dele podem ter êxito e conseguir um desfecho positivo. Não envolva mais ninguém.

(3) Me chame de Noura. Eu sou a chave para Giovanna. Siga minhas instruções e ela será devolvida. Ela não está sendo maltratada. Os outros mereciam morrer.

(4) O celular incluído é crucial. Mantenha-o sempre por perto, mesmo quando estiver dormindo. Vou ligar em horários estranhos. Nunca deixe de atendê-lo. Use o mesmo carregador do seu aparelho. A senha é 871. Vá nas fotos, pelo menu, que você vai achar interessante.

Abby largou o papel e pegou o celular. Sem identificação e mais ou menos do tamanho da maioria dos celulares, não havia nada de especial nem de suspeito nele. Ela digitou 871 e um menu apareceu. Ela clicou em Fotos e ficou enjoada no mesmo instante. A foto era dela, Clark e Carter menos de uma hora antes, enquanto se despediam na calçada em frente à River Latin School, a quatro quarteirões do apartamento deles. Ela respirou fundo de novo e pegou uma garrafa de água, não o café. Abriu a tampa, tomou um gole e derramou água na blusa. Fechou os olhos por um momento e depois deslizou lentamente para a esquerda. A foto seguinte era do exterior do prédio onde ela estava naquele momento. A seguinte era a fachada do prédio onde eles moravam, tirada na esquina da rua 69 com a Columbus Avenue. A próxima mostrava ao longe o número 110 da rua Broad, onde ficava o Scully & Pershing. A última era de Giovanna, sentada em um quarto escuro, usando um véu preto, segurando uma colher e olhando para uma tigela do que parecia ser sopa.

O tempo passou, mas Abby não percebeu. Sua mente era um emaranhado de pensamentos rápidos. O coração batia forte como uma britadeira. Ela fechou os olhos de novo, esfregou as têmporas e percebeu que alguém estava batendo de leve na porta.

– Um minuto – disse ela, e as batidas pararam.

Ela ligou para Mitch.

ELES ESTAVAM PARALISADOS, TENSOS DEMAIS para se mexer enquanto olhavam para a tela e esperavam que o vídeo de Abby aparecesse. E lá estava: um close do bilhete datilografado por Noura para Abby. Eles o leram rapidamente, depois mais devagar uma segunda vez. A câmera passou para o celular misterioso na mesa de Abby, ao lado do envelope em que foi entregue. Depois de 22 segundos, o vídeo terminou.

Mitch por fim inspirou e expirou e foi até a janela do escritório de Jack. Jack ficou olhando para a mesinha de reuniões, atordoado demais para falar alguma coisa. Cory, que estava sob extrema pressão desde o atentado a bomba em Atenas, olhou para a tela em branco e tentou pensar objetivamente.

– E havia cinco fotos no telefone? – perguntou ele sem olhar para Mitch.

– Isso mesmo – respondeu Mitch sem se virar.

– Diz pra ela não enviar as fotos pra lugar nenhum, tá?

– Tá. O que é que eu digo a ela?

– Ainda não sei. Temos que supor que eles estão monitorando tudo que o aparelho faz. Temos que supor que ele pode ser usado para rastrear a Abby aonde quer que ela vá, esteja ligado ou não. Temos que supor que o aparelho escuta e grava tudo que é dito perto dele, esteja ligado ou desligado.

– Eles tiraram uma foto dos meus filhos indo para a escola hoje de manhã – disse Mitch, como se não tivesse ouvido nada.

Cory olhou para Jack, que balançou a cabeça. Ele ainda estava em choque, e tudo era como um borrão para todos.

– Meu instinto me diz pra sair deste prédio agora mesmo, entrar num táxi, ir até a escola, pegar meus filhos, levar os dois pra algum lugar seguro e trancar as portas – disse Mitch, ainda olhando para a janela.

– Entendo perfeitamente, Mitch – disse Cory. – Vai, se você achar que deve. Não vamos te impedir. Mas antes precisamos ver o telefone. Seu celular é seguro?

– Não sei. Você instalou todos aqueles antivírus.

– E o da Abby também?

– Sim. Nós deveríamos ser à prova de hackers, se é que alguma coisa é à prova de hackers hoje em dia.

– Tenho uma ideia – disse Jack. – O Carlyle Hotel fica na rua 76, quase na esquina da Park Avenue, perto do escritório da Abby. Liga e diz pra ela ir almoçar com você no Carlyle e levar o novo telefone. A gente arruma uma sala de reuniões e dá uma olhada enquanto vocês almoçam.

– Ótima ideia – disse Cory.

Mitch se virou.

– Então vai ser isso? – perguntou ele.

– Vai.

Mitch pegou o telefone, ligou para Abby, falou como se outras pessoas pudessem estar ouvindo e disse que estaria nas redondezas na hora do almoço. Era para ela encontrá-lo no Carlyle ao meio-dia. Eles decidiriam se deveriam ou não fazer algo em relação à escola. Depois que desligou, ele perguntou a Cory:

– Será que eles têm como hackear nossos telefones e e-mails? Será que estão ouvindo a gente?

– Altamente improvável, Mitch. Tudo é possível hoje em dia, mas duvido.

– E por que eles fariam isso? – perguntou Jack. – Eles não se importam com o que você faz no almoço ou no jantar. Isso tudo se resume a dinheiro. Se fossem matar a Giovanna, isso já teria acontecido, não é, Cory?

– Provavelmente, mas quem sabe?

– Olha, agora o jogo mudou. Finalmente tivemos notícias do inimigo, e eles querem conversar. Conversar significa negociar, o que significa dinheiro. Que outra utilidade a Giovanna tem pra eles? Assassinar Khadafi? Negociar um acordo de paz no Oriente Médio? Encontrar mais petróleo no deserto? Não. A cabeça dela tem um preço, e a pergunta é: qual é o valor?

– Não é tão simples assim, Jack – disse Mitch. – Também tem a questão de quanto dano estamos dispostos a sofrer antes de ceder. Deixando de lado por um momento as mortes que aconteceram até agora, e pelas minhas contas há onze cadáveres, também temos um escritório em Atenas que foi alvo de um ataque a bomba, e agora eles estão aqui em Nova York.

– Não vamos nos precipitar – disse Cory. – Não estamos no comando. Eles estão, e, até que Noura reapareça, não podemos fazer muita coisa.

– Ah, é mesmo? Bem, eu pretendo proteger minha família.

– Eu entendo, Mitch. Você tem razão. Alguma ideia?

– Você é o cara da segurança, não é? O que você faria?

– Ainda estou pensando.

– Por favor, pensa logo.

– Será que a gente envolve a Crueggal nessa? – questionou Jack.

Mitch deu de ombros, como se a pergunta não fosse dirigida a ele. Voltou para a janela e olhou para as ruas lá embaixo. Dezenas de táxis amarelos avançavam lentamente em meio ao trânsito intenso. Ele planejava estar no banco de trás de um deles em poucos minutos, gritando instruções para o taxista.

– Você falou com Darian recentemente? – perguntou Jack.

– Falei pela última vez às nove da manhã – respondeu Cory. – Começo todos os dias com uma reunião de quinze minutos com ele, que nunca apresenta nada de novo. Eles estão fuçando, esperando, fuçando. Temos que contar pra ele, e logo. O inimigo fez contato, Jack, e é isso que todo mundo esperava. A Crueggal entende muito mais desse jogo do que a gente.

– E você confia neles? Quero dizer, o quadro deles é cheio de ex-espiões e gente da CIA. Eles se orgulham de ter contatos em todos os buracos do mundo. E se alguém tiver a língua solta?

– Não vai acontecer nada disso. O Darian tá em Nova York. Vou ligar pra ele, e ele vai nos encontrar no Carlyle.

– Mitch?

– Até eu ter certeza de que os meus filhos estão seguros, eu não vou servir pra muita coisa, está bem? A Abby está desesperada.

– Entendido – disse Jack. – Vai almoçar com ela. Estaremos lá e traçaremos um plano.

22

Mitch aguardava no saguão do Carlyle quando Abby entrou correndo, dez minutos antes do meio-dia. Ele acenou para ela e, sem dizer uma palavra, os dois se dirigiram para o Bemelmans Bar, um dos bares mais famosos da cidade. Naquele horário, entretanto, estava praticamente vazio. Sentaram-se em bancos altos no balcão, frente a frente, e pediram refrigerantes diet. Os olhos dela estavam úmidos e expressavam preocupação. Mitch fazia o possível para manter a calma. Por natureza, os dois não eram pessoas impressionáveis, mas seus filhos nunca tinham sido ameaçados.

Ele se ajeitou e ela apoiou a bolsa no chão, embaixo do banco.

– É possível que o seu novo telefone te rastreie aonde quer que você vá – disse ele com uma voz suave. – Também há uma boa chance de ele ouvir e gravar tudo, esteja ligado ou não.

– Eu queria era me livrar dele. Você ligou pra escola?

– Não, ainda não.

Ele assentiu, levantou-se e fez sinal para que ela o acompanhasse. Eles se afastaram alguns metros sem tirar os olhos da bolsa dela.

– Daqui a alguns minutos, nós vamos nos reunir com o pessoal da segurança lá em cima. Pode ser que a gente consiga decidir o que fazer – disse Mitch, quase sussurrando.

Ela contraiu a mandíbula e cerrou os dentes.

– Eu acho que deveríamos buscar os meninos e dar o fora da cidade, passar uns dias escondidos em algum lugar.

– Eu gosto da ideia. O problema é que você não pode ir embora. O telefone pode te rastrear, e você precisa mantê-lo no bolso o tempo todo. Você é o elo, Abby. Eles te escolheram.

– Me sinto honrada. – Os olhos dela ficaram marejados de repente. – Você consegue acreditar nisso, Mitch? Eles seguiram a gente até a escola hoje de manhã. Eles sabem onde nós moramos e trabalhamos. Como foi que nós viemos parar nessa situação?

– Estamos nela e vamos sair, eu prometo.

– Sem promessas, Mitch. Você não sabe mais do que eu. Eu quero ajudar a Giovanna, claro, mas nesse momento minha única preocupação são meus meninos. Vamos buscar os dois e fugir daqui.

– Talvez mais tarde, mas agora vamos subir e nos reunir com a equipe.

AS DUAS SALAS DE CONFERÊNCIA do hotel estavam ocupadas, então Cory reservou uma suíte no terceiro andar. Ele estava esperando, junto com Jack e Darian. Apresentações rápidas foram feitas. Abby conhecia Jack do jantar anual de fim de ano dos sócios, uma festa formal e cheia de frescuras que praticamente todo mundo abominava. Tinha sido apresentada a Cory anos antes, durante uma das auditorias de segurança do escritório.

Por razões óbvias, Abby estava se sentindo vulnerável naquele momento. Para completar, de repente se viu participando de uma reunião com um completo desconhecido, prestes a debater assuntos pessoais. Sempre ansioso para assumir o comando, Darian foi direto ao ponto:

– É importante falarmos sobre o seu confronto com Noura.

Abby o encarou e disse:

– Não sei se gosto do seu tom.

Por um segundo, todo o ar escapou do cômodo. Mitch se sentiu compelido a acalmar os ânimos e disse:

– Olha, Darian, foi uma manhã difícil, e estamos um pouco à flor da pele. O que exatamente você quer saber?

– Quem disse que foi um confronto? – perguntou Abby.

Darian deu um rápido sorriso forçado e disse:

– Tem razão, Sra. McDeere. Péssima escolha de palavra.

– Aham.

– Você se importa se dermos uma olhada no seu telefone? – perguntou ele em um tom simpático.

– Sem problemas.

O aparelho estava enterrado no fundo da imensa bolsa, e ela demorou um pouco para conseguir fisgá-lo lá dentro. Ela o colocou bem no meio de uma mesinha redonda. Darian levou o dedo indicador aos lábios para pedir silêncio. Ele o segurou, examinou o invólucro e, com uma pequena chave de fenda, removeu a parte de trás. Com seu próprio telefone, tirou fotos e as enviou para alguém que trabalhava para a Crueggal. Abriu o laptop, digitou no teclado como um hacker maníaco e parou para admirar o que tinha descoberto. Ele virou um pouco a tela para que os outros pudessem ver. O nome da marca era "Jakl", e o aparelho era fabricado no Vietnã para uma empresa húngara. A lista de especificações vinha em letras miúdas e se estendia por várias páginas. A mensagem era clara: o telefone era bem específico e complicado, não destinado ao consumidor médio. Darian voltou a digitar freneticamente e continuou procurando. Seu celular tocou, e ele falou em algum dialeto codificado, depois sorriu e encerrou a ligação.

– Não tem ninguém nos ouvindo – disse ele, aliviado. – Mas o aparelho emite um sinal de rastreamento independentemente do botão liga/desliga.

– Então, neste momento, eles sabem que o telefone está no Carlyle Hotel? – perguntou Mitch.

– Eles sabem que o telefone está num raio de cinquenta metros do local onde realmente está. Eles não devem saber que está aqui e não no restaurante.

Abby bufou de desgosto e balançou a cabeça.

Darian entregou o celular para Cory, que o segurou para que ele e Mitch pudessem ver a tela. Ele tocou em Fotos e lá estavam as crianças com a mãe partindo para mais um dia de aula. Mitch balançou a cabeça, incrédulo diante das cinco imagens. Quando já tinha visto o suficiente, disse:

– Então, Abby, o que aconteceu no seu encontro com a Noura?

Ela olhou para Darian e disse:

– Desculpe por ter explodido. As coisas andam um pouco tensas.

– Não precisa pedir desculpas, Abby. Nós estamos aqui pra ajudar.

Abby repassou todos os detalhes possíveis enquanto Darian gravava o que ela dizia e os demais faziam anotações. Ele insistiu em perguntas sobre a aparência de Noura: altura (quase a mesma de Abby, um metro e sessenta), peso (quem saberia dizer, com todas aquelas camadas de roupa?), idade (jovem, menos de 30 anos, mas, novamente, era impossível ter certeza com o véu pesado e tudo o mais), sotaque (inglês perfeito, talvez com um leve sotaque do Oriente Médio). Algum traço memorável nas mãos, nos braços, nos sapatos? Nada, estava tudo coberto. Noura pediu comida ou bebida? Não.

À medida que o interrogatório avançava, Jack foi para a outra sala e começou a fazer ligações.

Depois de contar tudo a eles, Abby disse:

– É isso. Nada mais. Estou me sentindo num banco de testemunhas. Eu gostaria de ficar um pouco sozinha com meu marido.

– Boa ideia – disse Cory. – Desçam e almocem enquanto nós pensamos nos próximos passos.

– Ótimo, Cory – disse Mitch –, mas o próximo passo são nossos filhos. A Giovanna é importante, mas, neste momento, nada interessa além da segurança do Clark e do Carter.

– Concordamos com você, Mitch.

– Muito bem. E nada será feito sem a minha aprovação, entendido?

– Entendido.

PENSAR EM COMER ESTAVA FORA DE COGITAÇÃO, mas parecia imperativo pelo menos pedir alguma coisa. Eles pediram saladas e chá gelado e foi impossível não olhar ao redor do belo restaurante, o Dowling's, para ver se alguém estava olhando para eles. Ninguém estava.

Embora o maldito telefone Jakl estivesse enfiado no fundo da enorme bolsa de Abby, que, por sua vez, estava enfiada debaixo da cadeira, os dois continuaram falando baixinho. A questão era: onde? Não se, nem quando, nem como, mas onde? Eles precisavam encontrar um local seguro para onde fugir e se esconder com os meninos. A casa dos pais dela no Kentucky, em que passara a infância, era uma possibilidade, mas seria óbvio demais. A chefe de Abby, editora-geral da Epicurean, tinha um chalé em Martha's Vineyard. E praticamente todo mundo que eles conheciam na cidade tinha uma casa de veraneio nos Hamptons, no norte do estado ou em algum lugar da Nova Inglaterra, então a lista de opções aumentava à medida que conversavam. Era fácil pensar em possíveis lugares; difícil seria pedir o favor.

Mitch duvidava que ela conseguisse sair da cidade. Eles não faziam ideia de quando Noura poderia ligar de novo, e Abby teria que largar tudo para se encontrar com ela. Mitch estava mais do que pronto para fugir com os meninos e deixar o escritório para trás.

O diretor da River Latin School era Giles Gatterson, um veterano do abarrotado universo de escolas particulares da cidade. Mitch atuava no Comitê Jurídico e Político e conhecia bem Giles. Ligaria para ele no final do dia e explicaria que eles estavam em uma situação extraordinária que não estava coberta por nenhuma das regras. Por razões de segurança, eles iam tirar os meninos da cidade por alguns dias, talvez até uma semana. Seria o mais vago possível e não diria a Giles que os meninos estavam sendo vigiados, seguidos nem ameaçados. Não havia necessidade de alarmar ninguém na escola. Talvez ele desse outros detalhes mais adiante, mas não naquele momento.

Pelos 57 mil dólares anuais em mensalidades que pagavam por criança, a escola poderia muito bem ceder um pouco. As tarefas dos meninos seriam monitoradas pessoalmente pelos pais e on-line pelos professores.

Era hora de agir. A única questão era: para onde iriam?

NO RESTAURANTE, O ALMOÇO FOI IGNORADO. Na suíte, não foi sequer considerado. Cory, Jack e Darian ficaram sentados ao redor de uma pequena mesa de centro e consideraram vários cenários possíveis. Darian sugeriu que o FBI e a CIA fossem informados. A Crueggal tinha contatos próximos em ambos, e ele tinha certeza de que as informações estariam protegidas. Ele não defendeu nenhum contato, mas achou apropriado pelo menos ventilar a possibilidade. O motivo óbvio para a negativa era o fato de Giovanna Sandroni não ser norte-americana. Jack acreditava piamente que nenhuma das agências ia querer se envolver, dada a relação instável com a Líbia e a probabilidade de um desfecho negativo. Ao longo da história, a CIA tinha comprometido tantas operações que não se importaria de ficar no seu canto. Darian concordava com ele. Durante a longa carreira na inteligência, ele tinha visto a CIA lidar mal com inúmeras crises, muitas das quais ela mesma havia criado. Ele não confiava na capacidade da agência de manter o nariz fora daquele assunto nem de proteger Giovanna se e quando se envolvesse.

Jack decidiu que só fariam contato com as autoridades norte-americanas mais para a frente, se necessário. E avisou Darian e Cory que nenhuma medida seria tomada sem a aprovação do escritório e de Mitch McDeere.

Eles conversaram sobre Luca e discutiram se ele deveria ser informado. Era uma decisão difícil, porque, afinal, ele era pai dela, além de ser um estimado sócio do escritório. Qualquer pai certamente gostaria de participar de discussões delicadas como aquela. Mas Luca estava doente e frágil, longe de seu melhor momento. E os sequestradores tinham escolhido não abordar a família. Luca era um homem rico, mas não tinha milhões para distribuir por aí. O Scully, sendo o maior escritório de advocacia do mundo, certamente tinha, ou pelo menos projetava uma aura de imensa riqueza. Seus processos judiciais, espalhados pelo mundo inteiro, reivindicavam bilhões de dólares em indenizações contra governos e grandes corporações. Sem dúvida poderia pagar qualquer resgate se o objetivo fosse dinheiro.

Não havia manual nem regras. Darian havia passado por inúmeros sequestros em sua carreira, mas todos eram radicalmente diferentes uns dos outros. A maioria tinha tido um bom desfecho.

Eles decidiram aguardar 24 horas para falar novamente sobre Luca.

MENOS DE QUARENTA MINUTOS DEPOIS de saírem para almoçar, Abby e Mitch voltaram para a suíte e descobriram que nada havia mudado. Jack segurava uma folha de papel com algumas anotações e disse:

– Temos algumas ideias para as próximas 24 horas.

– Pode falar – respondeu Mitch.

– Muito bem, busque os meninos na escola hoje como de costume, e estaremos por perto.

Ele meneou a cabeça para Cory, que disse:

– Teremos homens na área, Mitch. Você costuma buscá-los?

– Raramente.

– E você, Abby?

– Sempre.

– Ótimo. Você busca os dois hoje às três e quinze e volta pra casa pelo caminho de sempre.

– Eu estarei em casa – disse Mitch.

– Façam as malas pra um fim de semana prolongado, bem prolongado.

Amanhã é sexta-feira, e eles vão viajar com você, Mitch. Abby, é aconselhável que você não saia da cidade neste momento. Por causa do telefone. Você precisa ficar por perto.

Abby não hesitou, mas perguntou:

– Mas então eles vão à escola amanhã?

– Isso. Acreditamos que eles estarão seguros.

– Eles vão pra escola, mas vão sair ao meio-dia – disse Mitch. – Abby e eu vamos falar com alguém da escola hoje à noite e explicar tudo. Ela vai levar os dois pra escola de manhã. E eu vou dar um jeito de sair com eles pela porta dos fundos na hora do almoço.

– Você já tem um destino, Mitch? – perguntou Jack.

– Na verdade, não. Ainda não.

– Eu tenho um bom.

– Pode falar.

– Meu irmão Barry se aposentou de Wall Street há dez anos e fez uma fortuna.

– Eu o conheci.

– Isso mesmo. Ele tem uma casa linda no Maine que é bem isolada. Um lugar chamado Islesboro, uma pequena ilha na costa atlântica perto da cidade de Camden. Precisa pegar uma balsa pra chegar lá.

Sem dúvida parecia seguro e isolado o suficiente, e Mitch e Abby relaxaram um pouco.

– Acabei de falar com ele – prosseguiu Jack. – Ele passa o verão lá, fica uns cinco meses até começar a nevar. Vamos todo mês de agosto e aproveitamos o bom tempo. Ele abriu a casa na semana passada.

– E tem espaço suficiente?

– A casa tem dezoito quartos, e vários funcionários. Alguns barcos. O movimento do verão ainda não começou, então não tem muita gente na ilha. Mais uma vez, é bem isolado.

– Dezoito quartos? – repetiu Mitch.

– É. O Barry gosta de falar pra todo mundo que temos uma família grande. O que ele não conta é que ele não suporta ninguém. Eu sou o único que tem alguma proximidade com ele. Ele e a esposa usam a casa para receber amigos daqui e de Boston. Um pessoal um pouco mais velho que quer ficar sentado na varanda sob a brisa fresca e aproveitar a vista enquanto come lagosta e toma vinho rosé.

– E teremos alguns homens lá também, Mitch – acrescentou Cory. – Você não os verá muito, mas eles estarão por perto.

Mitch olhou para Abby, e ela assentiu. *Sim*.

– Obrigado, Jack. Parece ótimo. Vou precisar de um avião.

– Sem problemas. Tudo que for necessário.

23

Depois que Carter e Clark finalmente foram convencidos de que um fim de semana fora da cidade e em uma ilha remota no Maine podia ser uma grande aventura, que o jogo dos Bruisers no sábado provavelmente seria cancelado por causa da chuva, que eles ficariam em uma mansão com dezoito quartos e dois barcos à espera no cais, que viajariam em um jatinho particular, depois pegariam uma balsa, que seus avós estariam lá para brincar com eles, assim como o pai, e que a mãe precisava ficar na cidade por algum motivo não muito claro, os meninos estavam prontos para partir. Relutantes, os dois foram para a cama, ainda tagarelando.

A conversa seguinte foi igualmente complicada, mas quarenta minutos menor. Depois de trocar e-mails para acertar tudo, Mitch ligou para Giles Gatterson, da River Latin, às nove e meia em ponto. Ele se desculpou mais uma vez por interrompê-lo, e eles logo pularam as amenidades. Do jeito mais vago possível, ele explicou que havia acontecido algo "preocupante" em um de seus casos, um caso internacional, e que por isso os meninos precisariam deixar a escola cedo no dia seguinte, de forma discreta, e que provavelmente os dois seriam mantidos fora da cidade por mais ou menos uma semana. Giles estava ávido para ajudar. A escola era lotada de filhos de pessoas importantes que viajavam pelo mundo e se deparavam com situações inusitadas. Se alguém fizesse perguntas sobre a ausência dos meninos, era de praxe dizer que eles estavam com sarampo e por isso tinham que ficar em quarentena. Isso mantinha os curiosos afastados.

Abby fez a ligação seguinte, a terceira para seus pais nas últimas horas. Um jatinho particular ia buscá-los em Louisville às duas da tarde de sábado e voaria sem escalas para Rockland, no Maine, onde seriam recebidos por um motorista que os levaria ao porto de Camden.

Enquanto conversavam, Mitch não parava de pensar nos dezoito quartos e ficou grato pelo fato de a casa de veraneio ser grande o suficiente para ele poder manter distância dos sogros. Somente uma ameaça de uma organização terrorista seria capaz de forçá-lo a passar um fim de semana com Harold e Maxine Sutherland, "Hoppy" e "Maxie" para os meninos. Seu terapeuta ia querer saber como isso tinha acontecido, e ele já estava ensaiando a história que ia contar. O fato de ainda precisar gastar um bom dinheiro para lidar com as questões que tinha com os sogros o irritava profundamente. Mas Abby insistia, e ele amava a esposa.

Enfim. Sua antipatia por Hoppy e Maxie parecia trivial demais naquele momento.

Com os telefonemas concluídos, um dia inesquecível estava finalmente chegando ao fim. Mitch serviu duas taças de vinho, e eles tiraram os sapatos.

– Quando é que ela vai ligar? – perguntou Abby.

– Quem?

– Como assim, "quem"?

– Ah, claro.

– É, a Noura. Quando ela vai surgir de novo?

– Como é que eu vou saber?

– Ninguém sabe, né. Mas qual é o seu palpite?

Mitch tomou um gole de vinho e franziu a testa, como se estivesse refletindo profundamente, calculando exatamente o que os terroristas estavam pensando.

– Dentro de 48 horas.

– E você diz isso baseado em quê?

– Fui treinado para isso na faculdade de direito. Eu estudei em Harvard, sabia?

– Como é que eu poderia esquecer?

Ele tomou outro gole e disse:

– Eles provaram ser pacientes. Estamos no vigésimo sétimo dia, e esse foi o primeiro contato. Por outro lado, dá muito trabalho manter um refém. Ela deve estar em uma caverna ou em um buraco na parede, não é um bom lugar. E se ela ficar doente? Depois de um tempo, os sequestradores vão se cansar dela. Ela vale muito dinheiro, então a hora para lucrar é agora. Por que esperar mais?

– Então tudo isso tem a ver com o resgate?

– Esperamos que sim. Se eles fossem machucá-la de alguma forma atroz, isso já teria acontecido. Provavelmente e de acordo com nossos especialistas. E o que eles ganhariam com isso?

– Eles são selvagens. Já conseguiram chocar o mundo. Por que não fazer isso de uma forma ainda mais violenta?

– É verdade, mas os homens que eles mataram tinham pouco valor em dólares. A Giovanna é outra história.

– Então é tudo uma questão de dinheiro.

– Se tivermos sorte.

Abby não estava convencida.

– Então por que eles bombardearam o escritório de Atenas?

– Isso já é algo que não estudamos na faculdade de direito. Não sei, Abby. Você tá me pedindo pra pensar como um terrorista. Essas pessoas são fanáticas e meio malucas. Por outro lado, são inteligentes o suficiente para montar uma organização capaz de enviar uma agente a uma cafeteria qualquer e te entregar um pacote.

Abby fechou os olhos e balançou a cabeça. Nada foi dito por um bom tempo. Além de um gole ocasional, nada se movia. Por fim, ela perguntou:

– Você tá com medo, Mitch?

– Apavorado.

– Eu também.

– Queria muito ter uma arma.

– Para com isso, Mitch.

– É sério. Bandidos têm muitas armas. Eu me sentiria mais seguro se tivesse uma no meu bolso.

– Você nunca segurou uma arma. Isso só colocaria metade da cidade em perigo.

Ele deu um sorriso e acariciou a perna dela. Depois, olhou para uma parede e disse:

– Não é verdade. Quando eu era criança, meu pai sempre me levava pra caçar.

Ela respirou fundo e refletiu sobre o que ele disse. Estavam apaixonados havia quase vinte anos, e desde o início ela soube que era melhor não ter curiosidade em relação à infância dele. Ele nunca tocava no assunto, nunca se abriu com ela, nunca compartilhou as lembranças daqueles tempos difíceis. Ela sabia que o pai dele tinha morrido nas minas de carvão quando ele tinha 7 anos. A mãe teve um colapso e trabalhava em empregos que pagavam muito pouco, mas tinha dificuldade em mantê-los. Eles se mudavam com frequência, de um aluguel barato para outro. Ray, o irmão mais velho, abandonou a escola e seguiu uma vida de pequenos delitos. Certa vez, Mitch falou sobre uma tia com quem morava antes de fugir de casa.

– Nós crescemos nas montanhas, onde todas as crianças caçavam aos 6 anos. As armas faziam parte do cotidiano. Você sabe como é o condado de Dane.

Ela sabia. Os dois tinham crescido na mesma região, os Apalaches, mas ela era uma garota da cidade cujo pai usava terno e gravata para trabalhar todos os dias. Eram donos de uma bela casa com dois carros na garagem.

– Nós caçávamos o ano todo, não importava o que o guarda florestal dissesse. Se víssemos um animal que pudesse dar um bom ensopado, já era. Coelhos, perus... matei meu primeiro cervo quando tinha 6 anos. Eu sabia manusear uma arma: fuzis, pistolas, espingardas. Depois que meu pai morreu, minha mãe não deixou mais a gente caçar. Tinha medo de que acabássemos nos machucando, e a ideia de perder outro filho era avassaladora. Ela deu todas as armas. Então, sim, querida, você tem razão ao dizer que, se eu tivesse uma arma agora, provavelmente machucaria alguém, mas está errada ao dizer que eu nunca disparei uma arma.

– Esquece as armas, Mitch.

– Tá. Estaremos seguros, Abby, confia em mim.

– Eu confio.

– Ninguém vai conseguir encontrar a gente lá. O Cory e a gangue dele vão estar por perto. E, como fica no Maine, tenho certeza de que a casa estará cheia de armas. Eles não atiram em alces por lá?

– Você tá me perguntando?

– Não.

– Não toca em arma nenhuma, Mitch.

– Eu prometo.

24

Pontualmente às seis da manhã seguinte, Cory tocou a campainha do apartamento dos McDeeres e foi recebido por Mitch. Abby serviu café e ofereceu iogurte e granola. Ninguém estava com fome.

Cory explicou a eles quais eram os planos para o dia e deu um pequeno telefone verde de flip a cada um.

– Estes celulares não podem ser hackeados nem rastreados – explicou ele. – São cinco, esses dois, o meu, o do Ruch e o do Alvin.

– Alvin? – perguntou Abby, nitidamente irritada com tanto mistério. – Fomos apresentados a algum Alvin?

– Ele trabalha pra mim, e você provavelmente não o conhecerá.

– Claro. – Ela segurou o mais novo aparelho e olhou para ele com frustração. – Mais um telefone?

– Desculpe – disse Cory. – Eu sei que sua coleção está crescendo.

– E se eu cometer um erro e pegar o aparelho errado?

– Fala sério – disse Mitch, franzindo a testa para ela.

– Eu achava que nossos celulares não podiam ser hackeados nem rastreados – disse Abby a Cory.

– É isso mesmo, até onde sabemos. Esses são só mais uma camada de segurança. Confia na gente, tá?

– Vou calar a boca agora.

– Então, o plano é sair pela porta da frente do prédio exatamente às oito da manhã, como sempre, com Carter e Clark, apenas mais uma caminhada até a escola. Sul na Columbus Street, oeste na rua 67, mais dois quarteirões até a escola. Estaremos observando cada passo.

– Observando pra quê? – perguntou Mitch. – Você acha mesmo que esses caras fariam uma estupidez em uma rua movimentada?

– Não, é mais do que provável que não façam nada. Só queremos ver quem está de olho. Duvido que Noura esteja trabalhando sozinha. Eles precisaram de uma equipe pra ir atrás da Abby e dos meninos ontem, tirar as fotos, segui-la pelo parque e chegar à cafeteria mais ou menos na mesma hora. Alguém deu a ela o Jakl, um aparelho bem exótico. Ela tem um chefe em algum lugar. Essas células não são administradas por mulheres.

– E se por acaso vocês notarem alguém seguindo a Abby hoje?

– Faremos o melhor possível pra rastreá-los.

– Quantas pessoas você tem na área agora?

– Não tenho permissão pra dizer, Mitch. Desculpe.

– Está bem, está bem. Continue.

– Você sai no horário de sempre, pega o metrô até o trabalho, nada fora do normal. Às dez, haverá um carro por perto e eu ligarei pra dar instruções. – Ele pegou o telefone verde, sorriu e disse: – Vamos usar esses. Espero que funcionem.

– Mal posso esperar.

– Você volta pra cá, entra no prédio pelo subsolo, pega as malas e volta correndo pro carro. Às onze, você entra na escola por uma porta lateral da rua 67, pega os meninos e vai embora. Eu encontro vocês no aeroporto de Westchester. Subiremos em um belo jatinho e 35 minutos depois pousaremos em Rockland, no Maine. Alguma dúvida até agora?

– Você parece exausto, Cory – comentou Mitch. – Você tem dormido?

– Você tá brincando? Faz um mês que uma advogada do Scully vem sendo mantida como refém em algum lugar do Norte da África. Como é que eu vou conseguir dormir? Meu telefone começa a tocar à uma da manhã, quando o sol nasce lá. Estou esgotado.

Mitch e Abby se entreolharam.

– Obrigada por tudo isso, Cory – disse ela.

– Você está sob muita pressão – disse Mitch.

– Estou. Nós estamos. E vamos superar tudo isso. Você é a chave, Abby. Eles escolheram você, e você precisa fazer isso dar certo.

– Nunca me senti tão sortuda.

– E eu estarei caçando alces – disse Mitch com uma risada, que não foi acompanhada pelos demais.

A CAMINHADA DUROU DEZESSETE MINUTOS e transcorreu sem incidentes. Abby conseguiu conversar com os gêmeos e prestar atenção no trânsito sem ficar olhando ao redor. A certa altura, ela achou graça ao pensar que os meninos não faziam ideia de quantas pessoas os observavam enquanto caminhavam até a escola. Nem nunca fariam.

Cory e sua equipe tinham quase certeza de que Abby e os meninos não tinham sido seguidos. Ele não ficou surpreso. A ameaça já tinha sido feita no dia anterior. Por que tirar mais fotos? Cinco eram suficientes. Mas segurança máxima e espionagem de qualidade ditavam a vigilância. Eles provavelmente não teriam a chance de fazer aquilo outra vez.

Mitch chegou ao escritório e imediatamente ligou para Luca em Roma. Ele parecia cansado e fraco e lembrou a Mitch que fazia um mês que sua filha tinha sido levada. Mitch disse que ele estava em contato constante com os conselheiros de segurança. A conversa durou menos de cinco minutos, e, quando terminou, Mitch sentiu novamente que seria um erro contar a Luca sobre Noura. Talvez no dia seguinte.

Às 9h15, Cory ligou para o telefone verde e disse a Mitch que os seguranças não haviam notado ninguém seguindo Abby e os meninos. Mitch foi até a casa de Jack para debater os passos seguintes. Às dez, pulou no banco de trás de um SUV na esquina da Pine com a Nassau. Cory estava esperando. Conforme eles seguiam, foi impossível Cory não cochilar. Mitch sorriu para o sujeito e sentiu pena dele. Ele também estava feliz com o silêncio. Fechou os olhos, respirou fundo e tentou repassar lentamente os acontecimentos das últimas 24 horas. Antes do café com Abby na manhã do dia anterior, ninguém em seu universo jamais tinha ouvido falar de Noura.

Às 11h10, Mitch saiu da escola com Clark e Carter. Um sedã cinza estava esperando, com outro motorista. Quarenta minutos depois, pararam no portão do terminal geral do aeroporto de Westchester. Um guarda acenou para que passassem, e eles atravessaram a pista até um Lear 55 que os aguardava. Os meninos estavam de olhos arregalados e mal podiam esperar para dar uma volta no jatinho.

– Uau, pai, aquele avião é nosso? – perguntou Clark.

– Não, estamos apenas pegando emprestado – disse Mitch.

Cory estava esperando do lado de fora do Lear, olhando para o relógio. Ele deu as boas-vindas aos meninos com um grande sorriso e os ajudou a embarcar. Ele os apresentou aos dois pilotos e os acomodou nos largos bancos de couro. Mitch e Cory sentaram-se de frente para os meninos. Um quinto passageiro, Alvin, estava sentado atrás. Quando começaram a taxiar, Cory foi buscar café para Mitch e biscoitos para os meninos, mas eles estavam ocupados demais olhando pela janela para sentir fome. A vinte mil pés, Cory soltou o cinto de segurança de Carter e o conduziu até a cabine para uma rápida visita aos pilotos. O painel colorido de interruptores, botões, telas e instrumentos era impressionante. Carter tinha pelo menos cem perguntas a fazer, mas os pilotos estavam ajustando os mostradores e falando no rádio e não podiam conversar muito. Depois de alguns minutos, foi a vez de Clark.

A empolgação de voar em um jatinho chique como aquele fez a viagem parecer ainda mais curta, e em pouco tempo eles estavam descendo. Quando o jatinho taxiou e parou no pequeno terminal particular, um SUV preto parou para pegar os passageiros e as bagagens. Os meninos desceram relutantes e entraram no SUV. Ao longo dos dois dias seguintes, eles só falariam do desejo de pilotar aviões quando crescessem.

A data era 13 de maio, uma sexta-feira, e a costa do Maine estava descongelando depois de mais um longo inverno. A simpática cidade de Camden estava ganhando vida e afastando os resquícios da última nevasca da primavera. Seu pitoresco porto já estava ocupado por pescadores, marinheiros e alguns residentes de verão ansiosos para chegar às ilhas e curtir suas segundas casas.

Um dos homens de Cory estava sentado a uma mesa em um restaurante à beira-mar. Quando eles chegaram, ele desapareceu, e Mitch quis perguntar quantos membros havia na equipe. Sentado à mesa e apreciando a vista magnífica do porto, das colinas distantes e da baía de Penobscot, Mitch quase conseguiu esquecer por que estavam ali.

Longe da mãe e em uma espécie de férias, Clark e Carter não hesitaram em pedir hambúrgueres, batatas fritas e milk-shakes. Mitch comeu uma salada. Cory comeu o mesmo que os garotos. O serviço era lento, ou talvez aquele fosse o ritmo do Maine, mas eles não tinham pressa. A cidade grande estava longe, e eles voltariam para lá em breve. Era sexta-feira à tarde, e Mitch queria uma cerveja. Cory, porém, estava de plantão e recusou. Como nunca bebia sozinho, Mitch lutou contra a tentação.

Duas vezes durante o almoço, Cory pediu licença para atender ligações. Sempre que ele voltava, Mitch sentia-se tentado a interrogá-lo a respeito das últimas notícias, mas conseguia controlar a curiosidade. Ele presumiu que Corey estava lidando com sua equipe em algum lugar nas proximidades e provavelmente não estava recebendo ligações de Trípoli.

A balsa para Islesboro fazia viagens cinco vezes por dia, e o trajeto demorava vinte minutos. Às 14h30, Cory disse:

– Já podemos entrar na fila.

A ILHA TINHA VINTE QUILÔMETROS DE COMPRIMENTO e quase cinco quilômetros de largura em alguns lugares. A extremidade leste projetava-se para o Atlântico, com uma bela vista da costa rochosa. Mitch e os meninos estavam no convés superior da balsa admirando as outras ilhas enquanto passavam. Cory se aproximou, apontou e disse:

– Aquela ilha logo adiante é a Islesboro.

– Estamos bem afastados, né? – comentou Mitch com um sorriso.

– Eu te falei. É um lugar perfeito pra se esconder por uns dias.

– Se esconder de quem?

– Não tenho certeza, provavelmente de ninguém. Mas não podemos correr nenhum risco.

À medida que se aproximavam, eles começaram a ver as mansões espalhadas pelo litoral. Havia dezenas delas, a maioria datada de cem anos atrás, os dias de glória das férias de verão dos ricos. Famílias de Nova York, Boston e Filadélfia construíram belas casas para fugir do calor e da umidade e, é claro, precisavam de muitos quartos e de muitos funcionários para cuidar dos amigos, que volta e meia passavam semanas por lá. As casas ainda estavam em uso, ainda magníficas, e algumas atraíam até celebridades. A população permanente de Islesboro era de quinhentas pessoas, e a maioria dos adultos trabalhava nas casas ou pescava lagostas.

Eles desceram da balsa e logo estavam na única rodovia que atravessava toda a ilha. Em dez minutos, viraram em uma estrada estreita de asfalto e passaram por uma placa que dizia WICKLOW.

– Alguma ideia de onde vem o nome "Wicklow"? – perguntou Mitch a Cory.

– É um condado na Irlanda onde nasceu o primeiro proprietário. Ele ficou rico contrabandeando uísque irlandês quando era proibido vendê-lo, construiu este lugar e morreu jovem.

– Cirrose?

– Não faço ideia. O local já foi comprado e vendido diversas vezes, e todos mantiveram o nome. O Sr. Ruch o comprou em um leilão há cerca de quinze anos e fez uma reforma. Transformou dez quartos em uma outra ala, segundo Jack.

– Reduziu pra dezoito.

– Apenas dezoito.

Logo eles chegaram a uma entrada circular para carros em frente a uma antiga e imensa casa que parecia saída de uma revista de viagens. Era a arquitetura clássica de Cape Cod: dois andares com telhados íngremes e empenas laterais, uma ampla porta de entrada centralizada, revestimento desgastado pintado de azul-claro, janelinhas no sótão e quatro chaminés centralizadas. Depois da casa, não havia nada além de quilômetros de oceano Atlântico.

O próprio Sr. Barry Ruch saiu pela porta da frente e abraçou Mitch praticamente como se fossem melhores amigos. Não eram, pelo menos naquele momento. Mitch o conhecera alguns anos antes, na festa de aniversário do irmão mais novo de Barry, Jack. Havia pelo menos cinquenta outros convidados, e Mitch e Barry mal haviam se falado. Ele era conhecido como um bilionário discreto que detestava atenção. De acordo com uma antiga matéria da *Forbes*, Barry tinha ganhado sua fortuna com a especulação de moedas latino-americanas.

Fosse lá o que isso significasse.

Todos se cumprimentaram com apertos de mão. Conforme treinados, Carter e Clark ficaram o mais eretos possível e disseram "Prazer em conhecê-lo". O pai ficou orgulhoso.

Barry conduziu o grupo inteiro para dentro da casa pela porta da frente, até o saguão principal, onde encontraram Tanner, o mordomo-porteiro--motorista-faz-tudo e capitão do barco. Ele também trabalhava meio período como pescador de lagosta e sempre parecia pouco à vontade com seu blazer azul-marinho e sua camisa branca. Felizmente, o Sr. Ruch permitia que ele usasse calças cáqui.

Tanner cuidou da bagagem e da organização dos quartos enquanto Barry levava os McDeeres até a sala onde a lareira estava acesa. Ele riu por ter havido uma nevasca apenas duas noites antes e jurou que não haveria mais neve até outubro. Talvez novembro.

ENQUANTO OS HOMENS CONVERSAVAM sobre o tempo e comentavam que Jack estava pensando em se aposentar, Carter e Clark admiravam a enorme cabeça de alce empalhada olhando para eles da lareira de pedra.

Barry percebeu e disse:

– Não fui eu que matei, meninos. Ele veio com a casa. O Tanner acha que está aqui há uns trinta anos. Deve ter vindo do continente.

– Tem alces na ilha? – perguntou Carter.

– Bem, eu nunca vi, mas podemos procurar, se vocês quiserem. O Tanner diz que o vento tá diminuindo e que uma onda de calor tá se aproximando. Vamos esperar algumas horas, entrar no barco e dar um passeio.

Os meninos mal podiam esperar.

25

O palpite de Mitch, um tiro no escuro supostamente baseado em seu alto nível de instrução, chegou extraordinariamente perto. Noura não esperou 48 horas. Esperou cerca de 47 e ligou para Abby no telefone Jakl às 7h31 da manhã de sábado.

Abby estava no tapete de ioga na sala, alongando sem nenhum entusiasmo e tentando se lembrar do último fim de semana em que tinha ficado sozinha em casa. Sentia saudade dos meninos e, em circunstâncias diferentes, não estaria preocupada com eles. Tinha falado com Mitch duas vezes na noite de sexta-feira, pelo telefone verde, e estava cem por cento atualizada. Clark e Carter estavam se divertindo muito na mansão do Sr. Barry, enquanto ele e Mitch fumavam charutos cubanos e tomavam uísque.

Sentiam-se perfeitamente seguros. Ninguém jamais conseguiria encontrá-los.

Selecionando o telefone adequado da coleção disposta na mesinha de centro, sempre à mão, Abby ergueu o Jakl e disse:

– Alô.

– Abby McDeere, aqui é a Noura.

Qual é a saudação adequada a uma terrorista numa manhã chuvosa de sábado em Manhattan? Embora tivesse ficado estranhamente aliviada ao receber a ligação, ela se recusou a demonstrar interesse.

– Sim, aqui é a Abby – disse com calma.

Evidentemente, terroristas não usavam saudações, porque Noura as ignorou completamente.

– Vamos nos encontrar amanhã de manhã antes do meio-dia. Você está disponível?

Eu tenho escolha?

– Estou.

– Vá até a pista de gelo no Central Park. Às dez e quinze, aproxime-se da entrada principal. Tem um vendedor de sorvetes à esquerda, no lado leste. Fique ali e espere. Seu marido torce para os Mets, certo?

Um chute no estômago não a teria deixado tão abalada. O que mais aquelas pessoas sabiam a respeito deles?

– Torce – ela conseguiu dizer.

– Use um boné dos Mets.

Mitch tinha pelo menos cinco deles pendurados em uma prateleira no armário.

– Pode deixar.

– Se você levar alguém junto, saberemos imediatamente.

– Tá.

– Isso seria um erro terrível, Sra. McDeere. Entendido?

– Claro.

– Você deve ir sozinha.

– Estarei lá.

Houve uma longa pausa enquanto Abby esperava. Ela repetiu:

– Estarei lá.

Silêncio. Noura tinha desligado.

Com cuidado, Abby largou o Jakl, pegou o telefone verde, foi até o quarto, fechou a porta e ligou para Mitch.

EMBORA OBVIAMENTE CONSTRUÍDA PARA ENTRETER ADULTOS, Wicklow mostrava sinais de que recebia crianças. Pelo menos um dos quartos tinha dois beliches, arco-íris pintados nas paredes, videogames antigos e uma televisão widescreen. Tanner mostrou o local aos meninos, e eles adoraram a casa logo de cara. No jantar de sexta-feira, Tanner já tinha se tornado o novo melhor amigo deles.

Eles dormiram até quase oito da manhã de sábado e seguiram o cheiro escada abaixo até a sala em que era servido o café da manhã, onde encontraram o pai tomando café e conversando com o Sr. Cory. A Srta. Emma apareceu da cozinha e perguntou o que eles gostariam de comer. Depois de muita indecisão, os dois optaram por waffles e bacon.

Cory terminou a omelete e pediu licença para se retirar. Mitch perguntou aos meninos como tinha sido a noite, e estava tudo muito bem. Eles disseram que queriam beliches em casa.

– Depois vocês falam sobre isso com a sua mãe. Ela é responsável pelos móveis e pela decoração.

– Onde está o Sr. Barry? – perguntou Clark.

– Acho que foi pro escritório dele.

– Onde fica o escritório dele?

– Por ali – respondeu Mitch, acenando por cima do ombro, como se o escritório estivesse longe, mas ainda sob o mesmo teto. – Não quero vocês vagando pela casa, tá? Somos hóspedes, e isso aqui não é um hotel. Não entrem em nenhum cômodo a menos que sejam convidados.

Eles ouviram atentamente e assentiram.

– Pai, por que os quartos são tão grandes aqui? – perguntou Carter.

– Bem, talvez porque o Sr. Barry tem muito dinheiro e pode comprar casas grandes com quartos grandes. Além disso, ele convida hóspedes que ficam aqui várias semanas e imagino que eles precisem de muito espaço. Outro motivo pode ser o fato de vocês morarem em uma cidade onde quase todo mundo vive em apartamento. Eles costumam ser menores.

– Podemos comprar uma mansão? – perguntou Clark.

– Definitivamente não – respondeu Mitch, sorrindo. – Pouquíssimas pessoas podem comprar uma casa como esta. Você realmente quer dezoito quartos?

– A maioria tá vazia – disse Carter.

– O Sr. Barry é casado? – perguntou Clark.

– Sim, com uma mulher adorável chamada Millicent. Ela ainda tá em Nova York, mas vai chegar no final do mês.

– Ele tem filhos?

– Filhos e netos, mas eles moram na Califórnia.

De acordo com Jack, Barry estava afastado dos dois filhos adultos. Havia anos que a família brigava por causa da fortuna dele.

Os waffles e o bacon chegaram em travessas grandes o suficiente para uma família pequena, e os meninos perderam o interesse pelo Sr. Barry. Mitch os deixou à mesa e saiu para um deque coberto não muito longe do píer, onde ficavam os barcos. Cory, é claro, estava ao telefone. Ele o colocou no bolso, e Mitch perguntou:

– Qual é o plano?

– Vamos ficar aqui hoje à noite, acomodar seus sogros e partir de manhã cedo pra cidade. Era Darian ao telefone, e ele vai estar lá. Vamos montar acampamento no Everett Hotel, na Quinta Avenida, em frente à pista de gelo.

– Com que frequência você lembra que não temos ideia de com quem estamos lidando, além de uma mulher chamada Noura? – perguntou Mitch.

– A cada trinta segundos.

– E com que frequência você se pergunta se Noura pode estar blefando?

– A cada trinta segundos. Mas ela não tá blefando, Mitch. Ela encontrou sua esposa numa cafeteria em Manhattan. Eles a vigiaram. Caramba, eles estavam vigiando toda a sua família. Ela deu aquele telefone para a Abby. Não é blefe.

– E quanto dinheiro eles vão querer? – perguntou Mitch.

– Provavelmente mais do que podemos imaginar.

– Então, a expectativa é que a Abby negocie?

– Não faço ideia. Nós não estamos no comando, Mitch. São eles que estão. Tudo que podemos fazer é reagir e rezar pra não estragarmos tudo.

HAROLD E MAXINE SUTHERLAND nunca tinham ido para o Maine, mas o local estava na lista deles de lugares a conhecer. Aposentados, eles se divertiam muito conferindo os lugares com que haviam sonhado e agora visitavam. Sem cães nem gatos, donos de um pequeno chalé no campo e uma conta bancária saudável, eles causavam inveja nos amigos, pois refaziam as malas quase tão rápido quanto as desfaziam. Por sorte, os dois estavam em casa quando Abby ligou na tarde de quinta-feira e disse que era urgente.

Tanner foi buscá-los na balsa e os levou até Wicklow. Mitch e os meninos os receberam na porta. Mais uma vez, Mitch ficou tocado ao ver como os filhos estavam entusiasmados em ver Maxie e Hoppy, que, é claro, estavam ainda mais entusiasmados em ver os netos. Todos ajudaram com as malas, e Tanner os acomodou em uma bela suíte do outro lado do corredor, em frente ao quarto do beliche. Os meninos mal podiam esperar para mostrar aos avós a mansão do Sr. Barry. Depois de 24 horas ali, eles se sentiam donos do lugar e já tinham se esquecido do aviso do pai sobre não perambular pelos corredores. Um almoço tardio estava pronto para ser servido, e o Sr. Barry apareceu de um canto distante da casa para comer com os McDeeres e os Sutherlands. Ele era um anfitrião gentil e tinha o talento de fazer com que desconhecidos se sentissem bem-vindos. Mitch imaginou que isso vinha de anos hospedando muitos amigos em Wicklow, mas ele também era uma pessoa de fácil convívio. Ter um bilhão de dólares no banco provavelmente contribuía para que levasse a vida de uma forma tranquila e descontraída. Mas Mitch tinha conhecido vários empresários de Wall Street que ficaram ricos por conta própria, e muitos deles deveriam ser evitados.

Mitch mantinha os olhos atentos nos meninos. Eles tinham sido ensinados pela mãe a falar pouco na presença de adultos e a ter modos à mesa. Mitch era grato pela criação que a esposa havia recebido em uma cidade pequena. Abby tinha sido "bem-criada", como dizem no Kentucky. Ele reconhecia isso e agradecia aos pais dela.

Então por que achava tão difícil perdoá-los? E gostar deles de verdade? Porque eles nunca pediram desculpas pelas ofensas e transgressões cometidas vinte anos antes e, sinceramente, Mitch tinha cansado de esperar. A última coisa que ele queria naquele momento era um abraço forçado e desajeitado com um choroso "Sinto muito". Seu terapeuta quase o convencera de que guardar tanto rancor por tanto tempo não o ajudaria a amadurecer. Aquilo tinha se tornado problema dele, não deles. Era ele que estava sendo prejudicado. O mantra do terapeuta era: *Deixe pra lá*.

Durante o almoço, logo foram encontrados pontos em comum envolvendo pesca com mosca. Barry havia abandonado as semanas de trabalho de oitenta horas anos antes e encontrado consolo nos riachos das montanhas de todo o país. Harold tinha começado quando criança e conhecia todos os riachos dos Apalaches. À medida que as histórias foram ficando mais inverossímeis, Mitch começou a divagar. Chegou a trocar uma palavra ou outra com Maxine. Era óbvio que ela e Harold estavam preocupados e queriam detalhes.

Tanner apareceu e sugeriu outro passeio de barco. Os meninos saíram correndo até o cais. Barry retirou-se para as profundezas de Wicklow para assistir ao jogo dos Yankees, um ritual sagrado.

Mitch conduziu os sogros até a biblioteca, fechou a porta e explicou por que eles estavam ali. Ele deu poucos detalhes, mas foi o suficiente para assustá-los. O fato de os terroristas terem seguido sua filha e seus netos por Manhattan e tirado fotos deles era chocante.

Eles passariam um mês escondidos no Maine com os meninos se fosse necessário.

26

A pista do pequeno aeroporto de Islesboro tinha apenas 750 metros de comprimento, curta demais para um jatinho. Na manhã de domingo bem cedo, Mitch e Cory decolaram em um turboélice King Air 200.

Eles deixaram Alvin e outro segurança para trás em Wicklow. Mitch estava convencido de que ninguém poderia encontrar os meninos e disse a si mesmo para parar de se preocupar. O dia já seria muito complicado sem pensar neles. Mas não havia como não fazer isso.

Uma hora depois, eles desembarcaram em Westchester, dirigiram-se até a cidade e, às dez horas, estavam numa ampla suíte no décimo quinto andar do Everett Hotel, com vista para a pista de patinação no gelo Wollman Rink, no Central Park. Darian estava lá, vindo da Crueggal, junto com Jack. Enquanto tomavam um café, Mitch passou para Jack um relatório completo sobre o irmão dele e todas as fofocas envolvendo Wicklow, o que não era muita coisa. Jack planejava se aposentar em 31 de julho e passar o mês de agosto em Islesboro pescando com o irmão.

O tempo estava fresco, o céu, aberto, e o Central Park, lotado. Ao longe, eles viam patinadores circulando pela pista, mas estavam muito longe para distinguir as pessoas. Às 10h20, Mitch teve certeza de ter visto a esposa passando pela Quinta Avenida, na calçada do parque. Ela estava de calça jeans, botas de caminhada e um casaco marrom que tinha havia anos. E um boné azul desbotado dos Mets.

– Lá está ela – disse ele com um nó no estômago.

Eles a perderam de vista. Cory e Darian tinham discutido a possibilidade de colocar alguém próximo à entrada do rinque para vigiar Abby, mas decidiram não fazer isso. Cory achou que não faria diferença.

Às dez e meia, ela foi até o vendedor de sorvetes perto da entrada principal do rinque. Por trás de grandes óculos escuros, ela observava a todos enquanto tentava parecer indiferente. Não estava funcionando; ela estava transtornada. O Jakl vibrou no bolso, e ela o pegou.

– Abby.

– Noura. Sai da pista de gelo e vai até o The Mall. Passa pela estátua do Shakespeare e à esquerda você vai ver a de Robert Burns, depois uma longa fileira de bancos. Continua desse lado, caminha uns trinta metros e senta em um banco.

Minutos depois, ela passou pela estátua de Shakespeare e virou à direita no The Mall, um longo passeio ladeado por olmos imponentes. Ela já havia feito aquela caminhada inúmeras vezes e se lembrou do primeiro inverno que tinham passado na cidade, quando ela e Mitch se arrastaram pelo local, de braços dados, em meio a uma nevasca. Os dois haviam passado muitas longas tardes de domingo, em todas as estações, sentados à sombra dos olmos e observando o interminável desfile de nova-iorquinos ao ar livre. Depois que os gêmeos chegaram, eles os colocavam em um carrinho duplo e os empurravam de um lado para outro pelo The Mall e por todo o Central Park.

Naquele momento, entretanto, não havia tempo para nostalgia.

Centenas de pessoas passeavam pelo The Mall. Vendedores ofereciam bebidas quentes e geladas. Uma música alta de carrossel ecoava nos alto-falantes à distância. Enquanto caminhava, Abby contou trinta passos, encontrou um banco vazio e se sentou com a maior indiferença possível.

Cinco minutos, dez. Ela agarrou o Jakl dentro do bolso e tentou não olhar para todos que passavam. Estava procurando uma mulher muçulmana com vestes completas e um hijab, mas não viu ninguém com essa descrição. Uma mulher usando um conjunto de corrida azul-marinho e empurrando um carrinho de bebê sentou-se ao lado dela.

– Abby – disse ela, no volume mínimo possível para ser ouvida.

Ambas usavam óculos escuros grandes, mas de alguma forma fizeram contato visual. Abby assentiu. Ela presumiu que fosse Noura, embora não conseguisse identificá-la. Mesma altura e estrutura física, mas só. A aba de um boné enorme afundado na cabeça cobria sua testa.

– Aqui – disse ela, meneando a cabeça para a direita.

Abby se levantou.

– Noura? – perguntou ela.

– Sim.

Elas caminharam juntas. Se havia um bebê no carrinho, não dava para ver. Noura virou à direita em direção à calçada e elas saíram do The Mall. Quando estavam longe de todos, ela parou e disse:

– Olhe para os prédios. Não olhe para mim.

Abby olhou para o horizonte da Central Park West.

Sem pressa, Noura disse:

– A libertação da Giovanna vai custar cem milhões de dólares. O valor é inegociável. E deve ser pago daqui a dez dias. Vinte e cinco de maio, às cinco da tarde, horário do leste, é o prazo final. Entendido?

Abby meneou a cabeça e respondeu:

– Sim.

– Se você for à polícia ou ao FBI, ou envolver o governo norte-americano de alguma forma, ela não será libertada. Será executada. Entendido?

– Sim, entendido.

– Ótimo. Daqui a quinze minutos, será enviado um vídeo para o seu telefone. É uma mensagem da Giovanna.

Ela virou o carrinho e foi embora. Abby a observou por um instante: um belo conjunto Adidas, tênis vermelho e branco sem marca visível, boné. Tinha visto apenas uma parte de seu rosto e jamais conseguiria identificá-la.

Abby seguiu na outra direção e ziguezagueou para nordeste até a rua 72, depois seguiu para leste até a Quinta Avenida. Ela entrou no Everett Hotel, foi até a sala de jantar e pediu a mesa que havia reservado naquela manhã. Uma mesa para três. Ela se encontraria com alguns amigos para um brunch. Quando o café foi servido, ela saiu da mesa e pegou o elevador até o décimo quinto andar.

DARIAN CONECTOU O JAKL a um laptop com tela de dezoito polegadas, e eles aguardaram. E, enquanto esperavam, cada um ponderou em silêncio a respeito da desafiadora tarefa que seria arrumar cem milhões de dólares. À medida que o choque começou a passar, ficou evidente que ninguém ali fazia a menor ideia.

A tela ficou em branco por alguns segundos, depois lá estava ela: Giovanna em um quarto escuro usando uma túnica ou vestido escuro e um hijab preto cobrindo a cabeça. Ela parecia frágil, até mesmo assustada, embora tentasse parecer corajosa. Uma pequena vela queimava em uma mesa ao lado. As mãos não estavam visíveis.

– Meu nome é Giovanna Sandroni, do escritório de advocacia Scully & Pershing – disse ela, sem sorrir. – Estou saudável, estou sendo bem alimentada e não fui ferida. A Noura já deu notícias. O valor do meu resgate é de cem milhões de dólares norte-americanos. Ele é inegociável e, se não for pago até o dia 25 de maio, eu serei executada. Hoje é domingo, dia 15 de maio. Por favor, eu imploro, paguem o resgate.

Ela sumiu; a tela ficou em branco outra vez. Abby pegou o Jakl, colocou-o no fundo da bolsa e levou tudo para o banheiro. Mitch parou junto a uma janela e olhou para o Central Park. Darian ainda estava encarando a tela. Cory olhava para os sapatos. Jack sentou-se à mesa e tomou um gole de café. Ninguém parecia capaz de falar.

O Scully & Pershing era um escritório de advocacia, não um fundo de hedge. Claro que seus advogados ganhavam um bom dinheiro e os sócios veteranos eram milionários, pelo menos no papel, mas estavam longe de ser bilionários. Nem perto disso. Tinham belos apartamentos na cidade e agradáveis chalés de fim de semana no campo, mas não compravam iates nem ilhas. Os aviões particulares que usavam eram alugados e não próprios, e toda viagem era cobrada de algum cliente. No ano anterior, o escritório havia faturado pouco mais de dois bilhões de dólares e, depois que as contas foram pagas e os lucros divididos, não sobrara quase nada. Não era incomum que o escritório recorresse à sua linha de crédito para obter um dinheiro extra durante os meses de baixa atividade. Praticamente todos os escritórios grandes faziam isso.

– Nós nos perguntamos se era um blefe, se a Noura estava falando sério – disse Cory, por fim. – Isso aqui acaba com qualquer dúvida. Ela faz parte de uma operação bem orquestrada por lá, com muitos contatos aqui.

– Mitch, você tem certeza que é a Giovanna? – perguntou Darian.

Mitch bufou como se a pergunta fosse ridícula.

— Não tenho a menor dúvida.

Darian parecia pronto para assumir o comando, mas Mitch não aceitaria. Era um problema do Scully, e seus sócios tomariam as decisões difíceis. Ele se afastou da janela e disse:

— Está claro que nossa linha de comunicação é bem limitada. É a Noura e mais ninguém, e duvido que ela tenha autoridade pra negociar. Portanto, se não podemos negociar, significa que estamos presos a um resgate de nove dígitos que parece impossível de ser pago. Mas não temos a opção de desistir. Alguém duvida que em dez dias esses bandidos vão executar a Giovanna de um jeito superteatral?

Ele olhou para Jack, Cory, Darian e meneou a cabeça para Abby. Todos concordavam.

— Ela tem dupla cidadania, britânica e italiana. Será que pedimos pros dois governos contribuírem para um fundo de resgate?

Darian estava balançando a cabeça.

— Não, não. Eles não negociam com terroristas e não pagam resgates. Não oficialmente, pelo menos.

— Não tem negociação, Darian. Isso é parte do problema. Eles estão usando a Noura pra levar mensagens pra Abby. Vamos deixar claro pra ambos os governos que em dez dias há uma grande chance de que uma de suas cidadãs, uma pessoa bastante conhecida, seja assassinada, provavelmente na frente de uma câmera.

— O que você quer dizer com "oficialmente"? — perguntou Jack a Darian.

Ele assentiu e disse:

— Os italianos pagaram um dinheiro alto uns anos atrás pra resgatar um turista no Iêmen. Eles mantiveram isso em segredo e negam até hoje.

— E você estava envolvido? — perguntou Mitch.

Ele assentiu, mas não disse nada.

— Então existe uma margem de manobra com os governos — disse Mitch e esperou uma resposta.

Darian deu de ombros, mas ficou em silêncio. Mitch olhou para Jack e perguntou:

— Quando é que o comitê administrativo se reúne?

— De manhã cedo. Sessão urgente.

— Ótimo. Estou indo pra Roma. Preciso contar ao Luca que eles fizeram contato e estão pedindo resgate. Mostrarei o vídeo a ele e tentarei acalmá-

-lo. Conhecendo o Luca, ele terá algumas ideias de onde conseguir algum dinheiro.

PARA ENFATIZAR A URGÊNCIA do assunto e incitar o maior escritório de advocacia do mundo a agir, os terroristas bombardearam outra filial do Scully. O momento escolhido foi perfeito: pontualmente às onze da manhã, horário do leste dos Estados Unidos, meia hora depois do encontro de Noura com Abby.

Foi outro pacote-bomba básico: papelão reforçado contendo tubos de fluidos altamente inflamáveis, provavelmente nitrato de amônio e óleo combustível, embora as autoridades nunca fossem ter certeza por causa dos danos imensuráveis. Era semelhante à usada em Atenas e não foi projetada para derrubar paredes, explodir janelas nem matar pessoas. O objetivo era provocar um grande incêndio em um domingo, quando não houvesse ninguém na sala de expedição do escritório de Barcelona. A sala ficava no quinto andar de um prédio novo com muitos sprinklers. Eles entraram em ação imediatamente e minimizaram o incêndio até os bombeiros chegarem. As salas do Scully & Pershing foram destruídas pelo fogo ou ficaram encharcadas de água, mas houve poucos danos no resto do edifício.

Mitch estava em um táxi indo ao aeroporto JFK pegar um avião para Roma quando Cory ligou com as últimas novidades.

– Perturbados dos infernos – murmurou ele em descrença.

– Sem dúvida, e somos alvos fáceis, Mitch – disse Cory. – Basta consultar nosso lindo site. Escritórios em todas as grandes cidades e também em algumas menores. A maior empresa do mundo, blá-blá-blá. Praticamente um convite ao caos.

– E agora gastaremos uma fortuna em segurança.

– Já estamos gastando uma fortuna em segurança. Como é que eu posso proteger dois mil advogados em 31 escritórios?

– Vinte e nove, agora.

– Rá-rá, muito engraçado.

27

O comitê administrativo do escritório era composto por nove sócios seniores, com idades entre 52 e 69 anos, sendo Jack Ruch o mais velho. A participação no comitê não previa nenhuma compensação adicional, e a maioria dos sócios tentava evitá-la. No entanto, alguém tinha que assumir a responsabilidade pela administração do local e pela tomada das decisões mais difíceis. Mas, obviamente, nunca na ilustre história do escritório um sócio havia se deparado com uma situação tão complicada.

Jack os tirou da cama para uma sessão emergencial às sete da manhã de segunda-feira. Convocou imediatamente uma reunião de cúpula, o que significava que as duas secretárias e Cory teriam que deixar a sala de reuniões. Ele pediu a um sócio chamado Bart Ambrose que se responsabilizasse pela ata e, embora fosse algo completamente desnecessário e até irritante, lembrou a todos da necessidade de confidencialidade. Começou com uma rápida apresentação em slides das fotos que Noura enviara para o novo telefone de Abby na manhã da quinta-feira anterior: Abby e os meninos, o prédio onde eles moravam, o local de trabalho dela. Guardou o melhor para o final e revelou uma imagem de longa distância do número 100 da Broad Street, a bela torre onde estavam sentados naquele momento.

– Estamos sendo vigiados – disse ele de um jeito dramático. – Vigiados, seguidos, fotografados e ameaçados. E agora eles estão bombardeando nossos escritórios do outro lado do mundo.

Ninguém respirava enquanto todos olhavam boquiabertos para as imagens.

As fotos eram de quinta-feira. Os McDeeres tinham saído da cidade na sexta. Noura, a mensageira, tinha feito contato no sábado, encontrado com Abby McDeere no domingo e informado a exigência do resgate de cem milhões de dólares.

A tristeza se somou ao medo quando os outros oito membros do comitê perceberam quanto dinheiro estava em jogo e que o escritório poderia acabar se endividando por causa disso.

A sala continuou em silêncio quando Jack exibiu o vídeo de Giovanna numa tela grande. Apenas alguns a tinham conhecido, mas todos conheciam seu pai. O impacto visual de uma associada do Scully mantida como refém foi de tirar o fôlego. Eles tinham sido informados da situação ao longo do último mês, mas nada os havia preparado para o choque de ver o rosto magro e ouvir a voz tensa de Giovanna.

Jack interrompeu o vídeo, mas deixou uma imagem indelével de Giovanna na tela para eles contemplarem. Contou que Mitch havia desembarcado em Roma cerca de uma hora antes e que estava indo ao encontro de Luca.

Quando as perguntas começaram, vieram de todos os lados, numa enxurrada. Por que não envolver o FBI e a CIA? O escritório tinha fortes contatos no Departamento de Estado. O que os britânicos e os italianos estavam fazendo? Havia um plano para tentar negociar? O escritório tinha um seguro que incluía o serviço de negociação de resgate com profissionais altamente qualificados, então por que não usá-lo? O que eles sabiam a respeito do grupo terrorista? Ao menos o grupo havia sido identificado? Já tinham entrado em contato com os banqueiros?

Jack duvidava que o comitê concordasse com um plano ou qualquer outra coisa nesse sentido, então não propôs nada. Respondeu às perguntas que podia, desviou das que não podia, debateu quando necessário e, em geral, deixou que todos desabafassem e tentassem impressionar uns aos outros. Depois de uma primeira hora movimentada, o comitê estava dividido em três ou quatro grupos, cujas lealdades oscilavam de um lado para outro. O grupo mais barulhento queria ir direto ao FBI e à CIA, mas Jack se manteve firme. Dois não gostavam da ideia de Mitch agir como um lobo solitário, sem supervisão de verdade.

Ninguém ficou calado. Opiniões surgiram depressa e depois se dissiparam. Alguns dos fatos ficaram confusos. Os ânimos se exaltaram e esfriaram, mas nenhum insulto foi lançado. Eles eram profissionais demais para isso, e a maioria deles era próxima havia décadas. Em algum momento, todos os membros do comitê pensaram em Giovanna e se perguntaram em silêncio: "E se fosse eu?" Mais de uma vez, Bart Ambrose disse em voz alta: "Ela é uma de nós."

QUANDO ENTENDEU QUE A DISCUSSÃO tinha chegado ao fim, Jack passou a falar sobre a segurança. A cúpula foi encerrada, e Cory retornou à sala de reuniões. Distribuiu cópias do relatório preliminar da cena do crime ocorrido em Barcelona, inclusive com imagens dos escritórios destruídos pelo incêndio.

Um ponto positivo de fazer parte de um grande escritório eram as viagens ilimitadas. Um sócio sênior poderia ir a praticamente qualquer lugar do mundo, ou pelo menos a qualquer lugar que uma pessoa de status quisesse ir, chamar isso de trabalho, e com tudo pago. Dar uma passadinha no escritório do Scully, levar um sócio para almoçar ou jantar, talvez assistir a uma ópera ou a uma partida de futebol e botar tudo na conta do escritório. Se houvesse negócios para discutir, cobraria duas vezes a mais do cliente e incluiria os ingressos também. Barcelona sempre foi uma das filiais favoritas, e todos os membros do comitê administrativo haviam visitado os elegantes escritórios de lá. Era difícil aceitar que o lugar estava em ruínas.

Cory delineou os planos de emergência elaborados para reforçar a segurança e a vigilância em todas as filiais. Em sua opinião, os terroristas, ainda não identificados, tinham atacado Atenas e Barcelona porque os escritórios eram alvos fáceis. Não muito seguros, tranquilos de entrar, não levantavam suspeitas. Para um grupo sanguinário, até que eles tiveram o cuidado de não fazer mal a ninguém. O objetivo dos incêndios era servir como um aviso.

Onde ficavam os outros alvos fáceis? Ele mencionou Cairo, Cidade do Cabo e Rio de Janeiro, mas deixou claro que era apenas um palpite. Isso levou a uma conversa sinuosa sobre quais escritórios eram seguros e quais não eram, tudo baseado em especulação. Um sócio tinha ficado impressionado com a segurança do escritório de Munique. Outro tinha acabado de voltar da Cidade do México e estava surpreso com a ausência de câmeras de segurança. E assim por diante. Eram advogados bem-sucedidos, orgulhosos da própria inteligência, e sentiam-se compelidos a compartilhar seus pensamentos.

Jack os conhecia bem. Depois de uma exaustiva maratona de duas horas, conseguiu filtrar o que tinha sido dito e avaliar o que não tinha. E ele sabia que, no final, o Scully ia superar aquilo tudo. A questão era: quanto custaria?

ROBERTO FOI BUSCAR MITCH no aeroporto de Roma e o levou até a casa de Luca. Durante a viagem de 45 minutos, eles falaram sobre muitos assuntos. Luca estava bem fisicamente, ou pelo menos sua condição era, de alguma forma, estável, e a notícia de que os sequestradores tinham feito contato e queriam um resgate havia levantado seu ânimo consideravelmente. Acontece que ele não tinha cem milhões de dólares, mas estava confiante de que, com uma boa negociação, o valor diminuiria. Ele já estava em contato com políticos italianos.

Durante o trajeto, Mitch reproduziu o vídeo de Giovanna no celular. Roberto lacrimejou no mesmo instante, e ele precisou desviar o olhar. Disse que ela era como uma irmã mais nova para ele e que fazia um mês que ele não dormia direito. Não tinha certeza se Luca deveria ver o vídeo. Eles concordaram em resolver isso mais tarde.

Luca estava na varanda, na sombra e ao telefone. Parecia ainda mais magro, mas estava bem-arrumado como sempre. Seu terno cinza-claro estava largo demais. Ele conseguiu abraçar Mitch enquanto falava ao telefone. Sua voz estava mais firme. Mais tarde, tomando café, compartilhou as conversas que tivera recentemente. Não era fã do primeiro-ministro em exercício, mas conhecia um dos vice-ministros. O objetivo era convencer o governo italiano a resgatar uma cidadã italiana. Com dinheiro. Um dos problemas mais imediatos era que a Itália tinha uma lei em vigor que proibia o governo de negociar com terroristas e pagar resgates. A lógica era simples: grandes quantias pagas a criminosos apenas estimulavam o rapto de mais italianos. Os britânicos e os norte-americanos tinham políticas semelhantes. Luca disse que isso não queria dizer praticamente nada. Os primeiros-ministros e presidentes podiam subir ao púlpito, condenar os terroristas e dizer que não iam pagar resgate nenhum, mas acordos poderiam ser feitos por meio de canais secretos.

A questão mais urgente era a confidencialidade. Como o Scully podia esperar ajuda dos britânicos e italianos quando seus governos nada sabiam sobre o pedido de resgate?

Os três – Luca, Mitch e Roberto – conversaram por muito tempo sobre o aditamento do processo da Lannak contra o governo líbio e o aumento do valor da indenização. A Lannak havia perdido quatro funcionários valiosos. Giovanna estava aprisionada havia um mês. A ré, a Líbia, havia concordado implicitamente em oferecer segurança aos trabalhadores estrangeiros.

O requerimento de arbitragem que Luca apresentara no mês de outubro anterior exigia 410 milhões de dólares por despesas não pagas, mais 52 milhões em juros acumulados ao longo dos três anos anteriores. Mitch acreditava piamente que eles deveriam alterar o pedido, acrescentar os danos causados pelo derramamento de sangue e pelo sequestro, e pressionar sem dó na tentativa de chegar a um acordo. Quando Luca e Roberto finalmente concordaram, Mitch ligou para Stephen Stodghill, seu associado, que ainda estava em Nova York e que por acaso estava dormindo às quatro da manhã de uma segunda-feira, e o instruiu a aditar a reclamação apresentada em Genebra e depois encontrá-lo em Londres.

Às onze horas, Luca retirou-se da varanda para tirar uma soneca rápida. Mitch foi dar um passeio pela praça e ligou para Omar Celik em Istambul. Ele estava em um avião em algum lugar perto do Japão. Mitch conversou com o filho dele, Adem, e informou sobre os planos de aumentar o valor da indenização. Não mencionou o contato com os sequestradores nem o resgate, mas o faria em breve.

Ao meio-dia, seis da manhã em Nova York, Mitch ligou para Abby para dar bom-dia. As coisas estavam bem por lá. Ela havia falado com os pais pelo menos três vezes no domingo e todos estavam se divertindo muito no Maine. Os meninos não estavam sentindo falta deles. Nenhuma notícia de Noura.

Luca tinha consulta médica ao meio-dia e não estava disponível para almoçar. Mitch e Roberto caminharam até uma cafeteria numa rua lateral, longe dos turistas. Roberto conhecia o dono e pelo menos duas garçonetes. Com a testa franzida e em voz baixa, eles perguntaram sobre a saúde de Luca. Roberto lhes deu a versão mais otimista.

Mesmo para um italiano, o ritual do almoço pareceu uma perda de tempo. Quem conseguiria relaxar e desfrutar da comida? Os dois não tinham experiência com negociação de resgates e se sentiam impotentes. E o que um profissional faria? O inimigo era invisível, desconhecido. Não havia nada para negociar, ninguém com quem conversar. Noura era apenas uma mensageira sem nenhuma autoridade. Como advogados, eles negociavam o tempo todo, iam e voltavam, davam e recebiam, enquanto ambos os lados avançavam com relutância rumo a uma solução com que nenhuma das partes se sentia plenamente satisfeita. Um sequestro, entretanto, era um monstro diferente, porque havia um homicídio na equação. Mas quantos negociadores profissionais tinham lidado com um inimigo tão cruel e desumano como aquele? Serras elétricas? Na frente das câmeras?

Eles mal tocaram no prato de massa.

Depois que a mesa foi retirada e os dois bebericaram seus espressos, Roberto disse:

– Luca é rico, sim, mas a maior parte do dinheiro vem da família. A belíssima casa que ele tem aqui foi herança. Ele é dono do edifício do escritório. A casa de campo fica perto de Tivoli.

– Eu já estive lá – disse Mitch.

– Ele tem uma reunião no banco hoje à tarde para hipotecar todos os bens. Ele acha que são cerca de cinco milhões. Ele tem mais ou menos a mesma coisa em ativos líquidos. Está colocando tudo na mesa, Mitch. Se eu tivesse dinheiro nesse nível, faria o mesmo.

– Eu também. Mas odeio a ideia de o Luca perder tudo.

– Ele não pode perder a filha, Mitch. Nada mais importa.

28

Às duas da tarde, Luca havia tomado dois espressos duplos e estava pronto para agir. Cumprimentou um visitante importante na porta de casa e o acompanhou até a varanda, onde o apresentou a Roberto e Mitch. Seu nome era Diego Antonelli e, segundo Roberto, era diplomata de carreira no Serviço de Relações Exteriores e conhecia Luca havia muitos anos. Supostamente, era de extrema confiança e tinha contatos no gabinete do primeiro-ministro.

O Sr. Antonelli parecia pouco à vontade, e Mitch teve a impressão de que ele se sentia importante demais para fazer visitas domiciliares. Uma chuva leve começou a cair, e Luca convidou todos para a mesa de jantar, onde foram servidos café e água. Ele agradeceu ao Sr. Antonelli por ter ido até lá e disse que havia ocorrido um grande desdobramento no sequestro.

Roberto fez anotações. Mitch ouviu com a maior atenção possível. Ele sempre gostou do italiano de Luca, porque era lento e preciso, mais fácil de acompanhar. O Sr. Antonelli, que sem dúvida falava vários idiomas, também tinha a dicção perfeita. Roberto, por outro lado, começava cada frase numa corrida louca para chegar ao fim. Felizmente, ele falou pouco.

Luca contou a história da misteriosa Noura e do seu contato com Abby McDeere em Nova York: os encontros, as fotografias, os telefones e, por fim, o pedido de resgate. O prazo era 25 de maio e, levando em conta o histórico recente do grupo, eles acreditavam que os terroristas não hesitariam em cumprir a execução.

Ele deixou claro que os terroristas não haviam entrado em contato com ele nem com mais ninguém. Tinham escolhido seu escritório de advocacia, e a comunicação tinha sido realizada em solo norte-americano. Na opinião dele, não era sensato envolver a polícia italiana nem os serviços de inteligência, tampouco os do Reino Unido.

Antonelli não fez nenhuma anotação, em momento nenhum tocou na caneta nem no café. Assimilou cada palavra como se estivesse arquivando os detalhes em perfeita ordem. De vez em quando, olhava para Mitch com um olhar levemente desdenhoso, como se ele não merecesse estar à mesa.

Luca pediu-lhe que informasse ao ministro das Relações Exteriores, que depois informaria ao primeiro-ministro.

– Como você sabe que ela ainda está viva? – perguntou Antonelli.

Luca meneou a cabeça para Roberto, que abriu um laptop, apertou uma tecla, e lá estava Giovanna. Quando o vídeo terminou e a tela ficou em branco, Luca disse:

– Isso chegou ontem em Nova York. Foi validado pela nossa segurança.

– Cem milhões de dólares – repetiu Antonelli, embora não parecesse surpreso.

Nada o surpreendia e, se surpreendesse, ninguém jamais ficaria sabendo.

– A segunda pergunta é: com quem você está negociando?

Luca tocou os olhos com um lenço de papel e respirou fundo. A imagem da filha o perturbara por um momento.

– Bem, não há negociações. Não sabemos quem são os terroristas. Mas sabemos que eles estão com a minha filha, estão exigindo resgate e não hesitarão em matá-la. Isso é suficiente para o governo italiano se envolver.

– Se envolver? Fomos expressamente proibidos de interferir.

– Não há nada que você possa fazer exceto ajudar com o resgate. Ela é uma cidadã italiana, e no momento está em evidência. Se o governo não fizer nada e ela for executada, você pode imaginar a repercussão?

– É contra a nossa lei, Luca. Você conhece a legislação. Está em vigor há mais de vinte anos. Não negociamos com terroristas e não pagamos resgate.

– Sim, mas também sei que a lei tem lacunas. Ficarei feliz em apontá-las. Existem dez maneiras de contornar essa lei, e eu conheço cada uma delas. Por ora, peço que você fale com o ministro das Relações Exteriores.

– Claro, Luca. Eles estão muito preocupados com a Giovanna. Todos nós estamos preocupados. Mas até agora não sabíamos de nada.

– Obrigado.

– Vocês poderiam me dizer se os britânicos estão envolvidos?

Luca subitamente ficou sem ar. Seus ombros caíram, e ele pareceu pálido.

– Mitch.

– Estou indo pra Londres hoje à noite. Temos um grande escritório lá, e muitos de nossos sócios têm experiência com o governo. Amanhã, vamos nos reunir com as autoridades britânicas e diremos a eles exatamente o que acabamos de dizer a você. Pediremos que contribuam para o fundo de resgate. Nosso escritório tem um seguro de sequestro e resgate, com uma cobertura no valor de 25 milhões de dólares. A seguradora já foi avisada. O escritório contribuirá com um adicional, mas não temos como pagar toda a quantia. Precisamos da ajuda dos governos italiano e britânico.

Em inglês, Antonelli disse:

– Eu entendo. Falarei com o ministro das Relações Exteriores hoje à tarde. É tudo que eu posso fazer. Sou apenas o mensageiro.

– Obrigado.

– Obrigado, Diego – disse Luca suavemente.

De repente, ele precisava de outra soneca.

A SEGUNDA OPERAÇÃO DE RESGATE foi tão bem-sucedida quanto a primeira.

Já era noite na segunda-feira, dia 16 de maio, quando dois comandos líbios caíram do céu e aterraram no deserto, três quilômetros ao sul da pequena e abandonada aldeia de Ghat, perto da fronteira com a Argélia. Eles foram recebidos por uma terceira equipe que estava na região havia 24 horas e contava com caminhões, equipamentos e mais armas.

Os espiões e os informantes tinham confirmado a "alta probabilidade" de a refém estar detida em um acampamento improvisado na fronteira de Ghat. Adheem Barakat e cerca de cem homens dele também estavam escondidos lá, sendo forçados a mover-se continuamente à medida que o Exército líbio apertava o cerco.

Os informantes de Barakat provaram ser mais confiáveis que os do coronel.

As três equipes, trinta homens no total, começaram a se posicionar perto de Ghat, e drones inimigos os monitoravam de perto. O plano era esperar até depois da meia-noite, rastejar a até cinquenta metros do acampamento e atacar por três lados diferentes. Os planos foram por água abaixo quando um tiroteio irrompeu atrás deles. O caminhão do comboio com os equipamentos e as armas explodiu, e uma bola de fogo iluminou a noite. Os homens de Barakat saíram correndo do acampamento com Kalashnikovs em chamas. Os comandos recuaram e se reagruparam perto de um aglomerado de tamareiras, mas as mudas eram finas demais para proporcionarem uma cobertura adequada. Eles conseguiram se proteger dos insurgentes enquanto os tiros vinham de todos os lados. Na escuridão, homens feridos gritavam por socorro. Holofotes varreram a área, mas apenas atraíram mais tiros. Quando entraram no campo de visão dos lançadores de granadas, os comandos foram forçados a recuar ainda mais. O capitão captou um sinal de um dos drones e, fora do alcance dos tiros, eles voltaram para os caminhões. Um deles ainda estava em chamas. Outro tinha sido atingido por tiros e os pneus estavam estourados. Eles se amontoaram no terceiro caminhão e partiram numa retirada frenética e vergonhosa. O resgate cuidadosamente planejado e ensaiado da refém foi um desastre.

Deixaram oito para trás. Cinco foram considerados mortos. Os outros três, ninguém sabia.

Giovanna foi acordada por uma explosão e depois ouviu, horrorizada, o tiroteio que durou uma hora. Ela só sabia que estava em um quartinho escuro atrás de uma pequena casa na periferia de um vilarejo, nada mais. Eles a mudavam de local a cada três ou quatro dias.

Ela ouviu e chorou.

POR UMA SÉRIE DE RAZÕES, os líbios optaram por não denunciar o ataque. Mais uma vez, tinham fracassado miseravelmente, foram humilhados por um bando desorganizado de soldados do deserto e perderam homens em meio ao caos. E não conseguiram resgatar ninguém.

Adheem Barakat tinha muito do que se vangloriar, mas permaneceu em silêncio. Ele tinha algo muito mais valioso: três soldados líbios. E sabia exatamente o que fazer com eles.

29

A filial do Scully & Pershing em Londres ficava no coração de Canary Wharf, o moderno bairro comercial às margens do Tâmisa. Meio parecida com Lower Manhattan, a área estava se enchendo de uma coleção deslumbrante de arranha-céus, nenhum deles sequer remotamente parecido um com o outro. Londres e Nova York estavam lutando para serem o centro financeiro do mundo e, àquela altura, os britânicos estavam na frente por causa do petróleo. Os árabes se sentiam mais bem-vindos no Reino Unido e injetaram seus bilhões por lá.

O Scully, então com cem advogados, alugava o terço superior de uma estrutura extravagante projetada nos moldes de um torpedo vertical. Críticos e puristas odiavam o edifício. Seu dono chinês chorou de emoção durante todo o caminho até o banco. Havia anos que cada metro quadrado estava alugado, e "o Torpedo" estava fazendo chover dinheiro.

Mitch já estivera lá muitas vezes e, em cada visita, sempre parava no saguão em formato de cânion e sorria. Nunca quis esquecer a primeira vez, onze anos antes, que passou pelas portas e olhou para cima. Ele e Abby tinham morado três anos em Cortona, na Itália, e depois dois anos em Londres. Tinham decidido voltar à realidade, parar de viver à deriva, criar raízes e constituir família. Com considerável esforço, ele tinha conseguido uma entrevista de trinta minutos para uma vaga de associado, uma mera cortesia que não teria sido possível sem o diploma de direito de Harvard. Depois dessa, vieram duas entrevistas mais longas, e, aos 30 anos, ele iniciou a carreira jurídica pela segunda vez.

A nostalgia veio e foi embora. Ele tinha assuntos mais importantes a tratar. Pegou o elevador até o trigésimo andar e foi imediatamente recebido por seguranças armados que não estavam para brincadeira. Eles exigiram sua pasta, seu celular e todos os itens metálicos. Ele perguntou se poderia ficar com os sapatos e ninguém riu. Explicou que era sócio do escritório, e um deles disse:

– Sim, senhor, obrigado, senhor, agora pode ir.

Foi escaneado por uma máquina nova que bloqueava o corredor e, como nenhuma arma ou bomba foi encontrada, foi liberado sem ser revistado. Afastando-se depressa, ele deixou aquilo para lá, ciente de que em todas as filiais do Scully que ainda restavam ao redor do mundo advogados, secretárias, assistentes paralegais, escrivães e office boys estavam sendo inspecionados. O escritório não podia arcar com outro bombardeio.

Encontrou-se com Riley Casey, o sócio-gerente, que o conduziu a uma pequena sala de conferências onde Sir Simon Croome desfrutava de um esplêndido café da manhã. Ele não se levantou, não o cumprimentou nem parou de comer. Com o guardanapo de linho branco, ele meio que apontou para as cadeiras do outro lado da mesa e disse:

– Sentem-se, por favor.

Sir Simon tinha atuado no Parlamento quando jovem, passara trinta anos na Suprema Corte, aconselhara alguns primeiros-ministros e era amigo próximo do procurador-geral em exercício. Em seus anos dourados, tinha sido recrutado pelo Scully para servir como "advogado externo", um título que lhe garantia uma sala impressionante, uma secretária, um cartão corporativo e apenas um ou dois clientes para cuidar. O escritório pagava a ele cem mil libras por ano por seu nome e seus contatos, e permitia que, aos 82 anos, ele ficasse por lá, principalmente para o café da manhã e o jantar.

Mitch recusou a comida, mas aceitou o café forte, que bebeu enquanto ele e Riley esperavam que Sir Simon terminasse de mastigar e engolir. Ovos mexidos, linguiça, torradas, uma xícara de chá e uma pequena taça do que parecia ser champanhe.

A vida de uma lenda que conhecia as pessoas certas.

Mitch não via o velho fazia pelo menos cinco anos e ficou triste ao notar que ele estava envelhecendo mal.

– A meu ver, Mitch, você está com um baita problema nas mãos.

Sir Simon se achou engraçado e caiu na gargalhada. Mitch e Riley se sentiram obrigados a entrar no jogo.

– Conversei longamente com Jack Ruch ontem à noite, e ele esclareceu tudo. Bom sujeito.

Ele comeu outro pedaço de linguiça. Mitch e Riley assentiram, concordando sobre Jack Ruch ser realmente um bom sujeito.

– A meu ver, a chave aqui é o coronel. Claro, ele é instável, sempre foi, mas não acredito nem por um segundo que ele esteja envolvido no sequestro da Giovanna. Gosto muito dela, você sabe, e conheço o pai dela há décadas. Um verdadeiro príncipe.

Mais acenos de cabeça para concordar sobre Luca ser de fato um verdadeiro príncipe.

– A meu ver, Khadafi quer desesperadamente recuperar a refém. Ele será o herói, é claro, algo que ele deseja, do jeito que é megalomaníaco. Entretanto, Mitch, lembre-se de que temos algo que ele não tem. Temos contato com os terroristas. Não sabemos quem eles são, e talvez nunca saibamos, mas eles vieram até nós, não até ele.

– Então nós pressionamos Khadafi? – perguntou Mitch.

– Ninguém pressiona Khadafi. Ninguém se aproxima dele, exceto sua família. Ele tem alguns filhos de esposas diferentes, e o clã inteiro está pronto pra assumir o lugar dele, assim como na minha família, por motivos diferentes, mas no fundo ele não escuta ninguém. Aquela maldita ponte, por exemplo. Os engenheiros e os arquitetos dele sabiam que era má ideia. Um pobre coitado, creio que um arquiteto, disse que aquilo era tolice, e o coronel mandou matá-lo. Isso reduziu as desavenças, e todo mundo entrou na linha. No meio do projeto, o coronel finalmente percebeu que não havia água suficiente para encher um balde de mijo e que todos os riachos tinham secado.

Mitch ficou impressionado por Sir Simon saber tanto sobre o caso. Também acabou sendo lembrado de que o sujeito tinha o irritante hábito de começar quase todas as frases com "A meu ver".

– A meu ver, Mitch, devemos pressionar os embaixadores da Líbia, aqui e em Roma, e pedir a eles que resolvam o maldito processo, e rápido. Eles devem o dinheiro ao nosso cliente, então têm que pagar. Houve alguma negociação de acordo?

– Nenhuma. Acabamos de fazer o aditamento para aumentar o valor da indenização. Falta um ano para o julgamento.

– E os líbios ainda trabalham com o pessoal do Reedmore?
– Sim, Jerry Robb.
Sir Simon se encolheu ao pensar no advogado adversário.
– Lamentável. Intratável como sempre, presumo?
– Ele sem dúvida é um sujeito desagradável, embora ainda não tenhamos chegado à fase de negociação.
– Deixa ele pra lá. Ele só vai atrapalhar.
Sir Simon partiu um pedaço de torrada e ponderou a respeito do que diria a seguir.
– A meu ver, Mitch, este é um assunto diplomático. Nós falamos com nosso pessoal no Ministério das Relações Exteriores e eles que tratem com os líbios. Conseguimos dar um jeito nisso, Riley?
Finalmente convidado a falar, Riley disse:
– Estamos no telefone com eles neste minuto. Temos um contato sólido dentro do Ministério das Relações Exteriores, e estou aguardando que atenda. O primeiro-ministro está viajando pela Ásia, vai passar uma semana fora. O gabinete dele está sendo excelente, liga quase todos os dias para saber como está a situação. Mesma coisa o Serviço de Relações Exteriores. A Giovanna está sendo uma prioridade desde o primeiro dia, mas não houve nenhum movimento até o momento. Agora temos uma exigência e uma ameaça. Mas ninguém sabe de onde vem.
– Podemos esperar que o governo britânico dê algum dinheiro? – perguntou Mitch. – Estamos passando o chapéu aqui, Sr. Croome.
– Eu entendo. A meu ver, nosso governo deveria ajudar. No entanto, seria demais esperar uma contribuição do Ministério das Relações Exteriores quando não se tem a menor ideia de para onde vai o dinheiro. Nossos serviços de inteligência não estão sendo convocados. Não temos ideia de quem são esses bandidos. Nem temos certeza se eles existem. Pelo que sabemos, pode ser um blefe muito bem elaborado.
– Não é um blefe – disse Mitch.
– Eu sei disso. Mas consigo ouvir o ministro das Relações Exteriores levantando dúvidas. Não temos escolha, no entanto. Temos que pedir dinheiro a ele, e depressa.
– Existe uma lei em vigor que impede esse tipo de manobra – disse Riley. – Só pra lembrar a todos.
– A meu ver, essa lei existe para os terroristas lerem. Oficialmente, não

negociamos e não pagamos resgate. Mas, em determinadas circunstâncias, fazemos isso, sim. Esta, senhores, é uma circunstância excepcional. Vocês viram os tabloides. Se alguma coisa ruim acontecer com a Giovanna, todos nos sentiremos mal e jamais nos perdoaremos. Você não pode fracassar, Mitch.

Mitch segurou a língua e respirou fundo. *Obrigado por nada. A meu ver.*

O MELHOR QUE CONSEGUIRAM com tamanha urgência foi falar com uma terceira-secretária chamada Mona Branch. Seu título a colocava no meio do caminho da escala hierárquica do Ministério das Relações Exteriores, e ela não era a opção que Riley tinha em mente. No entanto, foi a primeira a reservar trinta minutos não pré-agendados em um dia agitado para conversar com os dois advogados do Scully.

Eles chegaram ao complexo do Ministério das Relações Exteriores, na King Charles Street, às 11h10, e aguardaram vinte minutos em uma sala de espera apertada enquanto, imaginavam, Mona limpava sua mesa e abria espaço para eles. Ou talvez ela e os colegas estivessem apenas tomando chá.

Ela finalmente apareceu e deu um sorriso agradável enquanto as apresentações eram feitas. Eles a acompanharam até um escritório ainda mais apertado que a sala de espera e se sentaram diante de uma mesa bagunçada. Ela destampou uma caneta de ponta fina, ajeitou um bloco de papel, aparentemente pronta para fazer anotações, e disse:

– A Srta. Sandroni está em nosso boletim matinal, o que significa que o sequestro dela é uma prioridade. O primeiro-ministro é atualizado do caso diariamente. Vocês disseram que têm algumas informações.

Riley, o britânico, ficaria à frente da conversa.

– Sim, bem, como você sabe, os sequestradores não tinham feito contato. Quer dizer, não até agora.

A mão dela congelou segurando a caneta. A boca se abriu ligeiramente, embora ela tentasse projetar a expressão vazia tão comum em questões diplomáticas. Ela estreitou os olhos enquanto encarava Riley.

– Eles fizeram contato?

– Fizeram.

Ela fez uma pausa enquanto esperava.

– Posso saber como?

– Em Nova York, por meio do nosso escritório de lá.

A coluna dela enrijeceu quando ela largou a caneta.

– Posso saber quando?

– Quinta-feira da semana passada. Depois novamente no domingo. Há um pedido de resgate e um prazo. Com uma ameaça.

– Uma ameaça?

– Execução. O tempo está passando.

A gravidade da notícia começou a ser assimilada. A Srta. Branch respirou fundo, e sua postura autoritária mudou.

– Muito bem, o que posso fazer por vocês?

– É essencial que consultemos o ministro das Relações Exteriores imediatamente – respondeu Riley.

Ela assentiu e disse:

– Muito bem, mas preciso de mais informações. O resgate, de quanto é?

– Não podemos dizer. Temos instruções estritas dos sequestradores para não fazer exatamente o que estamos fazendo neste momento. Recorrer ao governo. Isso deve ser mantido o mais confidencial possível.

– Quem são eles?

– Não sabemos. Tenho certeza de que o Ministério das Relações Exteriores tem uma lista de suspeitos.

– Os de sempre. Não faltam bandidos na Líbia. Mas não podemos negociar com alguém que não sabemos quem é, certo?

– Por favor, Srta. Branch. Precisamos ter essa conversa com o ministro das Relações Exteriores.

A expressão impassível voltou ao rosto da Srta. Branch quando ela aceitou o inevitável, por mais difícil que fosse. Seu cargo era muito baixo. A questão era séria demais. Ela não teve escolha a não ser encaminhar o assunto ao seu superior. Com um meneio de cabeça educado, ela disse:

– Muito bem. Verei o que posso fazer.

– O tempo é crucial – pressionou Riley.

– Eu entendo, Sr. Casey.

NA HORA DO ALMOÇO, eles entraram em um pub, encontraram uma mesa de canto e pediram *pints* de Guinness e sanduíches de bacon. Mitch aprendera, anos antes, que o álcool no almoço atrapalhava seriamente a tarde e o deixava sonolento. Para os britânicos, porém, alguns *pints* ao meio-dia funcionavam como espressos matinais. A bebida recarregava as baterias e os preparava para os percalços que o resto do dia tinha a oferecer.

Enquanto esperavam pela comida, fizeram algumas ligações. Era impossível simplesmente se sentar em um bar e bebericar uma cerveja enquanto se sentiam pressionados pelo prazo. Riley ligou para Sir Simon e repassou a reunião com a Sra. Branch. Ambos concordaram que tinha sido uma perda de tempo. Sir Simon estava no encalço de um ex-embaixador que conseguia mover montanhas e por aí vai. Mitch ligou para Roberto em Roma para saber como estava Luca. Eles estavam tendo pouca sorte com os contatos dentro do gabinete do primeiro-ministro. Penetrar no Serviço de Relações Exteriores italiano seria tão complicado quanto conseguir uma reunião em Londres.

Depois de comerem metade dos sanduíches e enquanto Riley pedia outra cerveja e Mitch não, Darian ligou com notícias de Trípoli. Nada confirmado, obviamente, mas as fontes da Crueggal tinham relatado outro ataque fracassado de comandos do Exército líbio, em algum lugar no deserto, perto da fronteira com a Argélia. Barakat havia escapado. Nenhum refém foi encontrado. Khadafi estava fora de si e demitindo generais a torto e a direito.

O medo de Darian era que o coronel reagisse de forma exagerada e enviasse suas tropas para um ataque com força total. Assim que o bombardeio começasse, haveria incontáveis baixas e as consequências seriam imprevisíveis.

Mitch pediu um segundo *pint*. Depois de um almoço bem mais longo do que o planejado e depois de uma rodada de café, ele e Riley voltaram ao Torpedo e tentaram fazer algo produtivo. Mitch ligou para Abby para saber da família. Ligou para o escritório e conversou com a secretária e um assistente paralegal.

Riley apareceu à porta dele com a notícia de que haviam feito um avanço no Ministério das Relações Exteriores. Teriam uma reunião às cinco da tarde com a Sra. Hanrahan, segunda-secretária.

– Que maravilha – refletiu Mitch. – Começamos com uma terceira-secretária e agora passamos para uma segunda. Presumo que na próxima será a primeira. Depois disso, onde vamos parar? Quantos níveis existem?

- Ah, Mitch. O Ministério das Relações Exteriores tem dez vezes mais departamentos que o Scully. Estamos apenas começando. Pode levar meses para nos encontrarmos com todas as pessoas certas, e, quanto mais conversamos, mais perigoso fica.
- Temos oito dias.
- Eu sei.

30

A reunião das cinco da tarde com a segunda-secretária, Sra. Sara Hanrahan, começou às 17h21 e terminou dez minutos depois. Ela reclamou de estar tendo um dia longo, parecia cansada e queria muito ir para casa. Na opinião de Mitch, que ele não compartilhou com ninguém, ela tinha os olhos lacrimejantes de quem bebe, e eles provavelmente estavam atrapalhando seu happy hour. A terceira-secretária havia feito a ela um resumo da situação, e ela estava convicta de que "o governo dela" jamais se envolveria em um esquema de resgate se não tivesse nenhum papel nas negociações. Alegou ser especialista em assuntos relacionados à Líbia e ter conhecimento a respeito de tudo que se sabia sobre o sequestro de Giovanna Sandroni. Seu departamento recebia informações todas as manhãs e tinha sérias preocupações.

Para Mitch e Riley, a única parte bem-sucedida da reunião basicamente inútil foi a promessa da Sra. Hanrahan de levar o assunto para seus superiores o mais rápido possível.

Saindo de lá, no banco traseiro de um Jaguar preto brilhante com um motorista de confiança do Scully ao volante, Riley pegou o celular, olhou a mensagem na tela e murmurou:

– Isso vai ser divertido.

Ele ouviu por um tempo, resmungou algumas vezes, desligou e depois disse ao motorista:

– Hotel Connaught. – E para Mitch: – Parece que vamos tomar um chá com Sir Simon. Ele encontrou um velho amigo.

O Connaught era um lendário hotel londrino no coração de Mayfair. Mitch nunca havia se hospedado lá porque não tinha dinheiro para pagar, e o Scully jamais bancaria. Os bares elegantes ofereciam os drinques mais caros da cidade. O restaurante tinha três estrelas Michelin. A equipe era um modelo de tradição e primor.

Sir Simon parecia em casa na sala de chá principal, com uma travessa de sanduíches sofisticados sobre a mesa e um bule de chá pronto para servir. Estava com um amigo, um sujeito elegante e miúdo, da mesma idade dele ou mais velho. Ele o apresentou como Phinney Gibb.

Riley o conhecia e imediatamente ficou cismado. Como Sir Simon explicou a Mitch, Phinney tinha sido uma espécie de vice-ministro no governo Thatcher e ainda tinha contatos. Olhando para o velho, era difícil acreditar que ele tivesse contato com qualquer coisa que não fosse a bengala de cabo perolado.

Mitch ficou em silêncio enquanto Sir Simon traçava um plano. Phinney ainda conseguia trabalhar nos bastidores e tinha contatos no gabinete do primeiro-ministro. Ele também conhecia uma secretária do Ministério das Relações Exteriores. Mitch e Riley se entreolharam. Tinham passado o dia inteiro com secretárias importantes. Além disso, Phinney conhecia o embaixador da Líbia no Reino Unido.

Phinney estava confiante de que poderia marcar uma reunião com o gabinete do primeiro-ministro. O objetivo, claro, era convencer o primeiro-ministro de que o governo deveria pagar parte da quantia para resgatar uma cidadã britânica.

Mitch ouviu com atenção, tomou um gole de chá, algo de que nunca aprendera a gostar, mordiscou um sanduíche de pepino e mais uma vez se preocupou com o fato de muita gente estar se envolvendo. E, quanto mais eles se reuniam com outras pessoas e quanto mais ouviam, mais desperdiçavam tempo. Era terça-feira à noite. Seis e trinta e cinco. Dois dias tinham se passado, ainda faltavam oito, e o fundo de resgate ainda estava vazio, exceto pela promessa de Luca.

Phinney falou sem parar sobre como o embaixador da Líbia era um excelente sujeito. Riley perguntou se ele conseguiria marcar uma reunião para o dia seguinte. Phinney com certeza tentaria, mas havia uma boa chance de o embaixador não estar em Londres.

CONVIDAR SAMIR JAMBLAD PARA IR A ROMA era um risco calculado. Usando o pretexto da antiga amizade, Luca o convidou para uma visita e deu a entender que aquela poderia ser a última. Trinta anos antes, haviam trabalhado juntos inúmeras vezes e desfrutado de muitos jantares longos em Trípoli, Bengazi e Roma. Luca sabia, naquela época, que Samir era um informante do governo, assim como muitos profissionais e empresários na Líbia, e sempre foi cauteloso com as palavras. Naquele momento, desesperado por informações a respeito da filha, torcia para que Samir soubesse de algo que a Crueggal e os outros não soubessem.

Samir chegou a tempo para jantar. Roberto Maggi o recebeu na porta, apresentou-o a Bella e o acompanhou até a varanda, onde Luca estava sentado em um banco de couro, e sua cadeira de rodas não estava à vista. Os dois se cumprimentaram como velhos amigos e falaram sobre como o tempo estava ótimo e amenidades do tipo. Samir já esperava encontrar Luca pálido e magro e não ficou surpreso. Um garçom trouxe uma bandeja com três taças pequenas de vinho branco. Elas ficaram pousadas na mesa, intocadas.

Luca cochilou. Samir olhou para Roberto, que franziu a testa e continuou falando sobre futebol italiano. Alguns minutos se passaram, e Luca continuava dormindo.

– Desculpe – sussurrou Roberto. Ele acenou para Bella e disse: – Ele precisa descansar. Vamos jantar na cozinha.

Depois que Luca saiu, Roberto e Samir pegaram as taças de vinho e tomaram um gole.

– Sinto muito, Samir, mas ele está muito doente. Os médicos acham que ele tem menos de noventa dias.

Samir balançou a cabeça enquanto olhava para os telhados de Roma.

– E é claro que o estresse por causa do sequestro da Giovanna não está ajudando nada. Eu queria muito poder fazer alguma coisa.

A dúvida que não queria calar era: será que os líbios deveriam saber que os terroristas tinham feito contato com o Scully? Luca, Mitch, Roberto, Jack, Cory e Darian tinham debatido a questão até se tornar impossível chegar a um acordo. Aqueles que achavam que sim argumentavam que o governo líbio, ou apenas Khadafi, poderia ajudar a facilitar a soltura e ainda sair com uma boa imagem no processo. Aqueles que discordavam o faziam por total desconfiança nos líbios. Quem poderia afirmar o que

Khadafi faria se soubesse que os sequestradores estavam exigindo resgate em seu próprio reino?

Para agravar a situação, havia ainda o possível plano de Khadafi para destruir Barakat e suas forças sem se importar com o custo nem com as baixas. Se Giovanna fosse pega no fogo cruzado, paciência.

Mitch tinha tomado a decisão.

– Você poderia nos dar alguma informação nova? – perguntou Roberto.

– Infelizmente, não. Pelo que percebi, os militares estão convencidos de que isso é obra de Adheem Barakat, um sujeito desagradável com um exército em expansão. Mas, até onde eu sei, não houve contato. Como sempre, na Líbia as informações são rigorosamente controladas.

– Por que o Exército não consegue liquidar Barakat?

Samir sorriu e acendeu um cigarro.

– Não é tão fácil assim. Meu país é um deserto gigantesco com muitos esconderijos. As fronteiras são difusas, os vizinhos raramente são amigáveis e, muitas vezes, são traiçoeiros. Existem muitos déspotas, quadrilhas, gangues, terroristas e ladrões, e eles vagam pelo deserto há séculos. É impossível para qualquer um, incluindo um ditador violento como Khadafi, exercer um controle firme.

– E o primeiro ataque não foi bem-sucedido.

– Na verdade, não, apesar do que foi relatado. Parece que nada saiu conforme planejado.

– O objetivo era resgatar a Giovanna?

– O boato é esse, mas a maioria dos rumores iniciados pelos militares não é confiável.

Samir falava como um homem desinteressado qualquer, não como um informante de carreira.

– O que aconteceu no segundo ataque?

– Segundo? – perguntou Samir com as sobrancelhas erguidas, fazendo um esforço lastimável para fingir desconhecimento.

– O de ontem à noite, perto da cidade de Ghat, na fronteira com a Argélia. Você com certeza já sabe, embora evidentemente a notícia esteja sendo enterrada pelo governo. Parece que o Exército caiu em outra armadilha, e a situação ficou feia. Nenhuma menção à Giovanna.

– Sua inteligência é melhor do que a minha, Roberto.

– Às vezes. Pagamos uma pequena fortuna por ela.

– Eu só sei o que leio no jornal, e as informações raramente são precisas.
Roberto assentiu como se acreditasse nele.

– É aqui que mora o perigo, Samir. O Exército não sabe onde ela está e ainda não sabe quem está com ela. Eles tentaram dois ataques pra resgatá-la e não têm nada pra oferecer além de baixas e humilhação. Eles estão desesperados. Khadafi pode perder a cabeça e transformar isso numa guerra generalizada. Se isso acontecer, muita gente vai morrer. Incluindo a Giovanna.

Samir assentiu, concordando com o raciocínio.

– Ele perde a cabeça o tempo todo – disse ele. – É meio que um hábito.

Roberto acendeu um cigarro, tomou um gole de vinho e deixou um segundo se passar.

– Eu queria abordar um assunto confidencial, Samir. É de extrema importância e deve ser tratado com cuidado.

– Estou ao seu serviço.

E ao do coronel também.

– Eles fizeram contato. Não aqui, não com a família, mas em Nova York, por meio do escritório.

Samir não conseguiu reprimir um olhar de descrença. Inspirou depressa, enquanto inclinava a cabeça ligeiramente para a direita, depois se recompôs.

– Os terroristas?

– Isso. Com pedido de resgate e prazo pra execução. Temos mais oito dias.

– Quem são eles?

– Nós não sabemos. As comunicações vêm de um contato desconhecido, em Nova York. Muito inteligente, a propósito.

– Quanto é o resgate?

– Não posso dizer. Muito. Mais do que o Luca e o nosso escritório conseguem juntar. Eu sei que você tem contatos em toda a Líbia, Samir. Você conseguiria enviar uma mensagem pras pessoas certas?

– E quem são as pessoas certas?

– Aquelas que tomam as decisões finais em relação a tudo na Líbia.

– O próprio Khadafi?

– Se você está dizendo.

– Não, eu não tenho nenhum vínculo com esse sujeito, nem quero ter.

– Mas você pode fazer isso acontecer. São duas mensagens. Primeiro, deixar os terroristas em paz até que a Giovanna esteja segura. Em segundo lugar, resolver o caso da Lannak o mais rápido possível e do jeito que queremos.

Bella surgiu discretamente atrás deles e disse, em italiano:

– Senhores, o jantar está servido.

Roberto deixou claro que tinha entendido, mas nenhum dos dois se moveu.

– Caso? – perguntou Samir.

– Sim. O governo está devendo dinheiro. Pode pagar agora e encerrar o assunto ou pode gastar uma fortuna em honorários advocatícios e pagar daqui a três anos. Chegar a um acordo e encerrar esse processo agora pode ajudar a trazer a Giovanna pra casa.

– Não sei se entendi direito.

– O resgate, Samir. Tudo isso tem a ver com dinheiro. Estamos tentando arrecadar muito dinheiro, e a Lannak vai estar em pauta.

– Você quer que o governo líbio pague o resgate?

– Claro que não. Queremos que o governo honre seus contratos e pague o dinheiro que deve pra encerrar o processo.

Samir se levantou e caminhou até a beira da varanda. Acendeu outro cigarro e ficou muito tempo olhando para longe, sem focar em nada. Depois de alguns minutos, Roberto se juntou a ele.

– Vamos jantar, Samir.

– Está bem. Talvez minhas conexões não sejam tão fortes quanto você imagina, Roberto. Não sei bem a quem recorrer nesse caso.

– Nós também não sabemos. Foi por isso que o Luca quis que você viesse aqui. Amanhã ele deve estar se sentindo melhor.

MITCH NÃO JANTOU E FOI DAR UM PASSEIO pela Charlotte Street, em Fitzrovia. Ele e Abby tinham morado no bairro tempos antes, e aquele ainda era o local favorito dos dois em Londres.

Naquele momento, entretanto, ele não tinha tempo para se dedicar às boas lembranças. O dia não fora um absoluto desperdício, mas, até então, parecia haver pouco retorno diante de todos os esforços que tinham feito. Não havia planos de se reunirem com o ministro das Relações Exteriores nem com nenhum de seus conselheiros seniores. Luca não tinha feito nenhum progresso nessa mesma frente em Roma. Os embaixadores líbios em ambos os países ou estavam na Líbia ou estavam viajando pelo mundo a trabalho. O escritório o apoiava, mas parecia satisfeito em deixá-lo decidir o que fazer. Ninguém sabia o que fazer. Não havia guia nem manual. Nenhum advogado do Scully jamais havia passado por aquilo. Luca estava muito doente e emocionalmente instável, e por bons motivos. Saudável e lúcido, Mitch era a única pessoa que saberia com precisão os próximos cinco passos. Jack Ruch era firme, mas, à medida que as horas foram passando, ele foi se tornando cada vez mais deferente com Mitch, como se quisesse manter alguma distância caso houvesse um desfecho negativo.

Mitch estava tomando decisões sem nenhuma base e sem nenhuma pista a respeito da eficácia. Eles podiam muito bem estar errados. Um final ruim era algo terrível demais para sequer imaginar.

Como sempre, quando estava com problemas, ele ligava para a melhor amiga e conversava com Abby por meia hora. Clark e Carter tinham ido pescar com Tanner. Seus pais estavam achando difícil fazer os meninos estudarem, mas vinham se divertindo muito. Era como estar de férias. Barry Ruch tinha deixado a ilha por alguns dias, e a casa imensa ficara só para eles.

31

Ao amanhecer, Mitch fez checkout no hotel e se sentou no banco traseiro do mesmo Jaguar do dia anterior. Felizmente, o motorista não era muito falante, e o percurso até o Heathrow foi silencioso. Às oito e quinze, ele embarcou num voo da Turkish Airlines para Istambul, quatro horas sem escalas. Na alfândega, foi recebido por um representante da Lannak e conduzido a uma fila expressa, por onde passou sem ninguém sequer olhar para ele. Deu uma olhada nas longas filas atrás dele e mais uma vez ficou grato por trabalhar para um escritório como o Scully. Um carro preto aguardava perto do terminal, e, menos de vinte minutos depois de pousar, Mitch estava ao telefone enquanto o motorista cortava os carros sem se importar com os limites de velocidade e outras bobagens.

É claro que uma empresa antiga e orgulhosa de si mesma como a Lannak faria de tudo para ter uma sede numa zona prestigiada do distrito comercial central de Istambul. Havia vários na extensa cidade de onze milhões de habitantes. Maslak era, sem dúvida, o mais conhecido, e foi lá que, em 1990, Omar Celik construiu uma torre de quarenta andares e reivindicou a metade superior para a Lannak, a holding da família.

Omar estava na Indonésia a negócios. Em sua ausência, o filho, Adem, em tese estava no comando, embora todos soubessem que o pai mantinha praticamente tudo sob controle. Adem estava sendo preparado para assumir um dia, mas Omar ainda tinha muitos quilômetros pela frente. As pessoas próximas acreditavam que mesmo depois de morto ele daria um jeito de gerir tudo da cova.

Adem tinha 44 anos, uma esposa norte-americana que conhecera em Princeton, dois filhos adolescentes que estudavam em um colégio na Escócia e amigos espalhados pelo mundo inteiro. Ele e a esposa se consideravam um casal internacional e viajavam muito. Embora tivessem um apartamento em Nova York, Mitch e Abby ainda não os haviam recebido em casa. Mas eles estavam na lista.

Adem recebeu Mitch em seu esplêndido escritório no trigésimo quinto andar e perguntou se ele já havia almoçado. Eram quase duas da tarde, e Mitch não tinha comido. Nem Adem. Eles subiram dois andares pelas escadas e se instalaram na salinha de jantar particular, onde um garçom anotou os pedidos e serviu água gelada. As outras seis mesas estavam vazias. Depois da conversa fiada de praxe, Mitch contou as últimas novidades sobre Giovanna. Os terroristas tinham feito contato. Impuseram um valor de cem milhões de dólares para o resgate, um prazo e fizeram ameaças. As perguntas começaram, e Mitch havia previsto cada uma delas. O almoço chegou, e eles ignoraram a comida enquanto a discussão transcorria.

Mitch não fazia ideia de por que "eles" estavam usando Noura. Escolheram o Scully porque eles eram acessíveis, conhecidos e ricos. Arrancar dinheiro do Scully seria muito mais produtivo do que ir atrás de Luca, mas o valor do resgate era alto demais. Os governos britânico e italiano tinham sido informados da maioria dos detalhes, mas nenhum dos dois queria entrar numa confusão sobre a qual não tinham nenhum controle. Mesmo hesitantes, ambos tinham concordado em trabalhar junto a seus canais diplomáticos a fim de pressionar os líbios para que chegassem a um acordo, mas esses esforços seguiam um ritmo muito lento, mesmo num dia bom. Até então, todos pareciam convencidos de que os terroristas estavam dispostos a cumprir as ameaças. Os líbios tinham fracassado totalmente nas duas tentativas de resgate.

Não era blefe. Pelo celular, Mitch mostrou a Adem o vídeo de Giovanna pedindo ajuda. A data e a hora da gravação tinham sido validadas pela segurança privada. Obviamente, a localização era desconhecida.

DEPOIS DO ALMOÇO, ELES DESCERAM as escadas até o escritório de Adem e tiraram o paletó. Mitch entregou um breve memorando descrevendo as perdas e os danos sofridos pela Lannak no projeto da ponte. Adem já tinha visto tudo aquilo.

Mitch finalmente foi direto ao ponto.

– Nosso plano é fazer pressão pra que se chegue a um acordo imediato. É um tiro no escuro, mas, neste momento, tudo é. Como seu advogado, meu trabalho é conseguir o máximo de dinheiro possível pra você. A questão é...

– Qual é o nosso mínimo – completou Adem com um sorriso.

– Qual é o seu mínimo?

– Bem, eles nos devem 410 milhões de dólares. Esse é o nosso ponto de partida. Você acredita que pode provar isso em juízo, certo?

– Certo. O valor será intensamente contestado pelos líbios, mas é pra isso que temos tribunais e julgamentos. Estou confiante de que vamos vencer.

– E temos direito a juros de cinco por cento sobre as despesas não pagas.

– Correto.

– E o saldo devido está registrado há quase dois anos.

– Correto.

– O valor dos juros é de 52 milhões.

Adem meio que apontou para o memorando. Os valores eram claros.

– E aditamos o pedido para cobrir os danos causados aos seguranças e os valores decorrentes do sequestro – disse Mitch. – No total estamos pedindo meio bilhão de dólares. Não espero recuperar tanto porque os líbios alegarão que não são responsáveis pelos ataques e pelas mortes. É discutível. Sempre houve uma promessa implícita de proteção aos trabalhadores estrangeiros, mas o conselho de arbitragem nunca se importou muito com isso.

– Então as quatro famílias não recebem nada?

– Pouco provável, mas vamos tentar. Tenho certeza de que a sua empresa cuidará delas.

– Ah, sim, mas os líbios também deveriam pagar.

– Estou preparado pra argumentar isso. Vou argumentar tudo, Adem – disse Mitch com um sorriso. – Esse é o meu trabalho. Mas o julgamento pode levar meses, talvez até um ano ou mais. Enquanto isso, sua empresa está perdendo dinheiro com a taxa de juros vigente. Vale a pena fazer um acordo agora.

– Você quer descontar os nossos danos?

– Talvez, mas só se isso facilitar o acordo. É aí que entra o mínimo. Há também o perigo real de não conseguirmos nada.

– O Luca deixou isso claro.

– A decisão do conselho de arbitragem não é vinculante. Não obriga ninguém a nada. Existem maneiras de fazer cumprir a sentença e obrigar os líbios a pagar, mas isso pode levar anos. Exigiríamos mais sanções do conselho, dos turcos, dos britânicos, dos italianos e até dos norte-americanos, mas Khadafi lida com elas há muitos anos. Não tenho certeza se o incomodam tanto assim.

– Nunca mais vamos negociar com a Líbia – disse Adem, enojado.

– Não te julgo.

– Qual é o seu conselho, doutor?

– Você fica satisfeito com quatrocentos milhões?

Adem sorriu.

– Ficaríamos muito felizes.

– Baixamos a indenização para quatrocentos, mas apenas pra poder negociar um acordo. A Lannak fica com os primeiros quatrocentos. Com sua permissão, pedirei mais, e qualquer excedente vai pro resgate. Nesse meio-tempo, você pede ao seu governo que pressione o embaixador pra obter apoio em Trípoli.

Adem balançou a cabeça.

– Nós já fizemos isso, Mitch, várias vezes. Nosso embaixador na Líbia se reuniu em mais de uma ocasião com o pessoal de Khadafi e defendeu a nossa causa. Não deu em nada. Nosso primeiro-ministro se reuniu com o embaixador da Líbia na Turquia aqui na cidade e tentou convencê-lo. Nada. Ficamos sabendo que Khadafi tem vergonha do projeto da ponte e culpa todos os envolvidos, incluindo a nossa empresa. Você sabe que ele atirou em um dos próprios arquitetos?

– Fiquei sabendo. Ele também atira nos advogados dele?

– Tomara que não. – Adem olhou para o relógio de pulso e coçou o queixo. – Meu pai está três horas à nossa frente, em Jacarta. Ele chega tarde em casa hoje. Preciso da aprovação dele pra qualquer decisão.

– Talvez nós dois devêssemos falar com ele.

– Eu falo antes. Acho que não teremos nenhum problema.

QUANDO VIAJAVA SOZINHO POR UMA CIDADE desconhecida e tinha algumas horas livres, Mitch costumava alugar um carro com motorista para pelo menos ter um vislumbre dos pontos de referência e lugares famosos, como se estivesse visitando os locais turísticos mais importantes. Durante o voo para Istambul, lera guias de viagem sobre a Turquia e estava fascinado pelo país. Tinha dito a Abby que o lugar sem dúvida merecia atenção, digno de um lugar na lista de desejos deles.

Mas não dava para conhecer a cidade. Perder tempo parecia uma inconsequência. Em seu quarto de hotel, ele usou uma mesinha de centro como escrivaninha e fez algumas ligações. Abby de novo, só para saber como estavam as coisas. Jack Ruch pelo mesmo motivo. Roberto, em Roma, deu a notícia de que Luca tinha sido hospitalizado com febre, desidratação e provavelmente outros sintomas. Estava em repouso absoluto, além de estar sendo observado de perto. Samir estava na cidade, e eles tinham passado algumas horas juntos. Diego Antonelli ligara com pouca coisa a relatar. Ele obviamente estava achando difícil encontrar alguém dentro do círculo do primeiro-ministro. Cory estava em Nova York e acabara de falar com Darian, uma das atualizações diárias. Não havia muito a relatar da Líbia, exceto fragmentos relativos ao último ataque que havia corrido mal. O governo ainda estava abafando a história. Corriam rumores de que a gangue de Barakat havia capturado três soldados líbios. Como sempre, não havia sinal de Giovanna. Em Londres, Riley Casey ainda estava subindo a interminável escada do Serviço de Relações Exteriores em busca de alguém com autoridade de fato. Simon Croome estava almoçando enquanto eles conversavam com um líbio confiável, um empresário que estava no Reino Unido havia décadas e tinha ganhado muito dinheiro. Existia uma chance de esse velho amigo e cliente convencer uma ou duas pessoas e incitar a Líbia a pagar suas dívidas e fazer um acordo no processo da Lannak. Mitch achou a ideia ruim. Os dois velhotes provavelmente encheriam a cara no almoço, tirariam longos cochilos e depois esqueceriam tudo que conversassem.

Depois de duas horas infrutíferas ao telefone, Mitch ficou desanimado e adormeceu.

Ele se restabeleceu a tempo para o jantar. Adem sugeriu uma mesa às 22h em um restaurante asiático de comida de fusão com uma estrela Michelin, e Mitch só ficou tentado porque sua esposa sempre esperava que ele voltasse com comentários sobre novos restaurantes. Não surpreendentemente, ela conhecia um chef turco no Queens, e eles estavam falando sobre um livro de receitas. No entanto, Mitch preferia comer antes das oito e não queria dormir tarde da noite, então eles se encontraram na Brasserie do St. Regis Hotel, onde ele estava hospedado. Adem deu a entender que sua esposa talvez se juntasse a eles, e Mitch ficou aliviado por ela não ter aparecido.

Em meio a uísque sours, Adem relatou a conversa que tivera com o pai no final da tarde. Omar queria sangue dos lábios e sem dúvida desejava cada centavo que lhe era devido pela ponte, mas era um sujeito pragmático. Quatrocentos milhões de dólares na cotação atual poderiam ser uma fortuna dali a alguns anos. Se Mitch fosse capaz de conseguir essa quantia, qualquer coisa além disso seria dele para negociar a libertação de Giovanna.

Eles se cumprimentaram com um aperto de mãos, embora ambos soubessem que seria improvável chegar a um acordo.

32

À s 23h55 de quarta-feira, Abby ainda estava acordada, lendo revista na cama. Estava cansada do apartamento silencioso e de ficar ali sozinha. Queria abraçar seus gêmeos, deitar na cama com o marido e dizer adeus a todo aquele drama indesejado e pavoroso. Outra pessoa poderia participar daquele jogo de espionagem.

O Jakl zumbiu na mesa de cabeceira, e ela se assustou. Não havia feito nenhum ruído desde a manhã de domingo. Ela o pegou e foi caminhando até uma mesinha perto do escritório, onde o colocou ao lado do próprio celular. Os dois aparelhos estavam grampeados. Segundo Darian, um aplicativo no telefone dela gravaria a conversa sem que o Jakl percebesse.

– Alô?

– Aqui é a Noura. Você está sozinha?

Você não sabe a resposta? Vocês não estão nos observando?

– Sim.

– Vocês conseguiram o dinheiro?

– Hum, não, mas estamos trabalhando nisso.

– Algum problema?

Quem poderia dizer quantas pessoas estavam ouvindo do outro lado da linha? Tenha cuidado, meça cada palavra. As diferenças entre os idiomas causam ruídos, e algo pode acabar sendo mal compreendido ou interpretado.

– Nenhum problema, apenas o desafio de conseguir tanto dinheiro.

– Eu imaginava que seria fácil.

Um leve sotaque britânico surgiu no final da frase.

– Por que você acha isso?

Mantenha Noura falando.

– Advogados ricos, o maior escritório de advocacia do mundo, filiais por toda parte. Está tudo lá no site. Faturamento no ano passado de mais de dois bilhões.

Ah, a frustração dos advogados batendo dentro do peito...

– A empresa andou perdendo alguns escritórios ultimamente, caso você não tenha ficado sabendo – comentou Abby.

– É uma pena, mas vai continuar assim até que vocês consigam o dinheiro.

– Eu achei que o dinheiro fosse para o resgate da Giovanna.

– E é. Entregue o dinheiro e tudo ficará bem.

– Olha, eu não sou funcionária do escritório e não sei o que eles estão fazendo. Sei que meu marido está na Europa neste momento tentando arrecadar o dinheiro, mas não estou a par do que está acontecendo. Sou editora de livros, sabe?

– Sim. Houve uma mudança de planos.

Uma pausa. Diga alguma coisa, Abby.

– Tá, que tipo de mudança?

– Vocês devem fazer um depósito para demonstrar boa-fé.

Mais uma pausa.

– Estou ouvindo.

– Dez milhões de dólares até o meio-dia de sexta-feira, enviados de um banco sediado aqui em Nova York.

Abby soltou o ar com força e disse:

– Tá. A única coisa que eu posso fazer é passar essa mensagem ao meu marido. Não tenho controle sobre nada.

– Meio-dia de sexta-feira. Enviarei instruções. Também enviarei um novo vídeo da Giovanna para provar que ela está em boas mãos.

Boas mãos? As mesmas mãos que seguraram a serra elétrica?

JACK RUCH ACABOU CEDENDO aos resmungos. O fato de o comitê administrativo ter que se reunir diariamente para atualizações da crise era irritante, mas fazer reuniões às sete da manhã já era demais. Jack adiou para as nove e meia de quinta-feira e convocou uma reunião de cúpula pelo quarto dia consecutivo. Àquela altura, a maioria dos membros se perguntava em segredo se era de fato necessário fazer reuniões diárias, mas era uma crise sem precedentes. Ninguém tinha tido coragem de questionar Jack ainda. Todos os nove estavam presentes.

– Houve um novo desdobramento. Nossa querida Noura entrou em contato com Abby ontem à noite e informou que agora quer um depósito como prova de boa-fé. Dez milhões até o meio-dia de amanhã, sexta-feira.

A notícia foi assimilada pelos presentes, deixando o ambiente pesado. Todos os olhos estavam voltados para a mesa.

Jack pigarreou e prosseguiu:

– Falei com Mitch uma hora atrás. Ele está saindo de Istambul e indo pra Roma, onde o Luca está hospitalizado.

– E ainda não sabemos com quem estamos falando, certo? – perguntou Ollie LaForge. – Vamos adiantar dez milhões de dólares e torcer para tudo dar certo, é isso?

– Você tem uma ideia melhor? – retrucou Jack.

– Por acaso o Mitch teve alguma sorte desde ontem? – perguntou Mavis Chisenhall.

– Se você está me perguntando se o Mitch conseguiu alguma promessa de dinheiro, a resposta é não. Mas ele está tentando. É tudo que eu posso dizer.

Todo mês a empresa separava cerca de quinze milhões de dólares extras em espécie para emergências e outras contingências. Havia uma reserva maior para os sagrados bônus de fim de ano, mas esse dinheiro não podia ser tocado.

Sheldon Morlock, um dos sócios mais influentes do comitê, disse:

– Deve haver um jeito de negociar com essas pessoas. O que eles estão pedindo é ultrajante e está além das nossas capacidades. E vocês não vão me convencer de que eles ficarão satisfeitos se não receberem cada centavo. Digamos que a gente só consiga juntar metade do dinheiro. Eles vão recusar?

– Pois é, ninguém sabe – concordou Jack. – Não temos como prever. Esta não é uma típica transação comercial com pessoas racionais de ambos os lados. Eles podem matá-la a qualquer momento.

Piper Redgrave, a terceira mulher no comitê, disse:

– Jack, a sua ideia é recorrer à nossa linha de crédito e pegar esse dinheiro emprestado?

– Sim, é exatamente essa. Deveríamos pegar emprestados 25 milhões de dólares, porque essa é a cobertura da nossa apólice. Damos dez pra eles amanhã e depois rezamos.

– Eu falei com o Citibank, conforme vocês pediram – disse Bart Ambrose. – Por eles está tudo certo, mas vão exigir garantias pessoais de cada um de nós.

Houve gemidos, suspiros, xingamentos discretos, cabeças balançando em frustração. Era necessária uma maioria de dois terços dos votos para que pudessem pedir o dinheiro emprestado.

– Isso não é novidade – disse Jack. – Alguma objeção?

– Estamos votando? – perguntou Morlock.

– Estamos. Alguém se opõe ao empréstimo de 25 milhões do Citi em nossa linha de crédito?

Todos os nove lançaram olhares rápidos e penetrantes ao redor da mesa. Morlock ergueu a mão e depois abaixou. Lentamente, Ollie LaForge levantou a dele.

– Alguém mais? – perguntou Jack com desdém. – Muito bem, sete a favor, dois contra. Correto?

Nada mais foi dito. Todos saíram em silêncio, apressados em direção às próprias salas.

E aquela tinha sido a parte fácil. Cada centavo seria reembolsado pela apólice de seguro do escritório.

Ou ao menos era o que eles achavam.

APÓS A REUNIÃO, JACK LIGOU para a seguradora para dar a informação. Entretanto, ele foi deixado na linha e esperou demais. Quando o CEO lhe deu bom-dia, Jack ficou surpreso. O que ele ouviu em seguida foi desanimador. O pedido foi negado sob o argumento de que Giovanna havia sido sequestrada e estava detida por terroristas, e não por uma gangue criminosa. A apólice vetava categoricamente a cobertura para atos de terrorismo.

– Não posso acreditar nisso! – vociferou Jack ao telefone.

– Está bem claro no contrato, Jack – respondeu o CEO com calma.

"Bem claro". Desde quando apólices de seguro eram claras em relação a alguma coisa?

– Sequestro é sequestro – disse Jack, tentando controlar a raiva. – Essa maldita apólice cobre sequestros.

– Nossas fontes nos informaram que isso é obra de uma organização terrorista, Jack. Vamos ter que negar. Sinto muito.

– Eu não acredito nisso.

– Nosso advogado está enviando um memorando com a recusa por e-mail neste exato momento.

– Acho que nos veremos no tribunal.

– Aí é com você.

33

Depois de algumas horas no hospital, Luca havia se recuperado um pouco. Alguns medicamentos estabilizaram a pressão arterial. Um frasco de soro o reidratou. Um sedativo mais forte o fez tirar uma soneca longa e necessária. O melhor remédio foi a atenção constante de uma enfermeira de 30 anos, com um corpo deslumbrante e uma saia branca curta. Bella acompanhou tudo de um canto, balançando a cabeça. Alguns homens não tinham jeito mesmo.

Luca estava tentando fechar um acordo que envolvia um bilionário italiano recluso que ele conhecia havia muito tempo. Seu nome era Carlotti, e ele era herdeiro de uma antiga fortuna familiar acumulada à custa de azeite. Luca e ele tinham valores diferentes, mas, quando se tratava de dinheiro, os dois sempre conseguiam superar as diferenças. Carlotti era próximo do primeiro-ministro e o financiara por anos. A pedido de Luca, havia concordado em pressioná-lo para desenvolver um plano elaborado que viabilizasse a canalização de dinheiro do tesouro italiano para um fundo de resgate de propriedade de uma empresa na Espanha, onde Carlotti passava a maior parte do tempo. Ele estava relutante porque o pagamento de resgates a sequestradores era contra a lei na Itália, mas não na Espanha. No entanto, ele adorava Giovanna e faria qualquer coisa para ajudá-la. O primeiro-ministro mostrou-se relutante, porque mais um escândalo derrubaria seu frágil governo com facilidade. Mas, como Luca argumentou com veemência, um desfecho negativo para Giovanna poderia causar ainda mais danos. O primeiro-ministro fora encurralado. Luca estava confiante de que poderia suplantar a lei e dar um jeito nos promotores mais tarde, se necessário. Mitch ficava incomodado com qualquer conversa em que a palavra "promotores" fosse mencionada.

O passo seguinte era uma conversa com Diego Antonelli, o vice-ministro com quem haviam se encontrado na tarde de segunda-feira na casa de Luca. O gabinete dele ficava em um edifício governamental discreto no complexo de Latrão, no leste de Roma, próximo a um palácio onde viveram alguns papas. Quem contou isso foi Roberto, que tinha o hábito ligeiramente irritante de apontar pequenos pontos de interesse histórico a qualquer pessoa que não fosse romana.

Antonelli não tinha sido nada cordial durante a visita domiciliar na segunda-feira. Claramente, uma reunião às 18h30 de uma quinta-feira também não o agradava. Ele os fez esperar vinte minutos e por fim fez sinal para que entrassem em uma salinha de reuniões perto de sua sala. Houve uma breve troca de apertos de mão, mas nenhum sorriso.

– Não haverá registro algum desta reunião – começou ele de um jeito cordial, e de fato olhou ao redor para ver se havia alguém escutando.

A porta tinha sido bem fechada e trancada. Mitch suspeitava que houvesse escutas por toda parte.

– Se alguém perguntar, esta reunião nunca aconteceu.

Não pela primeira vez, Mitch questionou o que estava fazendo. Se haveria um suborno ou pagamento ilegal, por que ele estava na sala? Luca dera a entender que encontraria brechas suficientes na lei para que o resgate fosse pago, mas Mitch achava que isso era um problema apenas de Luca e seus amigos italianos. O Scully não poderia participar de uma conspiração para suplantar as leis de país nenhum. Ele estremeceu ao pensar em como os promotores federais de Manhattan se divertiriam com essas acusações.

De acordo com Luca, o objetivo da reunião era confirmar "o acordo" com Antonelli, que serviria de intermediário entre Carlotti e o primeiro-ministro. A partir de um dos seus fundos discricionários, o Serviço de Relações Exteriores emprestaria cinquenta milhões a uma empresa fantasma registrada em Luxemburgo e controlada por um dos filhos de Carlotti. Um acordo de reembolso seria assinado, mas engavetado. Em seguida, o dinheiro seria transferido de várias fontes para uma única conta, onde ficaria guardado.

Antonelli parecia pouco entusiasmado com o acordo e conversava apenas com Roberto, em italiano. Por Mitch, tudo bem. Ele conseguiu acompanhar bem o papo, mas preferia não ter entendido nada.

– E na sua opinião, doutor, isso está de acordo com todas as leis e não levantará suspeitas no Ministério da Justiça? – perguntou Antonelli.

– Não vejo nada de errado – respondeu Roberto com segurança, embora os três soubessem que haveria problemas a cada passo.

– Bem, os advogados do primeiro-ministro vão revisá-lo hoje à noite. Desconfio que eles tenham uma opinião diferente.

– Então tenho certeza de que aí você informará ao Luca.

A reunião durou menos de dez minutos, e ambos os lados estavam ansiosos para sair porta afora. Mitch se despediu de Roberto na rua e pegou o primeiro táxi para o aeroporto. Mais uma vez, sua secretária tinha feito malabarismos com as reservas e conseguido colocá-lo em um voo para Frankfurt e depois em outro para o JFK. No banco de trás do táxi, ele fechou os olhos e temeu pelas dez horas seguintes.

E os cinco dias seguintes? Não só eles ainda não tinham conseguido dinheiro nenhum, como a situação havia piorado. O "depósito" de dez milhões de dólares do dia seguinte era a parte mais fácil, embora Mitch estivesse irritado com o voto contra de dois membros do comitê administrativo. Ao puxar o tapete deles daquela maneira, a seguradora não só tinha agido de má-fé, um assunto que ficaria para outro dia, como afetara todos os cenários possíveis para o custeio do resgate. O acordo com Carlotti era, na melhor das hipóteses, precário e, na pior, ilegal, e provavelmente já estava em andamento. Mitch contaria a Jack Ruch, que sem dúvida ligaria para Luca e começaria a gritar. Todos estavam solidários e desesperados para salvar Giovanna, mas o Scully não estava disposto a começar a infringir leis em nenhuma jurisdição. Não houve nenhum movimento por parte do governo britânico, apesar dos inúmeros agentes do Scully perturbando o ministro das Relações Exteriores. Naquela tarde, Riley Casey havia se reunido com Jerry Robb, do Reedmore, para avaliar se havia algum interesse num acordo rápido no processo da Lannak. Como era comum quando se tratava de Robb, a reunião foi curta, tensa e uma absoluta perda de tempo.

34

Mitch aprendera anos antes que a melhor forma de se livrar do jet lag era com uma longa corrida pelo Central Park. Ele não conseguia dormir, ainda mais naquelas condições: o relógio correndo, os filhos escondidos e a esposa cada vez mais ansiosa. Abby o acompanhava ao amanhecer, quando os dois entravam no parque pela rua 72 e se juntavam aos outros corredores matinais. Os dois raramente conversavam enquanto corriam, preferindo aproveitar os primeiros raios de sol e o frescor de Nova York na primavera. À medida que os meninos cresceram e a vida avançou, as longas corridas que tanto apreciavam foram se tornando menos frequentes.

Nos tempos de Cortona, antes dos filhos, das carreiras e responsabilidades do tipo, eles corriam todas as manhãs por fazendas, vinhedos e vilarejos. Muitas vezes paravam e conversavam com um fazendeiro para ver se conseguiam compreender o italiano carregado ou paravam numa cafeteria de alguma aldeia para tomar um copo de água ou um café espresso. A figura favorita dos dois era o dono de uma pequena vinícola que muitas vezes os chamava para perguntar sobre o estranho hábito norte-americano de correr voluntariamente por uma estrada, suando, sem ir a nenhum lugar específico. Várias vezes ele os havia convidado para o pequeno pátio onde a esposa servia taças de rosé gelado e insistia para que experimentassem fatias de *buccellato*, um bolo açucarado com passas e anis. Essas paradas no meio do treino geralmente resultavam em longas degustações de vinho, e os dois acabavam se esquecendo da quilometragem. Depois de alguns desvios, Abby insistiu para que eles alterassem a rota.

Eles contornaram o reservatório e voltaram para casa. As ruas começavam a ganhar vida com o trânsito matinal. Mais um dia agitado na cidade. Eles não tinham planos de estar lá depois do anoitecer.

Às onze, os dois pegaram um táxi até o escritório do Citibank na Lexington Avenue, perto da rua 44, e subiram até o 26º andar para a sala da Srta. Philippa Melendez, uma espécie de vice-presidente e especialista em transferências bancárias. Ela os levou para uma sala de reuniões onde Cory e Darian estavam tomando café. Em poucos minutos, Jack chegou, e a autoridade máxima do escritório estava pronta para assinar. Philippa confirmou que os dez milhões estavam disponíveis. Tudo que precisavam fazer era esperar por Noura.

Ela ligou às onze e meia e perguntou se Abby estava com seu laptop. Tinham pedido que ela o levasse. O e-mail logo chegou com as instruções para a transferência. A equipe de hackers de Cory rastreou o endereço de envio até um cyber café em Newark, mas o remetente já tinha desaparecido havia muito tempo. Jack Ruch assinou uma autorização em nome do escritório. Todos os dez milhões de dólares iriam para uma conta bancária numerada no Panamá.

– Preparado? – perguntou Philippa a Jack.

Ele assentiu em tom solene, e o Scully se despediu do dinheiro.

– É impossível rastrear? – perguntou Abby enquanto eles olhavam para a tela do laptop.

Philippa deu de ombros e disse:

– Não é impossível, mas também não é prático. Deve ir pra alguma empresa de fachada no Panamá, e há milhares delas. O dinheiro já era.

Eles esperaram oito minutos até o Jakl vibrar de novo.

– O dinheiro chegou – disse Noura.

A pilhagem foi rápida, eficiente e praticamente indolor. Todos respiraram fundo e tentaram se ajustar à realidade de que muito dinheiro tinha acabado de evaporar, sem nenhuma garantia de nada naquele momento. Eles se despediram em silêncio e saíram da sala.

Já na rua, Abby e Cory entraram em um SUV preto e seguiram para o norte em direção à casa dela. Mitch e Darian pegaram outro e seguiram na direção sul, rumo ao distrito financeiro.

A mala de Abby estava pronta, aguardando por ela. Sentada à mesa da cozinha, ela enviou uma mensagem pelo Jakl informando a Noura que ficaria longe do telefone até o meio-dia de domingo. Ela o deixou, junto com seu celular, escondido no armário. Saiu do apartamento pela entrada do subsolo e voltou para o mesmo SUV, onde Cory estava esperando. O motorista saiu da cidade pela ponte George Washington e desapareceu no norte de Nova Jersey. Cory tinha certeza de que eles não haviam sido seguidos. Na cidade de Paramus, eles foram até um pequeno aeroporto, embarcaram num King Air e decolaram. Noventa minutos depois, pousaram em Islesboro, onde Carter e Clark estavam esperando no campo de aterrissagem para ver a mãe. Já fazia uma semana.

ÀS 12H30, JACK CONVOCOU o comitê administrativo pelo quinto dia consecutivo. Todos os nove estavam presentes. O clima estava tenso e sombrio. A empresa acabara de perder dez milhões de dólares.

Ele os atualizou das atividades realizadas naquela manhã e depois abriu a porta. Mitch entrou e os cumprimentou. Todos ficaram satisfeitos em vê-lo e fizeram muitas perguntas. Ele informou a todos sobre o estado de saúde de Luca, contou as novidades a respeito do processo da Lannak em Genebra e repassou os últimos rumores vindos de Trípoli.

Na questão do resgate, houve pouco progresso. Os governos da Itália e do Reino Unido ainda estavam se esquivando e esperando que a crise passasse ou simplesmente desaparecesse. Como eles não estavam envolvidos nas negociações e não faziam ideia de com quem estavam lidando, era compreensível que estivessem relutantes em dar dinheiro para o resgate.

Agora que os sequestradores haviam conseguido um bom adiantamento, Mitch planejava pedir mais tempo. O prazo, como todos sabiam, era a quarta-feira seguinte, 25 de maio. Seu instinto lhe dizia que isso não daria em nada, pois eles já tinham deixado claro que não queriam negociar de jeito nenhum.

Depois de montar com cuidado o cenário sombrio, Mitch passou para assuntos ainda mais desagradáveis. Enquanto andava de um lado para outro em frente a uma grande tela em branco, ele finalmente foi direto ao cerne da questão. Eles sabiam que aquilo estava por vir.

— É imprescindível que este escritório de advocacia empenhe todos os seus recursos para trazer Giovanna Sandroni de volta em segurança. Isso significa garantir que as exigências dos sequestradores sejam integralmente satisfeitas, quaisquer que sejam as condições. Neste momento, são noventa milhões de dólares.

Como sócios seniores, a renda bruta média no ano anterior tinha sido de 2,2 milhões de dólares, o terceiro na lista dos rankings nacionais. Eles viviam bem, gastavam bem, uns poupavam mais que outros. Quase todos eram conservadores nos gastos, mas havia boatos de que alguns gastavam tanto quanto ganhavam. No papel, eram todos milionários e, em um passado não muito distante, talvez cerca de vinte anos antes, teriam sido considerados os mais ricos de Wall Street. Àquela altura, entretanto, a renda deles era ofuscada pela do pessoal do mercado financeiro – os caras dos fundos de hedge, do *private equity*, do capital de risco, da especulação cambial, dos títulos do tesouro –, os novos donos do pedaço.

O primeiro comentário veio de Ollie LaForge, que estranhamente conseguiu achar graça da situação.

– Você só pode estar brincando – disse ele em meio a risadas.

Mitch sabia que não deveria responder. Já tinha falado o suficiente, e a conversa que se seguiria era um trabalho para os membros do comitê. Ele se recostou numa parede.

– Eu não vou arriscar tudo pelo que trabalhei e a segurança financeira da minha família pra servir de garantia a um empréstimo bancário no valor de noventa milhões de dólares – disparou Sheldon Morlock. – Isso está fora de questão.

Ele não olhava para Mitch. Piper Redgrave se manifestou:

– Tenho certeza de que todos nós sentimos o mesmo, Sheldon, mas a expectativa nunca foi que você desembolsasse tanto dinheiro. O escritório será titular da dívida, e tenho certeza de que, com alguns apertos aqui e ali e algum sacrifício, vamos dar um jeito. Bart, quais seriam os termos do empréstimo?

"Dar um jeito", repetiu Mitch para si mesmo. Como se os sócios do Scully fossem capazes de ficar um fim de semana sem ir para os Hamptons ou de deixar de ir a um restaurante com estrela Michelin.

– Bem, por enquanto, seria uma linha de crédito de noventa milhões, juros de três por cento, algo assim – explicou Bart Ambrose. – Se formos com tudo, podemos converter em uma promissória de longo prazo.

– Não serão noventa milhões, Sheldon – retrucou Bennett McCue. – Teremos um processo desagradável contra a seguradora, mas no final eles vão pagar. São vinte e cinco milhões só nisso.

– Pode levar anos – rebateu Morlock. – E não é certo que vamos ganhar.

– Olha, eu odeio dívidas, vocês sabem disso – disse Ollie LaForge. – Não tenho nenhuma, nunca tive. Meu pai faliu quando eu tinha 12 anos e nós ficamos sem nada. Odeio bancos, e todos vocês já ouviram esse discurso. Não contem comigo.

Ele ainda morava em uma modesta casa de madeira no Queens e usava transporte público para ir trabalhar. E, por ser meio mão-fechada, sem dúvida ele havia economizado mais dinheiro do que qualquer um naquela sala.

Mavis Chisenhall era outra mão-fechada. Ela olhou para Mitch e perguntou:

– Você assinaria uma garantia pessoal, Mitch?

A pergunta perfeita. Aquela pela qual ele estava implorando. Ele se levantou, tirou uma folha de papel dobrada do bolso, atirou-a no centro da mesa e disse:

– Já assinei. Aí está.

Enquanto todos o encaravam, ele puxou outro papel, jogou-o também sobre a mesa e disse:

– E aqui está a do Luca. Nós estamos dentro.

Ele analisou as reações, embora a maioria estivesse olhando para os próprios blocos de anotações. Decidiu aproveitar que tinha a atenção de todos para fechar o negócio.

– Isso é importante pelo seguinte. Existe a possibilidade de arrecadarmos dinheiro de outras fontes, mas nada é garantido. Talvez alguém se ofereça, mas não a tempo. Precisamos de certezas, e a única forma de garantir a certeza neste momento é ter o dinheiro no banco. Só o Scully vai conseguir colocar esse dinheiro lá. Estou indo pra Londres no domingo, depois pra Roma e sabe-se lá pra onde mais. Vou passar o chapéu, mendigar nas esquinas, fazer tudo que for necessário. Mas, se eu fracassar, pelo menos teremos o dinheiro no banco. Todo o dinheiro. Não sei se eles vão nos dar mais tempo. Não sei se vão aceitar diminuir o valor do resgate e se contentar com menos. É impossível prever os próximos cinco dias, mas é possível ter a certeza de que podemos pagar o resgate.

Quando terminou, Jack meneou a cabeça em direção à porta e os dois saíram.

– Bom trabalho – sussurrou ele. – É melhor você ir agora. Isso pode levar algum tempo.

– Está bem. Vou pra casa do seu irmão pra ver meus filhos.

– Dê um abraço nos meninos por mim. Eu te ligo.

O MOTORISTA PEGOU A PONTE DO BROOKLYN, e o trânsito quase não andava. Era uma tarde de sexta-feira no final de maio, e metade de Manhattan se dirigia para algum lugar em Long Island. Uma hora depois, eles chegaram ao Republic, um pequeno aeroporto nos arredores da cidade de Farmingdale. Mitch agradeceu ao motorista e, enquanto o homem se afastava, percebeu que não tinha se preocupado em verificar os carros que vinham atrás dele. Que péssimo espião. Estava farto de prestar atenção em tudo.

Um piloto que parecia não ter mais de 15 anos pegou a mala dele, conduziu-o até um Beech Baron bimotor e o ajudou a entrar. Era apertado, mas confortável, muito diferente dos Falcons, Gulfstreams e Lears que o Scully costumava alugar. Mitch não se importava. Teria 24 horas de folga e estava prestes a passar um tempo com os filhos. O piloto apontou para um pequeno cooler, e Mitch pensou "por que não?". O fim de semana estava começando. Ele pegou uma cerveja gelada e bebeu. Enquanto taxiavam, Mitch ligou para Roberto em Roma para se atualizar dos fatos. Luca estava acordado e reclamando de tudo. As enfermeiras gostavam mais dele quando estava dormindo.

Por quase duas horas eles voaram a oito mil pés. O céu estava totalmente limpo. Enquanto desciam ao longo do litoral do Maine, Mitch olhava lá de cima, comovido com a beleza do oceano, das costas rochosas, das enseadas tranquilas e das singulares vilas de pescadores. Milhares de pequenos veleiros se destacavam nas águas azuis. Eles percorreram a pitoresca cidade de Camden, com seu porto movimentado, e depois seguiram para Islesboro. A quinhentos pés, Mitch viu uma fileira de mansões à beira-mar e localizou Wicklow. Clark e Carter estavam no cais com Abby e acenaram enquanto o Baron sobrevoava. Meia hora depois, Mitch estava sentado à beira da piscina observando os meninos nadarem e conversando com a esposa e os pais dela.

Os meninos passaram a semana como se estivessem de férias. O Sr. e a Sra. Sutherland admitiram que não tinham sido muito rigorosos com as aulas e os deveres de casa. A hora de dormir também tinha variado bastante e, com a Srta. Emma à disposição deles na cozinha, as refeições tinham sido totalmente infantis. Mitch e Abby não deram a mínima. Levando em consideração o estresse que estavam enfrentando, qualquer ajuda dos avós era mais que bem-vinda.

Enquanto bebiam – vinho branco para Mitch e Abby, limonada para os Sutherlands –, os sogros de Mitch perguntaram delicadamente por quanto tempo mais seria necessário ficar tão longe de casa. Aquilo o irritou logo de cara, porque a segurança dos meninos era muito mais importante do que qualquer coisa de que os Sutherlands pudessem estar sentindo falta em Danesboro, no Kentucky. Ele segurou a língua e disse que talvez, quem sabe, só por mais alguns dias.

Dia 25 de maio, para ser mais exato.

Eles observaram quando Tanner caminhou até o final do píer, em direção a um barco de pesca de lagosta que estava parado no cais para fazer uma entrega.

– Mais lagosta – disse o Sr. Sutherland. – Comemos lagosta três vezes ao dia.

Maxine, uma mulher totalmente desprovida de bom humor, acrescentou:

– Quiche de lagosta de manhã. Rolinhos de lagosta no almoço. Caudas de lagosta assadas no jantar.

Na beira da piscina, Carter estava ouvindo e acrescentou:

– E não se esqueça do *mac and chesse* com lagosta, meu favorito.

– Bisque de lagosta, bolinhos de lagosta, pastinha de lagosta – disse Harold.

– Parece delicioso – disse Abby.

Maxine estava feliz por não ter que cozinhar.

– A Srta. Emma é mesmo maravilhosa.

– Mãe, você deveria fazer um livro de receitas de lagosta – sugeriu Clark. – Coloca a Srta. Emma na capa.

– Gostei – respondeu Abby, tentando se lembrar das dezenas de livros de receitas de frutos do mar que já havia editado.

Barry Ruch apareceu de short e mocassins, com um longo charuto em uma das mãos e um uísque na outra. Tinha dado um jeito de passar a semana longe de Wicklow, e Mitch presumiu que ele não queria ficar de babá. Nem com os avós das crianças. Ele abriu um sorriso para Mitch e disse:

– O Jack está querendo falar com você.

SEGURANDO O TELEFONE VERDE, Mitch desceu o píer e ligou para Jack. Quando ele atendeu, ficou claro que a notícia não seria boa. Eram quase seis e meia da tarde de sexta-feira, e eles haviam começado aquele longo dia juntos nos escritórios do Citibank, vendo dez milhões de dólares evaporarem.

– A reunião durou quase cinco horas, Mitch, e foi sem dúvida minha pior experiência em quarenta anos no Scully – disse ele. – Quatro de nós votamos a favor do empréstimo, de mandar tudo pro inferno, salvar a Giovanna e deixar pra pensar no futuro a partir da semana que vem. Os outros cinco não arredaram pé. Não é nenhuma surpresa que o Morlock tenha se tornado o porta-voz deles. Nunca fiquei tão inconformado. Perdi alguns amigos hoje, Mitch.

Mitch parou de andar e observou o barco de lagosta desaparecer.

– Não sei o que dizer.

– A aposentadoria parece cada vez melhor.

– Quantas vezes vocês votaram?

– Sei lá. Várias. Mas o resultado é o mesmo. Não vou citar nomes aqui. Na verdade, tudo isso é confidencial. Você não deveria saber o que aconteceu durante a reunião de cúpula.

– Eu sei, eu sei. Estou só, tipo, assombrado.

– Você fez o que pôde, Mitch.

– E não existe nenhuma maneira de passar por cima do comitê?

– Você conhece o nosso estatuto. Todo sócio conhece. Seria possível forçar uma revogação, demitir o comitê e tal, eleger novos membros, isso se conseguir encontrar alguém disposto a entrar nessa. E pode acreditar, Mitch, com esta questão em pauta nenhum advogado do Scully vai querer participar.

– E o que vai acontecer na semana que vem se eles matarem a Giovanna e filmarem tudo pro mundo inteiro assistir?

– O de sempre. Vão trocar acusações, responsabilizar todos os outros envolvidos. Os terroristas, os líbios, os turcos, os serviços de relações exteriores. Ninguém jamais vai saber que tivemos a oportunidade de pagar o resgate e resolver a situação. Isso não será divulgado. E, com o tempo, tenho certeza de que nossos colegas vão superar a perda e seguir em frente. Há muitos advogados jovens e cheios de garra por aí, Mitch. A Giovanna era só mais uma associada. Ninguém é insubstituível.

– Isso é muito doentio.

– Eu sei. Estou estarrecido com este escritório.

– Acho que você deveria ligar pro Luca.

– Isso é com você, Mitch. Você é mais próximo dele do que qualquer outra pessoa.

– Não, Jack, desculpe. Você é o sócio-gerente, e esse é o seu comitê. Mas ligue antes pro Roberto, não pro Luca.

– Não vou conseguir, Mitch. Por favor.

35

Pelo andar de Mitch ao voltar para a piscina, Abby percebeu que a conversa havia sido ruim. Quem quer que estivesse do outro lado da linha tinha dado notícias desagradáveis. Ele abriu um sorriso forçado para Carter quando o menino tentou jogar água nele. Hoppy estava contando a Barry outra história sobre pescar salmão em um rio no Oregon.

– Você tá bem? – sussurrou Abby.

– Tô ótimo.

O que, é claro, significava que as coisas tinham azedado.

– Meninos, que tal um passeio de barco? – gritou Tanner.

– Ah, sim, fazemos um passeio de barco todas as tardes assim que a água se acalma – comentou Maxie.

Os gêmeos já estavam saindo da piscina em busca de toalhas.

– Parece divertido – disse Mitch com alguma dificuldade.

Nada, naquele momento, seria de fato divertido.

– Vão com eles – disse Maxie. – Vamos ficar assistindo da varanda.

Tanner já estava no cais verificando o motor. Os meninos subiram a bordo sem usar a escada. Mitch e Abby foram mais cuidadosos. O ar era mais frio na água, e os meninos estavam molhados e congelando. Abby os envolveu em toalhas pesadas, e eles ocuparam seus lugares favoritos em almofadas junto à proa, enquanto os pais se acomodavam em cadeiras de couro.

– Nada mau, Tanner – comentou Mitch, tentando relaxar. – É todo de madeira?

– É um clássico. Fabricado no Maine por um famoso construtor chamado Ralph Stanley. Trinta e seis pés de comprimento. Uma beleza. Mas lento que só.

– Quem se importa?

Antes de partir, Tanner disse:

– Tardes de sexta-feira pedem um drinque.

– Vinho branco, por favor – disse Abby.

– Bourbon duplo – disse Mitch.

Tanner assentiu e desapareceu dentro da cabine.

– Bourbon duplo? – perguntou Abby, franzindo o rosto.

– Era Jack Ruch no telefone. O comitê administrativo se reuniu hoje por cinco horas e votou por não fazer o empréstimo. A partir de agora, a conta do resgate está vazia. Dez milhões pelo ralo, não sobrou nada. A Giovanna está a mais um passo de distância.

Ela abriu a boca, mas não disse nada. Em vez disso, olhou para o outro lado, em direção à água, mas não prestava atenção em nada.

– O Jack está chateado, disse que perdeu alguns amigos hoje – completou Mitch.

– Isso é terrível.

– Eu sei.

– Ele contou pro Luca?

– Ainda não. Você quer ligar pra ele?

– Acho que não. Eu não entendo.

Carter veio saltando pelo cockpit, desapareceu dentro da cabine como se fosse seu dono e voltou com dois saquinhos de pipoca. Ele sorriu para os pais, mas não ofereceu o lanche. Em seguida, foi embora.

– Essas crianças estão fora de controle, hein? – comentou Mitch.

– Totalmente. Acho que meus pais não estão marcando em cima.

– E nós estamos? Estou com pena dos professores quando eles voltarem pra escola.

– E quando será isso?

Mitch pensou por um segundo e respondeu:

– Mais uma semana. Seus pais estão tranquilos com isso?

– Eles vão se conformar.

Tanner voltou com as bebidas em uma bela bandeja. Ele serviu os dois, gritou com os meninos e se retirou. Sentados juntos e de frente para a popa, Mitch e Abby observaram Wicklow desaparecer atrás deles. O zumbido do motor abafava as vozes.

– Eu não entendo – repetiu ela.

– Eles são covardes, Abby. Estão mais preocupados em proteger os próprios bens do que em resgatar a Giovanna. Bastava colocar qualquer um deles no lugar dela que eles logo diriam sim, peçam o empréstimo, me tirem daqui. O escritório consegue absorver o rombo com o tempo. Mas, sentados em belos escritórios em Manhattan, eles se sentem ameaçados e querem proteger o próprio dinheiro.

– Quanto o escritório arrecadou no ano passado?

– Mais de dois bilhões.

– E mais ainda este ano?

– Sim, sempre mais.

– Eu não entendo.

– Sabe, tivemos onze bons anos no Scully e nunca pensamos em sair.

Tanner acelerou um pouco, e a esteira ficou mais larga. Eles estavam se aproximando de uma enseada não muito longe. A água era de um azul intenso e estava calma, mas de vez em quando uma onda lançava uma névoa sobre o barco e refrescava a todos. Mitch estendeu a mão esquerda e pegou a de Abby. Com a direita, tomou um gole de bourbon e o saboreou enquanto a bebida molhava sua boca e escorria garganta abaixo. Ele raramente tomava destilados, mas naquele momento estava sendo reconfortante.

– Tenho certeza de que você tem um plano – disse ela.

– Ah, muitos, e nenhum está funcionando. Não existe um manual. Estamos todos fazendo suposições.

– Você realmente acha que eles vão fazer algo ruim com a Giovanna?

– Ah, sim. Sem dúvida. Eles são selvagens e obviamente estão querendo atenção. Pensa em todos os vídeos. Se eles machucarem ela, nós vamos poder assistir.

Abby balançou a cabeça em frustração.

– Eu penso nela o tempo inteiro. Vivo em um mundo seguro com minha família e meus amigos ao redor. Vou a qualquer lugar, faço o que quero, enquanto a Giovanna está enfiada numa caverna rezando pra que a gente vá buscá-la.

– Eu ainda me sinto culpado, Abby. A viagem até a ponte provavelmente teria sido produtiva em algum nível, mas não era crucial. Eu mal podia esperar pra ir, seria mais uma aventura, sabe.

– Mas o Luca insistiu.

– Ele pressionou muito, mas eu podia ter dito não, ou não naquele momento. Na verdade, ver a ponte não teria afetado a nossa representação da Lannak.

– Você não pode se culpar, Mitch. Culpar a si mesmo é um desperdício de energia, e você tem assuntos mais urgentes em mãos.

– E eu não sei?

BARRY NÃO JANTOU COM SEUS HÓSPEDES. Aparentemente, uma festa mais chique estava acontecendo em outra mansão na mesma ilha, velhos amigos de Boston reunindo os conhecidos para uma longa noite. Tanner o levou até lá de carro e ia buscá-lo horas depois, quando os charutos e o conhaque tivessem chegado ao fim. Tanner trabalhava muitas horas, mas, de acordo com Hoppy, que nunca teve vergonha de ser fofoqueira, os meses de inverno e primavera eram calmos, e a equipe conseguia descansar. De maio a outubro, os proprietários e seus hóspedes chegavam em ondas, e era comum haver turnos de dezoito horas.

A Srta. Emma também parecia estar na cozinha o tempo todo. Para o fim de tarde, ela sugeriu que jantassem no deque e assistissem ao pôr do sol. Ela e a Srta. Angie serviram *mac and cheese* com lagosta acompanhado de verduras frescas da horta.

Felizmente, Hoppy estava falante e conduziu a conversa. Maxie interveio quando pôde, e Abby se esforçou para manter o clima leve para os meninos. Mitch estava desorientado e obviamente distraído. Havia uma semana que a família inteira estava desorientada. Os meninos estavam faltando à escola. Mitch praticamente morava em aviões e estava visivelmente estressado. Abby estava ignorando o emprego. Hoppy e Maxie deviam estar em Utah com amigos e estavam cansados de Islesboro. E ninguém sabia de fato quando terminaria esse pequeno desvio secreto para o Maine.

Um lado positivo daquilo tudo, entretanto, foi a gratidão que Mitch sentiu pelos sogros. Eles vinham fazendo um belo trabalho, e ele estava realmente agradecido.

Depois do jantar, os Sutherlands se retiraram às pressas para o quarto e trancaram a porta. Queriam uma noite tranquila, longe das crianças. Os McDeeres se reuniram em uma das salas para ver televisão em uma tela grande. Uma pequena chama crepitava na lareira. Clark imediatamente encontrou um lugar entre os pais no sofá largo e se aninhou junto à mãe. O primeiro filme foi *Shrek*, mas, como eles já tinham visto muitas vezes, logo ficaram entediados. Não conseguiam decidir qual seria o próximo até que Abby mencionou um clássico das antigas: *ET*. Ela e Mitch o viram quando foi lançado, em 1982, no segundo encontro. Os gêmeos se opuseram por um tempo, ainda mais por ser um filme antigo, mas em dez minutos tinham sido completamente fisgados. Carter disse que estava com frio e se juntou a eles debaixo das cobertas. Mitch logo cochilou e, quando acordou, olhou para Abby.

Ela também estava cochilando.

Eles estavam exaustos, mas o cansaço não conseguia superar o estresse. Eles se revezaram na soneca até que, como sempre, os meninos sentiram fome outra vez. Mitch foi até a cozinha em busca de pipoca.

36

Quando Tanner abriu a casa ao amanhecer de sábado, encontrou Mitch à mesa do café da manhã, digitando no laptop. Havia blocos de anotações e memorandos espalhados.

– Eu não soube como preparar o café e não quis estragar a máquina.

– Eu cuido disso. Mais alguma coisa?

– Não. Vou embora daqui a algumas horas. A Abby vai amanhã. Estamos torcendo pra conseguirmos buscar os meninos até o final da semana que vem, se não for problema. Não queremos abusar.

– Não, senhor, de jeito nenhum. Esta casa foi construída para hóspedes, e o Sr. Ruch gosta da sua companhia. Sua família é maravilhosa, Sr. McDeere. Por favor, não se sinta pressionado nem nada assim. Prometi aos meninos que íamos pescar hoje à tarde, se o tempo permitir.

– Obrigado, Tanner. Eles são garotos da cidade e estão se divertindo muito com essas férias inesperadas. Você é muito paciente com eles.

– São ótimos meninos, Sr. McDeere. Estamos nos divertindo. A Emma chegará em breve para preparar o café da manhã, mas por enquanto posso lhe oferecer alguma coisa?

– Não, obrigado. Só café.

Tanner foi para a cozinha e começou a fazer barulho. Mitch fez uma pausa e saiu para aproveitar a manhã fresca, então as ligações começaram. A primeira foi para Stephen Stodghill, que já estava no escritório. Mitch queria dois assistentes paralegais de prontidão. Jack Ruch estava a caminho.

Cory estava na cidade e ainda dormia, pelo menos até a hora que Mitch tinha ligado. Era início da tarde em Roma, e Roberto tinha acabado de sair do hospital onde Luca passara mais uma péssima noite.

Abby apareceu às sete em busca de café. A Srta. Emma preparou omeletes com queijo, e eles comeram sozinhos na sala de jantar. Como cada dia era absolutamente imprevisível, era difícil se planejar, mas eles precisavam fazer isso. Mitch iria para Nova York dali a meia hora e depois seguiria para Roma. Abby iria no domingo de manhã para Nova York e estaria em seu apartamento encarando aquele maldito Jakl ao meio-dia em ponto. Eles esperavam uma ligação de Noura, e a grande pergunta seria: "Vocês conseguiram o dinheiro?"

A resposta seria: "Sim. O que fazemos agora?"

Mitch tomou banho, trocou de roupa e deu uma espiada nos meninos. Quis muito acordá-los e apertá-los, depois jogar beisebol ao ar livre. Mas as partidas teriam que esperar, apenas mais alguns dias, se tudo desse certo.

Um King Air o aguardava no aeroporto de Islesboro.

O PROCESSO DA LANNAK CONTRA A LÍBIA dizia respeito às despesas não pagas no valor de 410 milhões de dólares, mais juros em torno de 52 milhões. Após os assassinatos e o sequestro, Mitch pediu mais cinquenta milhões por danos adicionais. A quantia foi estimada por ele de forma arbitrária e representava a parte "leve" da reivindicação. Também era difícil calcular os juros com precisão, pois aumentavam todo dia. Do valor pedido originalmente, os 410 milhões de dólares, cerca de metade incluía quantias que, pelo menos na opinião de Mitch, tinham que ser reembolsadas. Incluíam encargos "pesados" de mão de obra, suprimentos, cimento, aço, equipamentos, transporte, honorários dos profissionais, e por aí vai. Eram custos que haviam sido incluídos no projeto desde o primeiro dia e incorriam independentemente de quanto a Lannak e os líbios brigassem por causa de pedidos de alteração e falhas no projeto.

Ao longo das muitas horas dentro de aviões, Mitch e Stephen tinham analisado todas as faturas e planilhas de horas trabalhadas. Os dois tinham elaborado um relatório de quatro páginas com as despesas pagas pela Lannak. Por diversão, deram o nome de *Dossiê GPKLN84. Grande*

Ponte Khadafi para lugar nenhum. A camisa de Clark no time de beisebol era a número 8. A de Carter, 4.

Na sala de reuniões de Jack, Stephen distribuiu os rascunhos atuais do dossiê e Mitch ficou parado ao lado da janela. Jack, Cory e Darian examinaram os documentos. Dois assistentes paralegais estavam sentados no corredor, do lado de fora da porta fechada, aguardando instruções. Eram 11h45 de uma linda manhã de sábado do final de maio.

– Analisamos todos os números pra que vocês não precisem fazer isso – disse Mitch. – O último parágrafo da página quatro resume tudo. Conseguimos argumentar que há pelo menos 170 milhões de dólares de despesas não pagas que são incontestáveis. Não preciso dizer que consideramos que a Lannak deve receber meio bilhão de dólares e estou confiante de que posso provar isso em Genebra, mas isso fica pra outro dia.

– Um acordo parcial, então? – perguntou Jack.

– Exatamente. Apresentamos isto aos líbios agora, hoje mesmo, e exigimos o pagamento. E deixamos claro que um acordo rápido poderia muito bem facilitar a libertação de Giovanna Sandroni.

Ninguém no pequeno grupo pareceu se convencer.

Jack deixou seu exemplar do relatório sobre a mesa e esfregou os olhos.

– Eu não entendo. Você vai pedir pros líbios pagarem 170 milhões à Lannak pra que a gente possa pagar o resgate.

– Não. Vamos pedir pros líbios pagarem essa quantia porque eles devem essa quantia.

– Entendi. Mas e a Lannak? Eles vão contribuir com essa grana toda só porque são bonzinhos?

– Não. Pra ser sincero, não sei o que eles vão fazer, mas eles vão direcionar algum valor pro fundo de resgate.

– Você poderia dizer quem mais vai contribuir pro fundo neste momento? – perguntou Darian. – Alguém? Pagamos dez milhões e ainda faltam noventa, certo?

– Exato – disse Mitch.

Ele olhou para Jack, que desviou o olhar. Nem Darian nem Cory sabiam que o poderoso Scully & Pershing tinha se recusado a colaborar mais para o resgate.

– Há muitas variáveis, Darian – prosseguiu Mitch. – Continuamos colocando uma forte pressão nos círculos diplomáticos, em Roma e Londres.

– E qual seria o objetivo?

– Arrancar dinheiro dos dois governos pra evitar o assassinato de uma refém importante. Acabamos de descobrir que no ano passado os britânicos pagaram cerca de dez milhões de libras pra trazer uma enfermeira de volta do Afeganistão. Tecnicamente, isso é contra a lei deles, mas às vezes as leis impedem que vidas sejam salvas. Pedimos aos britânicos e aos italianos 25 milhões de cada, e sabemos que ambos os pedidos estão sendo avaliados pelos respectivos primeiros-ministros.

– E a apólice do seguro? São mais 25, certo?

– Errado – disse Jack. – A seguradora negou a cobertura. Nós pretendemos processar, mas isso vai levar alguns anos. Temos quatro dias.

Confuso, Cory olhou para Mitch e perguntou:

– Como foi que você soube da enfermeira no Afeganistão?

– Fontes. De Washington.

– Podemos falar disso mais tarde?

– Talvez. Se houver tempo. Não é uma prioridade no momento.

Cory recuou, se sentindo repreendido. A enfermeira era uma informação secreta da qual ele deveria ter conhecimento, mas não os advogados do Scully.

– Mais alguma coisa? – perguntou Mitch. – O plano é transmitir isso ao Roberto em Roma e ao Riley em Londres e aumentar a pressão sobre as embaixadas da Líbia por lá.

Jack balançou a cabeça e disse:

– É um tiro no escuro, Mitch.

– Claro que é um tiro no escuro, não temos garantia de nada e tal. Eu entendo! Mas alguém tem uma ideia melhor?

Mitch se arrependeu imediatamente do tom áspero. Afinal, ele estava se dirigindo ao sócio-gerente. Por enquanto, pelo menos.

– Desculpe – disse Jack, como um verdadeiro amigo. – Estou dentro.

A REUNIÃO PASSOU DA SALA de conferências do Scully & Pershing para a cabine de um Gulfstream G450 estacionado no aeroporto de Teterboro, em Nova Jersey. Depois que todos apertaram os cintos – a mesma equipe, com exceção dos assistentes paralegais –, a comissária de bordo anotou os pedidos de bebidas e informou que pousariam em Roma dali a sete horas. O almoço seria servido quando atingissem a altitude necessária. Telefones e Wi-Fi estavam funcionando. Havia dois sofás na cabine traseira para quem quisesse tirar uma soneca.

POUCO DEPOIS DAS SETE DA NOITE em Roma, Roberto Maggi entrou no Caffè dei Fiori, no bairro de Aventino, no sudoeste de Roma. Diego Antonelli morava logo ao lado e concordou em tomar uma rápida taça de vinho. Ele e a esposa tinham planos de jantar mais tarde, e ele não fez questão de esconder seu aborrecimento com o fato de estar sendo incomodado em pleno sábado. Mas, por mais incomodado que estivesse, também entendia a gravidade do assunto. O governo ao qual servia estava sendo açoitado por acontecimentos fora de seu controle, sendo pressionado a proteger uma cidadã italiana mantida como refém, sendo que não lhe era permitido tomar conhecimento de detalhes do sequestro nem da possível libertação. Eles não podiam negociar. Não podiam pensar em um resgate. Apenas os norte-americanos estavam em contato com os sequestradores, e isso tinha se tornado uma fonte de grande irritação.

Eles se sentaram a uma pequena mesa de canto e pediram taças de Chianti. Roberto começou dizendo:

– O acordo com o Carlotti está fora de questão.

– Bom saber. O que houve?

– O Carlotti ficou com medo. Os advogados o convenceram de que ele estaria arriscando demais ao tentar passar por cima das nossas leis. Ele quer ajudar o Luca, claro, mas também quer evitar confusão. Além disso, a ala norte-americana do meu escritório estava arisca. Tem uns promotores federais bem enjoados por lá, e eles iam adorar pegar um grande escritório de advocacia sujando as mãos.

Diego assentiu, como se entendesse perfeitamente as motivações dos promotores federais nos Estados Unidos. O vinho chegou, e eles brindaram.

– Tem mais uma coisa – disse Roberto.

– Não me diga.

Diego olhou para o relógio. Dez minutos e ele já estava pronto para ir embora.

– Nossa cliente é a Lannak, a empreiteira turca.

– Sim, sim. Eu conheço o processo. Arbitragem. Eu converso com o Luca.

– Temos o plano de fazer um acordo apenas parcial e o mais rápido possível. Parte do dinheiro irá para o resgate. Queremos que o seu chefe se encontre com o embaixador líbio o mais depressa possível e o convença a pressionar a Líbia a resolver a questão.

– Perda de tempo.

– Talvez, mas e se um acordo levar à libertação da refém?

– Não estou entendendo.

– Dinheiro. Pegamos um pouco do dinheiro e juntamos no bolo. – Roberto tirou um envelope pardo tamanho ofício da pasta e entregou por cima da mesa. – Leia e você entenderá.

Diego o pegou sem demonstrar interesse. Tomou um gole de vinho e disse:

– Vou entregar ao meu chefe.

– Quanto antes melhor. É muito urgente.

– Estou sabendo.

37

Já passava das três da manhã de domingo quando as duas vans que transportavam a equipe do Scully pararam em frente ao Hassler Hotel, no centro de Roma. Os viajantes exaustos não perderam tempo para sair dos veículos, fazer check-in e ir para os quartos. Mitch já tinha ficado lá e sabia que as Escadarias da Praça da Espanha ficavam bem em frente ao hotel. Seu quarto era voltado para o leste, e, antes de cair na cama, ele abriu as cortinas e sorriu para a fonte e a praça lá embaixo, ao pé da famosa escadaria. Sentiu saudade de Abby e desejou que pudessem aproveitar a noite juntos.

O dia prometia ser longo e estressante. O sono podia esperar. A equipe se reuniu às nove para tomar café da manhã em um refeitório privativo. Roberto Maggi se juntou a eles e contou que Luca estava se preparando para sair do hospital e voltar para casa. Não ficou claro o que os médicos achavam disso. A boa notícia foi um telefonema de Diego Antonelli uma hora antes, no qual ele informou que o próprio primeiro-ministro tinha falado com o embaixador da Líbia na Itália e insistido na necessidade de um rápido acordo no processo.

No fim de semana, Roberto havia passado um tempo ao telefone com Denys Tullos, principal consultor jurídico da família Celik em Istambul. Tullos transmitiu a notícia animadora de que o vice-ministro das Relações Exteriores da Turquia havia jantado na noite anterior com o embaixador da Líbia na Turquia. A principal pauta deles era a Lannak.

Assim, os embaixadores da Líbia na Itália, na Turquia e no Reino Unido estavam sendo pressionados em várias frentes para acelerar o acordo. O que isso significava em Trípoli era uma incógnita. Roberto, com mais experiência na Líbia do que qualquer outra pessoa no recinto, alertou a todos para que não ficassem otimistas.

Além de Mitch e Jack, ninguém mais na sala sabia quanto dinheiro tinha sido realmente angariado para o fundo de resgate. Ambos sentiram que Cory e Darian achavam que o Scully, com seus recursos consideráveis, não estava fazendo o suficiente para ajudar. Isso porque não sabiam de nada – e é claro que jamais saberiam. Do outro lado do Atlântico, na traseira do jato, Mitch perguntara a Jack se ele achava que era remotamente possível voltar ao comitê administrativo e implorar mais uma vez. Jack disse que não. Pelo menos não naquele momento.

ENQUANTO SUBIA DE ELEVADOR até o apartamento, Abby tentava ignorar a frustração com a segurança armada, as entradas e saídas pelo subterrâneo, a vigilância, os SUVs pretos e toda aquela rotina ridícula de espionagem. Queria o marido em casa e os filhos de volta à escola. Queria a normalidade.

E queria pegar o Jakl e atirá-lo pela janela no meio da Columbus Avenue, onde ele se quebraria em mil pedaços e nunca mais conseguiria rastreá-la. Em vez disso, colocou o aparelho sobre a mesa da cozinha enquanto passava um café e tentou ignorá-lo.

Às 12h05, como Mitch previu, Noura ligou e, pela primeira vez, tentou ser um pouco simpática.

– Como foi sua viagem?

– Adorável.

– É meio-dia de domingo. O prazo é às cinco da tarde de quarta-feira, horário do leste dos Estados Unidos.

– Se você diz. Não estou em posição de discutir.

– Conseguiram o dinheiro?

A resposta tinha sido ensaiada uma dezena de vezes. Não havia um jeito lógico de explicar os esforços em curso para angariar cem milhões de dólares sob tamanha pressão. Noura e seus colegas revolucionários provavelmente eram ingênuos o bastante para acreditar que um gigantesco escritório de advocacia como o Scully podia simplesmente preencher um cheque e tudo ficaria bem. Eles estavam certos e errados.

– Sim.

Fez-se uma pausa, como se Noura tivesse sentido alívio do outro lado. Do lado de Abby não havia nada além de pavor.

– Ótimo. Atenção para as suas instruções. Por favor, ouça com atenção. Você vai viajar hoje à noite para Marrakech, no Marrocos.

Abby quase deixou o telefone cair. Em vez disso, apenas o encarou. Ela estava em casa havia uma hora. Sua família estava espalhada pelo mundo. Seu trabalho estava sendo negligenciado. Sua vida inteira estava de cabeça para baixo, e a última coisa que ela queria era passar o dia seguinte num avião para o norte da África.

– Está bem – murmurou ela.

Pela enésima vez, Abby se perguntou: "Por que estou no meio desta confusão?"

– O voo 55 da British Air parte do JFK hoje à tarde, às cinco e dez. Há assentos na classe executiva, mas faça a reserva agora. Haverá uma escala de três horas no Gatwick, em Londres, e depois são mais oito horas sem escalas até Marrakech. Você será monitorada ao longo do trajeto, mas não estará em perigo. Em Marrakech, pegue um táxi até o La Maison Arabe Hotel. Depois que chegar lá, aguarde novas instruções. Alguma pergunta?

Apenas mil.

– Tenho, sim, mas me dá um minuto.

– Você já esteve em Marrakech?

– Não.

– Ouvi dizer que é lindo. Superdecadente, muito popular entre vocês.

Quem quer que fossem "vocês", era óbvio que Noura não os aprovava. Ocidentais.

Dois anos antes, Abby havia tentado comprar um livro de receitas de um chef marroquino de Casablanca. Ele tinha um pequeno restaurante no Lower East Side, e ela e Mitch comeram lá duas vezes. Era barulhento e tumultuado, sempre cheio de marroquinos que adoravam se sentar juntos em mesas compridas e recepcionar desconhecidos. Eles amavam o próprio país, a cultura e a comida e falavam que sentiam saudades de casa. Ela e Mitch haviam conversado sobre passar férias lá. Tinham lido o suficiente para saber que Marrakech era repleta de história e cultura e atraía muitos turistas, principalmente da Europa.

– Tenho certeza de que esse telefone vai funcionar quando eu estiver lá – disse Abby.

– Sim, claro. Mantenha-o sempre com você.

– E eu tenho que sair agora?

– Sim. O prazo é quarta-feira.

– Estou sabendo. Preciso de visto?

– Não. Há um quarto reservado pra você no hotel. Não conte a ninguém além do seu marido. Entendido?

– Sim, sim, claro.

– É imperativo que você viaje sozinha. Estaremos de olho.

– Pode deixar.

– Você precisa entender que essa é uma situação extremamente perigosa. Não por você, mas pela refém. Se algo der errado ou se houver uma tentativa de resgate sem o pagamento do valor combinado, ela será executada no mesmo instante. Entendido?

– Claro.

– Estamos acompanhando tudo. Um movimento em falso e as consequências serão desastrosas pra refém.

– Entendido.

ABBY FECHOU OS OLHOS, tentou firmar as mãos trêmulas e respirar fundo. Seus pensamentos estavam misturados e agitados. Os filhos: eles estariam igualmente seguros se ela estivesse fora do país ou em Nova York. Mitch: não estava preocupada com a segurança dele, mas e se ele se opusesse à viagem dela? Nao seria nada mau ouvir um não. Seu trabalho: o dia seguinte seria uma segunda-feira, e, como sempre, sua agenda estava lotada a semana inteira. O resgate: o que aconteceria se eles não conseguissem o dinheiro? Ela já estava mentindo sobre ter o valor em mãos, mas não tinha escolha.

E Giovanna. Nada realmente importava, exceto "a refém".

Abby ligou para Mitch do telefone verde, mas não conseguiu falar com ele.

Ela abriu o laptop e reservou o voo; só de ida, porque não fazia ideia de quando poderia retornar.

CONTRA A VONTADE DOS MÉDICOS, Luca deixou o Gemelli Hospital e estava sentado no banco da frente do carro enquanto Bella ziguezagueava pelo trânsito. Chegando em casa, pediu uma salada caprese na varanda, e ele e Bella comeram à sombra de um guarda-sol. Ele pediu que ela telefonasse para Roberto e o convidasse para ir até lá, junto com Mitch e Jack Ruch.

Depois de mais um cochilo, Luca voltou à varanda e cumprimentou os colegas de Nova York. Ele queria detalhes de tudo – cada reunião, telefonema, encontro com os sócios. Ele ficou irritado com a relutância dos italianos. Em momento algum confiou de fato nos britânicos. Ainda achava que o processo da Lannak teria um bom desfecho.

Quando chegou o momento certo e quando ficou óbvio que Jack não daria a má notícia, Mitch disse a Luca que o escritório tinha se recusado a pedir dinheiro emprestado para pagar o resgate.

– Eu tenho vergonha de dizer isso, Luca, mas os sócios tiraram o corpo fora e disseram não.

Luca fechou os olhos e, por um longo tempo, tudo ficou em silêncio. Em seguida, ele tomou um gole de água e disse, com uma voz baixa e áspera:

– Espero viver o suficiente pra ver minha filha. E espero viver o suficiente pra ficar cara a cara com meus estimados colegas e chamá-los de covardes.

38

Dia 40. Ou era 41? Ela não tinha mais certeza, porque não havia luz do sol, apenas escuridão. Nada para medir o tempo. Mesmo quando eles a mudavam de lugar, a cabeça estava coberta e os olhos, vendados, e ela não via nada além de um breu completo. E eles a mudavam de lugar o tempo todo, de uma cabana que fedia a animais de fazenda para uma caverna com chão de areia, para um quarto escuro em uma casa com ruídos urbanos não muito distantes, para um porão subterrâneo úmido onde pingava água enferrujada no catre em que ela dormia, dificultando o sono. Ela nunca ficava mais de três noites no mesmo lugar e não tinha certeza de quando era dia ou noite. Comia quando lhe ofereciam frutas, pão e água morna, mas nunca era suficiente. Eles tinham dado a ela papel higiênico e absorventes, mas ela não tinha tomado banho nenhuma vez. O cabelo longo e pesado estava emaranhado e pegajoso por causa da oleosidade e da sujeira. Depois de comer, sabendo que passaria horas sem ser incomodada, ela se despia e tentava lavar a roupa íntima com um pouco de água. Dormia por longos períodos, apesar da água pingando.

A pessoa responsável por ela era uma jovem, provavelmente não mais do que uma adolescente, que nunca falava nem sorria e tentava evitar qualquer contato visual. Ela usava um véu e sempre o mesmo vestido preto desbotado que pendia como um lençol e era arrastado pelo chão. Para se distrair, Giovanna a apelidou de "Gipsy Rose" em homenagem à famosa stripper. Ela duvidava que a garota alguma vez tivesse tirado a roupa na presença de um homem. Aonde quer que Giovanna fosse, Gipsy Rose também ia. Ela tentou interagir com poucas palavras, mas a garota obviamente havia sido instruída a não falar com a prisioneira. Quando chegava a hora de mudarem de lugar, Gypsy Rose aparecia com um par de algemas enormes, uma venda e uma pesada mortalha preta. Ao longo do sequestro, Giovanna não tinha visto o rosto de nenhum homem. De vez em quando, ouvia vozes baixas do lado de fora da porta, mas elas desapareciam.

Ela se lembrou do caso *Gibbons*, dos tempos da faculdade de direito. Gibbons passou mais de vinte anos preso no corredor da morte em um presídio do Arkansas, confinado em uma cela de 2,5 x 3 metros, da qual era liberado uma hora por dia para se exercitar no pátio. Ele processou o estado, alegando que o confinamento na solitária violava a Oitava Emenda, que proíbe a prática de punições cruéis e incomuns. Quando a Suprema Corte dos Estados Unidos concordou em ouvir o caso, ele atraiu uma enorme atenção, principalmente por causa dos milhares de prisioneiros que viviam em solitárias. Todos se juntaram: advogados do corredor da morte, psiquiatras, psicólogos, sociólogos, professores de direito, criminalistas, grupos defensores de direito prisional e dos direitos civis e especialistas em direito penal. Praticamente todos concordavam que a solitária era uma punição cruel e incomum. A Suprema Corte não, e Gibbons acabou sendo executado. O caso ficou famoso e foi incluído no livro de direito constitucional que Giovanna comprou e estudou na universidade.

Depois de 40 ou 41 dias numa solitária, ela entendia. Podia se qualificar como perita e explicar, em depoimentos intensos, exatamente como e por que esse tipo de confinamento era inconstitucional. As privações físicas já eram bem graves: falta de comida, água, sabonete, escova de dente, lâminas, absorventes, exercícios, livros, roupas limpas, banho quente. Mas ela fizera alguns ajustes e tinha conseguido sobreviver. O aspecto mais enlouquecedor da solitária era a falta de contato humano.

E, pelo que ela se lembrava, Gibbons tinha televisão, rádio, colegas na cela ao lado, guardas que levavam uma comida horrorosa três vezes ao dia, 2.200 calorias diárias, dois banhos por semana, visitas ilimitadas do advogado, visitas da família nos fins de semana e muitos livros e revistas. Mesmo assim ele enlouqueceu, e o Arkansas o matou de qualquer maneira.

Se algum dia ela voltasse a ser livre, talvez levasse em consideração abandonar o mundo dos grandes escritórios e trabalhar para um advogado especializado em penas de morte ou para um grupo defensor do direito prisional. Adoraria ter a oportunidade de testemunhar em juízo ou talvez perante legisladores e detalhar os horrores da vida no confinamento solitário.

Gypsy Rose voltou com as algemas, e elas seguiram a rotina de sempre. Giovanna franziu a testa ao ver que sua algoz estava com os olhos marejados, mas não disse nada, depois juntou os pulsos. Gypsy Rose fechou as algemas ao redor deles como uma policial veterana. Giovanna se inclinou para que ela pusesse a venda, um pano grosso de veludo que fedia a naftalina velha. Seu mundo estava às escuras outra vez. Gypsy colocou o capuz sobre a cabeça de Giovanna e a conduziu para fora da cela. Depois de alguns passos, Giovanna quase parou ao ouvir um soluço baixinho de Gypsy Rose como uma demonstração de sentimentos. Mas por quê? A verdade cruel é que, depois de cuidar da refém por tanto tempo, sentia algo por ela. Naquele momento, o sequestro tinha chegado ao fim. Depois de quarenta dias, o grande momento tinha chegado. A prisioneira estava prestes a ser sacrificada.

Elas saíram, e o ar estava mais fresco. Deram alguns passos, depois dois homens com mãos fortes a colocaram na traseira de um veículo e se sentaram ao lado dela. O motor foi ligado, a caminhonete começou a andar e logo eles estavam sacolejando ao longo de outra estrada arenosa em algum lugar do Saara.

Gypsy Rose tinha se esquecido de levar a tigela matinal de frutas. Depois de uma hora, Giovanna estava faminta outra vez. Não havia ventilação na traseira da caminhonete ou seja lá qual fosse o veículo, e o rosto e os cabelos de Giovanna suavam de pingar sob a mortalha grossa. Às vezes, era difícil respirar. Seu corpo inteiro estava suando. Seus raptores exalavam um odor corporal pungente que ela fora forçada a suportar muitas vezes. O fedor dos soldados do deserto que raramente tomavam banho. O cheiro dela também não estava muito refrescante.

Como refém, ela havia percorrido milhares de quilômetros em estradas brutais sem ver uma nesga do lado de fora. Aquela viagem, entretanto, estava diferente.

A caminhonete parou. O motor foi desligado. Correntes chacoalharam, e os homens a colocaram no chão. Estava quente, mas pelo menos ela estava ao ar livre. Havia vozes ao redor enquanto algo estava sendo organizado. Um guarda segurou firmemente o cotovelo direito dela; outro pegou o esquerdo. Eles a levaram de um lado para outro, depois subiram degraus íngremes de madeira, embora ela não conseguisse ver os pés. Os guardas a ajudaram a subir levantando seus braços. Ela teve a sensação de estar com outras pessoas que também lutavam para subir os degraus. Em algum lugar mais acima, um homem murmurava algo em árabe que parecia uma oração.

Quando a subida terminou, eles se arrastaram ao longo de uma plataforma de madeira até pararem. Imóveis. Aguardando.

O coração de Giovanna batia forte, e ela mal conseguia respirar. Quando colocaram uma corda em volta do seu pescoço e a apertaram, ela quase desmaiou. Perto dela, um homem estava rezando. Outro estava chorando.

MAIS UMA VEZ, OS ASSASSINOS OPTARAM por fazer tudo diante das câmeras. O vídeo começou com as quatro vítimas já posicionadas na forca, com cordas no pescoço e as mãos algemadas às costas. Da esquerda para a direita, os três primeiros usavam uniformes das Forças Especiais da Líbia. Tinham sido capturados pelos homens de Barakat no segundo ataque, cinco dias antes, perto de Ghat. A quarta pessoa estava na ponta da direita e usava saia ou vestido, e não uniforme. Logo atrás de cada um deles havia um combatente mascarado com um fuzil de assalto.

O sobrenome FARAS apareceu na parte inferior da tela e, segundos depois, Faras foi empurrado pelo atirador atrás dele. O homem tombou para a frente, caiu de uma altura de 4,5 metros, parou abruptamente quando a corda se esticou e gritou no momento em que o pescoço se partiu. O corpo se sacudiu violentamente por alguns segundos e aos poucos foi se entregando. As botas estavam a um metro e meio da areia. Para garantir, uma espécie de comandante avançou com uma pistola automática e disparou três balas no peito de Faras.

Os dois soldados seguintes estremeceram a cada tiro e teriam desmaiado se não fossem as cordas. Eles cairiam em breve. A mulher na ponta estava com o corpo rígido e imóvel, como se estivesse atordoada demais para reagir.

Hamal foi o seguinte: aos 28 anos, o soldado veterano, com esposa e três filhos em Benghazi, foi assassinado por uma gangue de insurgentes. Momentos depois, Saleel deu seu último suspiro.

A câmera mudou o foco e se voltou para a mulher, SANDRONI. Segundos se passaram, depois um minuto sem nenhum movimento em lugar nenhum ou, pelo menos, nenhum diante das câmeras. De repente, o zumbido inconfundível de uma serra elétrica começou, fora de quadro.

O guarda atrás dela se aproximou, afrouxou a corda e a removeu. Ele pegou o braço dela, e, enquanto era levada, o vídeo terminou.

39

Era vantajoso ter um romano nativo no grupo. Roberto Maggi conhecia todos os restaurantes, principalmente os famosos, com avaliações estreladas e preços exorbitantes. Mas também conhecia as *trattorias* de bairro, onde a comida era igualmente saborosa. Com o relógio correndo, ninguém tinha disposição para um jantar de três horas numa noite de domingo. Ele escolheu um lugar chamado Due Ladroni, "dois ladrões" em italiano, e eles fizeram uma caminhada de quinze minutos pela Via Condotti. É claro que Roberto conhecia a proprietária, uma irlandesa alegre, e ela não se importou nem um pouco em reorganizar as mesas para acomodar os seis ao ar livre.

Mitch estava lendo o cardápio quando o telefone verde vibrou. Era Abby.

– Preciso atender – disse enquanto se levantava. – É a minha esposa.

Ele dobrou a esquina, atendeu e absorveu o golpe. Abby era aguardada no Marrocos. Ela repassou a conversa que tivera com Noura, nos mínimos detalhes. Era quase uma da tarde em Nova York. O voo dela saía do JFK às 17h10. Será que ela deveria ir? O que deveria fazer? Estaria segura? A primeira reação dele foi se opor. É perigoso. Pense nos meninos. Mas ele se deu conta de que seu julgamento estava turvado pela última visita dele ao Norte da África. Abby já havia pesquisado na internet e estava convencida de que a viagem seria razoavelmente segura. Afinal, era a British Airways. O hotel era caro, muito bem avaliado por revistas e sites de viagens. Quanto mais ela pesquisava, mais atraente Marrakech se tornava, embora ela sempre fosse se sentir vulnerável. Ela não seria uma turista típica.

A confiança dela o acalmou um pouco, mas ele ainda estava preocupado com o que poderia acontecer à esposa se eles não conseguissem entregar o dinheiro. O fundo ainda estava vazio. Eles não iam sequestrá-la também. Não em um hotel quatro estrelas. E por que fariam isso? Se Mitch e sua equipe não conseguiam arrecadar dinheiro para uma refém, por que tentariam uma segunda?

Enquanto conversavam, ele voltou rapidamente até a mesa e disse a Roberto:

– Vou pedir um *cioppino*, o ensopado de peixe. – Era seu prato preferido, mas depois ele se lembrou do ensopado de frutos do mar em Trípoli. – Notícias importantes – disse a Jack e se retirou, dobrando a esquina.

Abby tinha que ir. Não havia dúvida. Ela fora escolhida como mensageira desde o início e, por Giovanna, tinha obrigação de seguir as instruções. Eles combinaram o plano e Mitch prometeu ligar de volta dali a uma hora. Ela começou a fazer as malas, embora não tivesse ideia de quanto tempo ficaria fora. A temperatura já passava dos trinta graus no Marrocos. Onde estavam suas roupas de verão?

Quando Mitch voltou para a mesa, a equipe estava esperando. De início ficaram impressionados com as notícias, depois preocupados. A ideia de que Abby estava sendo levada ao Marrocos para intermediar a soltura de Giovanna era animadora. Entretanto, o que ela poderia fazer sem dinheiro nenhum?

Cory falou pouco, mas estava pensando. Mitch lhe perguntou:

– O que você acha da segurança? Pra Abby?

– Risco baixo a moderado. Ela vai para um hotel bom, cheio de turistas europeus. Se eles pedirem pra ela fazer algo suspeito, basta dizer não. E nós estaremos lá. – Ele olhou para Darian e disse: – Acho que eu deveria ir, pegar um avião e levar uma enfermeira. Fico hospedado em um hotel próximo. Faço contato com a Abby. Monitoro cada passo dela. Vocês têm um pessoal no Marrocos, não têm?

– Temos, sim – respondeu Darian. – Vou avisar a eles.

– Uma enfermeira? – perguntou Roberto.

Cory assentiu e disse:

– Não temos a menor ideia de como a Giovanna está.

– É sempre melhor ter uma enfermeira, se possível – acrescentou Darian.
– Vou ficar aqui com a equipe.

– Claro.

– Jack, podemos usar o jatinho?

Jack não esperava receber esse pedido e hesitou apenas um pouco, como se não quisesse abrir mão do avião.

– Claro. Há vários disponíveis.

Outras ideias surgiram e desapareceram enquanto eles tentavam aproveitar o jantar. O otimismo ia e vinha. Num instante estavam entusiasmados com a viagem de Abby ao Marrocos, e, no seguinte, preocupados com o resgate.

Depois que escureceu, e enquanto voltavam para o Hassler e tentavam aproveitar mais uma bela noite em Roma, o telefone de Roberto tocou. Era Diego Antonelli. Roberto se afastou um pouco dos demais e ouviu atentamente enquanto Diego tagarelava em italiano. Havia rumores em Trípoli. Em algum lugar nas profundezas do regime, um diplomata de alto escalão tinha sido contactado pelas embaixadas deles em Roma, Londres e Istambul, todas insistindo no mesmo plano de ação. O diplomata sênior era alguém da confiança de Khadafi, e as expectativas eram de que chegariam a um acordo.

Uma hora depois, Riley Casey ligou de Londres para Mitch com notícias semelhantes. Sir Simon Croome havia recebido um telefonema de um velho amigo no Ministério das Relações Exteriores. Corria o boato de que o embaixador da Líbia no Reino Unido também havia sido informado de que o seu governo tinha decidido resolver a questão da Lannak integralmente e de imediato.

Mitch, Jack e Roberto se reuniram em um canto escuro do bar do Hassler Hotel para conversar sobre o cliente. Presumindo que haveria um acordo, e eles eram cautelosos o suficiente para não presumirem nada, eles precisavam de uma estratégia para pressionar a Lannak a usar o dinheiro para o resgate. Roberto, que os conhecia melhor pela longa história da empresa com Luca, achava provável que os Celiks concordassem, mas apenas com alguma garantia de que em algum momento receberiam os 400 milhões de dólares. Os três advogados sabiam que não havia garantias em um litígio. Um advogado que prometesse algo do tipo era um tolo.

Roberto queria algumas respostas.

– Será que vocês conseguem convencer o Scully a pedir o dinheiro emprestado? – perguntou ele a Jack. – Eu sei que você já tentou, mas poderia tentar de novo?

– Talvez, mas não estou nada otimista com eles neste momento.

– Que perturbador... O Luca está arrasado e se sentindo traído.

– Por um bom motivo – disse Mitch.

– Será que o comitê votaria de forma diferente se ela fosse filha de um sócio norte-americano?

– Ótima pergunta – murmurou Mitch.

– Não sei – respondeu Jack. – Mas duvido. A maioria está mais preocupada em proteger os próprios bens. Pedir que eles assinassem e garantissem um empréstimo naquele valor foi assustador demais, eu acho. Eu tentei, Roberto.

– O Luca está colocando dez milhões do próprio bolso. Ele hipotecou tudo. E esperava mais do escritório.

– Eu também. Sinto muito.

DESDE O MOMENTO EM QUE ENTROU no lounge da British Airways no aeroporto JFK, Abby procurou quem pudesse estar de olho nela. Não seguindo, mas "monitorando", como dissera Noura. Como não viu ninguém suspeito e estava plenamente consciente de que alguém em seu encalço não pareceria nem um pouco suspeito, ela relaxou, pediu um café espresso e pegou uma revista.

Ela sempre tinha gostado da British Airways e estava satisfeita com o fato de a companhia levá-la até Marrakech. Lembrou-se, achando graça, do trajeto tortuoso que Mitch percorrera de Nova York a Trípoli no mês anterior. Foram trinta horas e três companhias aéreas. Ela precisaria de apenas uma, e a British Airways era uma de suas favoritas. A classe executiva era bem confortável. O champanhe estava delicioso. O jantar era razoável, mas ela havia se tornado tão esnobe em assuntos gastronômicos que nada servido em um avião poderia ser descrito como delicioso.

Pensou nos filhos e nos momentos maravilhosos que os dois estavam tendo à mesa da Srta. Emma, comendo exatamente o que queriam e recebendo pouca ou nenhuma cobrança dos avós. Quantas crianças comem lagosta todos os dias?

A escala no aeroporto Gatwick, em Londres, durou três horas e vinte minutos. Para matar o tempo, ela cochilou em uma cadeira, viu o nascer do sol, leu revistas e trabalhou em um livro de receitas do Laos. Notou um cavalheiro norte-africano vestindo um terno de linho branco e alpargatas azuis tentando esconder a maior parte do rosto sob um chapéu-panamá. Na terceira vez que o pegou olhando para ela, concluiu que ele era um de seus "monitores". Deixou pra lá, imaginando que haveria momentos mais tensos pela frente.

40

Samir ligou para Mitch na segunda de manhã e disse que tinha boas notícias. Mitch o convidou para tomar café da manhã com Roberto no Hassler, e os três se encontraram no restaurante às nove e meia.

Ao longo dos últimos dez dias, Mitch andava tão descompassado que nem sabia mais quem ia pagar pelo quê. Tinha perdido o controle das despesas, um pecado para qualquer advogado de um grande escritório. O Hassler estava custando a alguém setecentos dólares por noite, mais refeições e bebidas. Ele presumiu que a Lannak acabaria recebendo as faturas, mas não parecia justo. Os Celiks não eram responsáveis pelo sequestro de Giovanna. O Scully talvez tivesse que arcar com as despesas, e Mitch não via o menor problema nisso, porque estava ressentido com o escritório.

Samir era todo sorrisos quando eles se acomodaram. E foi rápido em anunciar, baixinho:

– Recebi uma ligação de Trípoli hoje de manhã, do meu amigo do Serviço de Relações Exteriores. Ontem à noite, ele ficou sabendo que o governo decidiu fazer um acordo com a Lannak o mais rápido possível.

Mitch engoliu em seco e perguntou:

– De quanto?

– Entre quatrocentos e quinhentos milhões.

– É uma faixa muito ampla.

– Excelentes notícias, Samir – disse Roberto. – Vamos conseguir resolver isso rápido?

– Meu amigo acredita que sim.

Eles pediram café, suco e ovos. Mitch olhou para o telefone. Uma mensagem de Abby. Ela havia saído do Gatwick na hora prevista. Alguns e-mails novos, nenhum relacionado a Giovanna e, portanto, sem tanta importância. Ele precisava ligar para Omar Celik em Istambul para atualizá-lo. O acordo parecia provável, mas ele decidiu esperar uma hora.

Mitch perdeu o interesse pelo café da manhã.

UMA HORA DEPOIS, TODA A EUFORIA inicial acerca da probabilidade de um acordo rápido foi abalada por um vídeo de dois minutos enviado por mensagem de texto a dois jornais de Londres, *The Guardian* e *The Daily Telegraph*, a dois jornais italianos, *La Stampa* e *La Repubblica*, e ao *The Washington Post*. Poucos minutos depois, o vídeo já tinha viralizado. Um associado do Scully em Milão viu e ligou para Roberto.

Na sala de conferências do hotel, Mitch abriu apressadamente o laptop e aguardou. Roberto pairava atrás de seu ombro esquerdo e Jack, do direito. Darian ficou por perto. Eles assistiram, mudos e sem acreditar, enquanto os três soldados encapuzados, em trajes completos do comando líbio, eram empurrados da forca improvisada e se contorciam violentamente, pendurados nas cordas. Faras, Hamal, Saleel. Eles se sacudiram ainda mais a cada tiro no peito.

Roberto perdeu o fôlego com a imagem de "Sandroni". Obviamente uma mulher, de saia ou vestido, no canto direito, corajosamente de pé com uma mortalha preta cobrindo a cabeça e uma corda em volta do pescoço.

– Meu Deus – murmurou ele, depois disse algo em italiano que Mitch nunca tinha ouvido.

Alguns segundos se passaram e, misericordiosamente, a corda foi removida. Ela foi levada embora, com a vida poupada naquele momento.

Eles assistiram mais uma vez. Após se recuperar, Roberto ligou para Bella e disse a ela que mantivesse Luca longe do telefone, do computador e da televisão. Ele e Mitch estariam lá o mais rápido possível.

Assistiram pela terceira vez.

Mitch soube de imediato que aquilo acabaria com qualquer interesse que os líbios pudessem ter em preencher um cheque gordo para a Lannak e seus advogados. Ele tinha quase certeza de que Samir havia passado adiante o segredo de que os sequestradores haviam feito contato com o Scully. Não era exagero acreditar que o regime culpava o Scully por toda aquela confusão, para início de conversa.

O assassinato a sangue-frio de mais três soldados líbios, com o agravante de ser em solo líbio, provavelmente provocaria no coronel um acesso de raiva e vingança. Propor um acordo em um processo constrangedor, uma chateação ao menos para ele, acabara de perder toda a importância que pudesse ter. Naquele momento, ele estava sendo ridicularizado no cenário mundial.

Mitch fechou o laptop, e os advogados olharam para os próprios telefones.

Samir ligou de seu hotel para checar se eles já tinham visto. Ele disse a Roberto que aquele vídeo não ajudaria em absolutamente nada. Temia ainda mais pela segurança de Giovanna. Ele estava em contato com fontes em Trípoli e ligaria se soubesse de algo substancial.

Eles fizeram várias ligações ao longo da manhã arrastada, porque não havia mais nada a fazer. Jack teve uma longa conversa com alguém do Departamento de Estado em Washington, mas não conseguiu nada que valesse a pena discutir. Mitch falou com Riley Casey em Londres. Riley contou que ninguém no Scully & Pershing estava trabalhando naquela manhã. Estavam todos encarando as telas dos computadores, atordoados demais para fazer algo além de sussurrar. Algumas pessoas estavam chorando. Era impossível acreditar que aquela imagem horripilante era de fato da colega deles. Roberto estava tentando encontrar Diego Antonelli. Evidentemente, os diplomatas líbios que estavam apenas relutantes em conversar durante o fim de semana tinham perdido repentina e totalmente o interesse em falar.

Cory estava em um jato corporativo com destino a Marrakech para monitorar os movimentos de Abby. Mitch estava preocupado com o que poderia dar errado quando ela chegasse sem o dinheiro do resgate. Darian recebeu uma ligação de Tel Aviv. Uma fonte em Bengazi disse que Khadafi tinha enviado sua Força Aérea e estava bombardeando alvos suspeitos perto das fronteiras do Chade e da Argélia. Um bombardeio extensivo, com aldeias inteiras sendo atacadas e destruídas. Nem uma única alma estava segura naquele momento.

Sir Simon ligou para Mitch de Londres e, com uma voz muito animada, explicou que, na opinião dele, os terroristas tinham feito uma jogada magistral. A imagem da jovem Giovanna na forca, com três soldados recém-

-assassinados pendurados ao seu lado, havia chocado a nação. Ele tinha certeza de que o primeiro-ministro assistira ao vídeo três horas antes e convocara o ministro das Relações Exteriores ao número 10 da Downing Street. Sem dúvida, eles estavam falando de dinheiro.

Dez minutos depois, Riley Casey ligou com a surpreendente notícia de que ele também havia sido convocado ao número 10 da Downing Street. O primeiro-ministro exigia detalhes. Mitch meneou a cabeça para Jack, que disse:

– Vai! E conta tudo pra ele.

Às seis da manhã, horário da Costa Leste dos Estados Unidos, Jack ligou para a casa do senador Elias Lake no Brooklyn e deixou uma mensagem de voz. Dez minutos depois, o senador ligou de volta. Um assessor acabara de acordá-lo e enviara o vídeo. Jack pediu a ele que ligasse para o secretário de Estado com o plano de encurralar os Serviços de Relações Exteriores britânico e italiano para conseguir algum dinheiro.

COM APENAS UMA BAGAGEM DE MÃO, Abby atravessou às pressas o aeroporto Menara, em Marrakech. Ela seguiu as placas em árabe, francês e inglês até o ponto de táxi e, ao passar pelas portas giratórias, foi atingida por uma onda de ar quente e úmido. Uma dezena de táxis imundos estavam à espera, e ela pegou o primeiro da fila. Não sabia ao certo qual idioma o motorista falava, então lhe entregou um cartão com o endereço do La Maison Arabe Hotel.

– Obrigado. Sem problemas – disse ele em inglês.

Quinze minutos depois, ela chegou ao hotel e pagou a corrida em dólares norte-americanos, que ele aceitou de bom grado. Eram quase seis da tarde, e o saguão estava vazio. A recepcionista parecia estar esperando por ela. Uma bela suíte no segundo andar havia sido reservada para três noites. Abby finalmente soube quanto tempo deveria ficar. Pegou o elevador até o segundo andar, encontrou o quarto e se trancou lá dentro. Até então, não tinha visto ninguém além da recepcionista. Abriu as cortinas e olhou para um lindo pátio. Uma batida na porta a assustou.

– Quem é? – perguntou ela no susto.

Não houve resposta. Ela abriu um pouco a porta sem soltar a corrente. Um mensageiro impecavelmente uniformizado sorriu pela abertura e disse:

– Correspondência para você.

Ela pegou a carta, agradeceu e fechou a porta. Em letras maiúsculas no papel timbrado do hotel, alguém havia escrito: POR FAVOR, ENCONTRE-ME PARA O JANTAR HOJE À NOITE NO RESTAURANTE DO HOTEL. HASSAN. AMIGO DE NOURA.

Ela ligou para Mitch do telefone verde, e eles repassaram os últimos acontecimentos. Muita coisa tinha acontecido, mas havia pouco progresso. Ele descreveu o vídeo e disse que a gravação com certeza tinha anulado todos os esforços para que eles chegassem a um acordo no processo. Os líbios não estariam dispostos a negociar nem fazer nada além de encontrar os terroristas. Mitch e os demais acreditavam que a própria secretária de Estado dos Estados Unidos tinha falado com os seus homólogos no Reino Unido e na Itália. Luca se sentia melhor e estava atento aos telefones. Durante o dia, Jack ficou ligando para todos os membros do comitê administrativo do Scully e fazendo um lobby pesado pela aprovação do empréstimo, mas nada aconteceu. Ele surpreendeu Abby com a notícia de que Cory também estava em Marrakech e entraria em contato com ela em breve.

Ter Cory na cidade sem dúvida era um alívio.

Ela desfez a mala de mão e pendurou dois vestidos, um branco e um vermelho, ambos em tecidos que não amassam. O frigobar só tinha água e refrigerante, e ela precisava de algo mais forte. O Marrocos era fervorosamente muçulmano, com proibições estritas ao álcool. Também era uma antiga colônia francesa e um caldeirão de culturas, religiões e idiomas da Europa, da África e do Oriente Médio. Em Marrakech se consumiam mais de duzentas toneladas de álcool por ano. Certamente ela poderia tomar uma taça de vinho no restaurante. Tirou uma soneca, depois tomou um longo banho quente em uma banheira com pés, lavou e secou o cabelo e colocou o vestido vermelho.

Se ela se sentia segura, o que justificaria aquele nó no estômago?

O restaurante era um imponente salão de jantar com teto azul em estilo persa e mesas cobertas com toalhas bastante drapeadas. Era muito bonito e pequeno, com apenas algumas mesas a distâncias que preservavam a discrição. Parecia mais um clube privativo.

Hassan se levantou quando ela se aproximou e abriu um sorriso radiante.

– Hassan Mansour, Sra. McDeere.

Ela estava com medo de que ele viesse com os habituais abraços e beijinhos nas bochechas, mas ele se limitou a um aperto de mão gentil. Ele a ajudou a se sentar e se acomodou do outro lado da mesa. Os clientes mais próximos estavam a dez metros de distância.

– É um prazer conhecê-lo – mentiu ela, só porque precisava dizer algo educado.

Quem quer que ele fosse e o que quer que fizesse, ela estava na cama com o inimigo. A interação entre os dois duraria apenas algumas horas, e ela estava determinada a não gostar dele, independentemente de quanto charme falso ele tentasse jogar. Ele tinha cerca de 50 anos, cabelos curtos e grisalhos penteados para trás e pequenos olhos pretos muito próximos.

Os olhos a observaram e gostaram do que viram.

– Como foi a viagem? – perguntou ele.

Ele não usava aliança de casamento, mas havia um diamante no mindinho direito. Terno sob medida de qualidade, cinza-claro, provavelmente de linho. Camisa branca impecável que contrastava bem com a pele marrom. Gravata de seda cara. Lenço de bolso combinando. Tudo a que tinha direito.

– Foi boa. Os britânicos sabem administrar uma companhia aérea.

Ele sorriu como se ela tivesse dito algo engraçado.

– Passo muito tempo em Londres e sempre gosto da British Airways. E da Lufthansa, duas das melhores.

Inglês perfeito com um leve sotaque que poderia vir de qualquer lugar mil quilômetros ao sul de Roma. Ela apostaria muito dinheiro que o nome dele não era Hassan Mansour, mas não se importava. Ele não passava de um facilitador, um fio de conexão entre o dinheiro e a refém. Se em algum momento ela o visse novamente, talvez ele estivesse algemado.

– Posso perguntar onde você mora? Tenho certeza de que você sabe muito a meu respeito. Meu apartamento, local de trabalho, escola das crianças, coisas importantes desse tipo.

Ele continuou sorrindo e disse:

– Poderíamos passar horas nessa troca de perguntas, Sra. McDeere, mas receio que não haveria muitas respostas, pelo menos não da minha parte.

– Quem é a Noura?

– Eu nunca a vi.

– Não foi isso que eu perguntei. Quem é ela?

– Digamos que ela seja um soldado da revolução.

– Ela certamente não se veste como um soldado.

Um garçom foi à mesa e perguntou se eles queriam beber alguma coisa. Abby olhou para uma pequena carta de vinhos e pediu um Chablis. Hassan pediu um chá de ervas. Quando o garçom saiu, ele se inclinou alguns centímetros para a frente e disse:

– Eu não sei tanto quanto você imagina, Sra. McDeere. Não sou membro da organização. Não sou um soldado da revolução. Estou sendo pago para intermediar um acordo.

– Você viu o vídeo mais recente, tenho certeza. Postado hoje de manhã.

Ele continuou sorrindo.

– Sim, claro.

– A Giovanna com uma corda no pescoço. Três homens sendo mortos. O barulho de uma serra elétrica ao fundo. O timing foi perfeito, e obviamente a intenção era colocar ainda mais pressão sobre os amigos da Giovanna.

– Sra. McDeere, eu não tive absolutamente nada a ver com os acontecimentos registrados naquele vídeo. Seu marido é responsável pelas atitudes dos clientes dele?

– Não, claro que não.

– Então o caso está encerrado.

– Você fala como um verdadeiro advogado.

Ele sorriu e assentiu como se quisesse admitir que era de fato um membro da classe.

– Podemos debater muitas coisas, Sra. McDeere, mas não estamos aqui para socializar.

– Claro. Posso presumir que nosso prazo ainda é cinco da tarde de quarta-feira, 25 de maio?

– Sim.

Ela respirou fundo e disse:

– Precisamos de mais tempo.

– Por quê?

– Não temos muita experiência em reunir noventa milhões de dólares. Está sendo bem complicado.

– Quanto tempo?

– Quarenta e oito horas.

– A resposta é não.

– Vinte e quatro horas. Quinta-feira, cinco da tarde.

– A resposta é não. Tenho ordens a cumprir.

Ela deu de ombros como se dissesse: "Bem, eu tentei."

– Vocês têm o dinheiro?

– Temos – disse ela, com uma confiança construída após muita prática. A única resposta era "sim". Qualquer outra coisa poderia desencadear eventos que se tornariam imprevisíveis. Com a mesma rapidez, ela acrescentou:

– Temos promessas. Pode levar um ou dois dias pra reunir o dinheiro. Não entendo como 24 horas a mais podem prejudicar vocês.

– A resposta é não. Vocês estão tendo problemas?

O sorriso desapareceu.

– Não, não são problemas, são só alguns desafios. Não basta simplesmente fazer o escritório preencher um cheque e pronto. Existem muitas variáveis que envolvem diversas entidades.

Ele deu ombros como se entendesse.

As bebidas chegaram, e Abby pegou a taça o mais rápido possível, sem parecer desesperada pelo vinho. Hassan brincou com o saquinho de chá como se o tempo não significasse nada. Ela tinha verificado na recepção e sabia que havia serviço de quarto disponível. Depois de cinco minutos ali, a última coisa que ela queria era um jantar longo e doloroso com Hassan enquanto eles se esquivavam de assuntos que não podiam discutir. Tinha inclusive perdido o apetite.

Como se estivesse lendo a mente dela, ele perguntou:

– Você gostaria de escolher algo para jantar?

– Não, obrigada. Estou com jet lag e preciso descansar. Vou pedir serviço de quarto.

Ela tomou outro gole de Chablis. Ele ainda não tinha levantado a xícara de chá.

O sorriso voltou como se tudo estivesse bem.

– Como quiser. Eu tenho algumas instruções.

– É por isso que estou aqui.

Por fim, ele levou a delicada xícara aos lábios e os umedeceu.

– Assim que possível, seu marido vai viajar até a ilha de Grand Cayman, no Caribe. Acho que ele conhece o lugar. Quando chegar, amanhã à tarde, ele se apresentará ao Trinidad Trust em Georgetown e perguntará por um banqueiro chamado Solomon Frick. Estarão à espera dele. O Sr. Frick representa o meu cliente, e seu marido fará exatamente o que ele disser. Ele saberá na hora se alguém tentar rastrear as transferências. Se houver qualquer indício de que alguém está observando, seja esse alguém o FBI, a Scotland Yard, a Interpol, a Europol ou quaisquer outros rapazes que carreguem armas e distintivos, coisas ruins acontecerão à sua amiga. Chegamos até aqui sem a interferência da polícia nem dos militares, e seria uma pena fazer uma estupidez na etapa final do jogo. Se vocês têm o dinheiro, Sra. McDeere, Giovanna está praticamente livre.

– Gostaríamos de confirmar que ela ainda está viva.

– Claro. Ela está viva, bem e prestes a voltar pra casa. Não permita que uma decisão ruim provoque a morte dela.

Ele enfiou a mão no bolso do paletó e retirou uma folha de papel dobrada.

– Aqui estão as instruções com mais detalhes. Seu marido deve segui-las à risca.

– Ele vai viajar amanhã, de Nova York pra Grand Cayman.

Hassan ofereceu seu maior sorriso ao entregar a ela a folha e dizer:

– Mitch não está em Nova York, Sra. McDeere. Ele está em Roma. E ele tem acesso a um jatinho particular.

41

Grand Cayman?

As Ilhas Cayman são compostas por três pequenas ilhas no Caribe, ao sul de Cuba e a oeste da Jamaica. Ainda um território britânico, sua população continua seguindo antigas tradições e lá ainda se dirige pela esquerda. Um grande número de turistas costuma visitar suas praias, pela prática de mergulho e pelos hotéis sofisticados. Nenhum imposto é cobrado sobre o dinheiro que se ganha lá. Ou que se armazena lá. Pelo menos cem mil empresas, mais de uma por cidadão, estão registradas em Georgetown, a capital. Bilhões de dólares estão estacionados em grandes bancos, onde se acumulam ainda mais bilhões em juros, isentos de impostos, é claro. Advogados tributaristas muito bem pagos trabalham em ótimos escritórios e desfrutam de uma esplêndida qualidade de vida. No mundo das finanças internacionais, a palavra "Caymans" significa, entre outras coisas, um lugar seguro para esconder dinheiro, limpo ou sujo.

Grand Cayman, Little Cayman, Cayman Brac.

Mitch havia tentado esquecer as três.

Foi o lado mais sombrio das Ilhas Cayman que atraiu o Bendini anos antes, na década de 1970, quando o dinheiro do tráfico de drogas estava invadindo ilhas. O Bendini estava lavando dinheiro para seus próprios clientes criminosos e encontrou alguns bancos amigáveis na Grand Cayman. O escritório até comprou alguns condomínios sofisticados na praia para os sócios desfrutarem quando estivessem lá a "negócios".

– Repete o que ele disse mais uma vez, Abby. Palavra por palavra.

– Ele disse "Amanhã de manhã seu marido vai viajar para a Grand Cayman. Acho que ele conhece o lugar".

Mitch andava pelo quarto de cueca, completamente perplexo e pronto para arrancar os cabelos. Como é que alguém, ainda mais um homem como Hassan ou qualquer que fosse seu nome, conseguiria saber que Mitch já tivera algum contato com as Ilhas Cayman? Fazia quinze anos. Ele se sentou na beira da cama, fechou os olhos e começou a respirar fundo.

Alguns detalhes começaram a voltar. Quando o Bendini implodiu, houve dezenas de prisões e reportagens. Mitch e Abby estavam escondidos em um veleiro com o irmão dele, Ray, perto de Barbados. Mitch não estava sendo procurado pelo FBI, mas a Máfia de Chicago queria muito encontrá-lo. Meses depois, quando os McDeeres finalmente voltaram à terra firme, Mitch foi a uma biblioteca em Kingston, na Jamaica, e foi atrás das matérias dos jornais. Várias delas relacionavam as Ilhas Cayman com atividades criminosas do Bendini. Mas o nome de Mitch nunca foi citado, pelo menos não nas reportagens que conseguiu encontrar.

Aquela era a única ligação possível: o escritório Bendini, no qual trabalhou por um breve período, e algumas das supostas irregularidades cometidas nas Ilhas Cayman. Por mais antiga e obscura que fosse aquela história, como é que Hassan a teria descoberto?

Igualmente desconcertante era o fato de ele saber que Mitch estava em Roma e que tinha ido para lá em um jato particular. Mitch ligou para um sócio em Nova York, um amigo que era piloto e viciado em aviação. Sem ser específico, ele perguntou se seria difícil rastrear os movimentos de um jatinho particular. É muito fácil, se você tiver o número de cauda do avião. Mitch agradeceu e desligou.

Mas como é que eles poderiam saber que Mitch estava na aeronave?

Só podiam estar vigiando Mitch.

Ele não contou isso a Abby, porque ela pensaria imediatamente nos meninos e surtaria. Se "eles" estavam vigiando os McDeeres tão de perto, será que a família estava mesmo segura?

PARA TER UM POUCO MAIS DE PRIVACIDADE, Jack transferiu as operações para uma grande suíte no terceiro andar do Hassler. Pediu alguns petiscos, bebidas não alcoólicas, e a equipe ficou beliscando enquanto esperava ansiosamente para ouvir o que Mitch ia falar. Quando ele chegou, todos ouviram extasiados como tinha sido a conversa com Abby e a descrição dos acontecimentos em Marrakech. Abby estava hospedada em um hotel adorável, sentia-se segura e estava ansiosa para seguir em frente. O personagem Hassan era um profissional tranquilo que parecia firmemente no controle. O fato de ele saber da história de Mitch com as Ilhas Cayman e de saber que Mitch estava em Roma e não em Nova York era nada menos que surpreendente. A equipe mais uma vez foi lembrada de que estavam apenas reagindo. As regras estavam sendo feitas por pessoas cruéis, muito mais informadas e mais bem organizadas do que eles.

Mitch e Jack decidiram que deixariam Roma bem cedo na manhã seguinte e voariam para Nova York. De lá, Mitch pegaria um voo para a Grand Cayman e chegaria ao meio-dia, horário do Caribe. Ele ligou para um sócio do Scully em Nova York e pediu que ele entrasse em contato com o escritório de advocacia afiliado na Grand Cayman e deixasse um especialista em questões bancárias de prontidão. Ligou para outro sócio e pediu que pesquisasse o banco Trinidad Trust.

Darian conversou com Cory, que estava em Marrakech e havia contratado uma segurança marroquina. Naquele momento, um agente estava hospedado no La Maison Arabe Hotel, em um quarto que ficava a duas portas do de Abby. Ela deveria se encontrar com Hassan Mansour na terça-feira para um café da manhã e atualizações. Os marroquinos de sua equipe estariam à procura do Sr. Mansour, um homem que até então não tinham conseguido localizar. Darian pediu a Cory que alertasse a equipe de que eles não deveriam correr riscos. Apenas observar diligentemente sem serem pegos fazendo isso.

Pouco depois das nove da noite, três da tarde na Costa Leste, o senador deu a notícia que eles tanto esperavam. Elias Lake informou Jack, com a mais profunda discrição, claro, que o ministro das Relações Exteriores britânico havia mediado um acordo com os italianos e os norte-americanos no qual os três governos contribuiriam com quinze milhões de dólares cada para o resgate. Os pagamentos sairiam de fontes tão ocultas que poderiam estar até em Marte e seriam realizados por meio de bancos em quatro continentes. Por fim, os valores chegariam quase de forma mágica à conta nova em um banco nas Ilhas Cayman. E qualquer pobre alma curiosa o suficiente para tentar descobrir de onde viera todo o dinheiro provavelmente enlouqueceria.

Jack agradeceu profusamente ao senador e prometeu ligar mais tarde.

Quarenta e cinco milhões eram só a metade de noventa, a meta deles. Mesmo somando os dez de Luca, ainda faltava muito.

– Nesse universo podre do caixa dois norte-americano, quinze milhões não são nada – comentou Darian, exasperado. – O Departamento de Narcóticos gasta esse valor todo mês com informantes.

– Ela não é cidadã norte-americana – disse Jack.

– Não é, mas os delatores lá na Colômbia também não são.

Durante muitas horas ao longo de muitos dias, eles haviam debatido a possibilidade de os terroristas cederem. Quanto eles aceitariam se não fosse possível arrecadar os cem milhões? Era difícil imaginá-los abrindo mão de uma grande quantidade de dinheiro. Eles tinham dez milhões de dólares em mãos. Outros 55 milhões estavam ao alcance.

Darian achava que o recorde eram os 38 milhões de dólares pagos pelos franceses a uma gangue somali em troca de um jornalista, mas, como não havia nenhuma câmara de compensação unificada para a recuperação de reféns internacionais, ninguém sabia de fato. Sessenta e cinco milhões certamente era uma soma impressionante.

A alternativa, porém, era horrível demais para ser levada em consideração. Mitch entrou em outra sala e ligou para Istambul.

O BOMBARDIER CHALLENGER DECOLOU do aeroporto internacional Leonardo da Vinci, em Roma, às seis da manhã de terça-feira, 24 de maio. Tanto Jack quanto Mitch precisavam dormir, e a comissária de bordo preparou duas camas em compartimentos separados na parte traseira da cabine. Antes, porém, Mitch tinha algo a dizer.

– Vamos tomar um Bloody Mary, só um, e bater um papo. Tem uma coisa que você precisa saber.

Tudo que Jack queria era dormir algumas horas, mas sabia que era sério. Eles pediram os drinques à comissária e, assim que foram servidos, ela se retirou.

Mitch sacudiu os cubos de gelo, tomou alguns goles e começou:

– Anos atrás, eu e a Abby fomos embora de Memphis no meio da noite, de qualquer jeito, literalmente pra salvar a nossa vida. Meu empregador, o escritório Bendini, era propriedade da Máfia de Chicago, e, assim que me dei conta disso, eu soube que precisava sair de lá. O FBI estava chegando perto, e tudo estava desabando. O escritório suspeitava que eu estava passando informações pro FBI e havia planos de me eliminar. Àquela altura, eu já sabia que eles tinham um histórico de manter os advogados calados. Depois de entrar lá, você nunca mais saía. Pelo menos cinco advogados tinham tentado na década anterior à minha chegada. Todos estavam mortos. Eu sabia que seria o próximo. Enquanto planejava minha fuga, vi a oportunidade de redirecionar algum dinheiro. Eram uns fundos offshore que estavam escondidos num banco, por incrível que pareça na Grand Cayman, e eu sabia como transferi-lo pra outros lugares. Era dinheiro sujo, muito dinheiro, dinheiro da máfia. Eu estava assustado e com raiva e diante de um futuro muito incerto. Minha carreira promissora estava indo por água abaixo, graças ao Bendini, e, se eu sobrevivesse, passaria o resto da vida fugindo. Então, como compensação, eu peguei o dinheiro sujo. Dez milhões de dólares. Levados pela magia da transferência bancária. Mandei um pouco pra minha mãe, um pouco pros pais da Abby, e o restante mantive escondido no exterior. Mais tarde, contei isso pro FBI e me ofereci pra devolver a maior parte. Eles não quiseram. Estavam ocupados demais correndo atrás de bandidos. O que eles fariam com o dinheiro? Com o tempo, acho que se esqueceram dele.

Jack tomou um gole da bebida, muito entretido.

– Depois que fui trabalhar pro Scully, em Londres, entrei em contato com o FBI pela última vez. Eles tinham perdido todo o interesse. Eu os pressionei e finalmente recebi uma carta, um comunicado de isenção do imposto de renda. Não havia impostos devidos. Caso encerrado.

– O dinheiro ainda está lá fora, offshore – disse Jack.

– Ainda está lá, no Royal Bank of Quebec, que fica na mesma rua do Trinidad Trust.

– Na Grand Cayman.

– Na Grand Cayman. Esses caras guardam segredos, acredite em mim.

– E agora já é muito mais de dez milhões.

– Correto. Rende juros há quinze anos, tudo isento de impostos. Eu conversei com a Abby, e nós achamos que esse é o momento perfeito pra nos desfazermos da maior parte desse dinheiro. Por algum motivo, nunca sentimos que era realmente nosso, sabe?

– O resgate?

– Isso, vamos disponibilizar mais dez milhões. Assim, com mais dez milhões do Luca, chegamos a sessenta e cinco, além dos primeiros dez. Nada mau pra um bando de bandidos do deserto.

– É muito generoso da parte de vocês, Mitch.

– Eu sei. Será que eles vão aceitar 65?

– Não faço ideia. Eles parecem adorar sangue tanto quanto adoram dinheiro.

Os dois ficaram em silêncio por um longo tempo enquanto saboreavam as bebidas.

– E tem mais uma coisa – disse Mitch por fim.

– Mal posso esperar.

– Eu liguei pro Omar Celik umas horas atrás e pedi a ele dez milhões. Ele adora o Luca e a Giovanna, mas não sei se o carinho dele se traduz em tanto dinheiro assim. Então, fiz uma coisa idiota. Garanti a ele que recuperaríamos o dinheiro no processo.

– Isso é muito idiota.

– Foi o que eu disse.

– Mas eu não te julgo. Tempos desesperados exigem medidas desesperadas. O que foi que ele falou?

– Disse que ia pensar. Então eu dobrei a aposta e fui ainda mais longe. Eu o ameacei, disse que, se ele não colaborasse, eu me retiraria do caso e ele seria forçado a contratar um novo escritório.

– Não é bom ameaçar um turco.

– Eu sei. Mas ele ficou de boa. Aposto que vai se dobrar.

– Seriam 75 milhões.

– Pelo menos a matemática é muito simples. Será que eles vão rejeitar 75 milhões?

– Você rejeitaria?

– Não. Além disso, eles se livram da refém. Duvido que ela seja uma prisioneira fácil.

A bebida se misturou perfeitamente ao cansaço e ao jet lag, e, uma hora depois da decolagem, Mitch e Jack estavam em um sono profundo, a quarenta mil pés de altura sobre o Atlântico.

42

No café da manhã, Abby usou seu vestido branco, sem maquiagem. Hassan usava outro terno de linho alinhado, de um suave verde-oliva. Camisa branca impecável, sem gravata. Eles se encontraram na mesma mesa, da qual ela já estava cansada. Pediram café e chá e disseram ao garçom que pensariam na comida depois.

Hassan, sempre um galã profissional, continuou sorrindo até ela dizer:
— Precisamos de mais tempo, mais 24 horas.

Ele fechou a cara e balançou a cabeça.
— Sinto muito. Não é possível.
— Então nós não vamos conseguir arranjar noventa milhões.

Ele fechou a cara ainda mais.
— Então a situação vai ficar complicada.
— A situação já está mais do que complicada. Estamos reunindo dinheiro de pelo menos sete fontes diferentes e em vários idiomas.
— Entendo. Uma pergunta. Se vocês tiverem mais 24 horas, quanto dinheiro vão conseguir juntar?
— Não sei exatamente.

Seus pequenos olhos negros a fitaram como lasers.
— Então isso responde tudo, Sra. McDeere. Se você não pode prometer mais dinheiro, eu não posso prometer mais tempo. Quanto é que vocês têm?
— Setenta e cinco. Além, é claro, do depósito de dez.

– Claro. E já está disponível? Seu marido estará preparado para transferir o dinheiro amanhã?

O garçom voltou e pousou lentamente o chá e o café na frente deles. Perguntou novamente se comeriam algo, mas Hassan o dispensou com grosseria.

Ele olhou ao redor, não viu ninguém e disse:

– Muito bem. Vou falar com meu cliente. Mas essa não é uma boa notícia.

– É a única notícia que eu tenho. Quero ver a Giovanna.

– Duvido que isso seja possível.

– Então nada de acordo. Nada de 75 milhões. Nada de transferência bancária amanhã. Quero vê-la hoje e não vou sair deste hotel.

– Você está pedindo demais, Sra. McDeere. Não vamos cair nessa armadilha.

– Armadilha? Eu pareço o tipo de pessoa que seria capaz de planejar uma armadilha? Eu sou só uma editora de livros de receitas de Nova York.

Ele estava sorrindo de novo enquanto balançava a cabeça, achando graça.

– Não vai ser possível.

– Dá um jeito.

Ela se levantou abruptamente, pegou a xícara de café e saiu do restaurante. Hassan esperou um momento até que ela desaparecesse de vista e tirou o telefone do bolso.

DUAS HORAS DEPOIS, ABBY ESTAVA trabalhando na mesinha do quarto quando o Jakl vibrou. Foi Hassan quem deu a triste notícia de que seu cliente estava muito contrariado com a informação de que suas demandas não seriam atendidas. O acordo estava fora de questão.

No entanto, seria sensato que Mitch desse continuidade a seus planos na Grand Cayman. Abrir uma conta nova no Trinidad Trust e aguardar instruções. Portanto, o acordo não estava fora de questão.

Mitch se encontrava em algum lugar nas nuvens, e seu celular estava fora de área.

O CHALLENGER POUSOU NO AEROPORTO de Westchester às 7h10, quase exatamente sete horas depois de deixar Roma. Dois sedãs pretos estavam esperando. Um foi para o norte com Jack, que morava em Pound Ridge. Mitch pegou o outro para o sul, cidade adentro.

O horário marroquino estava quatro horas à frente do horário de Nova York. Ele ligou para Abby, que estava enfiada no quarto de hotel editando um livro de receitas. Ela contou a ele como tinha sido o café da manhã com o Sr. Mansour e a conversa subsequente. É claro que ele ficou decepcionado com a questão do dinheiro, mas estava preparado para esse desdobramento. Hassan era evasivo, um verdadeiro profissional, e ela não conseguia decifrá-lo. Ela não fazia ideia se eles aceitariam *apenas* 75 milhões a mais, mas tinha um palpite de que ele tinha um papel maior nas negociações do que deixava transparecer.

Uma hora depois de pousar, ele entrou no apartamento na rua 69, um lugar que adorava e onde morava havia sete anos, e se sentiu um invasor. Onde estavam todos? Espalhados por aí. Por um momento, sentiu saudades das rotinas da família. O silêncio era apavorante, mas não havia tempo para melancolia. Ele tomou banho e vestiu roupas casuais. Tirou a roupa suja da mala e a encheu de roupas limpas. Não levou paletó nem gravata. Pelo que ele lembrava de quinze anos antes, até os banqueiros de lá evitavam usar terno.

Ele ligou mais uma vez para Abby e informou que o apartamento ainda estava inteiro. Eles concordaram que ambos queriam a vida normal de volta.

O carro estava aguardando na rua dele. Mitch jogou a mala no bagageiro e disse que poderiam ir. O tráfego no contrafluxo era mais tranquilo, e em quarenta minutos eles estavam de volta ao aeroporto de Westchester. O Challenger estava reabastecido e pronto para decolar.

A ESPERA ESTAVA COMEÇANDO A IRRITÁ-LA. Quatro horas tinham se passado desde que ela estivera com Hassan para o café. O quarto estava ficando menor, e agora a camareira queria entrar nele. Ela caminhou pelo hotel, sabendo que estava sendo observada. O recepcionista, o concierge no balcão, o carregador de bagagem uniformizado: todos olhavam para ela com indiferença e depois lançavam uma segunda olhada rápida. O pequeno bar escuro estava vazio às duas da tarde, e ela ocupou uma mesa de costas para a porta. O barman sorriu quando ela entrou, depois foi até ela devagar.

– Vinho branco – disse ela.

Sem outros clientes, quanto tempo leva para trazerem uma taça de vinho?

Pelo menos dez minutos. Ela meteu o nariz em uma revista e esperou impacientemente.

43

A primeira viagem dele às ilhas, cerca de quinze anos antes, foi com Avery Tolar, seu mentor e sócio supervisor do escritório, e eles saíram de Miami em um voo da Cayman Airways cheio de mergulhadores barulhentos, todos tomando ponche de rum e tentando ficar bêbados antes de pousar. Avery fazia essa viagem várias vezes por ano e, embora fosse casado e o escritório reprovasse esse tipo de comportamento, vivia atrás de mulher. E bebia mais do que deveria. Certa manhã, enquanto se recuperava de uma ressaca, pediu desculpas a Mitch e disse que a pressão de um casamento em crise estava acabando com ele.

Ao longo dos anos, Mitch havia treinado a mente para afastar lembranças do pesadelo que vivera em Memphis, mas havia momentos em que era impossível. À medida que o Challenger descia em meio às nuvens e ele tinha os primeiros vislumbres do azul brilhante do Caribe, teve que sorrir com a sorte que tivera na vida. Não por culpa dele, tinha estado muito perto de morrer ou ser preso, mas tinha conseguido se safar. Os bandidos tinham sido pegos de jeito, exatamente como mereciam, e, enquanto cumpriam suas penas, Mitch e Abby estavam começando de novo.

Stephen Stodghill tinha saído de Roma para Miami, rumando para Georgetown, e chegara quatro horas antes. Estava esperando Mitch do lado de fora em um táxi, e os dois seguiram para o centro da cidade.

Outra lembrança. A primeira onda de ar quente e tropical soprando pelas janelas abertas do táxi enquanto o motorista ouvia um reggae suave. Igual a quinze anos antes.

– O nome do nosso advogado é Jennings, um britânico muito simpático – disse Stephens. – Estive com ele duas horas atrás, e ele já está por dentro de tudo. De acordo com o nosso pessoal, ele é um cara importante aqui nas Ilhas Cayman e sabe tudo sobre os bancos e os trâmites das transferências bancárias. Ele conhece o Solomon Frick, nosso futuro mais novo amigo no Trinidad Trust. Eles provavelmente lavam dinheiro juntos.

– Isso não tem graça. De acordo com minha pesquisa, os banqueiros das Ilhas Cayman ficaram mais responsáveis nos últimos vinte anos.

– Isso faz diferença pra gente?

– Nem um pouco. Durante o jantar, vou te contar tudo sobre a minha primeira viagem pra cá.

– Tem a ver com o Bendini?

– Sim.

– Mal posso esperar. No Scully, reza a lenda que a Máfia quase te pegou. Mas você agiu rápido e levou a melhor em cima deles. É verdade isso?

– Eu escapei da Máfia. Não fazia ideia de que eu era uma lenda.

– Não exatamente. Quem tem tempo pra contar histórias de guerra num lugar como o Scully? Eles só se importam em faturar cinquenta horas por semana.

– Preferimos sessenta, Stephen.

O táxi dobrou uma esquina, e lá estava o mar. Mitch assentiu e disse:

– Ali é a baía Hog Sty, onde os piratas costumavam atracar os navios para se esconder na ilha.

– É, eu também li isso em algum lugar – disse Stephen, sem nenhum interesse.

– Onde é que nós vamos ficar? – perguntou Mitch, feliz por deixar de lado o papo turístico.

– No Ritz-Carlton, em Seven Mile Beach. Já fiz o check-in. Muito bom.

– É um Ritz.

– E daí?

– Como assim e daí, não é esperado ser muito bom?

– Acho que sim. Não faço ideia. Sou apenas um humilde associado que normalmente ficaria em lugares mais baratos, mas, como estou com um sócio de verdade, ganhei um upgrade, embora ainda tenha que viajar em voos comerciais. Na econômica, não de primeira classe.

– Dias melhores estão por vir pra você.

– É o que fico dizendo a mim mesmo.

– Me fala do Jennings.

– Esse é o escritório dele – disse Stephen, entregando a Mitch uma pasta. – É um grupo britânico, uma dezena de advogados.

– Todos os escritórios aqui são britânicos, não?

– Acho que sim. Me pergunto por que ainda não compramos um e o adicionamos ao nosso papel timbrado.

– No ritmo em que estamos perdendo escritórios, talvez a gente realmente precise expandir.

O escritório de Jennings ficava no terceiro andar de um moderno edifício bancário, a poucos quarteirões do porto. Eles se encontraram em uma sala de reuniões com vista para o mar, que seria tentador não fosse pelos três gigantescos cruzeiros atracados na baía Hog Sty. Jennings era um tipo antiquado, fanho e que tinha dificuldade para sorrir. Usava terno e gravata e pareceu gostar de estar mais bem-vestido do que os colegas norte-americanos, e nenhum deles se importava com isso. Na opinião dele, a melhor estratégia era abrir uma conta no Trinidad Trust, banco com o qual estava familiarizado. Conhecia Solomon Frick. Muitos dos bancos nas ilhas se recusavam a fazer negócios com norte-americanos, então seria melhor que a filial do Scully em Londres abrisse a conta e mantivesse a Receita Federal de fora.

– Todo mundo sabe como seus fiscais são complicados – explicou ele com a voz nasalada.

Mitch deu de ombros. O que ele deveria fazer? Sair em defesa da Receita Federal? Quando o dinheiro fosse recolhido, com sorte na manhã seguinte, seria transferido para uma conta numerada no Trinidad Trust, de acordo com as instruções do Sr. Mansour. A partir daí, com o apertar de um botão, ele seria transferido para alguma conta ainda a ser determinada e desapareceria para sempre.

Depois de uma hora, eles deixaram o escritório de Stephen e caminharam dois quarteirões até um prédio semelhante, onde se encontraram com Solomon Frick, um sociável e simpático sul-africano. Uma rápida verificação de antecedentes de Frick realizada pelo Scully tinha levantado uma série de sinais de alerta. Ele havia trabalhado em bancos de Singapura, passando pela Irlanda e chegando ao Caribe, e estava sempre em movimento, em geral deixando alguns destroços espalhados para trás. No entanto, seu atual empregador, o Trinidad Trust, era uma instituição respeitável.

Frick entregou a papelada a Mitch e Jennings; eles revisaram tudo e enviaram por e-mail para Riley Casey, que estava em sua mesa em Londres. Ele assinou onde era necessário e enviou tudo de volta para Frick. O Scully & Pershing agora tinha uma conta nas Ilhas Cayman.

Mitch mandou um e-mail para seu contato no Royal Bank of Quebec, que ficava na mesma rua, e autorizou a transferência de sua contribuição de dez milhões de dólares. Ele acompanhou pela grande tela na parede de Frick e, cerca de dez minutos depois, o dinheiro tinha ido parar na conta nova do Scully.

– Esse dinheiro é seu? – perguntou Jennings, confuso.

– É uma história muito longa – respondeu Mitch, assentindo levemente.

Mitch ligou para Riley, que ligou para seu contato no Ministério das Relações Exteriores. Stephen enviou um e-mail a Roberto Maggi com as instruções para a transferência. O dinheiro de Luca estava numa conta na ilha da Martinica, outro paraíso fiscal caribenho. Luca já havia lidado com vários deles e conhecia bem os esquemas do offshore.

Enquanto esperavam, Mitch de vez em quando olhava para a tela e para a quantia da qual acabara de se despedir. Houve um certo alívio em se desfazer daquele dinheiro sujo, que jamais deveria ter transferido para a própria conta. Ele se lembrou do momento exato em que decidiu fazê-lo. Estava no mesmo lugar que naquele momento: em um banco em Georgetown, a menos de cinco minutos dali a pé. Estava assustado e furioso porque toda a conspiração envolvendo o Bendini tinha roubado o seu futuro, e talvez a sua vida também. Estava convencido de que eles, o escritório, lhe deviam alguma coisa. Ele tinha o código de acesso, as senhas e a autorização por escrito, então ficou com o dinheiro.

Naquele momento, sentiu um alívio em saber que, no final das contas, a quantia foi usada para fazer o bem.

Ele ligou para Abby, que estava seis horas à frente, e os dois conversaram por um bom tempo. Ela estava entediada, matando o tempo e esperando notícias de Hassan. Tinha falado com Cory, pelo telefone verde, é claro, e os dois concordaram que nem um único dólar seria transferido a menos que Abby estivesse convencida de que Giovanna estava segura. Supondo, é claro, que ela ainda estivesse viva e o acordo continuasse valendo.

O dinheiro secreto britânico chegou às 15h25 e veio de um banco das Bahamas. Vinte minutos depois, os fundos italianos chegaram de um banco de Guadalupe, nas Antilhas Francesas. Naquele momento, o saldo era de cinquenta milhões, incluindo a contribuição de Luca.

Riley ligou para Mitch de Londres com a informação de que o dinheiro norte-americano só chegaria na manhã de quarta-feira, uma notícia nada bem-vinda. Como não fazia ideia de quem estava enviando nem de onde, ele não podia reclamar.

Mitch tinha enviado e-mails para Omar Celik e Denys Tullos em Istambul, mas eles não tinham respondido. Quando chegou a hora de partir, Mitch ligou para Jack em Nova York na esperança de que ele tivesse tido alguma sorte com o comitê administrativo do Scully. Nada. Com uma amargura incomum, Jack explicou que alguns deles tinham saído da cidade para evitar que houvesse quórum para a votação.

NO RITZ-CARLTON, MITCH DESPISTOU Stephen e prometeu encontrá-lo às oito para jantar à beira da piscina. Vestiu um short e uma camisa polo e caminhou duzentos metros pela rua movimentada até uma locadora por onde tinham acabado de passar de táxi. Escolheu uma scooter Honda vermelha e disse que a devolveria ao anoitecer. Havia scooters por toda a ilha, e ele e Abby tinham desfrutado delas anos antes, quando estavam escondidos.

O tráfego de Georgetown não dava trégua, e Mitch foi ziguezagueando enquanto tentava sair da cidade. Não se lembrava de tanto congestionamento. Havia mais hotéis e condomínios, além de shoppings a céu aberto que contavam com locais que vendiam fast-food, camisetas, cerveja barata e bebidas isentas de impostos. Georgetown tinha sido totalmente norte-americanizada. Do outro lado da baía Hog Sty, o trânsito ficou mais tranquilo e a scooter seguiu em frente. Ele passou por Red Bay, saiu da cidade e viu as placas para Bodden Town. A estrada seguia a costa, mas as praias haviam desaparecido. O mar rolava suavemente e batia nas rochas e em pequenos penhascos. Com pouca areia para oferecer, os hotéis e condomínios também tinham diminuído, e as vistas eram impressionantes.

Grand Cayman tinha quase quarenta quilômetros de extensão, e a estrada principal contornava toda a ilha. Nas visitas anteriores, Mitch nunca tivera tempo para ver grande parte da ilha, mas naquele momento não tinha nada melhor para fazer. O ar salgado no rosto era refrescante. Os pensamentos sobre Giovanna poderiam ser deixados de lado por pelo menos algumas horas, porque os bancos e escritórios estavam fechados. Ele parou no Abanks Dive Lodge, um bar à beira-mar nos arredores de Bodden Town, e tomou uma cerveja. Barry Abanks havia resgatado Mitch, Abby e Ray de um cais na Flórida enquanto eles fugiam. Ele havia vendido o negócio anos antes e se estabelecido em Miami.

Seguindo em frente, Mitch dirigiu para o leste até a ponta mais distante do litoral e se embrenhou nas cidadezinhas de East End e Gun Bay. A estrada foi se estreitando e às vezes mal dava para passar dois carros. Georgetown ficava do outro lado da ilha, bem longe. No sotavento, ele estacionou e caminhou até a beira de um penhasco onde outros turistas haviam deixado um monte de lixo. Sentou-se em uma pedra e ficou olhando a água se agitar lá embaixo. Em Rum Point, tomou outra cerveja, uma Red Stripe jamaicana, enquanto observava um grande grupo de casais de meia-idade comendo e bebendo em um churrasco ao ar livre.

Quando já estava quase escuro, ele voltou para Seven Mile Beach. Era hora do jantar e Stephen o aguardava.

44

Quarta-feira, 25 de maio.

Às nove da manhã, Abby entrou no restaurante do hotel e pediu a mesma mesa do dia anterior. Acompanhou o garçom até lá e ficou um pouco surpresa porque o Sr. Hassan Mansour ainda não tinha chegado. Ela se sentou e pediu café, suco, torradas e geleia. Mandou uma mensagem para Mitch apenas para dar bom-dia, e ele logo respondeu. Ela não ficou surpresa com o fato de o marido estar acordado, porque no último mês ele não tinha dormido nem dez horas.

Um casal marroquino bem-vestido estava sentado à mesa mais próxima. O cavalheiro estava trabalhando para Cory. Ele olhou para Abby, mas fingiu não notá-la.

Hassan por fim chegou e era só sorrisos e pedidos de desculpa. Tinha ficado preso no trânsito e tal, e o tempo está ótimo, não? Pediu chá e continuou a falar por alguns minutos como se os dois fossem turistas. Ela comeu uma torrada e tentou se acalmar.

– Então, Sra. McDeere, em que pé estamos?

Ela havia pedido a ele pelo menos três vezes que a chamasse de Abby.

– Estamos esperando duas transferências para hoje de manhã, e eles vão conseguir juntar os 75 milhões, como prometi.

Ele franziu a testa, mas era óbvio que Hassan e seus clientes aceitariam essa quantia.

– Mas o acordo era de cem milhões, Sra. McDeere.

– Sim, estamos cientes disso. Vocês pediram cem, e nós fizemos o possível pra conseguir. Mas faltou um pouco. Setenta e cinco é tudo que temos. E é inegociável que eu veja a Giovanna antes que o dinheiro seja transferido.

– E vocês têm uma conta no Trinidad Trust, conforme orientado?

– Temos – disse ela, entrando no jogo.

Ela sabia que ele sabia a resposta. O banqueiro dele, Solomon Frick, o tinha informado de que a conta havia sido aberta, ou foi isso que Jennings dissera a Mitch. Frick e seu banco estavam esperando. Estava tudo pronto. A fortuna estava praticamente nas mãos deles, e Hassan estava com dificuldade para esconder a empolgação.

– Quer torrada? – perguntou ela.

Havia quatro fatias com manteiga no pratinho.

Ele pegou uma, agradeceu e a partiu ao meio.

– Temos muito tempo – disse ela. – Faltam horas pro fim do prazo.

– Sim, mas o meu cliente ainda está exigindo os cem.

– E nós não podemos atender a essa exigência, Sr. Mansour. É bem simples. Setenta e cinco, é pegar ou largar.

Hassan fez uma careta por algum motivo, provavelmente diante da ideia de largar. Ele tomou um gole de chá e tentou parecer preocupado com o fato de as coisas estarem desmoronando. Eles comeram por alguns minutos e então ele disse:

– O plano é o seguinte. Eu te encontro no saguão às quatro da tarde. Você vai me informar que todas as transferências foram concluídas e que o dinheiro está pronto. Então nós vamos sair daqui juntos, ir a um lugar seguro e você vai ver a Giovanna.

– Eu não vou sair do hotel.

– Como quiser.

ÀS 9H15 CHEGOU UMA TRANSFERÊNCIA bancária de um banco do Chipre. Dez milhões de dólares, conforme prometido por Omar Celik, de uma subsidiária da Lannak na Croácia. Mitch, Stephen, Jennings e Frick sorriram e respiraram fundo. Nem Jennings nem Frick conheciam a história por trás. Eles não faziam ideia de para onde o dinheiro estava indo ou para que seria usado. Contudo, dada a ansiedade dos advogados do Scully, era óbvio que o tempo era crucial. Jennings, britânico até a alma, suspeitava que aquilo estivesse relacionado à refém do Scully sobre a qual a imprensa vinha se debruçando, mas era profissional demais para perguntar. Seu trabalho era simplesmente aconselhar o cliente e supervisionar as transferências que estavam entrando e a maior de todas, que seria feita no final.

Mitch ligou para Riley Casey em Londres, sem grandes expectativas, apenas para perguntar "Onde está a porra do dinheiro dos norte-americanos?". Como esperado, Riley não tinha ideia do que os norte-americanos estavam aprontando.

Às 10h04, chegou uma transferência de um banco da Cidade do México. A última parcela de quinze milhões acabara de entrar, e agora a questão era o que fazer com aquilo. Solomon Frick foi até outra sala para ligar para seu cliente com a boa notícia. Mitch ligou para Abby com o mesmo objetivo.

ÀS 15H45, ABBY ESTAVA PRONTA. Tinha passado apenas duas noites lá, mas parecia muito mais tempo. Sentia-se uma prisioneira no hotel, por mais agradável que fosse o lugar; quando você tem medo de sair de um local e sabe que está sendo observado, o relógio desacelera consideravelmente.

Às quatro da tarde, ela foi ao saguão e sorriu para Hassan. Não havia ninguém por perto, mas mesmo assim ele sussurrou:

– Em que pé estamos?

– Nada mudou. Temos 75 milhões.

Ele franziu a testa para fingir contrariedade.

– Muito bem. Nós aceitamos.

– Não até eu ver a Giovanna.

– Sim, bem, para vê-la, você precisa sair do hotel.

– Eu não vou sair do hotel.

– Então temos um problema. É muito arriscado trazê-la aqui.

– Mas por quê?

– Porque não dá pra confiar em você, Sra. McDeere. Você foi orientada a vir até aqui sozinha, mas suspeitamos que tenha amigos nas proximidades. Estamos certos?

Abby estava chocada demais para responder rapidamente e mentir de forma convincente, e sua hesitação revelou a verdade.

– Bem, é... não, não sei do que você tá falando.

Hassan sorriu e pegou seu telefone, que parecia ser outro Jakl. Colocou-o na frente dela e perguntou:

– Você não reconhece essa pessoa?

Era uma foto de Cory saindo pela entrada principal do hotel. Mesmo de óculos escuros e boné, era possível reconhecê-lo. Bom trabalho, Cory.

Ela balançou a cabeça e disse:

– Não sei quem é.

– Ah, não? – disse Hassan com um sorriso sarcástico enquanto guardava o telefone de volta no bolso e olhava ao redor do saguão. Continuava deserto. Ele disse baixinho: – O nome dele é Cory Gallant, e ele trabalha como segurança para o escritório de advocacia Scully & Pershing. Tenho certeza de que você o conhece bem. Ele está na cidade com pelo menos dois agentes locais em quem acha que pode confiar. Então, Sra. McDeere, não somos tolos o suficiente para trazer a moça aqui para o hotel. Você também não é confiável. Toda a operação está à beira de um colapso terrível. A vida da Giovanna está em perigo. Neste momento, ela está com uma arma apontada para a cabeça.

Mesmo atordoada, Abby tentou pensar com clareza.

– Certo, me disseram pra vir sozinha, e eu vim. Não tive nada a ver com a vinda desse cara e nunca vi nenhum agente local. Você sabe que eu viajei pra cá sozinha porque vocês me vigiaram. Eu fiz tudo que vocês me pediram.

– Se você deseja vê-la, vai ter que dar uma volta comigo.

Muita coisa se passava pela cabeça dela, mas o pensamento que mais se destacou naquele momento foi: *Não sou treinada para isso. Não tenho ideia do que fazer agora.* De alguma forma, ela conseguiu dizer:

– Eu não vou sair desse hotel.

– Muito bem, Sra. McDeere. A sua recusa está colocando a vida da Giovanna em risco. Estou me oferecendo para levar você até ela.

– Onde ela está?

– Não muito longe. Uma caminhada agradável em um dia bonito como o de hoje.

– Não me sinto segura.

– Como você acha que a Giovanna se sente?

Com uma arma na cabeça? Não havia tempo para ponderar nem negociar.

– Está bem. Vou andando, mas me recuso a entrar em qualquer veículo.

– Eu não sugeri nada disso.

Os dois saíram do hotel pela entrada principal e viraram em uma calçada movimentada. Abby sabia que o hotel ficava no centro da cidade e perto da Medina, a construção murada que é o coração de Marrakech. Por trás dos óculos de sol imensos, Abby tentava ver cada rosto e cada movimento, mas logo foi dominada pela multidão. Vestindo calça jeans e tênis e carregando uma volumosa bolsa de grife, ela atraía alguns olhares, mas havia outros turistas, a maioria ocidentais, vagando pelo local. Ela rezou para que Cory e seus homens estivessem em algum lugar logo atrás dela, mas, agora que Hassan o havia identificado, ela não estava tão confiante.

Hassan não disse nenhuma palavra enquanto eles caminhavam. Ela o acompanhou por uma antiga entrada de pedra até a Medina, um incrível labirinto de ruas de paralelepípedos estreitas repletas de pedestres e carroças puxadas por burros. Havia algumas scooters, mas nenhum automóvel. Eles flutuaram em meio às ondas de tráfego humano, passando por filas intermináveis de barracas vendendo tudo que se possa imaginar. Hassan avançou ainda mais no labirinto, aparentemente sem nenhuma pressa. Abby lançou alguns olhares para trás em um esforço de encontrar um ponto de referência do qual pudesse se lembrar mais tarde, mas era inútil.

A Medina existia havia séculos, e os seus mercados, chamados *souks*, se espalhavam desordenadamente em todas as direções imagináveis. Passaram por *souks* de especiarias, ovos, tecidos, ervas, couro, tapetes, cerâmica, joias, metais, peixes, aves e outros animais, alguns mortos e prontos para comer, outros vivos e à procura de um novo lar. Em uma jaula grande e suja, um bando de bugios gritava, mas ninguém parecia ouvi-los. Todo mundo falava alto, algumas pessoas praticamente gritavam em uma dezena de idiomas diferentes enquanto negociavam preços, quantidade e qualidade. Abby ouviu algumas palavras em inglês, mais algumas em italiano, só que a maior parte era incompreensível. Alguns dos comerciantes berravam com os clientes, que imediatamente berravam de volta. Em certo momento, Hassan gritou por cima do ombro:

– Cuidado com a bolsa! Os batedores de carteira daqui são agressivos.

Numa praça aberta, eles passaram com cuidado perto de uma fileira de encantadores de cobras tocando flautas enquanto as cobras saíam de urnas coloridas. Diminuíram o passo para admirar um grupo de acrobatas e dançarinas travestis. Meninos lutavam boxe com pesadas luvas de couro.

Mágicos de rua tentavam atrair gente suficiente para o próximo número. Músicos dedilhavam alaúdes e santires. Em um *souk*, um dentista parecia estar arrancando dentes. Em outro, um fotógrafo convencia turistas a posarem com sua bela e jovem modelo. Havia pedintes por toda parte, e eles pareciam estar fazendo bons negócios.

Quando já estava se sentindo irremediavelmente perdida nas profundezas da Medina, Abby perguntou, tentando se sobrepor ao barulho:

– Para onde exatamente estamos indo?

Com um meneio de cabeça, Hassan apontou para a frente, mas não disse nada. Cercada por enxames de pessoas, ela não se sentia completamente vulnerável, mas segundos depois se sentiu aterrorizada. Eles viraram mais uma vez, em outra rua de paralelepípedos estreita com prédios baixos e destruídos, um *souk* de especiarias de um lado e um de tapetes do outro. Dezenas de tapetes coloridos pendiam das janelas abertas do andar de cima sombreando as barracas abaixo.

– Aqui – disse Hassan, pegando-a pelo cotovelo de repente e apontando com a cabeça.

Eles entraram em um beco escuro e estreito entre dois prédios e depois por uma porta coberta por um tapete desbotado. Hassan abriu a passagem. Eles entraram em um cômodo com paredes e chão cobertos de tapetes, depois entraram em outro aparentemente idêntico. Uma mulher estava colocando uma bandeja de chá sobre uma mesinha de marfim com duas cadeiras. Hassan meneou a cabeça para ela, e a mulher se retirou.

Ele sorriu, apontou para a mesa e disse:

– Vamos tomar um chá, Sra. McDeere?

Como se ela pudesse dizer não. Chá não era exatamente a bebida que ela escolheria naquele momento. Abby se sentou em uma cadeira e observou enquanto ele enchia lentamente duas xícaras com chá preto. O cheiro era forte.

Ele tomou um gole, sorriu e pousou a xícara.

– Ali! – chamou ele, olhando para a esquerda.

Dois tapetes pendurados se afastaram ligeiramente, e um jovem enfiou a cabeça pela fresta. Hassan assentiu levemente e disse:

– Agora.

Os tapetes se afastaram e revelaram uma figura sentada em uma cadeira a menos de seis metros de distância. Era uma mulher vestida de preto com um pequeno capuz cobrindo o rosto. Os longos cabelos castanhos-claros caíam até os ombros sob o capuz. Atrás dela estava um cara forte, também vestido de preto, com uma máscara escondendo o rosto e uma pistola na cintura.

Hassan fez um sinal com a cabeça, e o homem levantou o capuz. Giovanna soltou o ar com força diante da luz, por mais fraca que fosse, e piscou várias vezes. Sem conseguir se conter, Abby logo disse:

– Giovanna, sou eu, Abby McDeere. Você está bem?

Giovanna abriu a boca enquanto tentava se acostumar com a claridade.

– Sim, Abby, eu estou bem.

Sua voz estava fraca e áspera.

– *Andiamo a casa, Giovanna. Luca sta aspettando* – disse Abby.

Vamos para casa, Giovanna, Luca está esperando.

– *Si, va bene, fai quello che vogliono.*

Sim, é só fazer o que eles querem.

Hassan fez outro sinal com a cabeça, e os tapetes foram rapidamente fechados. Ele olhou para Abby e disse:

– E agora? Está satisfeita?

– Acho que sim.

Pelo menos ela estava viva.

– Ela parece bem, não é?

Abby desviou o olhar, sem nenhuma vontade de concordar com ele. Eles a mantêm dentro de uma jaula por quarenta dias e ela deveria ficar satisfeita?

– O próximo passo é seu, Sra. McDeere. Por favor, informe ao seu marido.

– E, depois que eu fizer isso, quando vocês receberem o dinheiro, o que vai acontecer?

Ele sorriu, estalou os dedos e respondeu:

– Vamos desaparecer num piscar de olhos. Vamos embora daqui, e ninguém vai atrás da gente. Você vai embora daqui, e ninguém vai atrás de você.

– E eu devo encontrar sozinha o caminho de volta?

– Tenho certeza de que você vai conseguir. Por favor, ligue para ele.

De sua coleção de telefones, Abby selecionou seu antigo celular e ligou para Mitch.

MITCH COLOCOU O APARELHO DE VOLTA no bolso, sorriu para os demais e disse:

– Todos a postos.

Frick elaborou um documento de uma página e o entregou a Jennings, que examinou cada palavra, depois o entregou a Mitch, que fez o mesmo. Deixando os jargões de lado, era uma simples autorização. Mitch e Jennings assinaram.

Frick se sentou à sua mesa, abriu o laptop e disse:

– Senhores, por favor, estejam atentos à tela. Neste momento, estou transferindo 75 milhões de dólares da conta ADMP-8859-4454-7376-XBU para a conta número 33375-9856623, ambas do banco Trinidad Trust, filial da Grand Cayman.

Enquanto observavam a tela, o saldo da primeira conta de repente foi a zero e, alguns segundos depois, o saldo da segunda conta foi a 75 milhões de dólares.

45

Hassan ouviu atentamente por um instante e depois colocou o telefone em cima da mesa. Ele se serviu de mais chá e perguntou:

– Quer?

– Não, obrigada.

Ela só tinha tomado um gole e duvidava que voltasse a tomar chá algum dia.

Hassan tirou outro telefone de outro bolso e olhou para a tela. Os minutos se passaram lentamente. Ele bebeu de forma ainda mais encenada. Por fim, o primeiro telefone tocou baixinho. Ele reprimiu um sorriso, juntou os dois aparelhos e disse:

– O dinheiro acabou de chegar. Foi um prazer fazer negócios com você, Sra. McDeere. Nunca tive uma adversária tão adorável.

– Ah, sim. Foi mesmo um prazer.

Ele se levantou e disse:

– Eu vou indo agora. É melhor você esperar um pouco antes de sair.

Em uma fração de segundo, ele passou por entre dois tapetes pendurados no outro lado da sala e sumiu. Abby esperou, contou até dez, se levantou, ouviu em silêncio e disse:

– Giovanna. Você está aí?

Não houve resposta.

Abby abriu os tapetes e congelou de pavor.

– Giovanna! – gritou ela. – Giovanna!

Ela puxou um dos tapetes pendurados, procurando outro cômodo, outra saída, mas não encontrou nada. Estava de pé, olhando boquiaberta para a cadeira vazia, para o cômodo vazio, e sentiu vontade de gritar. Mas não podia perder tempo. Precisava encontrar Giovanna, e ela não podia estar longe.

Abby passou por mais tapetes e conseguiu encontrar o beco estreito. Saiu correndo e voltou para a rua de paralelepípedos, onde parou e olhou em volta, para milhares de pessoas que vagavam em todas as direções. A grande maioria era de homens com longas túnicas de várias cores, mas o branco era dominante. À primeira vista, não viu uma única mulher vestida de preto.

Que caminho seguir? Para onde ir? Ela nunca tinha estado tão perdida na vida. Era inútil. Ela viu o topo da cúpula de uma mesquita e se lembrou de ter passado perto dela antes. Ir até lá faria tanto sentido quanto qualquer outra coisa.

Abby havia perdido o dinheiro e Giovanna. Era surreal, impossível de acreditar, e ela não tinha ideia do que fazer a seguir. Enquanto vagava no meio da multidão, ela se deu conta de que precisava ligar para Mitch. Talvez ele pudesse interromper a transferência e recuperar o dinheiro, mas no fundo ela sabia que não.

Um homem estava gritando com ela, um lunático de olhos arregalados e rosto vermelho, discursando em outro idioma, irritado com ela por algum motivo. Ele bloqueou o caminho, se aproximou e tropeçou para cima dela. Não parava de falar, e Abby percebeu que ele estava bêbado. Ela virou à direita e acelerou o passo. Ele tropeçou outra vez e depois caiu com força. Ela se afastou, mas ficou ainda mais abalada. Continuou andando e, quando viu um pequeno grupo de pessoas que nitidamente eram turistas, manteve-se perto delas. Eram holandeses, com mochilas sofisticadas e botas de caminhada. Ela os acompanhou por um tempo enquanto tentava organizar as ideias. Os holandeses encontraram uma cafeteria ao ar livre e decidiram fazer uma pausa. Abby se sentou a uma mesa próxima e tentou ignorá-los. Ficou tentando se acalmar, mas percebeu que estava chorando.

Seu aliado mais acessível no momento era Cory. Com o telefone verde, ela ligou para ele, que atendeu imediatamente.

– Cadê você? – disparou ele, bastante agitado.

– Na Medina, perto da mesquita. E você?

– Não faço ideia. Estou tentando encontrar meus colegas. Acho que estamos próximos.

– Eles estão te vigiando?

– O quê?

– Me escuta, Cory. O dinheiro foi transferido, mas não devolveram a Giovanna.

– Merda!

– Pois é. Eu a vi por um segundo, e ela está viva. Pelo menos estava, minutos atrás. O Mitch fez a transferência e depois ela desapareceu. Eu estraguei tudo, Cory. Ela se foi.

– Você está bem, Abby?

– Sim. Por favor, vem me encontrar. Estou numa cafeteria ao ar livre, perto de uma fileira de barracas que vendem artigos de couro.

– Vá até a Mesquita Mouassine, a mais próxima. Tem uma fonte no lado norte. Eu te encontro lá.

– Está bem.

Para que lado ficava o norte?

Ela atravessou uma praça lotada e viu a cúpula ao longe. Não era tão perto quanto ela imaginava.

Um som familiar ecoou na bolsa, e ela percebeu que tinha se esquecido do Jakl. Ela parou perto de uma barraca que vendia queijo e olhou para o aparelho. É claro que eles ainda a estavam seguindo. Era Noura.

– Sim – disse Abby.

– Abby, me escuta. Vire à esquerda e passe pelo grande *souk* com peças de cerâmica marrom. Está vendo?

– Onde você está, Noura?

– Estou aqui, te vigiando. Está vendo as cerâmicas marrons?

– Sim. Estou caminhando até lá. Cadê a Giovanna, Noura?

– Na Medina. Fique comigo no telefone. Em seguida você vai ver uma pequena praça com uma fileira de carroças puxadas por burros. Vá na direção delas.

– Estou indo, estou indo.

Noura se materializou do nada ao lado de Abby.

– Continue andando – disse ela, guardando o telefone.

Abby colocou o dela na bolsa. Olhou para Noura, que parecia exatamente como quando se conheceram na cafeteria, um mês antes. O rosto estava completamente velado, os olhos quase invisíveis. Abby se perguntou se era a mesma pessoa e se deu conta de que não tinha como saber. No entanto, a voz parecia familiar.

– O que está acontecendo, Noura?

– Você vai ver.

– A Giovanna está bem? Me fala que nada aconteceu com ela.

– Você vai ver.

Elas passaram pelas carroças puxadas por burros e entraram em uma rua residencial mais silenciosa e um pouco menos movimentada. Uma mesquita menor, Sidi Ishak, estava na frente delas.

– Pare – disse Noura. – À direita da mesquita, ali na esquina, tem um pequeno *souk* que vende café e chá. Entre.

Noura se virou abruptamente e foi embora. Abby desceu a rua correndo, passou pela mesquita e entrou na loja. Em um canto, parcialmente escondida, estava Giovanna Sandroni, vestindo calça jeans, jaqueta e botas de trilha, a mesma roupa que usava no dia em que foi sequestrada. Ela agarrou Abby, e as duas se abraçaram com força e por um bom tempo. O dono da loja olhou para elas desconfiado, mas não disse nada.

Elas saíram em direção à rua. Abby ligou para Cory, deu a ele a notícia e depois ligou para Mitch.

– Estamos seguras? – perguntou Giovanna enquanto voltavam para o mercado.

– Sim, estamos. E vamos te levar pra Roma. O avião está esperando. Você está precisando de alguma coisa?

– Não. Só de comida.

– Nós temos comida.

Abby olhou para um beco atrás de uma fileira de barracas que vendiam frutas e legumes. Uma caixa de papelão estava cheia até a metade com produtos podres e outros tipos de lixo. Ela deu alguns passos em direção à caixa e jogou o Jakl no meio daquela sujeira.

46

– Já parou pra pensar em quanto sofrimento esses bandidos podem gerar com 75 milhões de dólares? – perguntou Stephen.

– Na verdade são 85, e, sim, já pensei nisso – respondeu Mitch. – Mais pessoas serão aterrorizadas e mortas. Mais bombas compradas e detonadas. Mais edifícios incendiados. Nada de bom vai vir desse dinheiro. Em vez de ser usado pra comprar alimentos e remédios, será desperdiçado com mais balas.

– Você se sente mal com isso?

– Se eu pensar nisso dentro desse contexto, sim. Mas não penso. Não tivemos escolha, porque havia uma vida em jogo.

– Eu também não me preocuparia com isso. Desde que sejam bandidos matando uns aos outros, quem realmente se importa?

Os dois estavam sentados a uma pequena mesa na varanda sombreada de uma cafeteria com vista para a baía Hog Sty. Um enorme cruzeiro estava atracado e outro era visível no horizonte. Estavam nervosos e com o olhar fixo no celular de Mitch no meio da mesa.

O telefone finalmente tocou, e Mitch atendeu correndo. A mais de sete mil quilômetros dali, Abby disse:

– Estamos com ela a caminho do aeroporto.

Ele abriu um sorriso e fez um sinal de positivo para Stephen.

– Ótimo. Ela tá bem?

– Tá. Ela já ligou pro Luca e mal pode esperar pra chegar em casa.

– Vou ligar pro Roberto. – Quase sem conseguir falar direito, Mitch continuou: – Ótimo trabalho, Abby. Estou muito orgulhoso de você.

– Eu não tive muita opção, né?

– Falaremos sobre isso mais tarde.

– Você não faz ideia. Ela desapareceu depois que o dinheiro foi transferido. Vou te contar tudo.

– Te vejo em Roma. Te amo.

Mitch apertou o botão de desligar e olhou para Stephen.

– Elas estão indo pro aeroporto e voltando pra casa. Nós conseguimos.

Stephen deu de ombros e disse:

– E tudo isso em um dia de trabalho.

– É. Vou ligar pro Roberto e pro Jack. Você liga pro Riley em Londres.

– Pode deixar. Pra onde vou depois daqui?

– Você vai pra Nova York. Eu vou pra Roma.

– Quem fica com o jato?

– Não é você.

– Imaginei.

– Mas vou solicitar um upgrade pra classe executiva.

– Maravilha. Obrigado.

NO AVIÃO, A ENFERMEIRA FEZ RÁPIDAS AFERIÇÕES e não encontrou nada de errado. Pulsação, pressão arterial, frequência cardíaca: tudo dentro da normalidade. Ela ofereceu um sedativo para ajudá-la a relaxar, mas Giovanna não queria comprimidos. Pediu uma taça de champanhe bem gelada. Bebeu metade enquanto esperavam a liberação para decolar, depois se esticou no sofá e fechou os olhos. Abby a cobriu delicadamente com uma manta. Ao prendê-la bem ao redor das pernas, percebeu que Giovanna estava chorando baixinho.

Quando decolaram, Abby sorriu para Cory, que fez um sinal de positivo com o polegar. Estavam no ar! Vinte minutos depois, quando se estabilizaram a quarenta mil pés de altitude, Giovanna se sentou e colocou a manta sobre os ombros. Abby desafivelou o cinto, foi se sentar perto dela e disse:

– Tem um chuveiro lá atrás.

– Ah, na verdade ontem à noite eles me levaram pro hotel e eu já consegui tomar meu primeiro banho em quarenta dias. Tente isso um dia. Meu cabelo estava todo oleoso e cheio de nós. Meus dentes estavam cobertos por uma película imunda. Eu estava nojenta da cabeça aos pés. Fiquei horas no banheiro.

Abby tocou na manga da camisa dela.

– Parece limpo.

– É, eu não tinha permissão pra usar essas roupas. Você viu os vídeos?

– Vi alguns.

– Eles me vestiam como uma monja, com hijab e tudo. Ontem à noite eles me devolveram essa roupa, limpa e passada. Tão simpáticos.

– Você está com fome, né?

– Sim, quais são nossas opções?

– Robalo ou bife.

– Vou ficar com o peixe. Obrigada. E mais champanhe.

MITCH ESTAVA SEIS HORAS ATRÁS DELAS. Havia um carro esperando por ele no aeroporto de Roma, enviado por Roberto, junto com instruções estritas de Luca para que fossem diretamente para sua *villa*, onde estava acontecendo uma pequena festa. Ele chegou pouco depois da meia-noite e quase derrubou a esposa quando a viu. Depois de um longo abraço, ele foi até Giovanna. Ela ficou agradecendo sem parar. Ele ficou se desculpando sem parar. Ele abraçou Luca e achou que o velho parecia dez anos mais novo.

Junto com Roberto e a esposa, Cory, Darian e Bella, havia uns dez velhos amigos da família na varanda, e o clima era de pura euforia e alívio. Fazia tanto tempo que eles temiam o pior que havia chegado a hora de celebrar o milagre. Eles não queriam que a noite acabasse.

Um amigo, dono do restaurante que ficava bem na esquina, chegou com outra rodada de comida. Os vizinhos que reclamaram do barulho foram convidados a participar da festança.

– A Giovanna voltou! – gritou alguém, e a notícia se espalhou.

MITCH E ABBY DORMIRAM em uma cama estreita em um quarto de hóspedes e acordaram com uma leve ressaca. Nada que água com gás e café forte não resolvessem.

Ele olhou o celular de relance e quis jogá-lo fora. Dezenas de chamadas perdidas, mensagens de voz, e-mails, mensagens de texto, tudo relacionado à libertação da refém. Ele e Roberto se reuniram e elaboraram uma rápida estratégia de mídia. Escreveram um comunicado à imprensa que informava o mais importante – a libertação de Giovanna e seu retorno seguro para casa –, evitando todos os outros detalhes. Enviaram para Nova York e Londres. Roberto cuidaria dos jornais italianos. Ninguém chegaria perto de uma câmera de televisão.

No meio da manhã, Luca apareceu e se juntou a eles na varanda. Disse que Giovanna havia concordado em seguir o conselho do médico e passar alguns dias no hospital para fazer exames e ficar em observação. Ela havia perdido pelo menos dez quilos e estava desidratada. Ele e Roberto partiriam com ela dali a meia hora.

Luca agradeceu mais uma vez a Mitch e Abby e, quando os abraçou, seus olhos estavam cheios d'água. Mitch se perguntou se voltaria a vê-lo um dia.

Sim, ele o veria de novo. Assim que as coisas estivessem resolvidas em casa, ele e Abby voltariam para Roma e passariam um tempo com Luca e Giovanna. Ele havia tomado a decisão de tirar umas férias.

Ao meio-dia, o Gulfstream decolou de Roma novamente com destino a Nova York, onde deixaria Cory e Darian, depois abasteceria para uma rápida viagem ao Maine, onde a família McDeere se reuniria e desfrutaria de um longo e preguiçoso fim de semana.

A segunda-feira seria difícil. Os meninos estavam duas semanas atrasados na escola.

47

Ao entrar no número 110 da Broad Street pela última vez, Mitch parou e dobrou à direita, onde os bancos sofisticados estavam vazios, como sempre, e as pinturas caras e desconcertantes penduradas à vista de qualquer um eram ignoradas por todos. Ele se sentou e observou, exatamente como seu velho amigo Lamar Quin, enquanto centenas de jovens profissionais iam de um lado para outro com os celulares colados aos ouvidos. Não havia tanta gente porque já era tarde, quase nove e meia, um horário impensável para se chegar em um grande escritório de advocacia.

Na última semana, Mitch tinha chegado mais tarde e saído mais cedo, quando ia.

Ele finalmente entrou em sua sala, onde verificou as caixas de armazenamento, e logo em seguida saiu sem dizer uma palavra à secretária. Talvez ligasse para ela mais tarde.

Jack o aguardava às 9h45.

– Por favor, agradeça ao Barry mais uma vez – disse Mitch. – Por sua incrível hospitalidade. Talvez a gente volte em agosto.

– Bem, eu estarei lá, Mitch. Vou embora no dia 30 de julho.

– Eu vou embora, Jack. Estou fugindo, renunciando, me demitindo, como você quiser chamar. Não posso mais trabalhar aqui. Eu vi Mavis Chisenhall ontem no refeitório, e ela quase quebrou o pescoço tentando se esconder de mim. Envergonhada demais pra falar comigo. Não posso trabalhar num lugar onde as pessoas me evitam.

– Fala sério, Mitch. Você é um herói agora, o homem do momento.

– Não é o que parece.

– Mas é verdade. E todo mundo sabe o que o comitê administrativo fez e deixou de fazer, então o escritório inteiro está com raiva.

– O Scully perdeu a força, se é que teve em algum momento.

– Não faz isso, Mitch. Deixa passar um tempo. Todo mundo vai superar.

– Pra você, é fácil dizer isso. Você tá indo embora.

– É verdade. Mas é que odeio a ideia de te ver indo pra outro lugar.

– Tô fora, Jack. O Luca também. Falei com ele ontem, e ele vai pedir demissão. A Giovanna também. Ela vai voltar pra Roma e assumir o escritório dele.

– Por favor, Mitch, pensa melhor.

– E eu vou ficar com a Lannak. Eles estão de saco cheio do Scully.

– Já tá roubando os clientes?

– Entenda como quiser. Você entende do assunto. Consigo pensar em alguns que você também já roubou. É assim que funciona nos grandes escritórios de advocacia.

Mitch se levantou e disse:

– Tem quatro caixas com umas tralhas do meu escritório em cima da minha mesa. Você pode pedir pra alguém entregar lá em casa?

– Claro. Você está mesmo indo embora?

– Sim. Vamos nos despedir cordialmente.

Jack se levantou, e eles se cumprimentaram com um aperto de mãos.

– Eu adoraria ver você, a Abby e os meninos em agosto. O Barry está contando com isso.

– Estaremos lá.

Nota do autor

O escritório de advocacia Scully & Pershing foi fundado em 2009, quando precisei dele para acrescentar sabor e autenticidade a *The Associate*, o thriller jurídico que escrevi naquele ano. Grandes escritórios de advocacia são sempre um alvo para escritores de ficção, e eu me diverti muito à custa deles. Cinco anos depois, trouxe o Scully de volta mais uma vez em *Gray Mountain*.

Era o lugar perfeito para colocar Mitch quinze anos depois da implosão da firma em Memphis. Agora, ele está saindo de novo e não sei exatamente onde estará da próxima vez.

Já fui advogado em uma cidade pequena, muito distante do mundo dos grandes escritórios de advocacia. E, como sempre tentei evitá-los, não faço ideia de como funcionam. Como sempre, fiz o que costumo fazer quando quero evitar pesquisas. Liguei para um amigo.

John Levy é um dos sócios seniores do Sidley & Austin, um gigantesco escritório de Chicago com filiais no mundo inteiro. Ele me convidou para almoçar e fazer perguntas para ele e alguns de seus colegas. Passei momentos maravilhosos conversando sobre livros e direito com Chris Abbinante, Robert Lewis, Pran Jha, Dave Gordon, Paul Choi, Teresa Wilton Harmon e, claro, o próprio Sr. Levy. John é um dos melhores advogados que tive o prazer de conhecer.

Se me perguntassem, eu juraria com a mão pousada na Bíblia que o Scully não se baseia no Sidley.

Agradeço também a outros amigos: Glad Jones, Gene McDade e Suzanne Herz.

Um agradecimento especial aos leitores que gostaram de *A firma* ao longo dos anos e tiveram a gentileza de escrever e perguntar: será que algum dia voltaremos a ver Mitch e Abby?

CONHEÇA OUTROS LIVROS DO AUTOR

A firma

Quando Mitch McDeere aceita trabalhar na Bendini, Lambert & Locke, em Memphis, tem certeza de que ele e sua linda esposa, Abby, tiraram a sorte grande.

Além de ser uma firma que se orgulha de ter os maiores salários e benefícios do país, ainda lhe oferece um BMW, quita suas dívidas estudantis, arranja um financiamento de imóvel a juros baixos e contrata uma decoradora para sua casa.

Justamente quando começa a achar que tudo parece bom demais para ser verdade, Mitch é procurado por um agente do FBI, que lhe revela informações confidenciais sobre a empresa e lhe diz que ele mesmo está sob investigação.

Ao ser pressionado para se tornar informante, Mitch se vê num beco sem saída. Se não concordar em colaborar, será denunciado à justiça, mas se a firma descobrir seu papel duplo, o preço a pagar pode ser a própria vida.

Acerto de contas

Numa cidadezinha no interior do Mississippi, Pete Banning era considerado herói da Segunda Guerra, além de fazendeiro próspero, marido apaixonado, pai devotado e membro fiel da Igreja Metodista. Até que, numa manhã de outono, ele entrou calmamente na igreja e matou o reverendo Dexter Bell com três tiros.

Por que Pete fez isso? Essa pergunta iria pairar por anos sobre a cidade.

Como se o assassinato a sangue-frio já não fosse chocante o suficiente, era ainda mais desconcertante saber que Pete não tinha absolutamente nada a declarar sobre o crime. Nenhuma explicação, nenhuma motivação, nada que os advogados pudessem argumentar em sua defesa.

Os advogados tentam de tudo para salvar Pete de uma sentença que vai condená-lo à cadeira elétrica. Mas ele não tem medo da morte e está disposto a levar suas razões para o túmulo.

Cartada final

Numa pequena cidade da Flórida, o advogado Keith Russo é morto a tiros em seu escritório. O assassino não deixa pistas e não há testemunhas, mas a polícia logo suspeita de Quincy Miller, um jovem negro que já foi cliente de Keith.

Quincy é julgado, condenado e sentenciado à prisão perpétua. Por 22 anos ele continua jurando inocência. Só que ninguém está ouvindo. Desesperado, Quincy escreve uma carta para a Guardiões da Inocência, uma pequena organização que luta contra condenações injustas e defende pessoas esquecidas pelo sistema.

O apelo de Quincy convence o advogado Cullen Post, e ele inicia a própria investigação. Só que o caso logo se mostra muito mais difícil – e perigoso – do que ele esperava. As pessoas poderosas e cruéis que assassinaram Keith Russo não querem que Quincy Miller seja absolvido.

Há 22 anos elas mataram um advogado. Agora estão dispostas a matar outro sem pensar duas vezes.

Tempo de matar

Na cidade rural de Clanton, Mississippi, a pequena Tonya Hailey, uma criança negra de 10 anos, é estuprada por dois homens brancos e abandonada num riacho para morrer. Quase imediatamente, os criminosos são capturados num bar de beira de estrada, onde estavam se vangloriando de seu feito.

Alguns dias depois, quando eles se apresentam no tribunal, o pai de Tonya, Carl, invade o subsolo do fórum e mata os dois com um fuzil. Assassinato ou execução? Justiça ou vingança?

O jovem advogado Jake Brigance é contratado para defender Carl. Por dez dias, cruzes em chamas e os disparos de um franco-atirador tomam as ruas de Clanton. Enquanto o país assiste fascinado ao julgamento, Jack luta para salvar seu cliente e, depois, também a própria vida.

Em *Tempo de matar*, John Grisham analisa as profundezas monstruosas da violência racial e, com uma narrativa eloquente, reflete sobre a face questionável da justiça em uma cidade pequena no Sul dos Estados Unidos.

Tempo de perdoar

Stuart Kofer é um policial exemplar. Por isso, mesmo afundando cada vez mais na bebida e descontando sua fúria na namorada, Josie, e nos filhos dela, ele se sente protegido pelo pacto de silêncio entre os colegas da corporação.

Uma noite, porém, Stuart vai longe demais: depois de espancar Josie mais uma vez, ele a deixa desmaiada no chão, antes de cair de bêbado. Drew, o filho dela de 16 anos, sabe que só tem essa chance de salvá-los. Sem pensar direito, pega uma arma e faz justiça com as próprias mãos.

Em Clanton, Mississippi, não há ninguém mais odiado que um assassino de policiais, portanto o advogado Jake Brigance quer distância desse caso. Mas quando fica sabendo os detalhes do que aconteceu no dia do crime, ele decide que vai fazer de tudo para salvar Drew da câmara de gás, mesmo que acabe colocando sua carreira, suas finanças e a segurança de sua família novamente em risco.

Tempo de perdoar levanta questões pertinentes e atemporais sobre raça, classe, religião, política e laços de sangue. Repleto de ação, intrigas típicas de cidade pequena e personagens inesquecíveis, é ao mesmo tempo um drama emocionante e um suspense vertiginoso.

O júri

Uma gigante da indústria do tabaco está no banco dos réus, no centro de uma importante batalha jurídica. Milhões de dólares estão em jogo, e uma condenação abrirá um perigoso precedente legal que poderá mudar para sempre o Direito americano.

A defesa então recorre a Rankin Fitch, um consultor cujos princípios éticos questionáveis sempre lhe renderam vitórias. Agindo nos bastidores, ele contrata investigadores e criminosos com o intuito de manipular os membros do júri e alcançar um resultado favorável.

O julgamento começa sem maiores sobressaltos, mas logo o jurado nº 2 fica convencido de que está sendo perseguido e observado. O juiz determina então que o júri seja colocado em isolamento, frustrando os planos de Fitch de interferir nas deliberações do caso.

Porém, logo depois o consultor é abordado por uma jovem supostamente capaz de prever o comportamento dos jurados e, assim, controlar o veredito final. E ela tem um negócio a lhe propor.

A lista do juiz

Lacy Stoltz atua como investigadora na Comissão de Justiça da Flórida. Três anos depois de quase ser assassinada ao averiguar o caso de um juiz que recebia milhões em propina do crime organizado, ela está cansada do seu trabalho – e pronta para uma mudança.

Mas uma mulher chamada Jeri Crosby a procura e faz uma denúncia apavorante. O pai dela foi morto há vinte anos, um crime que nunca foi solucionado e acabou arquivado. Jeri sabe quem é o assassino: Ross Bannick, um juiz da Flórida, a jurisdição de Lacy. Após observá-lo ao longo de duas décadas, ela descobriu algo ainda mais horripilante: ele fez muitas outras vítimas.

Porém parece impossível conseguir provas. Ross é brilhante, paciente, sabe como funciona a perícia forense, os procedimentos policiais e o mais importante: a lei.

Ele tem uma lista com o nome de seus alvos e vítimas, sempre pessoas inocentes e azaradas o suficiente para terem cruzado o caminho dele e o prejudicado de alguma forma. E agora Lacy precisa descobrir como pegá-lo sem se tornar o próximo nome na sua lista.

CONHEÇA OS LIVROS DE JOHN GRISHAM

Justiça a qualquer preço

O homem inocente

A firma

Cartada final

O Dossiê Pelicano

Acerto de contas

Tempo de matar

Tempo de perdoar

O júri

A lista do juiz

Em lados opostos

O resgate

Para saber mais sobre os títulos e autores da Editora Arqueiro,
visite o nosso site e siga as nossas redes sociais.
Além de informações sobre os próximos lançamentos,
você terá acesso a conteúdos exclusivos
e poderá participar de promoções e sorteios.

editoraarqueiro.com.br

O RESGATE

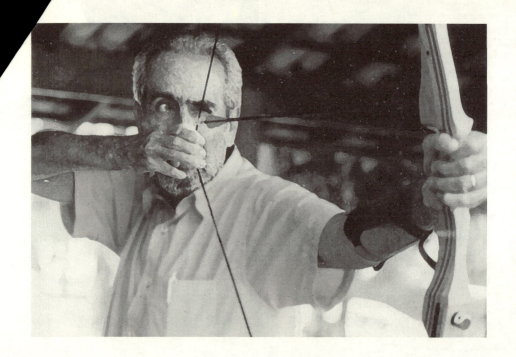

O Arqueiro

GERALDO JORDÃO PEREIRA (1938-2008) começou sua carreira aos 17 anos, quando foi trabalhar com seu pai, o célebre editor José Olympio, publicando obras marcantes como O menino do dedo verde, de Maurice Druon, e Minha vida, de Charles Chaplin.

Em 1976, fundou a Editora Salamandra com o propósito de formar uma nova geração de leitores e acabou criando um dos catálogos infantis mais premiados do Brasil. Em 1992, fugindo de sua linha editorial, lançou Muitas vidas, muitos mestres, de Brian Weiss, livro que deu origem à Editora Sextante.

Fã de histórias de suspense, Geraldo descobriu O Código Da Vinci antes mesmo de ele ser lançado nos Estados Unidos. A aposta em ficção, que não era o foco da Sextante, foi certeira: o título se transformou em um dos maiores fenômenos editoriais de todos os tempos.

Mas não foi só aos livros que se dedicou. Com seu desejo de ajudar o próximo, Geraldo desenvolveu diversos projetos sociais que se tornaram sua grande paixão.

Com a missão de publicar histórias empolgantes, tornar os livros cada vez mais acessíveis e despertar o amor pela leitura, a Editora Arqueiro é uma homenagem a esta figura extraordinária, capaz de enxergar mais além, mirar nas coisas verdadeiramente importantes e não perder o idealismo e a esperança diante dos desafios e contratempos da vida.